IVO PALA

Die Lazarus-Formel

Roman

Auf der Suche nach einem Heilmittel gegen Krebs entdeckt die Wissenschaftlerin Eve Sinclair das Geheimnis der Unsterblichkeit. Tatsächlich ist dieses so offensichtlich, dass sie sich fragt, wieso noch niemand vor ihr darauf gekommen ist. Die Antwort auf diese Frage erhält sie schon bald – als sie unverhofft einem Unsterblichen gegenübersteht. Doch seinesgleichen wachen eifersüchtig über das Geheimnis. Und die Unsterblichen sind bereit zu morden, um zu verhindern, dass ihre Existenz öffentlich gemacht wird. Allerdings gibt es einen uralten Geheimbund, der von den Unsterblichen weiß. Da diese religiösen Fanatiker davon überzeugt sind, dass das ewige Leben allein Gott vorbehalten sein sollte, bekämpfen sie die Unsterblichen bis aufs Blut.

Plötzlich befindet sich Eve zwischen den Fronten, und beide Seiten machen Jagd auf sie. Da rettet ihr ein geheimnisvoller Killer das Leben. Doch auch er hat ganz eigene Pläne für sie …

Autor

Ivo Pala, geboren 1966, ist neben seiner Tätigkeit als Romanschriftsteller seit fast zwanzig Jahren auch erfolgreicher Drehbuchautor und Dramaturg für Action- und Krimi-Serien und abendfüllende Spielfilme. Seine besonderen Steckenpferde sind Historie, Science-Thriller, Horror und Fantasy. Er lebt zurzeit in Berlin und arbeitet bereits an seinem nächsten Roman.

Ivo Pala

Die Lazarus-Formel

Roman

Originalausgabe

blanvalet

MIX
Papier aus verantwortungsvollen Quellen
FSC® C014496

Verlagsgruppe Random House FSC-DEU-0100
Das FSC®-zertifizierte Papier *Holmen Book Cream*
für dieses Buch liefert Holmen Paper, Hallstavik, Schweden.

1. Auflage
Originalausgabe Januar 2012 bei Blanvalet,
einem Unternehmen der Verlagsgruppe
Random House GmbH, München

Umschlaggestaltung: © Johannes Frick
Umschlagmotiv: © Umschlagfoto: Mauritius Images/Oxford Scientific
Lektorat: Peter Thannisch
HK · Herstellung: sam
Satz: DTP Service Apel, Hannover
Druck und Einband: GGP Media GmbH, Pößneck
Printed in Germany
ISBN: 978-3-442-37648-3

www.blanvalet.de

Für Remo Pala,
meinen Großen Kleinen Bruder
– den Besten aller Männer –

… und für alle,
denen dieses Buch Inspiration sein wird,
den Schleier zu lüften.

PROLOG

Du sollst nicht töten! In dieser Nacht würde er das fünfte Gebot brechen. Nicht zum ersten Mal. Die Strafe dafür nahm er bereitwillig in Kauf, denn er war sicher, Gott würde die Tat gutheißen. Es war ein Akt des Glaubens.

Vom Waldrand aus beobachtete der Mann in der Kutte das nahe gelegene Kloster durch das Fadenkreuz seiner antiken, aber hervorragend in Schuss gehaltenen Armbrust. Der glatt polierte Eibenholzbolzen glänzte schwarz wie Onyx im Mondlicht und zielte abwechselnd auf den Kopf der jungen Frau und den des Ordensbruders, die sich hinter dem obersten Fenster des Turms ein heftiges Wortgefecht lieferten. Dessen Inhalt war aus der Entfernung natürlich nicht zu verstehen, allerdings konnte der Schütze die Angst aus den hektischen Bewegungen des Ordensbruders herauslesen, mit denen er gerade einige wenige Sachen in einen alten, speckigen Leinenbeutel und einen kleinen ledernen Rucksack packte.

Der Bolzen würde ihr gleich ein Ende bereiten, dieser Angst – und auch der Möglichkeit, dass der eilig packende Ordensbruder das Geheimnis verriet, das zu schützen der Mann mit der Armbrust gekommen war. Die junge Frau würde beiden gleich darauf folgen – dem Ordensbruder und dem Geheimnis. In den Tod. Sie wusste zu viel.

Doch noch verharrte der behandschuhte Finger über dem Abzug. Es durften keine Spuren zurückbleiben. Sonst würden

Neue folgen, die Fragen stellen und der Wahrheit zu nahe kommen würden, und wieder würde das Töten beginnen, um die natürliche, von Gott gegebene Ordnung der Dinge aufrechtzuerhalten. Deshalb eilte gerade ein zweiter Mann mit Kutte und tief ins Gesicht gezogener Kapuze über den Hof des Klosters zum Fuß des Turms, in seiner Hand einen Kanister.

Nachdem er sich vergewissert hatte, dass der Ordensbruder und die junge Frau im Turmzimmer noch einige Zeit mit Packen und Diskutieren beschäftigt sein würden, verfolgte der Schütze im Visier seiner Armbrust, wie sein Gefährte den Turm erreichte und diesen leise betrat. Ganz nach Plan.

Noch war das vergitterte Fenster im Erdgeschoss dunkel, sodass nicht zu sehen war, was dahinter vor sich ging. Dennoch wusste es der Schütze: Der andere schüttete gerade den Inhalt des Kanisters über die wenigen Möbel, die Dielen und die ersten Stufen der Treppe. Das alte Holz würde brennen wie Zunder.

Endlich war es so weit.

Im unteren Fenster flackerte ein kleines Licht auf. Ein Streichholz, vielleicht auch ein Feuerzeug. Die winzige Flamme fand erste Nahrung an einem Vorhang, dann sofort weitere und wuchs innerhalb von Sekunden zu einem riesigen, gefräßigen Monster heran. Der Mann mit dem Kanister eilte ins Freie und schob, nachdem er sie geschlossen hatte, einen Keil unter die nach außen aufgehende Tür.

Der Schütze widmete sich wieder seinen beiden Zielen in der obersten Kammer. Weder der Ordensbruder, der gerade ein kleines altes Notizbuch in den Rucksack steckte, noch die junge Frau, die aufgeregt auf ihn einredete, hatten gemerkt, dass das untere Stockwerk des Turms in Flammen stand. Und obwohl er persönlich der Meinung war, dass die beiden, die all das verhöhnten, woran er glaubte, diese Gnade nicht verdient hatten, würde der Schütze dafür sorgen, dass sie auch nie von den Flammen erfahren würden; dass sie tot wären, ehe sie verbrannten.

Er zielte zwischen die Augen des Ordensbruders, atmete tief und ruhig ein und aus und krümmte den Finger am Abzug.

1

17 Stunden zuvor.
Universität von Oxford.
Labor für naturheilkundliche Krebsforschung.

Eve Sinclair war über ihrer Arbeit eingeschlafen. Sie lag mit dem Oberkörper auf ihrem Schreibtisch und hielt sogar noch den Stift in der Hand. Man sah ihr die Erschöpfung an, ihre junge Stirn lag in Falten, ganz so, als würde sie selbst noch im Schlaf an der Lösung des wissenschaftlichen Problems arbeiten, mit dem sie beschäftigt gewesen war, bevor die Müdigkeit sie übermannt hatte. Um sie herum war alles still.

Ihr Schreibtisch stand inmitten eines wunderschönen, weitläufigen Wintergartens, zur einen Hälfte wirklicher Garten und zur anderen ein High-Tech-Labor. Durch das Glasdach sah man die Sterne am wolkenlosen Himmel. Die Gartenhälfte war bepflanzt mit Orchideen und halbhohen Eiben, an deren Stämmen kleine gläserne Sammelbehälter angebracht waren. Aus dünnen Schnitten in der Rinde der Bäumchen sickerte eine zähflüssige Substanz in die Glasbehälter.

Plötzlich wurde die Tür zum Labor aufgestoßen, und herein rauschte eine hoch gewachsene junge Frau mit rotem, zu einem Pferdeschwanz zusammengefassten Haar und Nickelbrille. Sie war vier oder fünf Jahre jünger als Eve, also Anfang zwanzig, und hatte den Blick so gebannt auf das elektronische Lesetableau in ihren Händen gerichtet, als befürchtete sie, die Zahlen darauf würden verschwinden, wenn sie auch nur einen Sekundenbruchteil lang wegsah.

»Wir haben die Testresultate!«, rief sie ohne aufzublicken und mit unverhohlener Freude, ja, Triumph in der Stimme.

Eve schreckte hoch und stieß dabei mit der Hand einen Stifthalter um, der scheppernd zu Boden fiel. Erst da begriff die Rothaarige, dass Eve geschlafen hatte – und es war ihr, als sie endlich doch aufsah, sichtlich unangenehm, sie geweckt zu haben. Ihre Wangen glichen sich der Farbe ihres Haares an, und sie stammelte: »Entschuldigen Sie, Doktor Sinclair. Ich habe nicht gesehen, dass Sie schlafen. Tut mir leid, ich wollte Sie nicht stören. Aber … aber … aber …«, stotterte sie. »Wir haben die Testresultate, und die sollten Sie sich unbedingt sofort ansehen, und wenn Sie sie gesehen haben, werden Sie meine Aufregung verstehen und mir meine Unhöflichkeit hoffentlich verzeihen.«

»Hör auf zu schnattern, Anne«, sagte Eve mit schlafkratziger Stimme und rieb sich die Augen. »Wo sind die Ergebnisse?«

»Ich habe sie auf drei und fünf geleitet«, antwortete Anne und deutete auf die entsprechenden Samsung 21″-LCD Flatscreen-Bildschirme über Eves Schreibtisch. Eve schaltete sie ein, nahm einen Schluck aus der Tasse, die vor ihr gestanden hatte, und bereute es augenblicklich. Der Milchkaffee darin war kalt und abgestanden. Sie überlegte kurz, wohin sie ihn wieder ausspucken sollte. Zurück in die Tasse wäre ihrer Ansicht nach widerwärtig gewesen. Etwas anderes fand sie aber nicht. Also schluckte sie den kalten, bitteren Kaffee kurzerhand hinunter und verzog das Gesicht zu einer Grimasse. Die aber hellte sich sogleich auf, als die beiden Bildschirme die Tabellen und Diagramme mit den Testresultaten zeigten. Mit einem Schlag war Eve hellwach.

»Wir haben es geschafft!«, rief sie und sprang von ihrem Stuhl auf. »Wir haben es endlich geschafft!« Sie wirbelte herum, warf die Arme um Anne, zog sie an sich und küsste sie auf beide Wangen. »Wir haben es geschafft, Anne«, sagte sie noch ein drittes Mal, und in ihren grünen Augen standen Freudentränen. »Ich muss sofort los und es Professor Berg erzählen!«

»Sie glauben doch wohl nicht, dass Sie die Einzige sind, die sich diese ganz besondere Nacht um die Ohren schlägt.« Die freundliche Männerstimme kam von der Tür, in der auf einmal Professor Christian Berg stand. Er lächelte und hielt in seinen Händen eine Flasche Champagner und drei Gläser. »Ich bin so stolz auf Sie, Eve!«

Er stellte die drei Gläser auf einem Rolltisch ab und öffnete die Flasche. Der Korken knallte und flog in Richtung Glasdach. Eve folgte seinem Flug mit den Augen und sah zu den Sternen empor. Ihr Blick blieb am Sternbild des Orion mit seinem charakteristischen Gürtel hängen, während Professor Berg die Gläser füllte und mit seinem Lob fortfuhr. »Sie hatten recht mit Ihrer Annahme: Das aus der Eibe gewonnene Taxan Paclitaxel ist ein Mitoseblocker und unterdrückt die Teilung von Krebszellen.«

Anne verteilte die Gläser und fügte hinzu: »Von heute an können wir das Wachstum von Krebs stoppen und vielleicht sogar die Entwicklung von Metastasen.« Sie hob ihr Glas. »Auf das Paclitaxel!«

»Auf die Eibe!« Professor Berg prostete ihr zu. »Nahezu unsterblich und hochgiftig zugleich.«

»Und ausgerechnet ihr Gift ist es, das den Krebs heilt.«

Eve schaute noch immer zu den Sternen empor, und ihre

Augen leuchten, als ihr ein neuer Gedanke kam, entfacht durch das, was der Professor und ihre Assistentin gerade gesagt hatten. Dann wanderte ihr Blick zu den Eiben. Die beiden ihr zum Toast hingehaltenen Gläser ignorierend flüsterte sie: »Von allen Pflanzen der Erde liefert ausgerechnet die einen Zellteilungsblocker, deren eigene Zellen nie aufhören sich zu teilen.«

»Was die Eibe zur langlebigsten Pflanze der Welt macht«, fügte Anne hinzu.

»Woran denken Sie gerade, Doktor Sinclair?«, fragte Professor Berg interessiert und zugleich auch ein wenig argwöhnisch. »Und sagen Sie nicht ›an nichts‹. Ich kenne diesen Blick, und zwar nur zu gut. Also, was brütet Ihr Superhirn schon wieder aus?«

Eve stellte ihr Glas ab. »Ich sortiere gerade die Ursache-Wirkungs-Kette neu, Professor Berg.«

»Wie meinen Sie das?«, wollte er wissen.

Sie schaute ihn an. »Was wäre, wenn die Eibe ihr praktisch ewiges Leben nicht erreicht, weil sie hochgradig giftig ist, sondern dadurch, dass sie das giftige Taxan Paclitaxel, das ihre eigenen Zellen an der Teilung hindern würde, in ihre eher kurzlebigen Nadeln und die Rinde absondert?«

»Sie meinen, das Gift ist keine Waffe, sondern ein Exkrement?«, fragte Anne. »Eine … Ausscheidung?«

Eve nickte. »Der Baum lebt ewig, weil er irgendwie dazu in der Lage ist, sich selbst vom Tod zu befreien.«

Professor Berg schaute sie skeptisch an. »Worauf wollen Sie hinaus, Eve?«

»Ist das nicht offensichtlich?«, fragte sie. »Wenn wir einen Weg finden, die proaktive Absonderung von wachstumshindernden Zellteilungsblockern auf den menschlichen Metabolismus zu übertragen …«

»… könnte der Mensch ewig leben«, beendete Anne den Satz, voller Ehrfurcht vor Eves Idee.

Professor Berg schloss bekümmert die Augen. »Typisch Eve Sinclair. Ein Heilmittel gegen den Krebs zu finden ist nicht genug. Sie haben nicht einmal an Ihrem Glas genippt, um einen Erfolg zu feiern, von dem die meisten Ihrer Kollegen nur träumen können, schon planen Sie ein neues Projekt. Verstehen Sie mich bitte nicht falsch, ein Teil von mir beneidet Sie um diesen Enthusiasmus. Aber es gibt Grenzen, meine liebe Eve. Selbst für Sie. Ewiges Leben? Wir betreiben hier Wissenschaft, keine Alchemie oder Zauberei. Wir bewirken keine Wunder.«

Eve sah die Besorgnis in seiner Miene und bedachte ihn mit einem warmen Lächeln. »Sie täuschen sich, Christian.«

Er zog fragend eine Augenbraue hoch. »Tue ich das?«

Sie nickte. »Erstens: Wir bewirken Wunder.« Sie sah noch einmal zu den Sternen empor. »Und zweitens: Es gibt keine Grenzen.«

2

Naqada Manor.

Naqada Manor ist ein hochherrschaftlicher Palast im Zentrum des Königlichen Bezirks von Kensington und Chelsea im Westen Londons. Das Gebäude ist zu zwei Dritteln viktorianischen Ursprungs, zu einem Drittel aber wesentlich älter. Der Steinturm ist sogar sächsisch und somit noch zwei Jahrhunderte älter als der von William dem Eroberer errichtete

Weiße Turm im Zentrum des Tower of London, wenn auch wesentlich kleiner. Seit der Einführung der Landregistrierung unter James II. im Jahr 1685 wurde Naqada Manor nie veräußert. Von der Zeit davor gibt es keine Aufzeichnungen, aber man munkelt, die festungsähnliche Anlage sei seit über eintausend Jahren im Familienbesitz.

Jetzt – ein kaum wahrnehmbares Huschen auf dem Dach. Ein schneller Schatten vor den Sternen. Jemand schlich in gebeugter Haltung über den Mittelfirst zwischen den zahlreichen Schornsteinen hindurch hinüber zum Turm.

Der Mann trug schwarze Kleidung, Handschuhe und eine Skimaske – und auf dem Rücken zwei schmale gekrümmte Schwerter in gekreuzten Lederscheiden. Die altertümlich wirkenden und mit Lapislazuli und Elfenbein verzierten Griffe ragten gerade so weit über den breiten Schultern hervor, dass der Mann die Schwerter schnell ziehen konnte, sollte das erforderlich sein. Mit der grazilen, aber kraftvollen Geschicklichkeit eines Berglöwen erklomm er die grobe Natursteinwand des Turms, schlich, oben angekommen, geschwind über die Dachplattform und sprang auf der dem Anbau abgewandten Seite in die Tiefe.

Vier Meter weiter unten landete er lautlos und leichtfüßig auf einem großen Balkon. Er drückte sich in die Schatten, mit denen er dank seiner dunklen Kleidung verschmolz wie Tinte mit schwarzem Wasser, und spähte durch die halb offene Balkontür in das dahinterliegende salongroße Arbeitszimmer.

An einem gewaltigen Chippendale-Schreibtisch aus dem späten 18. Jahrhundert saß ein großer Mann Mitte dreißig. Sein Teint erinnerte an tiefe Sonnenbräune und ließ zusammen mit dem dichten schwarzen, leicht gewellten Haar einen Ausrutscher eines seiner Kolonialherren-Vorväter in Indien oder Nordafrika vermuten. Er hatte prägnante Gesichtszüge und feine, aber starke Finger, und unter dem hochgeschlossenen knöchellangen Hausmantel aus anthrazitfarbener Seide steckte ein athletisch gebauter Körper. Alles an ihm strahlte alte Aristokratie aus. Er telefonierte gerade, und seine fast schwarzen Augen funkelten wütend.

Ihm gegenüber, auf der anderen Seite des Schreibtisches und mit dem Rücken zur Balkontür, standen zwei Männer in dunkelgrauen Boss-Anzügen, die beide aussahen wie eine perfekte Mischung aus Anwalt und gut durchtrainiertem Bodyguard.

Der Maskierte auf dem Balkon schlich näher an die Tür heran, um besser hören zu können.

»Und Sie konnten sie nicht davon überzeugen, die Sache wieder fallen zu lassen?«, fragte der Aristokrat mit tiefer, Gehorsam gewohnter Stimme in das in seiner Hand seltsam modern anmutende iPhone. Er lauschte der Antwort, bevor er sagte: »Deswegen haben wir Ihnen diesen heiklen Posten doch zugeschanzt. Manchmal frage ich mich, ob Ihnen überhaupt klar ist, was auf dem Spiel steht.« Pause. »Nein. Das ist nicht nötig. Ab hier übernehmen wir. Aber Sie informieren uns, wenn es Neuigkeiten gibt.«

Er beendete das Telefonat ohne Gruß, nahm eine dünne Akte vom Tisch und reichte sie einem der beiden anderen Männer.

»Observation. Stufe drei. Das volle Programm. Wenn sie zu nahe kommt, weißt du, was du zu tun hast, Kabir.«

Der Angesprochene hielt die Akte so, dass der Maskierte vor der Tür den Namen auf dem Deckblatt lesen konnte: Eve Sinclair.

3

Risinghurst bei Oxford.
Eve Sinclairs Haus.

Die Sonne stand noch nicht sehr hoch im Osten, als Eve Sinclair in ihrem schwarzen Audi S5 Coupé vor ihrem Haus in der Stanway Road vorfuhr und zusammen mit ihrer Assistentin Anne ausstieg. Trotz des wenigen Schlafs war sie hellwach und fühlte sich so frisch wie lange nicht mehr. Sie wusste, dass das sehr viel weniger an dem sensationellen Erfolg des vergangenen Projekts lag als an der Vorfreude auf das vor ihr Liegende. So war sie nun mal: Triumphe bedeuteten ihr nichts, Herausforderungen alles. Und bei dem, was sie in Zukunft zu entdecken hoffte, handelte es sich wohl um das größte Geheimnis der Medizingeschichte, ja, um das größte Geheimnis der Menschheit überhaupt.

Beide waren sie beladen mit ihren Notebooks, Akten, einer Box voller kleiner Kuchen und Kaffeebechern von Starbucks.

»Du musst wirklich nicht dein erstes freies Wochenende seit drei Monaten dafür opfern, mir bei der Recherche zu helfen, Anne«, sagte Eve schon zum dritten Mal, während sie ihre Last auf einer Hand balancierte, um mit der anderen in der Handtasche nach ihrem Hausschlüssel zu kramen, den sie natürlich erst ganz unten fand. Sie konnte Annes Hilfe gerade in der Anfangsphase des neuen Projekts nur zu gut gebrauchen, wollte sie aber so kurz nach dem gerade abgeschlossenen nicht überstrapazieren.

Anne lachte. »Sie meinen, ich soll die einmalige Chance, die schon jetzt international berühmte Naturmedizinforscherin Doktor Eve Sinclair bei ihren ersten Schritten zur Entdeckung des größten Geheimnisses aller Zeiten – dem Geheimnis des ewigen Lebens – zu begleiten, sausen lassen für die Aussicht auf seit Wochen überfälliges Wäschewaschen, Spülen und Wohnungsputzen?«

Auch Eve lachte. »Na ja, so betrachtet …« Sie schloss die Tür auf, und die beiden betraten das kleine Haus. »Und nenn mich bitte endlich Eve.«

»Gern, Doktor Sinc… Ich meine, Eve.« Dann blieb Anne mit vor Staunen offenem Mund kurz hinter der Türschwelle stehen und schaute sich aus großen Augen um. »Das ist ja ein Zauberschlösschen«, hauchte sie mit fast kindlicher Ehrfurcht.

Der Flur des von außen winzig erscheinenden Häuschens war mittels Durchbrüchen in die umliegenden Zimmer erweitert worden. Diese Durchbrüche waren Bögen auf freistehenden Säulen, die wiederum mit naturgetreu nachgearbeiteten Laubranken und kunstvoll bemalten Vögeln und Schmetterlingen geschmückt waren. Zwischen den Säulen und den Wänden wehten hauchdünne Leinenfahnen, die in ihrem Purpur einen wundervollen Kontrast zu dem eierschalfarbenen Glattputz bildeten.

Das von der Tür aus hintere Zimmer hatte einen aprikosenfarben getönten Baldachin, der von der Raummitte aus die gesamte Zimmerdecke unterspannte bis hin zu der breiten, fast sprossenfreien Fensterfront. Durch die hindurch konnte man hinaus in den Garten sehen, wo zwischen scheinbar willkürlich verteilten antiken Säulenbruchstücken, Skulpturen und Vogeltränken aus verwaschenem Marmor Efeu mit Goldregen um die Wette rankte und bunte Wildblumen auf herrlich dicht bemoostem Rasen tanzten.

»Ja, das ist es«, sagte Eve und freute sich über Annes Lob.

»Ein Zauberschlösschen. Ich habe drei Jahre daran gearbeitet.«

»Was für ein Kontrast«, begann Anne, unterbrach sich dann aber selbst und wurde rot.

»Zu der kühlen und rein analytisch denkenden Wissenschaftlerin Doktor Sinclair?«, fragte Eve, die wusste, was Anne hatte sagen wollen. Die Farbe auf Annes Wangen wurde noch einen Ton tiefer. Eve winkte lächelnd ab. »Das gängige Vorurteil. Hier habe ich meine besten Ideen. Hier werde ich immer wieder daran erinnert, worum es bei unserer Arbeit geht.«

Anne schaute sie fragend an.

»Um die Schönheit und die Qualität des Lebens, Anne. Darum dreht sich alles.«

Das Fragezeichen in Annes Gesicht wurde nur noch größer.

»Nur Krankheiten zu bekämpfen ist nicht genug«, machte Eve ihren Standpunkt deutlicher. »Unsere Aufgabe ist es, dafür zu sorgen, dass kranke Menschen auch wieder gesund werden, also wirklich geheilt, nicht nur am Leben gehalten. Krebs herauszuschneiden oder zu chemotherapieren und dabei ein körperliches oder seelisches Wrack zu hinterlassen kann und darf nicht unser letztendliches Ziel sein. Damit würden wir uns kaum von den Quacksalbern und Badern des Mittelalters unterscheiden. Unser Ziel muss es sein, die Patienten so gut – verzeih das Wort – wiederherzustellen, dass sie das Leben wieder als schön empfinden und wieder nach Höherem streben, also nach einem noch besseren Leben. Denn das ist es, das den Menschen ausmacht: das Streben nach Verbesserung.«

»Stellen Sie … Ich meine: du … Stellst du da nicht zu hohe Ansprüche an dich selbst?«

»Wahrscheinlich.« Eve schmunzelte. »Aber für weniger tu ich's einfach nicht.« Sie zwinkerte Anne zu. »Immerhin beginnen wir heute mit der Suche nach der Unsterblichkeit.«

Anne grinste schief. »Du sagst das, als wäre das nichts.«

Eve zuckte mit den Achseln. »Wir werden sehen.«

Sie führte Anne in ihr Heimbüro. Der Raum war ebenso zauberhaft eingerichtet wie der Flur und das Baldachinzimmer. Nur scheinbar ungeordnet waren gelb, orangefarben und rot lasierte Fliesen in den hellblau und weiß verwischten Glattputz eingearbeitet, und die geschliffenen Bodendielen hatte Eve in einem dunklen Türkis streichen und lackieren lassen. Das große Ecksofa war naturweiß gepolstert, die beiden Stühle und Schreibtische waren aus handgearbeitetem Teakholz, die bis zum Bersten mit Fachliteratur gefüllten Bücherregale aus unbehandeltem Treibholz. Das Ganze hatte ein mediterranes Flair.

»Ist dein Mann zur Arbeit?«, fragte Anne.

Eve sah sie erstaunt an. »Ich bin nicht verheiratet.« Ihr wurde bewusst, dass sie in all den Monaten, die Anne schon ihre Assistentin war, nicht ein privates Wort mit ihr gewechselt hatte. Und wie sie sich selbst kannte und ihre Eigenart, sich absolut auf ihre Arbeit zu fixieren, ahnte Eve, dass das nicht Annes Schuld war. Sie beschloss, das zu ändern. Immerhin hatte sie Anne an diesem Tag schon in ihr Allerheiligstes mitgenommen. Vielleicht konnten sie ja außer Arbeitskolleginnen auch Freundinnen werden. Ein wenig mehr *social life* konnte ganz bestimmt nicht schaden.

»Dein Freund?«, bohrte Anne nach.

»Gibt es keinen.«

»Du wohnst in dieser Prachtbude ganz allein?«

»Ja«, sagte Eve lächelnd.

»Den Mann, der irgendwann einmal hier bei dir einziehen wird, den beneide ich jetzt schon«, gestand Anne.

Eves Lächeln wurde leicht traurig. »Ich glaube, den wird es so schnell nicht geben«, sagte sie, während sie das Notebook, die Akten und die Starbucks-Becher auf einen der Schreibtische stellte. »Ich bin mit meiner Forschung verheiratet. Das hält keiner auf Dauer aus.«

Daraufhin sanken auch Annes Mundwinkel, und sie stellte ihre Sachen ebenfalls ab. »Bei mir herrscht auch totale Flaute.«

Eve zuckte erneut mit den Schultern. »Wir sind für Männer wohl noch unattraktiver als normale Karrierefrauen.«

»Ich finde dich schrecklich attraktiv«, entgegnete Anne – und wurde gleich wieder rot. »So habe ich das nicht gemeint. Ich meine, du bist eine der schönsten Frauen, die ich kenne. Äh … also nicht, dass ich an Frauen interessiert wäre. Bin ich nicht. Ehrlich nicht. Du bist einfach schön.«

»Danke. Aber das Äußere meinte ich nicht. Was ich sagen will, ist: Schlimmer noch als Frauen, die nur an ihrer Karriere interessiert sind, haben wir mit unserer ganz speziellen Arbeit auch noch eine Leidenschaft, eine Aufgabe. Eine Mission. Welcher Kerl will da schon hinten anstehen und die zweite oder vielleicht sogar nur dritte Geige spielen? Also komm. Lass uns arbeiten.«

Kurz darauf saßen sie einander an den Schreibtischen gegenüber. Sie hatten die Notebooks aufgebaut und an das Internet angeschlossen.

»Hier die Fakten«, fasste Eve zusammen. »Jeder Organismus stirbt, weil die Zellen aufhören sich zu teilen. Dann sterben mehr alte Zellen ab, als neue durch Mitose entstehen. Aber die Eibe hat einen Weg gefunden, die Substanzen abzusondern, die verantwortlich sind für das Blockieren der Zellteilung.«

»Das Taxan Paclitaxel«, sagte Anne, »das wir benutzen, um die Teilung von Krebszellen zu stoppen.«

»Korrekt«, bestätigte Eve. »Indem sie diesen Blocker fortwährend ausscheidet, versetzt die Eibe sich selbst in die Lage, für immer zu wachsen, weil sie ungehindert ständig neue, gesunde Zellen produziert, die die sterbenden ersetzen.«

»So einfach«, sagte Anne. »Warum hat das noch niemand vor uns entdeckt?«

»Das überprüfen wir natürlich als Erstes«, sagte Eve, während ihre Finger schon über die Computertastatur rasten. »Benutz die Schlüsselwörter ›Eibe‹, ›Taxan‹, ›Paclitaxel‹, ›Mitose‹, ›Unsterblichkeit‹, ›Forschung‹, ›Veröffentlichung‹.«

Auch Anne begann zu tippen.

Sie kicherten vergnügt wie zwei Mädchen auf ihrer ersten Klassenfahrt, während sie beide gleichzeitig, ohne aufzusehen, in die zwischen ihnen stehende Box mit den kleinen Kuchen griffen.

»Das ist so aufregend«, sagte Anne.

»Ist es immer«, stimmte Eve ihr zu.

Sie konnte nicht wissen, dass das, womit sie gerade begonnen hatte, ihr gesamtes Leben auf den Kopf stellen würde.

4

Zwei Stunden später war der Kuchen aufgegessen, und die inzwischen leeren Kaffeebecher waren durch zwei Dosen Coca-Cola ersetzt worden.

Eve und Anne hatten bei ihrer Recherche etwas Beunruhigendes herausgefunden. Vor elf Jahren, in der Ausgabe vom

23. Mai, hatte eine Dr. Tamara Henderson aus Tucson, Arizona, in der *Science Daily* einen Artikel veröffentlicht, der die Unsterblichkeit der Eibe und deren mögliche Übertragbarkeit auf den menschlichen Metabolismus zum Inhalt hatte. In dem Artikel hatte sie angekündigt, kurz vor dem Durchbruch ihrer Forschung zu stehen. Am nächsten Tag, dem 24. Mai, war ihr Labor bei einem Brand vollständig zerstört worden. Sie selbst war in den Flammen umgekommen.

Zwei Jahre darauf hatte der Schweizer Mediziner Professor Emil Kürner aus Genf einen ähnlichen Artikel veröffentlicht, in der August-Doppelausgabe der *Swiss Medical Weekly*. Die Zeitschrift war noch keine zwei Tage im Umlauf gewesen, da war auch sein Labor in der Universität Genf bis auf die Grundmauern niedergebrannt. Die verkohlte Leiche Professor Kürners konnte nur noch mithilfe eines Gebissabdrucks identifiziert werden.

Weitere vier Stunden später standen sechs leere Dosen Coke neben Eve und Anne auf den Schreibtischen, und sie hatten noch mehr Erschreckendes entdeckt. Doktor Tamara Henderson und Professor Emil Kürner waren nicht die Einzigen, die das Geheimnis der Unsterblichkeit hatten lüften wollen und kurz nach Publikwerden ihrer Forschungen ums Leben gekommen waren. Außer ihnen hatten in den Jahren 1999, 1982, 1973, 1968 und 1957 fünf weitere Wissenschaftler zu dem Thema veröffentlicht: Dr. Olaf Classen aus Kopenhagen in der *Illustreret Videnskab*, Professor Hoshimoto Takenaga aus Tokio in der *Nikkei Science*, Professor Ivana Perikova aus Moskau in der *Nauka i Zhizn*, Dr. Indu Sothilingham aus Bombay bei der *Indian Academy of Sciences* und Professor Simon Baschner aus Freiburg in der *Pour la Science*. Und alle, ohne Ausnahme, waren unmittelbar nach ihren Veröffentlichungen bei Bränden in ihren Laboratorien umgekommen.

»Das ist mehr als seltsam«, sagte Anne mit leiser Stimme. Sie war noch blasser als sonst.

»Ja, das ist es«, gab Eve zu.

»Vielleicht sollten wir aufhören.«

»Womit?«

»Mit der Recherche.«

Eve sah auf. Überrascht. »Warum?«

»Weil ich nicht daran glaube, dass das ein Zufall ist«, sagte Anne.

»Es ist schrecklich«, stimmte Eve zu. »Aber was lässt dich glauben, dass es kein Zufall ist?«

»Das liegt doch auf der Hand!« Anne klang regelrecht empört. »Siehst du denn nicht, dass all diese Fälle zusammenhängen?«

»Hooh-Hooh«, machte Eve, als würde sie ein Pferd zügeln. »Natürlich sieht das zunächst so aus. Aber das Internet ist voll von Geschichten und Ereignissen, die, wenn man sie nur richtig zusammenfügt, Grundlagen für die wildesten und spektakulärsten Verschwörungstheorien abgeben.«

»Hier sind Menschen *ermordet* worden, Doktor Sinclair.« Anne schaute sie an, als käme sie von einem anderen Stern. Eve hatte registriert, dass sie sie wieder »Doktor Sinclair« nannte, ganz so, als wolle sie sich von ihr distanzieren.

»Das können wir nicht wissen, Anne.«

»Wir haben es schwarz auf weiß. Alle Wissenschaftler, die an der Übertragung der Unsterblichkeit der Eibe auf den Menschen gearbeitet haben, sind bei einem Laborbrand ums Leben gekommen. Einen Tag oder wenige Tage, nachdem sie ihre Theorie publiziert haben.«

»Du ziehst voreilige Schlüsse.« Eve sah, wie aufgeregt Anne war, und wollte sie beruhigen. »Denk doch mal wissenschaftlich, nicht wie ein Verschwörungs-Freak. Erstens: Wir wissen noch gar nicht, ob das wirklich *alle* Wissenschaftler waren, die in diese Richtung geforscht haben. Wir haben mit unserer Recherche ja gerade erst begonnen. Zweitens: Haben wir eine Ahnung, wie viele Wissenschaftler sonst bei Laborbränden umkommen? Ein Labor ist kein Kinderspielplatz. Es ist voller hochexplosiver und leicht entflammbarer Stoffe. Allein in meinem Bekanntenkreis sind zwei Menschen bei solchen Bränden gestorben, und keiner von ihnen hat auch nur entfernt an der Mitose der Eibe oder überhaupt an der Eibe gearbeitet. Drittens: Es gab nie irgendwelche Anzeichen von Brandstiftung. Gibt es jemanden in der Kriminalgeschichte, der so viele Verbrechen begangen hat, ohne je auch nur eine einzige Spur zu hinterlassen? Und damit kommen wir zum vierten und wichtigsten Punkt, Anne. Dem Punkt, den du völlig zu ignorieren scheinst.«

»Welchen?«

»Die Todesfälle haben sich über einen Zeitraum von gut fünfzig Jahren erstreckt. Wer käme da bitte schön als Täter oder Auftraggeber in Frage?«

5

Als draußen bereits die Sonne unterging, standen neben den Coke-Dosen und der Kuchenbox zwei leere Take-away-Schachteln vom örtlichen Chinesen. Eve und Anne hatten bei ihrer Recherche im Internet noch drei weitere Wissenschaftler gefunden, die über Eibe und Unsterblichkeit publiziert hatten: Professor Ezard Strauss aus Tel Aviv, Dr. Hugh Cawley aus Boston und Professor Melchior Feldmann aus

München. Strauss hatte 1963 veröffentlicht, Cawley 1951 und Feldmann sogar bereits 1949.

Sehr zu Annes Entsetzen waren auch Strauss und Cawley wenige Tage nach der Veröffentlichung ihrer Theorie bei Laborbränden ums Leben gekommen, und Eve musste zugeben, dass sie das inzwischen auch beunruhigend fand. Aber sie verbannte das Gefühl sofort. Melchior Feldmann war eines natürlichen Todes gestorben. Erst vor zwanzig Jahren. An Altersschwäche. Bemerkenswert war allerdings, dass er seine These schon eine Woche, nachdem er sie aufgestellt hatte, öffentlich widerrufen und als unhaltbar verworfen hatte. Danach hatte er Deutschland verlassen, war nach England übergesiedelt und hatte sich aus der Forschung und auch aus der Öffentlichkeit komplett zurückgezogen. Ein Zeitungsartikel der *Hamburger Morgenpost*, in ihrer ersten Ausgabe vom 16. September 1949, zeigte ein Bild von ihm, etwa Anfang dreißig, wie er das Schiff nach England bestieg.

Eve hatte ihn erst in einer Ausgabe des *Daily Mirror* von vor zwanzig Jahren wiedergefunden – in einer Todesanzeige und einem Nachruf, zu dem auch ein kurzes Interview mit seinem Sohn Arthur Feldmann gehörte. Auf die frühere Forschung seines Vaters angesprochen hatte der geantwortet, dass die Geister der bedauernswerten und irrigen Annahme, der Menschheit ewiges Leben schenken zu können, nie aufgehört hätten, ihn und seine Familie zu verfolgen, weshalb er selbst sich, sogar noch nach dem Tod seines Vaters, in ein Kloster zurückziehen würde, um dort seinen Lebensabend zu verbringen. Auch der Name des Klosters war erwähnt: die *Anglican Benedictine Abbey of Shrawley*.

»Das ist nicht weit von hier«, sagte Eve, nachdem sie bei *Google Maps* nachgeschaut hatte. »Bei Worcester. Wir könnten in anderthalb bis zwei Stunden dort sein.«

»Sie wollen doch nicht etwa dort hinfahren?«, fragte Anne ungläubig.

»Aber selbstverständlich will ich das«, antwortete Eve. »Vielleicht hat er noch Unterlagen von der Arbeit seines Vaters.«

»Der hat seine These vor über sechzig Jahren widerrufen.«

»Das heißt nicht, dass er keine brauchbaren Ansätze hatte, die uns weiterhelfen könnten. Vielleicht hat er ja sogar weitergeforscht.«

»Er hat sich aus der Forschung zurückgezogen.«

»Kein Forscher hört jemals wirklich auf zu forschen, Anne. Ich möchte wetten, er hat an dem Thema weitergearbeitet.«

»Dann aber nicht erfolgreich, Doktor Sinclair. Er ist an Altersschwäche gestorben.«

»Was nur bedeutet, dass er seine Arbeit nicht zu Ende führen konnte. Aber wer weiß, was er bis dahin alles entdeckt hat. Auch seine Fehlschläge können für uns von Nutzen sein. Sogar von großem.«

Eine halbe Stunde später hatte Eve durch einen Anruf im Kloster festgestellt, dass Arthur Feldmann dort immer noch lebte, und sie hatte ihren Besuch angekündigt, ohne zu verraten, warum sie ihn sprechen wollte. Sämtliche Berichte und Zeitungsartikel über ihn und seinen Vater, Professor Melchior Feldmann, hatte sie ausgedruckt und in ihre Handtasche gesteckt.

Auf dem Weg zum Wagen erkannte Eve, wie sehr sie sich über Anne ärgerte. Mit Zweiflern und Zauderern hatte sie noch nie besonders viel Geduld gehabt. Natürlich konnte sie nachvollziehen, dass die mysteriösen Todesfälle Annes Enthusiasmus vom Morgen dämpften. Auch sie war beunruhigt. Aber sie sah den möglichen Erfolg, während alle Bedenken allein auf Spekulationen gründeten. Deshalb war sie eher erleichtert, als Anne beim Abschließen der Haustür sagte: »Wären Sie böse, wenn ich nicht mit Ihnen fahre?«

Eve sah ihre Assistentin an. In den letzten Stunden hatte sich Anne ihr gegenüber mehr und mehr verschlossen, und nun sah sie in ihrem Blick eine Traurigkeit, die sie nur auf eine Weise zu interpretieren wusste. »Du willst ganz aus dem Projekt aussteigen, habe ich recht?«

Anne nickte zaghaft. »Ich möchte nicht sterben«, sagte sie leise und richtete den Blick verschämt zu Boden.

Das will ich auch nicht, dachte Eve und seufzte. *Und genau darum geht es hier doch. Darum, das Geheimnis des ewigen Lebens zu enträtseln. Deshalb muss ich fahren. Wenn es noch Aufzeichnungen von Melchior Feldmann gibt, will ich sie haben!*

Aber sie sagte es nicht laut. Sie lächelte Anne nur verständnisvoll an, nickte und stieg in den Wagen.

Sie war dem Phänomen Angst schon zu oft begegnet, als dass sie noch daran glaubte, sie bei anderen mit rationalen Argumenten vertreiben zu können. Angst war nach Eves Meinung etwas, das Menschen wie Anne behalten *wollten*, wenn sie sie erst einmal hatten, aus von ihnen selbst nicht nachvollziehbaren Gründen. Es war etwas, das sie pflegten und nährten, statt es niederzukämpfen oder als abstraktes Gefühl und damit als unreal und völlig irrelevant zur Seite zu schieben, so wie sie es tat.

Angst ist nur ein Impuls. Wie man damit umgeht, unterscheidet die Schwachen von den Starken. Wer sich ihr hingibt, verliert. Dieses Credo war eines der Geheimnisse für Eves unglaublichen Erfolg.

Sie fuhr los. Sie hatte ja keine Ahnung, wie bald sie schon lernen würde, dass es Ängste gibt, die sehr viel stärker sind, als dass der Wille sie bekämpfen könnte.

Weiter hinten in der Stanway Road, etwa sechzig Meter von Eve Sinclairs Haus entfernt, stand ein dunkler SUV. Der Mann hinter dem Steuer trug ein Bluetooth-Headset, aus dem eine Stimme knarrte: »Melde dich, Sobek! Sobek, kannst du mich hören? Melde dich! Was ist da los?«

Aber Sobek konnte sich nicht mehr melden. Sobek war tot. Seine Kehle war aufgeschlitzt, Krawatte, Hemd und Anzug waren voller Blut.

Hinter dem SUV versteckt saß ein Motorradfahrer auf seiner Maschine, in dunkler Kluft und mit Helm auf dem Kopf. Aus dem Rucksack auf seinem Rücken ragten die mit Lapislazuli verzierten Elfenbeingriffe seiner Krummschwerter. Er hatte beobachtet, wie sich Eve Sinclair von ihrer Assistentin mit einem Nicken verabschiedet hatte, und seine Maschine gestartet. Als die Forscherin losfuhr, wartete er ein paar Sekunden, und fuhr ihr dann hinterher. Aus den Augenwinkeln heraus sah er, wie die Rothaarige mit Pferdeschwanz mit traurigem Blick ihr Handy ans Ohr hob und ohne auf ihn zu achten zu sprechen begann.

6

Worcestershire.
Shrawley Wood.

Shrawley Wood ist einer der wenigen Überreste des uralten englischen Wildwalds, der einstmals fast die ganze Insel bedeckte. Er liegt zwischen der Straße nach Worcester und dem Fluss Severn. Im Bürgerkrieg während des 17. Jahrhunderts versteckten sich dort unter Oliver Cromwell enteignete Royalisten, um arglose Reisende zu überfallen und auszurauben, bis die Gegenseite, die Parlamentarier, einen Trupp Soldaten zu einer Strafexpedition aussandten und die Wegelagerer ohne ordentliches Verfahren auf Oliver's Mount erhängten. Glaubt man den Geschichten der Einheimischen, gehen die Geister der damals Hingerichteten noch immer dort um, lauern Wanderern auf und locken sie ins Verderben, um sich mit deren Seelen eine weitere Schonfrist von der Hölle zu erkaufen.

Eve glaubte nicht an Geister oder sonstiges Übernatürliches. Sie war Vollblutwissenschaftlerin. Aber wenn sie sich in dem finsteren Wald umsah, konnte sie sich nur zu gut vorstellen, wie solche Gruselgeschichten entstanden.

Das Sportfahrwerk des Audi nahm die Schlaglöcher und Bodenwellen in dem unasphaltierten Waldweg mit stoischem Zorn, und die weibliche Stimme aus dem Navigationssystem informierte gerade: »Sie verlassen das erfasste Gebiet.« Eve schaltete es aus. Sie wusste nach einem Blick auf die Karten, dass der schmale Weg direkt zum Kloster führte, sodass sie es nicht verfehlen konnte.

Sie musste sich zwingen, in ihrer Nervosität die Finger nicht zu fest um das Lenkrad zu krallen, um flexibler auf die Unebenheiten des Bodens reagieren zu können. Ja, sie war nervös. Aber nicht genug, um ihre gerade begonnene Suche wieder abzubrechen.

Das Dumme an ängstlichen Menschen wie Anne ist, dachte sie, *dass sie immer einen Teil ihrer Angst auf andere übertragen. Sie müssen ihre Angst teilen, damit sie sich in der eigenen nicht so allein und verlassen fühlen. So entstehen Gruselgeschichten.*

Natürlich war da die Tatsache, dass jeder der Wissenschaftler, der in den vergangenen sechzig Jahren über die Unsterblichkeit der Eibe geforscht hatte und über die Möglichkeit, deren einzigartigen Stoffwechsel auf den Menschen zu übertragen, bei einem Laborbrand ums Leben gekommen war. Eve wusste auch, dass Forscher auch Jahrhunderte nach der Inquisition sehr viel häufiger, als man glauben mochte, für ihre Entdeckungen und Erfindungen zum Schweigen gebracht wurden, durch Bestechungen, Erpressungen oder Drohungen und hin und wieder auch durch Mord. War das in diesem Fall auch geschehen?

Für einige Konzerne stand zu viel auf dem Spiel, wenn jemand etwas entdeckte, das ihre Produkte von heute auf morgen überflüssig machte. Eve selbst war noch nie bedroht oder erpresst worden, aber man hatte schon zweimal versucht, sie zu bestechen. Das letzte Mal, als bekannt geworden war, dass sie nach einem Mittel gegen Krebs forschte und dabei große Fortschritte machte. Nicht weniger als fünf internationale Pharmakonzerne hatten ihr innerhalb von nur achtundvierzig Stunden nach der Veröffentlichung eines Artikels zu ihrer Arbeit Jobs in ihren eigenen Forschungslabors angeboten – im niedrigsten der Angebote für das Vierfache, das sie verdiente.

Eve hatte abgelehnt. Ihre Arbeit an der Universität von Oxford garantierte, dass die Ergebnisse ihrer Forschungen der ganzen Welt zugutekamen und nicht nur einer einzelnen Firma, die aus dem dann hergestellten Medikament unverhältnismäßig hohen Gewinn schlug.

Inhaber und Aktionäre von Firmen, die Menschen mit zu geringem Einkommen lieber sterben ließen als auf ein explosionsartiges Wachstum ihrer Rendite zu verzichten, waren leider eher die Regel als die Ausnahme. In Eves Augen war das bereits Tötung durch unterlassene Hilfeleistung, wenn nicht sogar Mord. Sie war überzeugt, dass es von dieser Einstellung aus nur noch ein kleiner Schritt dahin war, Menschen tatsächlich zu ermorden, um Umsatzeinbrüche oder Gewinnrückgänge zu verhindern. Und ewiges Leben bei fortwährend guter Gesundheit wäre eine Katastrophe für die Pharmaindustrie.

Aber eine Mordserie, die sich, Cawley mitgerechnet, über sechzig Jahre erstreckt? Mehr als unwahrscheinlich.

Etwas riss Eve aus ihren Gedanken, und ihr Gehirn brauchte eine Millisekunde, um zu analysieren, was es war.

Der rechte Rand ihrer Scheinwerfer hatte zwei glühende Augen erfasst.

Als sie das erkannte, erschrak sie erst richtig und hätte beinahe das Steuer verrissen. Doch es war nur ein Reh zwischen den uralten Bäumen. Sie atmete tief und lange aus, um ihren Herzschlag zu beruhigen und das durch den Schreck frisch in ihren Blutkreislauf geschossene Adrenalin wieder abzubauen, ehe es sie noch nervöser machte. Sie war ein Labormensch. Abenteuer außerhalb der Mauern der Universität oder ihres Heimbüros waren einfach nicht ihr Ding.

Ihre Finger zitterten, und sie registrierte, dass das Adrenalin ihr Gesichtsfeld erweitert und ihr Gehör empfindlicher gemacht hatte. Sie ging vom Gas und überlegte kurz, ob sie anhalten sollte, um ein wenig zu entspannen, entschied sich aber dagegen. Der dichte Wald um sie herum kam ihr durch ihre erhöhte Wachsamkeit noch bedrohlicher vor.

Plötzlich erschrak sie erneut.

Hatte sie da gerade Scheinwerferlicht in ihrem Rückspiegel gesehen? Sie sah noch einmal hin. Nichts.

Ihr Verstand sagte ihr, dass es ziemlich unwahrscheinlich war, dass um diese Uhrzeit noch jemand außer ihr auf diesem Weg unterwegs war, ihre Instinkte aber zwangen sie, wieder und wieder in den Rückspiegel und auch die Seitenspiegel zu schauen, während sie beschleunigte und über das Motorengeräusch ihres Wagens hinweg nach dem Geräusch eines anderen Fahrzeugs lauschte. Hörte sie da etwas, oder war es nur das Rauschen ihres schneller pumpenden Blutes?

Für einen Moment wollte sie trotz der Schlaglöcher und Bodenwellen noch mehr Gas geben. Dann aber zwang sie sich zur Besonnenheit. Wer sollte sie schon verfolgen? Niemand außer Professor Berg und Anne war darüber informiert, woran sie seit Neuestem arbeitete, und nur Anne wusste, wo sie gerade hin wollte.

Sie nahm den Fuß wieder vom Gas und versuchte erneut, ihren Herzschlag durch langsames Atmen zu regulieren. Die Erinnerung an die Zeitungsberichte der niedergebrannten Labors und die Leichen der darin ums Leben gekommenen Wissenschaftler machte das nicht gerade leichter.

7

London.
Westminster Abbey.

Hätte es Zuschauer gegeben, hätten die sich sehr gewundert über das Bild, das sich in dem Garten hinter der berühmtesten Kathedrale Englands gerade bot: Sechs Männer in mittelalterlichen schwarzen Kutten und tief in die Gesichter gezogenen Kapuzen bestiegen nacheinander einen hochmodernen mitternachtsschwarzen Eurocopter AS 565 Panther.

Aber es gab keine Zuschauer. Dafür war gesorgt.

Es durfte keine geben.

Nie.

Einen noch größeren Kontrast zu dem High-Tech-Hubschrauber als die klerikalen Kutten bildeten die Waffen, die die Männer trugen. Es waren Schwerter und Dolche mit den typisch kunstvoll verzierten Griffen der Schmiedemeister aus dem spanischen Toledo. Einer von ihnen führte zudem eine antike Armbrust mit sich. Er trug sie mit der Behutsamkeit, mit der man ein Baby hält. Sie war ihm kostbar, denn sie war ein Original von Peter Sarazenus, dem Armbrustbauer von Richard Löwenherz. Über achthundert Jahre alt. Der Schaft war aus geölter Eibe wie auch der Bogen, der auf Vorder- und Rückseite mit fein verzierten Damaszenerstahlspangen verstärkt war, sodass die Waffe selbst auf zweihundert Metern Entfernung den Brustpanzer einer schweren Rüstung durchschlagen und den Mann darin töten konnte.

Als ihr Träger den Hubschrauber als Letzter bestieg und die Tür hinter sich schloss, blitzte über dem dunklen Handschuh an seiner rechten Hand ein Ring auf. Das Siegel darauf zeigte einen Baum hinter zwei gekreuzten flammenden Schwertern.

Die beiden je 625 kW starken Turbotriebwerke heulten auf, und der Helikopter stieg mit sechs Metern pro Sekunde atemberaubend schnell senkrecht empor, ehe er hoch über der Kathedrale in Richtung Nordwesten schwenkte. Schon nach kurzer Zeit hatte er seine Höchstgeschwindigkeit von 285 km/h erreicht und war gleich darauf nicht mehr zu sehen.

Die Männer würden rechtzeitig bei ihrem Ziel anlangen, trotz des noch notwendigen Zwischenstopps in Risinghurst.

8

Anglican Benedictine Abbey of Shrawley.

Eine Dreiviertelstunde, nachdem das Reh Eve so erschreckt hatte, dass sie den Rest der Fahrt immer wieder in den Rückspiegel blicken musste, schälten die Scheinwerfer ihres bergan kurvenden Audi das Kloster aus der Dunkelheit. Es lag wie verlassen und von der Welt vergessen an einem Hang unterhalb des Waldrands und war von einer hohen, renovierungsbedürftigen Bruchsteinmauer umgeben, über die hinweg Eve einen Glocken- und einen Wohnturm sehen konnte. Im oberen Fenster des Turms wurde gerade ein schwaches Licht entzündet.

Eve lenkte den Wagen neben das große Tor und schaltete den Motor aus. Für einen kurzen Moment hatte sie das Gefühl, ein Echo zu hören, so als erstarb nicht weit entfernt ein zweiter Motor eine halbe Sekunde nach ihrem. Sie spähte zurück zu dem Weg, auf dem sie gekommen war, doch der war nur noch ein finsterer Tunnel, umrahmt von uralten Linden, die über ihm ihre gewaltigen, dichten Kronen zusammensteckten wie verschwörerische Riesen, die sich ein Geheimnis zuflüsterten. Eine Gänsehaut kroch ihr über den Rücken, als ihr bewusst wurde, dass sie mehr als eine Stunde durch diesen Tunnel gefahren war, und sie bekam im Nachhinein noch ein Gefühl der Beklemmung.

Missmutig schüttelte sie es ab. Sie verfluchte ihre Angespanntheit und ihre Entscheidung, mit der Fahrt zum Kloster nicht bis zum nächsten Tag gewartet zu haben. Der alte Wald, die Dunkelheit und die Abgeschiedenheit des Klosters kratzten mehr an ihren Nerven, als es der Wissenschaftlerin in ihr lieb war.

Als sie ausstieg, fröstelte sie trotz der Strickjacke, die sie trug. Es war empfindlich kühl geworden. Ein Eichelhäher schrie auf. Etwas hatte ihn aufgeschreckt. Eve schnaubte, wütend auf ihre eigene Überempfindlichkeit. Trotzdem schaute sie noch einmal zurück und lauschte. Alles still. Nichts deutete auf einen Verfolger oder einen zweiten spätabendlichen Besucher des Klosters hin.

Sie verschloss den Wagen, steckte den Schlüssel in die Handtasche, ging zum Tor und betätigte den großen gusseisernen Klopfer. Das laute Dröhnen zerbrach die gespenstische Stille.

Es dauerte etwas, dann hörte sie Schritte hinter der Mauer und wie jemand einen Schlüssel in dem alten Schloss herumdrehte. Die in das große Tor eingelassene kleinere Tür wurde geöffnet, und vor ihr stand ein kleiner alter Mann in einer grob gewebten Leinenkutte, der sie aus freundlichen Augen kurz musterte und dann hineinwinkte.

»Guten Abend, Doktor Sinclair. Ich bin Bruder John. Wir haben telefoniert.«

»Guten Abend, Bruder John.« Eve stieg über den Türbalken und ergriff die ihr zur Begrüßung entgegengestreckte faltige und von der Arbeit raue Hand. »Sehr liebenswürdig von Ihnen, mich um diese späte Uhrzeit noch zu empfangen.«

»Wir freuen uns über jeden Besuch«, sagte Bruder John herzlich und schob die knarrende Tür hinter ihr wieder ins Schloss. »Es werden von Jahr zu Jahr weniger. Sie sind der erste in dieser Woche, und wir haben immerhin schon Wochenende. Für Bruder Arthur sind Sie der erste Besucher seit Jahren überhaupt. Er ist schon sehr gespannt zu erfahren, was Sie von ihm wollen. Und nicht nur er.« Der Mönch lächelte mit einem Feixen im Blick und stand mit leicht zur Seite geneigtem Kopf vor ihr, als würde er auf etwas warten.

Eve verstand. Sie schenkte ihm ein bedauerndes Lächeln. »Was ich mit Bruder Arthur zu besprechen habe, ist vertraulich«, sagte sie freundlich.

Der Mönch zuckte mit einem Seufzen die Schultern. »Sie verzeihen einem alten Mann hoffentlich seine Neugier. Hier gibt es so selten Neuigkeiten.«

Mit einer Geste forderte er sie auf, ihm zu folgen, und gemeinsam gingen sie über den mit ausgetretenen Sandsteinplatten gepflasterten und spärlich beleuchteten Klosterhof hinüber zum Wohnturm. »Bruder Arthur hat uns bei seinem Beitritt eine sehr großzügige Summe gespendet, die uns damals davor bewahrte, das Kloster aufgrund mangelnder Einnahmen schließen zu müssen. Und er hat einen – wie sagt man noch gleich? Ah, ja – Fond angelegt, dessen jährliche Ausschüttung uns über Wasser hält. Wir haben ihm deshalb den Turm überlassen; um uns für seine Großzügigkeit zu revanchieren. Er lebt gern zurückgezogen, auch von uns.« Eve hatte das Gefühl, als hätte der Blick, mit dem Bruder John sie betrachtete, während er die Tür des Turms für sie öffnete, etwas Forschendes, das weit über die unschuldige Neugier eines alten Mannes hinausging. »Ich muss gestehen, ich bin sogar ein bisschen verwundert darüber, dass er Sie überhaupt empfängt.«

Er stand in der offenen Tür, als wartete er auf die Beantwortung einer Frage, die er nicht laut gestellt hatte, und sah plötzlich gar nicht mehr so harmlos aus wie noch vor wenigen Augenblicken.

Eve tat so, als würde sie es nicht bemerken, und setzte ihr freundlichstes Lächeln auf. Als Forscherin war sie nicht besonders diplomatisch, aber sie hoffte, dass es für einen alten

Mönch reichte. »Sie müssen mich nicht ganz nach oben begleiten, Bruder John. Ich habe das Licht im Fenster gesehen, ich finde das Zimmer. Natürlich nur, wenn es Ihnen nichts ausmacht.«

»Natürlich nicht.« Er erwiderte ihr Lächeln, und das Forschende in seinem Blick wich der resignierten Akzeptanz ihrer Verschwiegenheit. »Es gibt nur ein Zimmer dort oben. Sie können es gar nicht verfehlen.« Er kramte in einer Tasche und holte eine Kerze und einen kleinen Messinghalter hervor. »Hier. Die werden Sie brauchen. Im Turm gibt es keinen Strom.« Er steckte die Kerze in den Halter und reichte sie ihr. Dann holte er ein Päckchen Streichhölzer aus einer anderen Tasche, riss eines der Hölzchen an und hielt es an den Docht, bis er brannte. »Und seien Sie vorsichtig; die alte Holztreppe ist frisch gebohnert.«

Eve betrat den Turm.

»Ach, und noch etwas.«

Eve drehte sich noch einmal zu ihm um.

»Wie schon gesagt, Bruder Arthur lebt sehr zurückgezogen. Und das schon seit sehr langer Zeit. Also, wundern Sie sich bitte nicht, er ist ein bisschen … Na, sagen wir eigen. Ja, eigen trifft es ganz gut. Aber lassen Sie sich davon nicht abschrecken.« Bruder John lächelte ihr noch einmal aufmunternd zu, dann schob er die Tür von außen ins Schloss.

Eve schaute sich um. Die Kerzenflamme erhellte das Erdgeschoss gerade soweit, dass sie ein paar Truhen, zwei große Holzregale voll mit alten Büchern, ein vergittertes Fenster und die wirklich sehr antik erscheinende Treppe sehen konnte. Sie war froh, dass sie Turnschuhe trug und keine Heels, und machte sich an den Aufstieg zu Arthur Feldmanns selbst erwählter Klause.

9

Eve war nur leicht außer Atem, nachdem sie die vierundsechzig Stufen des Turms hinter sich gebracht hatte. Sie mochte nicht die Richtige sein für Feldforschung und Arbeit außerhalb ihres Büros, aber sie wusste als Medizinerin nur zu gut, wie wichtig tägliche Bewegung für den Körper war, und hielt sich mit einer Stunde Sport pro Tag fit. Am Ende der Treppe gab es nur eine Tür. Von dahinter duftete es einladend nach frisch gebrühtem Tee mit Bergamotte-Aroma.

Eve klopfte, und gleich darauf hörte sie Schritte auf den Holzdielen.

Der Mann, der ihr öffnete, war etwa einen Kopf größer als sie und trug wie Bruder John eine weite Benediktinerkutte, hatte jedoch die Kapuze tief ins Gesicht gezogen. Sie fand das eher merkwürdig, zumal er sich in seinen privaten vier Wänden aufhielt. Aber sie war ja gewarnt worden. Sie konnte unter der Kapuze gerade noch seine Kinnpartie mit seinen Lippen ausmachen, und die lächelten freundlich.

»Doktor Sinclair, nehme ich an.« Seine Stimme war tief und klang, als hätte er in letzter Zeit wenig Gebrauch davon gemacht.

Sie lächelte und hielt ihm die Hand hin. »Guten Abend, Mister Feldmann.«

»O bitte, nennen Sie mich Arthur.« Er schüttelte ihr die Hand und trat dann beiseite, um sie einzulassen. »Und nehmen Sie doch bitte Platz. Eine Tasse Earl Grey?«

»Ja, gern. Das ist sehr freundlich.«

Das von wenigen Kerzen beleuchtete Zimmer war geräumig und spärlich, aber nicht unkomfortabel eingerichtet. Unter dem Fenster, durch das Eve bei ihrer Ankunft das Licht gesehen hatte, stand ein großer, grob gearbeiteter Schreibtisch mit einem bequemen Armlehnstuhl. Er kam ihr seltsam aufgeräumt vor, und sie vermutete, dass das, was sich bis vor kurzem noch darauf befunden hatte, nun in dem Stapel darunter lag, der wiederum sorgsam mit einer Wolldecke zugedeckt worden war. Wollte Arthur Feldmann seinem Besuch verheimlichen, woran er gerade arbeitete oder wofür er sich interessierte? Nun, vielleicht handelte es sich ja auch nur um Männermagazine.

Links neben dem Schreibtisch stand ein einfaches Bett, in der Ecke gegenüber ein großer Ledersessel direkt neben einem gusseisernen Bollerofen, auf dessen Auskühlgitter der noch dampfende Wasserkessel abgestellt war. Zudem gab es zwei Schränke und den Tisch in der Mitte, auf dem eine an mehreren Stellen angeschlagene Teekanne auf einem Stövchen stand. Daneben waren zwei Tassen, Schalen mit Kandiszucker und normalem und ein Porzellankännchen mit Milch abgestellt.

Eve nahm auf einem der beiden Stühle am Tisch Platz und bemerkte erst da ein etwa zwei mal ein Meter großes Gemälde links von der Tür. Es kam ihr bekannt vor, aber sie konnte es nicht zuordnen.

»Peccato originale e cacciata dal Paradiso Terrestre«, sagte Arthur, der ihren Blick bemerkt hatte, und schenkte dabei Tee in die beiden Tassen. »›Der Sündenfall und die Vertreibung aus dem Paradies‹ von Michelangelo.«

»Es ist wunderschön«, sagte Eve, um die Atmosphäre ein wenig vertraulicher zu gestalten. Schließlich war sie gekommen, um mit einem ihr völlig Fremden über dessen toten Vater zu sprechen.

»Ja, das ist es«, stimmte Arthur ihr zu. »Es freut mich, dass es Ihnen gefällt. Das Original ist ein Wandgemälde in der Sixtinischen Kapelle im Vatikan; abgesehen von der wundervollen Ausarbeitung deshalb so bemerkenswert, weil es zwei zeitlich auseinanderliegende Ereignisse auf einmal zeigt.«

Eve gab sich interessiert, obwohl sie es nicht war. Sie war im Allgemeinen kein Fan von Small Talk und beherrschte ihn auch nicht besonders, aber sie wusste, dass sich Menschen am schnellsten öffneten, wenn man sie über ihre Interessen sprechen ließ. Und da Arthur bereits damit angefangen hatte, ließ sie ihn reden.

»Ja«, fuhr er fort, »zwei Ereignisse: links Adam und Eva beim Sündenfall, wie sie von Luzifer verführt werden, der halb als Mensch, halb als Schlange, die sich um den Baumstamm in der Mitte windet, dargestellt wird; und rechts von dem Baum der Engel mit dem Schwert, der Seraph, wie er sie aus dem Paradies verjagt. Zucker oder Kandis?«

Sie begriff erst nach einer Sekunde, dass die Frage an sie gestellt war. »Zucker wäre fein«, sagte sie. »Zwei Löffel, bitte. Keine Milch.«

Während er Zucker in ihre Tasse gab, sprach Arthur weiter. »Besonders interessant finde ich, dass sich Luzifer und der Engel nicht nur täuschend ähnlich sehen – wie auf vielen von Michelangelos Gemälden übrigens –, sondern zudem Rücken an Rücken und in gleicher Höhe so angeordnet sind, als wären sie miteinander verwachsen und als würden sie beide aus dem Schlangenkörper darunter hervorwachsen.«

Eve schaute genauer hin – und war verblüfft. »Tatsächlich. Eine Schlange mit zwei Oberkörpern.«

Aber Arthur schüttelte den Zeigefinger. »Eine geschickte optische Täuschung des Meisters. Denn wenn man noch genauer hinsieht, stellt man fest, dass es zwei Schlangenkörper sind, die sich um den Baum winden; der eine mündet in

Luzifer, der andere in dem Seraph. Damit will Michelangelo nicht nur auf die gemeinsame Wurzel von Teufel und Engel hinweisen, sondern auch darauf, wie eng verschlungen und nah beieinander liegend Gut und Böse sind.«

Das Bild war wirklich wundervoll. Sie hatte viel übrig für Kunst, aber Bibelmärchen und Philosophien über Gut und Böse langweilten sie als Wissenschaftlerin eher. Sie wollte, um ein Referat darüber zu vermeiden und um zum eigentlichen Grund ihres Besuchs zu kommen, gerade etwas sagen wie *Oh, wirklich? Das ist sehr interessant. Aber weshalb ich eigentlich gekommen bin …*, als sie auf der anderen Seite der Tür eine Gruppe kleinerer Bilder entdeckte.

Es waren Kupferstiche, Zeichnungen und Malereien, die allesamt ähnliche Motive wie der Michelangelo zeigten. Dabei fiel ihr etwas auf, das durchaus mit ihrem Besuch zu tun haben konnte, und sie beschloss, Arthur Feldmann doch noch ein wenig länger dozieren zu lassen.

»Und die hier?«, fragte sie deshalb und deutete auf die Miniaturen.

»Das fragen Sie nur, um einem alten Mann des Gefühl zu geben, er hätte etwas Interessantes zu erzählen«, sagte Arthur in freundlicher Schüchternheit.

Sie lächelte ihn an. »Ich treffe viel zu selten Kunstkenner, um diese Gelegenheit nicht beim Schopfe zu packen.« Eve log nicht gern. Aber je genauer sie die Bilder betrachtete, umso besser schien es ihr, ihn einfach weitererzählen zu lassen, denn wenn sie sich nicht täuschte, würde das ganz automatisch zum Grund ihres Besuchs führen.

»Sie schmeicheln mir«, sagte er. »Ich mag das. Es ist schon lange her, dass mir eine so ausgesprochen schöne Frau geschmeichelt hat.« Er nahm einen Schluck Tee und merkte, dass er seinen noch nicht gesüßt hatte. Er holte das nach, nahm einen erneuten Schluck, stellte die Tasse dann ab und ging hinüber zu den Bildern.

»Das hier ist ein Kupferstich von Albrecht Dürer. Das Original befindet sich im Städel-Museum, Frankfurt; es besitzt die meisten seiner Grafiken. Es gibt ein berühmteres Bild des Sündenfalls von ihm: Öl auf Kiefer, auf dem er versucht hat, seine Eva aussehen zu lassen wie Botticellis ›Venus‹, aber ich persönlich finde den Stich sehr viel raffinierter, detailreicher und auch anspruchsvoller.«

»Und das daneben?«, fragte Eve, als er Luft holte. Sie wollte nicht, dass er bei jedem einzelnen Bild so weit ausholte. Denn das, was sie interessierte, waren nicht die einzelnen Bilder, sondern das, was sie gemein hatten.

»Hier haben wir eine Kopie eines Triptychons von Hans von Marée aus dem 19. Jahrhundert: im linken Teil der sich nach der Frucht bückende Mann, im rechten dann altersgebeugt und von spielenden Kindern umgeben; im Hauptteil in der Mitte nicht nur eine Frau mit der Frucht, sondern gleich drei.«

»Drei Evas?«

Arthur gluckste vergnügt. »Das könnte man auf den ersten Blick meinen. Aber in Wahrheit ist es, obwohl es so aussieht, gar kein Bild vom Sündenfall, sondern ein Bild der Hesperiden aus der griechischen Mythologie.«

»Hesperiden?«

»Die Musen, die zusammen mit dem Drachen Ladon die goldenen Äpfel der Gaia bewachen. Genau wie auf dem nächsten hier von Sir Edward Burne-Jones, ebenfalls 19. Jahrhundert. Die Schlange, die sich um den Baum windet, stellt nicht Luzifer dar, sondern Ladon. Wie auch hier auf dem letzten Bild, einer Fotografie eines römischen Mosaiks aus dem spanischen Llíria, drittes Jahrhundert. Es ist Teil der

›Zwölf Aufgaben des Herkules‹ und zeigt den Halbgott im Kampf mit dem Drachen.«

Er nahm es von der Wand und hielt es ihr hin. »Sehen Sie, wie Herkules hier, ganz anders als der passive, eher furchtsame Adam auf dem Michelangelo und dem Dürer, mutig und entschlossen nach der Frucht greift, in der anderen Hand die Keule, zum Schlag erhoben gegen die Riesenschlange.«

Er hängte das Bild zurück. Seine Stimme war mittlerweile sehr viel kraftvoller geworden, und er sprach voller Begeisterung. »Herkules lässt sich nicht einschüchtern durch ein Verbot oder eine Drohung. Er braucht auch keine Frau als Entschuldigung, dass sie ihn zu irgendetwas verführt hätte. Im Gegenteil. Sehen Sie, wie sich auf der rechten Seite die drei Hesperiden hinter dem Baum verstecken. Nein, anders als Adam lässt sich Herkules die göttliche Frucht nicht anreichen; er greift danach, kämpft dafür und holt sie sich.«

Die letzten Sätze hatte Bruder Arthur mit solcher Leidenschaft gesprochen, dass Eve sicher war, mit ihrer Ahnung richtig zu liegen, und so sagte sie: »In dem einen Fall macht sich der Mann zum Sünder gegen das Gebot Gottes, wofür er bestraft wird, in dem anderen erhebt er sich über das göttliche Gesetz und macht sich dadurch selbst zum Gott, indem er Unsterblichkeit erlangt.« Es war mehr als nur Konversation.

Er drehte sich zu ihr um und stieß ein begeistertes »Ha!« aus. »Nach nur fünf Minuten verstehen Sie, was diese Bilder sagen, und fassen in einem einzigen Satz eine Erkenntnis zusammen, die zu erlangen ich ein halbes Leben lang gebraucht habe.«

Damit hatte sie ihn da, wo sie ihn hatte haben wollen. »Die Bilder gehörten Ihrem Vater, nicht wahr?«

Eve sah, wie sich sein Mund in Sprachlosigkeit öffnete. Dann stammelte er mit gebrochener Stimme: »Äh … Wie kommen Sie darauf?«

»Der Sündenfall«, antwortete Eve. »Adam und Eva haben eine Frucht vom Baum der Erkenntnis gegessen, doch darum wurden sie nicht aus dem Paradies vertrieben, das ist nicht die Strafe für ihren Verstoß gegen das göttliche Gebot. Die Strafe dafür ist, dass der Mann fortan sein täglich Brot im Schweiße seines Angesichts essen soll und die Frau unter Schmerzen gebären muss. Aus dem Paradies aber verjagte sie Gott, damit sie nicht auch vom Baum des Lebens essen, denn damit hätten sie zudem noch ewiges Leben erlangt und wären selbst zu Göttern geworden. Darum geht es: um den Baum des Lebens! Die Unsterblichkeit. Die Forschung Ihres Vaters!«

»W–w–was?«, stotterte er.

»Ihr Vater wollte den Stoffwechsel der Eibe auf den Metabolismus des Menschen übertragen. Er wollte sich, wie Herkules, das ewige Leben nehmen, statt als reuiger Sünder zu sterben wie Adam, verzweifelt angewiesen auf die Gnade eines Gottes, an den Ihr Vater nicht glaubte.«

»Was wissen Sie über m-meinen Vater?« In Arthurs Stimme schwang regelrecht Entsetzen mit. »Warum sind Sie hier, und wer schickt Sie?«

»Niemand schickt mich«, versuchte Eve ihn zu beschwichtigen. Sie verstand seine plötzliche Aufregung nicht. »Ich habe erst heute von Ihrem Vater erfahren und von seiner Arbeit. Und davon, dass er seine Forschung aufgegeben und seine Theorie widerrufen hat.«

»Dann wissen Sie alles, was es zu wissen gibt«, kanzelte Arthur sie ab. Er war mit einem Mal sehr viel kühler, ja, abweisend.

»Noch nicht«, widersprach Eve. »Ich möchte in Erfahrung

bringen, ob Sie vielleicht Aufzeichnungen Ihres Vater aufbewahrt haben.«

»Wie Sie selbst sagten«, stieß Arthur unwirsch hervor, »er hatte seine Forschung aufgegeben und seine Theorie widerrufen. Er ist gescheitert.«

»Es tut mir leid, dass ich Sie damit überfalle«, sagte Eve entschuldigend. »Es ist nur so: Ich forsche auf demselben Gebiet wie Ihr Vater, und seine Aufzeichnungen könnten für mich von großem Nutzen sein. Vielleicht sogar für die ganze Menschheit.«

»Sie dürfen nicht forschen!« Für einen Moment hatte Eve Angst, er würde auf sie losgehen. »Vergessen Sie, was Sie wissen oder zu wissen glauben. Es hat damals nicht funktioniert, und es wird auch heute nicht funktionieren. Und es gibt auch keine Aufzeichnungen. Ich habe sie alle verbrannt.«

»Das ist schade. Sehr schade.« Sie war also umsonst gekommen. Aber sie fragte sich, warum Arthur sich so aufregte. Moment, hatte er eben gesagt, »*Ich* habe sie alle verbrannt«?

Bevor sie den Gedanken zu Ende spinnen und ihn wieder verbannen konnte, weil er ganz einfach zu abstrus war, sprang sie auf einmal auf, machte drei schnelle Schritte auf ihn zu und riss ihm die Kapuze vom Kopf.

Auf einmal stand sie da, mit nun ihrerseits vor Sprachlosigkeit weit offen stehendem Mund, dann musste sie sich ganz schnell wieder setzen, ehe ihr die zitternden Beine den Dienst versagten.

»Warum haben Sie das getan?« Die Augen des jungen Mannes, der vor ihr stand, waren von tiefer Traurigkeit erfüllt.

»O mein Gott. Sie haben es geschafft«, flüsterte Eve tonlos. »Sie haben es tatsächlich geschafft, *Melchior*.«

10

Die Jagd hatte früher begonnen als erwartet.

Der Motorradfahrer verfluchte sich dafür, dass er außer den beiden Schwertern auf seinem Rücken nicht auch ein Gewehr mitgebracht hatte. Er stand seitlich am Hang des Klosters im dichten Unterholz zwischen den alten Linden und beobachtete abwechselnd die beiden Kuttenträger. Der eine kniete oben am Waldrand und zielte mit einer Armbrust auf den Turm, der zweite knackte gerade die Tür des Klostertors und schlich mit einem Kanister in den Hof.

Schon wenige Augenblicke, nachdem er vorhin sein Motorrad abgestellt hatte, hatte er gewusst, dass bereits jemand da war und auf Eve Sinclair wartete. Er kannte die Zeichen der Natur. Der Eichelhäher hatte nicht wegen ihm gekräht, sondern wegen irgendjemandem *oberhalb* des Klosterhanges. Und trotz des Warnschreis des Vogels hatte er kaum ein flüchtendes Tier gehört, was bedeutete, dass sie sich schon früher in Sicherheit gebracht hatten. *Vor wem?*

Also hatte er sich, statt Eve Sinclair weiterzufolgen, daran gemacht, das Gelände zu sichern und dann zuerst den Mann mit der Armbrust entdeckt und anschließend, als er den Hang schon halb in der Deckung der ihn umgebenden Bäume erklommen hatte, den anderen mit dem Kanister.

Wie konnten sie vor *uns hier sein?* Er erinnerte sich daran, wie Eve Sinclairs rothaarige Assistentin vor deren Haus mit dem Handy telefoniert hatte, während er die Verfolgung des Audi aufgenommen hatte.

Er musste sich beeilen, und er musste sich entscheiden. Natürlich musste er beide ausschalten, aber welchen zuerst?

Den Armbrustschützen. Der war trotz der größeren Distanz die direktere Bedrohung. Er zog sich in den Schatten zurück und eilte den Hang hinauf, lautlos, wie er es in seiner Zeit bei den Navajo gelernt hatte.

Dass die Männer in den Kutten hier waren, um Eve Sinclair zu töten, bedeutete, dass die Wissenschaftlerin ihnen trotz der kurzen Zeit bereits zu nahe, dem von ihnen so gut gehüteten Geheimnis zu dicht auf die Spur gekommen war.

Für ihn selbst ein gutes Zeichen. Es gab neue Hoffnung.

Er musste nur noch dafür sorgen, dass sie überlebte.

11

»Professor Melchior Feldmann.« Eve war fassungslos. Vor ihr stand der lebende Beweis für die Unsterblichkeit. Auch wenn er es aufgebracht mit den Händen fuchtelnd abstritt.

»Was reden Sie da? Melchior war mein Vater. Mein Name ist Arthur.«

Sie war zurück auf den Stuhl gefallen und holte mit zittrigen Fingern die ausgedruckten Zeitungsartikel aus der Handtasche, die sie neben dem Tisch abgestellt hatte. Der älteste lag obenauf. Das mehr als sechzig Jahre alte Bild aus der *Hamburger Morgenpost* zeigte den Mann, der nun in der obersten Kammer des Klosterturms vor ihr stand: Professor Melchior Feldmann. Nur dass der Mann vor ihr sogar noch ein klein wenig jünger und um einiges gesünder und vitaler aussah als auf dem Foto.

Sie hielt ihm den Ausdruck hin. »Es hat nie einen Arthur gegeben, habe ich recht?«

Er schaute gar nicht hin. »Sie reden sich da etwas ein. Bitte gehen Sie jetzt.«

»Selbst Arthur müsste jetzt über sechzig sein. Und Sie sind höchstens Anfang dreißig.«

Das ging gerade alles viel zu schnell. Eve war völlig verwirrt.

Da war so vieles, das bei seinem Anblick auf sie einstürmte: der Triumph der Wissenschaftlerin, weil sich ihre Theorie bewahrheitet hatte, wenn auch sehr viel schneller, als sie es für möglich gehalten hätte; gleichzeitig die Enttäuschung der Kämpferin, weil jemand vor ihr das Geheimnis entdeckt hatte, lange vor ihr, sogar lange vor ihrer Geburt; und trotzdem war da natürlich Begeisterung darüber, dass ewiges Leben überhaupt möglich und somit auch für sie selbst greifbar war.

Welten stürzten ein, und neue zeigten sich. Ihr sonst so konzentrierter Verstand galoppierte in alle Richtungen gleichzeitig. Da war aber auch Unverständnis – und natürlich Wut. Wut auf einen Mann, der solch ein Geheimnis für sich behielt. Plötzlich sogar Zorn, als ihr durch den Kopf schoss, dass zum Beispiel ihre Eltern noch hätten leben können und die Eltern von Millionen anderen, Milliarden sogar, hätte er das Rätsel der Unsterblichkeit seinen Mitmenschen offenbart.

Wenn Eves Meinung gerechtfertigt war, dass Pharmakonzerne, die mittellose Menschen lieber sterben ließen, als ihnen ihre Medikamente kostengünstiger zu überlassen, Mörder waren, dann stand vor ihr gerade der größte Massenmörder aller Zeiten.

Sie sprang erneut auf. »Wie konnten Sie das tun?«, schrie sie ihn an. »Wie können Sie das verantworten? Sie hätten Milliarden Menschen vor dem Tod bewahren können!«

»Und damit die Welt innerhalb von nur zwei Generationen durch Überbevölkerung zerstört!«, schrie er zurück – und gab sich damit preis.

»Man hätte die Geburtenrate regulieren können«, entgegnete sie.

»Dann hätte es Sie selbst wahrscheinlich nie gegeben. Und Milliarden anderer ebenfalls nicht. Wagen Sie es nicht, mir mit moralischen Phrasen zu kommen! Jeden Tag, der vergeht, stelle ich mir die Frage: Bin ich der Mörder all derer, die in den letzten sechzig Jahren gestorben sind, oder der Erretter und Gott all jener, die in diesen sechzig Jahren geboren wurden? Oder bin ich vielleicht nur ein unwürdiger Lump, dem sich durch einen Zufall ein unglaubliches Geheimnis offenbart hat und der am wenigsten Schaden anrichtet, wenn er sich zurückzieht und nicht mehr rührt?«

»Haben Sie sich deshalb versteckt? Weil Sie mit der Verantwortung nicht zurechtkamen?« Sie wollte es nicht glauben.

»Sie haben keine Ahnung, womit Sie es hier zu tun haben, Doktor Sinclair. Nicht die geringste.« Er holte eilig einen seesackähnlichen Leinenbeutel und einen ledernen Rucksack aus dem einen Schrank und begann, Sachen hineinzustopfen: Unterwäsche, ein Hemd, eine Hose, eine Jacke, eine Brieftasche, ein Bündel Geldscheine. »Gehen Sie jetzt bitte, und vergessen Sie, dass Sie jemals hier waren, dass Sie mich gesehen haben und dass Sie überhaupt von mir wissen. Und geben Sie Ihre Forschungen auf, wenn Ihnen Ihr Leben lieb ist.«

Von unter der Wolldecke unter dem Schreibtisch kramte er ein offenbar Jahrzehnte altes Notizbuch hervor und stopfte es in den Rucksack. Es gab also doch Unterlagen!

»Vor wem laufen Sie davon? Wovor haben Sie Angst?«

»Beten Sie, dass Sie das nie erfahren«, sagte er, ohne beim

Packen innezuhalten. »Ich hoffe nur, dass niemand weiß, dass Sie hier sind. Es weiß doch niemand, dass Sie hier sind, nicht wahr?«

»Meine Assistentin weiß es.«

»Dann bringen Sie Ihre Familie in Sicherheit.«

»Ich habe keine Familie mehr.«

»Ich hatte eine. Anders, als Sie glauben, gab es einen Arthur. Und auch eine Frau. Sie haben mir beide genommen.«

»Wer?«

»Sie wissen schon jetzt zu viel! Verschwinden Sie endlich!«

»Wenn Sie sagen, mein Leben sei schon jetzt in Gefahr, helfen Sie mir, mich zu schützen, indem Sie mir verraten, vor wem ich mich in Acht nehmen muss.«

»Sie können sie nicht aufhalten. Niemand kann das.«

»Wen, Professor Feldmann? Wen?«

»Die Aes…« Er wurde unterbrochen von einem Klirren und einem laut knirschenden und klebrig-breiigen Geräusch, das klang, als würde man einen Bleistift durch den Deckel einer Dose in darunter liegendes Hundefutter in Aspik rammen. Ein sehr kurzer, dicker Bolzen ragte auf einmal mit dem befederten Ende aus Professor Feldmanns Stirn. Er hatte die Augen vor Schreck und Erstaunen weit aufgerissen. Das plötzliche Entspannen der Gesichtszüge einen Herzschlag später ließ seinen Unterkiefer nach unten klappen und den Mund ein großes, fassungsloses O formen, ehe er wie ein Sack Kartoffeln vor Michelangelos Bild in sich zusammenbrach und auf den Holzboden schlug.

Vor Schreck machte Eve, ehe sie überhaupt begriff, was geschah, einen Sprung zurück und … Ein zweiter Bolzen jagte nur wenige Zentimeter an ihrem Gesicht vorbei und schlug in die Tür neben ihr ein, wo er stecken blieb. Instinktiv ließ sie sich zu Boden fallen und suchte hinter dem Tisch und den Stühlen Deckung.

Gegen jede Vernunft einem antrainierten Automatismus folgend griff sie nach Feldmanns Handgelenk, um den Puls zu prüfen. Nichts. Er war tot. Wenn ein Armbrustbolzen von leicht schräg oben Großhirn, Hirnstamm und Kleinhirn durchstößt, findet auch die Unsterblichkeit ihre Grenzen.

Eve nahm ihre Handtasche und zog den Rucksack aus Feldmanns lebloser Hand. *Das Notizbuch.*

So schnell sie konnte, krabbelte sie auf allen vieren zur Tür und hoffte, dass ihr der Tisch und die Stuhllehnen für ein paar Momente genügend Schutz boten vor dem unbekannten Schützen jenseits des Fensters.

Sie atmete einige Male tief ein und aus, um Sauerstoff in ihr System zu pumpen, und ließ die Muskeln in ihren Beinen spielen, um sie warm zu machen und geschmeidig. Dann zog sie ihre Beine unter den Körper, und unter Aufbietung all ihres Mutes sprang sie hoch, riss die Tür auf, schlüpfte hindurch und schlug sie schnell hinter sich wieder zu …

… nur um plötzlich vor einer lebendigen und gefräßigen Wand in die Höhe schießender Flammen zu stehen.

12

Der Armbrustschütze am Waldrand verzog missmutig den Mund. Er hatte zu spät reagiert, als die Frau in der Turmkammer aus ihrer Deckung hinter dem Tisch aufgesprungen und durch die Tür geflüchtet war. Es war zwar ziemlich wahrscheinlich, dass das Feuer, das sein Bruder im Erdgeschoss des Turms gelegt hatte, ihm die Arbeit abnehmen würde – aber selbst *ziemlich* wahrscheinlich war eben noch lange nicht sicher.

Er zielte mit der Waffe auf das inzwischen durch das Feuer hell erleuchtete Erdgeschossfenster und wartete. Falls sie es die brennende Treppe hinunterschaffte, würde er sie an deren Fuß mit einem Bolzen empfangen, ehe es ihr vielleicht auch noch gelang, die blockierte Tür nach draußen aufzubrechen. Er zwang sich, wieder tief und ruhig zu atmen, und legte den Finger auf den Abzug.

Der Motorradfahrer im Unterholz trieb sich zu noch größerer Eile an. Im Turm brannte es bereits. Damit hatte er gerechnet. Aber nicht damit, dass der Schütze so früh schießen würde. Er war nur noch dreißig, vielleicht vierzig Meter von dem Mann mit der Armbrust entfernt, der schon zwei Bolzen abgeschossen und einen dritten eingelegt hatte und schon wieder zielte.

Noch im Laufen zog er seine beiden Schwerter aus den Futteralen auf seinem Rücken und mobilisierte seine ganze Kraft.

Er brauchte Eve Sinclair. Jahrelang hatte er nach einer wie ihr gesucht.

Oben im Turm starrte Eve auf die brennende Treppe und kämpfte gegen die Panik an. Außer dem Fenster, durch das auf sie geschossen worden war, war die Treppe der einzige Weg aus dem Turm. Sie musste sie nehmen, oder sie würde verbrennen. Das waren die Optionen – die zweite davon inakzeptabel. Für einen kurzen Moment noch ließ sie ihr Verstand nach einer dritten suchen, aber als er keine fand, zwang sie ihn, sich auf die erste zu konzentrieren.

Die Treppe. Sie konnte noch nicht sehr lange brennen,

sonst hätten Feldmann und sie den Rauch im Zimmer gesehen oder zumindest gerochen, und der Holzboden des Zimmers selbst wäre heißer gewesen oder hätte ebenfalls schon gebrannt. Was so hell brannte, war das Bohnerwachs, das frische wie auch uraltes. Wenn sie Glück hatte, war das Holz in seiner Substanz selbst noch nicht angegriffen.

Sie versuchte, sich daran zu erinnern, wie viele Stufen die Treppe hatte – sie wusste, dass sie sie, wie sie es unbewusst immer tat, gezählt hatte. Die meisten Menschen zählten die Stufen, wenn sie eine Treppe hinaufgingen, auch wenn die wenigsten das bewusst wahrnahmen.

Vierundsechzig.

Ja, es waren vierundsechzig. Unterteilt in Treppenläufe von je acht Stufen. Vierundsechzig durch acht – also auch acht Treppenläufe. Unterbrochen von Etagenplattformen und Treppenabsätzen zwischen den Stockwerken. Zwischen jeder Etage ein Treppenabsatz. Das ergab vier Etagen – auf der obersten stand sie – und vier Treppenabsätze zwischen den Etagen. Nach dem letzten Treppenabsatz unten führte der Treppenlauf direkt ins Erdgeschoss.

Sie rechnete weiter: Sie konnte die acht Stufen eines Treppenlaufs mit einem einzigen Sprung nach unten überwinden. Solange die Plattformen noch nicht zu sehr brannten, würden sie ihr Fallgewicht bei der Landung tragen.

Die Luft wurde immer rauchiger.

Sie rechnete schneller: Anlauf und Sprung mit Landung – drei Sekunden; vielleicht stolpern, dann drei Schritte nach rechts – noch mal drei Sekunden; Schwung holen, springen und landen – auch etwa drei Sekunden. Also etwa neun, großzügig gerechnet zehn Sekunden pro Etage. Das waren vierzig Sekunden für die ganze Treppe. Solange müsste sie die Luft anhalten. Auch die zusätzlichen vier oder fünf Sekunden, die sie unten brauchen würde, die Tür zu finden, sie aufzustoßen und nach draußen zu rennen, dürften kein Problem sein. *Nur nicht in Panik geraten durch die Hitze und die Helligkeit des Feuers.*

Sie machte sich bereit.

Der Armbrustschütze hatte durch das vergitterte Turmfenster den Fuß der Treppe im Fadenkreuz und hielt die Konzentration, ohne sich zu verkrampfen. Bis zu einer Viertelstunde lang auf eine Stelle zielen, ohne zu verwackeln, war immer der mit Abstand schwierigste Bestandteil seines Kampftrainings gewesen. Er hatte vier Jahre gebraucht, bis er es beherrschte. Das Schwerste daran war, nachdem man Atmung und Puls in Einklang gebracht hatte, diesen Zustand zu halten, ohne sich durch die meditative Gleichmäßigkeit des eigenen Atmens und dessen Harmonie mit dem Herzschlag einlullen zu lassen und dadurch die Wachsamkeit zu verlieren, die es brauchte, um im richtigen Moment abzudrücken.

Die Gefahr bei dieser Art von Konzentration war, dass man die Umwelt um sich herum kaum noch wahrnahm.

Deshalb bemerkte der Schütze den Angreifer aus dem Unterholz schräg hinter ihm beinahe zu spät.

Der Motorradfahrer hatte sich beim Anblick des immer heller brennenden Turms gegen Lautlosigkeit und für Schnelligkeit entschieden. Er durfte sich nicht zu lange mit dem Schützen aufhalten. Beide Schwerter in den Händen stürmte er auf den Armbrustschützen los.

Der wirbelte herum, ohne die Armbrust nach unten zu nehmen, zielte – und schoss.

Der Schwertkämpfer warf sich reaktionsschnell zur Seite. Der Bolzen streifte ihn am Oberarm. Doch das konnte ihn nicht aufhalten. Er schwenkte wieder in die Laufrichtung zurück – direkt auf den Schützen zu.

Der warf ihm die Armbrust entgegen und zog sein Schwert und einen Dolch.

Der Angreifer schlug die Armbrust mit einem Schwerthieb zur Seite, ohne dabei aus dem Tritt zu geraten oder an Geschwindigkeit zu verlieren. Die antike Waffe zerbrach dabei zwischen Bogen und Schaft. Der Schütze schrie wütend auf und stürmte dem Gegner entgegen. Der lächelte grimmig. *Wut ist ein schlechter Kampfgefährte.*

Die wirbelnden Klingen trafen aufeinander. Hieb – Block und Gegenstich – Block, Körperdrehung, Hieb – ducken, Ausfallschritt, Stich – Seitwärtsschritt, Finte von oben, Hochreißen des zweiten Schwerts.

All das dauerte nicht mehr als vier Sekunden.

Der Mann mit den zwei Schwertern vollendete die Drehung und nutzte den Schwung zum Spurt den Hang hinunter zum Kloster, während er gleichzeitig die beiden Klingen zurück in ihre Scheiden stieß.

Der andere wirbelte hinter ihm herum, riss den rechten Arm hoch, um zuzuschlagen, und wunderte sich darüber, dass der so leicht war. Dann zuckte er zusammen. Aus dem Stumpf am Ende seines Unterarms schoss Blut. Den Toledogriff noch fest umklammert flog die abgetrennte Hand mit dem Baum-Flammenschwerter-Siegelring in hohem Bogen durch die Luft und landete im Unterholz.

Erst da fühlte der Mann in der Kutte den beißenden Schmerz und schrie auf.

Er stellte keine Gefahr mehr dar.

Oben im Turm auf der Plattform vor der Tür zu Feldmanns Zimmer presste Eve den Rucksack mit dem Notizbuch und ihre Handtasche an sich, holte Luft, so tief sie bei dem Rauch konnte, rannte los und sprang durch die Flammen nach unten.

Sie landete hart, aber sicher.

Neunzig Grad Drehung nach rechts.

Drei Schritte.

Eine zweite Vierteldrehung nach rechts. Schwung holen.

Springen.

Die fest in ihren Geist eingeprägten Bewegungsabläufe erinnerten Eve an die Ballettstunden ihrer Kindheit und die Worte ihrer Lehrerin Svetlana Lasky: *Konzentration und Entschlossenheit, ihr Küken! Wer zögert, stolpert. Wer stolpert, fällt. Wer fällt, ist raus!*

Konzentration und Entschlossenheit.

Drehen – Schritt-Schritt-Schritt – Drehen – Springen. Eve landete auf der Plattform der dritten Etage.

Das brennende Holz um sie herum knackte, aber sie durfte dem keine Aufmerksamkeit schenken. Es war mörderisch heiß, und sie presste die Lippen fest aufeinander, um sich vom Atmen abzuhalten. Die Hitze würde augenblicklich ihre Schleimhäute, Atemwege und Lunge verbrennen. Sie hielt die Augen so weit geschlossen wie möglich, wegen der Temperatur, aber auch wegen der Helligkeit.

Drehen – Schritt-Schritt-Schritt – Drehen – Springen.

Drehen – Schritt-Schritt-Schritt – Drehen – Springen. Zweite Etage.

Ihre Füße wurden unerträglich heiß, die Schuhsohlen schmolzen, und ihre Strickjacke fing Feuer. Sie ärgerte sich darüber, sie nicht oben ausgezogen zu haben, sondern sie als Brennstoff direkt am Leib zu tragen.

Brennen lassen! Weiterspringen!, befahl sie sich selbst, während das Feuer um sie herum brüllte. Die Jacke war aus reiner Schurwolle. Sie würde wesentlich langsamer und nicht so heiß brennen wie Chemiefaser – und sie hatte nur noch maximal zwanzig Sekunden vor sich.

Drehen – Schritt-Schritt-Schritt – Drehen – Springen. Sie knickte um.

Ignorieren!

Drehen – Schritt-Schritt-Schritt – Drehen – Springen. Erste Etage. Höllische Schmerzen im Fußgelenk.

Bei Ballettaufführungen hast du Schlimmeres weggesteckt! Weiter!

Einmal, da war sie dreizehn gewesen, hatte sie sich einen Tag vor einer Schulaufführung beim Picknick mit den Eltern an einem eisernen Gartentor den Fußnagel vom rechten großen Zeh abgerissen – und war dann trotzdem aufgetreten, um die Truppe nicht hängen zu lassen, den dicken Verband unter einem zwei Nummern größeren Schuh verborgen. Als die Lasky danach den voll gebluteten Schuh gesehen hatte, lud sie Eve am darauf folgenden Tag zu einer Kugel zuckerfreiem Joghurteis ein und teilte Eve kühl mit, dass sie ab jetzt die *Prima* tanzen würde.

Drehen – Schritt-Schritt-Schritt – Drehen – Springen.

Nicht atmen! Jetzt bloß nicht atmen! Nicht so kurz vor dem Ziel!

Drehen – Schritt-Schritt-Schritt – Drehen – Springen.

Erdgeschoss. *Zur Tür!* Sie fand sie. Sie qualmte bereits. Ihre Augen tränten, aber das Wasser trocknete fast sofort auf ihrer heißen Haut. *Auf gar keinen Fall den gusseisernen Türgriff mit der bloßen Hand anfassen!*

Es stank nach verbranntem Haar, ihrem eigenen. Die Strickjacke brannte, aber Eve wusste, dass sie sich nicht die Zeit nehmen durfte, sie auszuziehen. Sie klemmte die Handtasche unter den Arm, nahm den ledernen Rucksack am Tragegurt, griff mit der freien Hand hinein und benutzte seine Vorderseite wie einen Topflappen. Der Griff versengte das Äußere des Leders mit einem Zischen. Sie drückte die Klinke nach unten und drückte die Tür auf. *Wollte* die Tür aufdrücken. Sie bewegte sich nicht einen Millimeter. Panik.

Unterdrücken. Leben.

Ein zweiter Versuch. Vergeblich. Die Tür war verschlossen oder verbarrikadiert.

Eve machte einen schnellen Schritt zurück, ließ Rucksack und Handtasche fallen, befreite sich aus der brennenden Strickjacke und warf sie von sich. Sie brauchte dringend Luft.

Das Fenster!

Sie hob die beiden Taschen wieder auf und drehte sich herum.

Die Vorhänge waren bereits vollständig verbrannt – und das Fenster war vergittert. Was als Schutz gegen Einbrecher dienen sollte, hielt sie gefangen. Und dort draußen wartete ein Schütze auf sie. Aber sie musste es riskieren, musste wenigstens genügend Luft schnappen, um es dann noch mal mit der Tür zu versuchen. Den Rucksack und die Tasche als Deckung gegen einen möglichen Schuss vor sich haltend lief sie zwischen den brennenden Truhen und Regalen hinüber zum Fenster, beugte sich so weit es ging vor, stieß die alte Luft aus und atmete ein. Sie war warm von den Gittern, aber nicht heiß.

Noch einmal atmete sie tief aus und ein, die Nerven zum Zerreißen angespannt bei dem Gedanken, dass wahrscheinlich jemand auf sie zielte. Sie sprang zurück und lief wieder zur Tür.

Noch einmal benutzte sie den Rucksack wie einen Backofenhandschuh und drückte die Klinke nach unten. Aber die Tür bewegte sich noch immer nicht. Nur mit großer Mühe einen verzweifelten Aufschrei unterdrückend ging sie einen Schritt zurück und trat mit voller Wucht gegen die Tür.

Nichts.

In diesem Moment war Eve Sinclair überzeugt davon, dass sie sterben würde.

13

Mit der Kraft und dem Geschick eines Freeclimbers kletterte der Motorradfahrer über die Klostermauer, nur schneller. Stumm betete er zu schon längst vergessenen Göttern, dass er nicht zu spät kommen würde. Seine Finger und Fußspitzen fanden Halt in jeder noch so kleinen Unebenheit in dem alten Mauerwerk aus Natursteinen. Oben angekommen sprang er hinüber, landete fast vier Meter weiter unten geschmeidig auf den Fußballen und rannte los zum Turm.

Sofort entdeckte er den Keil unter der Tür und trat ihn weg. Der Motorradhandschuh schützte ihn vor der Hitze des Türgriffs, als er die Tür aufriss.

Gerade wollte er in die Flammen dahinter eilen …

… als ihn ein Lederrucksack und eine Handtasche mit Wucht ins Gesicht trafen und ihn nach hinten taumeln ließen.

Mit einem lauten Aufschrei stürzte die Frau hinterher und aus dem brennenden Turm. Ihr glühendes Gesicht war mit Ruß, Schweiß und Asche beschmiert, ihre Haare angesengt, und ihr Blick funkelte in einer Mischung aus verzweifelter Hysterie und der wilden Entschlossenheit, für ihr Überleben notfalls zu töten.

Sie krallte mit den Fingernägeln nach seinen Augen. Als es ihm gerade noch gelang, sie an den Handgelenken zu packen, sprang sie an ihm hoch, um mit ihren Zähnen seine Kehle zu erwischen. Sie war wie eine in die Enge getriebene todespanische Katze. Um zu verhindern, dass sie seinen Hals erreichte, drückte er sie von sich, ohne ihre Unterarme loszulassen, und kassierte gleich darauf einen Rammstoß mit dem Knie zwischen die Beine. Er knurrte auf vor Schmerz, ließ einen ihrer Arme los, packte sie in den Haaren und schleuderte sie zu Boden. Sofort wollte sie sich wieder aufrappeln, doch er stellte seinen Stiefel auf ihre Kehle und drückte leicht zu.

»Ich tue Ihnen nichts, Doktor Sinclair!«, keuchte er über die Schmerzen in seinem Unterleib hinweg. »Ich bin gekommen, um Ihnen zu helfen!«

Sie funkelte ihn von unten herauf aggressiv an und schnaubte, während sie mit beiden Händen versuchte, den Druck seines Stiefels zu mindern und sich freizustrampeln.

»Wollte ich Ihren Tod, hätte ich die Tür nicht geöffnet. Verstehen Sie das?« Er sprach langsam und eindringlich, um sie zu beruhigen. Ihr wütender Blick wurde skeptisch. »Und ich müsste auch jetzt einfach nur zutreten und Sie in die Flammen zurückwerfen. Also bitte vertrauen Sie mir.«

Sie hörte auf zu strampeln.

Er nahm den Stiefel von ihrem Hals und hielt ihr eine Hand hin, um ihr aufzuhelfen. Sie ignorierte sie und kam umständlich auf die Beine. Ihn noch immer argwöhnisch im Auge behaltend hob sie Rucksack und Handtasche vom Boden auf.

»Haben Sie den Stein?«, wollte er wissen.

Sie schaute ihn fragend an. Dann aber weiteten sich ihre Augen, und sie machte unwillkürlich einen Schritt zurück.

Als er merkte, dass sie nicht länger ihn ansah, sondern an ihm vorbei, wusste er, dass jemand hinter ihm stand.

14

Eves Puls raste. Das Herz hämmerte ihr wild gegen die Rippen, und ihr Atem ging schnell und stoßweise. Sie hatte einem grausamen Tod inmitten der Flammen ins Auge gesehen und war ihm gerade noch entkommen. Dann der Kampf mit dem Fremden, den sie für ihren Mörder gehalten hatte. Und nun das!

Aus den Schatten jenseits des Feuerscheins kamen fünf Gestalten in weiten schwarzen Kutten und tief ins Gesicht gezogenen Kapuzen. In ihren Händen hielten sie Dolche und Schwerter mit kunstvoll verzierten Griffen.

Sie kamen, um zu töten. Sie zu töten. *Aber warum?*

Zweimal hintereinander Todesangst – für ein drittes Mal reichte es nicht mehr. Sie war nur noch wütend. So wütend, wie sie sich selbst noch nie erlebt hatte. Am meisten wegen ihrer eigenen Wehrlosigkeit.

Die Männer schlossen einen Dreiviertelkreis um sie, mit dem brennenden Turm im letzen Viertel. Kein Ausweg. Kein Entkommen. Im Zentrum des Kreises sie und der große Fremde.

Erst da kam sie dazu, ihn zu betrachten. Er musste etwa vier oder fünf Jahre älter sein als sie, war fast zwei Meter groß, blond und hatte die breitesten Schultern, die sie je bei einem so schlanken Mann gesehen hatte. Sein sonnengebräuntes Gesicht war ebenmäßig schön und dennoch markant, der

Bartschatten gab ihm etwas Raues, Düsteres. Und dann waren da seine Augen. Noch nie hatte Eve Augen gesehen, die so wach blickten und so lebendig, so entschlossen und so wild, so frei von Zweifeln oder Angst.

Ohne sie anzusehen, raunte er ihr mit tiefer Stimme zu: »Zwischen mich und den Turm – schnell!«

Sie kannte ihn nicht, aber gehorchte instinktiv, obwohl sie bezweifelte, dass er gegen fünf Gegner eine Chance hatte.

Er wandte sich den Männern in den Kutten zu. »Geht, und ihr werdet leben. Bleibt, und ihr sterbt.«

Die Männer zogen den Kreis mit einem weiteren Schritt enger.

»Versteht ihr, dass für euch der Tod das Ende der Existenz bedeutet?«

Eve fand es völlig unpassend, dass er in dieser Situation zu philosophieren begann, und wunderte sich darüber, dass ihm diese Frage wichtig erschien.

»So ist es von Gott gewollt«, antwortete einer der Fünf, der offenbar besser verstand als Eve, was der Fremde gesagt hatte, denn er sprach die Worte mit inbrünstigem Ernst. »Ewiges Leben wartet im Himmel auf uns.«

Der Fremde schüttelte bedauernd den Kopf und zog zwei altertümliche Schwerter aus Scheiden auf seinem Rücken, die Eve vorher gar nicht aufgefallen waren. Die gebogenen Klingen schimmerten schwarz und rot im Schein des Feuers. Damaszenerstahl. Die Klingen waren mit seltsamen Zeichen verziert.

»Nun, wenn euer Gott es so will«, sagte Eves Retter, »dann bin ich frei von Schuld.« Er setzte sich in Bewegung.

Einen Wimpernschlag später rollte ein abgetrennter Kopf über die alten Sandsteinplatten, und der Fremde stand plötzlich außerhalb des Kreises, noch ehe der enthauptete Körper des mittleren Kuttenträgers zu Boden sackte. Auch der Angreifer daneben wankte plötzlich und sah erstaunt an sich herab. Eve folgte seinem Blick zu seinem Bauch, wo die Kutte der Länge nach aufgeschlitzt war. Etwas Nasses klatschte unter dem weiten Gewand auf den Stein vor seinen Füßen. Der plötzliche Gestank verriet Eve, was es war, und sie verzog das Gesicht – wie auch der Mann, der neben seinen über den Boden quellenden Gedärmen in die Knie brach.

Eine einzige Attacke, zwei Männer tot.

»Wollt ihr *jetzt* gehen?«, fragte der Fremde ruhig. Nicht einmal sein Atem hatte sich beschleunigt.

Die übrigen drei zögerten. Aber nur für einen Moment. Dann sagte der, der eben schon gesprochen hatte, zu einem der anderen beiden: »Du kümmerst dich um die Frau, Antonius.«

Der Angesprochene ging nach vorn gebeugt auf Eve zu, während sich die zwei anderen auf den Fremden stürzten. Eve nahm den Rucksack so am Riemen, dass sie ihn wie eine Keule schwingen konnte, ahnte aber, dass ihr das nicht viel helfen würde gegen einen Mann mit Schwert und Dolch. War ihr bis eben, nach den Ereignissen im Turm und der Begegnung mit dem Fremden, das Auftauchen von mit Schwertern bewaffneten Männern in Kutten völlig unwirklich erschienen, so als würde sie einen Kostümfilm im Fernsehen sehen, hatte sie plötzlich wieder ganz reale Angst.

Das hier war kein Film. Der Mann, der auf sie zukam, wollte ihr wirklich den einen Meter langen Stahl in den Körper rammen und sie töten. Allein die Vorstellung ließ Eve am ganzen Leib zittern, und sie fühlte, wie ihr Herzschlag vor Panik zu holpern begann und sie plötzlich ganz schnell schnaubte. Doch nach zwei Schritten hielt der Killer mit dem Namen eines Heiligen abrupt inne – und richtete sich seltsam ruckartig auf. Aus seiner Brust ragte die rot beschmierte Spitze eines Krummschwerts aus Damaszenerstahl. Er fiel vornüber – vermutlich hatte die Klinge seine Wirbelsäule durchtrennt –, und Eve sah weiter hinter ihm den Fremden, der nur noch ein Schwert hielt und sich für den Angriff der anderen beiden in Position stellte. Das andere Schwert musste er geworfen haben – und es hatte mit tödlicher Wucht und Präzision getroffen!

Seine klaren Bewegungen erinnerten Eve an Kendo, die Schwertkunst der Samurai, kontrolliert, aber dynamisch. Die zentrierte Balance einer Ballerina gepaart mit der urwüchsigen Kraft eines angreifenden Tigers, dessen Glaubenssystem keine Niederlage kennt. Und genau wie der wartete er nicht, bis seine Gegner ihn erreichten.

Er sprang ihnen entgegen. Dabei stieß er einen merkwürdig fremdartigen Kampfschrei aus, der noch von den Klostermauern widerhallte, als die beiden schon zuckend am Boden lagen.

Der Kampf hatte nicht mehr als einen Herzschlag gedauert. *Ein Killer mit der Präzision eines Schachgroßmeisters*, dachte Eve erschaudernd.

Er drehte sich nicht einmal mehr zu seinen Gegnern um, als er sein Schwert zurück in die Scheide auf seinem Rücken stieß und auf Eve zuging. Dabei zog er sein zweites Schwert aus dem Rücken des Mannes, der Eve hatte töten wollen.

»Haben Sie den Stein?« Die Frage hatte er schon einmal gestellt, als die Männer aufgetaucht waren.

»Ich habe keine Ahnung, was Sie meinen«, sagte sie wahrheitsgemäß und machte einen Schritt zurück.

Er setzte ihr nach und riss ihr den Rucksack aus der Hand, wühlte darin. Dabei fiel Feldmanns Notizbuch heraus und zu Boden.

Und dann geschah etwas, das Eve als noch unglaublicher empfand als alles bisher schon Geschehene: Ihr Retter fluchte, knurrte, »Sie warten hier!«, drückte ihr den Rucksack zurück in die Hände und stürzte sich in den inzwischen fast vollständig brennenden Turm.

Für einen Moment starrte Eve ihm nach. Dann hob sie eilig das Notizbuch vom Boden auf, stopfte es zurück in den Rucksack und rannte durch die schmale Tür im Tor zu ihrem Wagen. Sie sprang hinein, startete ihn und fuhr mit quietschenden Reifen davon in die Nacht.

Nur weg hier!

15

Risinghurst bei Oxford.
Stanway Road.

Was, zur Hölle, war in dem Kloster geschehen?

Eve hatte immer noch keine Ahnung, was vor sich ging. Die Erkenntnis, dass Melchior Feldmann offensichtlich den Schlüssel zur ewigen Jugend entdeckt hatte, war schon erschütternd genug gewesen, wenn auch auf positive Weise. Alles, was danach geschehen war, war nicht nur furchtbar irreal und bedrohlich, es ergab auch einfach überhaupt keinen Sinn. In Eves Denkschema machte alles, was keinen Sinn ergab, sie normalerweise entsetzlich neugierig. Aber wo dunkle Gestalten mit Armbrüsten Menschen erschossen, einen Turm anzündeten, um sie bei lebendigem Leib zu verbrennen, und einander mit altertümlichen Schwertern so nebenbei niedermetzelten, als täten sie das jeden Tag, war kein Raum mehr für Neugier, nur noch für brustkorbeinschnürende und all ihre Überlebensinstinkte mobilisierende Furcht. Sie war den ganzen Weg von Shrawley Wood nach Oxford zurückgerast. *Wie ein Tier auf der Flucht in seinen Bau.*

Sie bog viel zu schnell in einer weiten Kurve in die Stanway Road und nahm die Geschwindigkeit erst herunter, als sie nur noch wenige Meter von ihrem Haus entfernt war.

Waren sie wirklich hinter mir her oder vielleicht doch hinter Feldmann? Das war eine entscheidende Frage. *Wenn sie hinter mir her waren, bin ich auch hier nicht sicher. Sie müssen hinter Feldmann her gewesen sein. Bitte, lieber Gott, gib, dass sie hinter Feldmann her waren und ich nur zufällig da hineingeraten bin. Gib, dass sie keine Ahnung haben, wer ich bin, wie ich heiße und wo ich wohne.* Sie ärgerte sich darüber, einen Gott anzuflehen, an den sie schon lange nicht mehr glaubte, und setzte gleich darauf einen lautlosen Fluch hinterher. *Verdammt!* Der Fremde mit den zwei Schwertern hatte sie »Doktor Sinclair« genannt. Zumindest er wusste, wer sie war – falls er noch lebte. Aber wenn es um sie ging und nicht um Feldmann, mussten sie ihr entweder zum Kloster gefolgt sein oder hatten schon dort auf sie gewartet. Es gab nur einen einzigen Menschen, der gewusst hatte, wohin sie unterwegs war.

Anne!

Eve stieg aus dem Wagen und wählte Annes Nummer, während sie zu ihrer Haustür ging. Sie wollte gerade aufschließen, als sie zusammenzuckte. Ihre Tür war aufgebrochen – und im Inneren ihres Hauses begann ein Handy zu dudeln. Anne? Vor Schreck drückte sie auf die Beenden-Taste ihres Mobiltelefons. Das Dudeln drinnen brach sofort ab.

»Anne?«, fragte sie durch den Schlitz der nur angelehnten Tür. Es kam keine Antwort. Gegen den Warnschrei der eigenen Vernunft schob sie die Tür weiter auf und lauschte in die Stille. Nichts. Dann spähte sie hinein – und hätte beinahe genauso laut aufgeschrien wie eben ihre Vernunft.

Ihre Wohnung war völlig verwüstet.

Die Flurmöbel lagen umgeworfen auf dem Boden, und die Bilder waren von den Wänden gerissen. Im hinteren Wohnzimmer sah es selbst von der Tür her noch schlimmer aus. Der Baldachin war zerfetzt, und die Polster der Sessel und Sofas waren aufgeschlitzt.

Man hatte ihr Zuhause zerstört. Den Ort, den zu einem Nest zu machen sie in den vergangenen drei Jahren jede freie Minute ihrer Zeit und jeden Penny gesteckt hatte, um sich nach dem viel zu frühen Tod ihrer Eltern endlich wieder sicher und geborgen zu fühlen. Ihre Ruhezone. Der Quell ihrer Kraft. Vernichtet.

Eve spähte ins Arbeitszimmer – und *da* schrie sie auf.

Die Computer waren zerstört und sämtliche ihrer Akten verschwunden. Überall lagen aus den Regalen gerissene Bücher auf den türkis gestrichenen Bodendielen.

Und dann sah sie Anne!

Die junge rothaarige Frau hatte mehrere große Stich- und Schnittwunden. Überall war Blut. Sie kauerte reglos am Boden, den Oberkörper gegen die Wand gelehnt. Und sie hatte versucht, eine Nachricht zu hinterlassen. Auf dem hellblau-weiß verwischten Glattputz stand zwischen den bunten Fliesen in großen roten Buchstaben das Wort »HÜTE«.

Anne hatte es mit ihrem eigenen Blut geschrieben.

Eve unterdrückte ein Schluchzen und lauschte wieder in die Wohnung hinein. Aber es war nichts zu hören. Wer immer das getan hatte, schien verschwunden. Sie zwang sich, zu dem Körper an der Wand zu gehen und nach Annes Puls zu tasten. Doch als sie den blutigen Pferdeschwanz zur Seite schob, um die Halsschlagader zu berühren, sah sie, dass sie hier nichts mehr tun konnte. Der Hals war zu einem Viertel vom Rumpf getrennt, die Schlagader weit offen.

Wer hatte das getan? Die Männer in den Kutten oder der Fremde mit den beiden Schwertern? Und wovor sollte sich Eve hüten?

Die Polizei muss her! Sie richtete sich auf und wählte mit dem Handy den Notruf. Aber als sie es an das Ohr nahm, wartete sie vergeblich auf ein Wählzeichen. Stattdessen klickte es, und eine fremde Stimme sagte: »Wir sind auf dem Weg, Doktor Sinclair. Bleiben Sie, wo Sie sind. Es gibt für Sie ohnehin kein Entkommen mehr.«

16

Bleiben Sie, wo Sie sind.
Es gibt für Sie ohnehin kein Entkommen mehr.

Von wegen! Eve hatte zwar keine Ahnung, was sie tun sollte, aber sie wusste, was sie auf keinen Fall tun würde: bleiben.

Ihr Bau, ihr Nest, ihr Zuhause war zerstört worden. Hier gab es keine Sicherheit mehr für sie. Sie wusste, wenn sie leben wollte, musste sie es hinter sich lassen. *Sofort* hinter sich lassen. Vielleicht für immer. Hastig griff sie aus ihren Schubladen ihren Ausweis, Kreditkarten und Bargeld, stopfte alles in ihre Handtasche und rannte, ohne sich noch einmal umzudrehen, zurück nach draußen zu ihrem Wagen.

Beim Versuch, den Kunststoffschlüssel in das Schloss neben dem Lenkrad zu stecken, fiel er ihr zweimal hinunter.

Sie zwang sich dazu, ruhiger zu atmen, um sich kontrollierter zu bewegen.

Wer auch immer auf dem Weg hierher sein mochte, würde gleich da sein.

Nur mit Mühe brachte sie es fertig, den Wagen zu starten, ohne ihn ausgerechnet in dieser Situation abzuwürgen. Sie war lange genug Forscherin, um zu wissen, wie tödlich der Fluchtinstinkt war, wenn er sich mit Angst vermischte und zur Panik wurde.

Sich nach allen Seiten umsehend lenkte sie den Wagen gezwungen langsam und vorsichtig aus der Einfahrt und trat das Gaspedal erst durch, als sie die freie Straße vor sich hatte. Dann erst überlegte sie, wohin sie fahren sollte.

Zur Polizei.

Aber erst musste sie noch im Labor vorbei, um ihre Daten in Sicherheit zu bringen. Auf keinen Fall durfte sie riskieren, dass, wer auch immer die Computer in ihrem Zuhause zerstört hatte, sich auch an dem System in der Uni vergriff und dabei die Forschungsergebnisse zu ihrem Heilmittel gegen Krebs vernichtete.

Fünfzehn Minuten später, in denen sie immer wieder in den Rückspiegel geblickt hatte, parkte sie ihren Audi in den Nachtschatten des Instituts und schlich um das Steingebäude herum zum Wintergarten.

Sie hielt inne und sah sich um. Niemand zu sehen. Um völlig sicherzugehen, dass sie nicht verfolgt wurde, lauschte sie in die Nacht. Nichts. Es war sogar so still, dass sie ihr eigenes Herz schlagen hörte. Sie holte den Schlüssel aus der Handtasche und schloss auf. Die Tür ließ sich geräuschlos öffnen.

Trotz der gespenstischen Dunkelheit widerstand Eve der

Versuchung, die Beleuchtung einzuschalten, und tastete sich im nur spärlich in den Wintergarten fallenden Licht der Sterne zwischen den Eiben hindurch zu ihrem Schreibtisch.

Er war verwüstet, die Computer zertrümmert.

Eve hatte in dieser Nacht schon zu viel erlebt, um noch schockiert zu sein, aber instinktiv duckte sie sich und musste gegen den Drang ankämpfen, sofort wieder davonzurennen. Noch war nicht alles verloren. Aus bitterer Erfahrung wusste sie, wie anfällig Computer waren, und erstellte regelmäßig eine Sicherheitskopie auf einer externen Festplatte, die sie in einem Geheimfach in einem der Aktenschränke versteckt hielt.

In weiterhin geduckter Haltung ging sie hinüber, um sie zu holen. Als sie die metallene Schranktür öffnete, kam es ihr wie ein weithin hörbarer Donnerschlag vor. Sie beeilte sich.

Kaum hatte sie die Festplatte in ihre Handtasche gesteckt und die ersten Schritte zurück zum Ausgang zurückgelegt, flammte die Neonbeleuchtung auf.

Eve erstarrte in der Bewegung.

»Das passiert immer, wenn kleine Vögel zu hoch fliegen. Sie verbrennen sich die Flügel.« Die Stimme kam vom Gebäudeeingang des Wintergartens, und Eve erkannte sie sofort. Professor Christian Berg.

Eve drehte sich zu ihm herum. Der Ausdruck in seinem Gesicht war traurig, die Augen waren tränenfeucht, und seine Mundwinkel zuckten wie bei einem inneren Kampf. Sie wollte nicht glauben, dass er etwas mit dieser hässlichen Sache zu tun hatte. Aber die drei Männer, die neben ihm standen, zeigten es eindeutig.

Sie trugen schwarze Skimasken, die ihre Gesichter bedeckten. Einer von ihnen hielt eine Spritze in der behandschuhten Hand.

»Es tut mir leid, Eve«, sagte Professor Berg.

»Was geht hier vor, Christian?«, fragte sie.

»Sie sind zu weit gegangen«, antwortete er. »Und dabei habe ich versucht, Sie zu warnen.«

»Wovor zu warnen?«

»Die Grenze zu überschreiten.«

»Wer sind diese Männer, und was wollen sie von mir?« Eine eigenartige, lähmende Ruhe hatte von Eve Besitz ergriffen. Zu viel war zu viel. Nach dem Angriff auf das Kloster und auf ihr Haus hatte sie keinerlei Zuversicht mehr, entkommen zu können. Aber sie wollte verdammt sein, wenn sie nicht vorher noch herausbekam, was eigentlich gespielt wurde.

»Das ist jetzt nicht mehr von Belang, Doktor Sinclair«, sagte der Mann mit der Spritze. Er machte einen Schritt auf sie zu, und sie machte einen zurück.

»Thiopental?«, fragte sie mit argwöhnischem Blick auf die Spritze.

»Ein Wahrheitsserum?« Der Mann schüttelte den Kopf. »Was Sie wissen, ist nicht von Interesse. Was Sie hätten herausfinden können, das war das Problem. Zum Glück ein kurzlebiges.« Er hielt die Spritze hoch. »Kaliumchlorid.«

»Ohne vorherige Betäubung?« Egal, was Tierärzte oder Scharfrichter behaupteten, Eve wusste, dass das Zeug einen elend und unter großen Schmerzen verrecken ließ. »Dann erschießen Sie mich lieber.«

Noch einmal schüttelte der Maskierte den Kopf. »Wir wollen nicht zu viele Spuren hinterlassen.«

Als Eve noch einen Schritt zurück machte, traten die anderen beiden Männer hinzu und hielten sie an den Armen fest. Es war so absurd. Gerade war sie dem Geheimnis des ewigen Lebens auf die Spur gekommen, da sollte sie sterben? Sie sah

Professor Berg an. »Was springt für Sie dabei heraus, Christian, dass Sie Ihre beste Wissenschaftlerin über die Klinge springen lassen?«

Professor Berg holte Luft, um zu antworten, doch der Mann mit der Spritze knurrte ihn an: »Schweigen Sie.«

»Kommen Sie«, sagte Eve. »Warum mussten Feldmann und Anne sterben und jetzt auch noch ich? Weil es ohne kranke Menschen keine Pharmaindustrie mehr gäbe?«

Der Maskierte und der Professor wechselten einen irritierten Blick.

»Anne ist tot?«, fragte Berg.

»Oh, bitte jetzt nicht dumm stellen«, sagte Eve mit Zorn in der Stimme. »Ihre Leute haben sie in meinem Haus förmlich in Stücke gehackt.«

Professor Berg wandte sich aufgebracht an den Anführer des Trios. »Von Anne war niemals die Rede. Und wer ist Feldmann?«

»Ich sagte, schweigen Sie!«, herrschte ihn der Maskierte an und wechselte zugleich fragende Blicke mit den anderen beiden, die Eve festhielten. Sie schüttelten die Köpfe.

»Wir müssen uns beeilen«, sagte der Anführer mit plötzlicher Hast. »Schnell. Haltet sie gut fest.«

Die Griffe um Eves Arme wurden härter. Eine Hand verkrallte sich in ihrem Haar, und ihr Kopf wurde zur Seite gezogen, damit die Halsschlagader leichter zugänglich war. Obwohl sie wusste, dass es keinen Sinn machte, versuchte sie sich zu wehren. Doch die Männer waren unglaublich stark.

Die Spritze kam näher.

Da krachte es plötzlich, und Glassplitter regneten auf Eve herab. Gleichzeitig löste der Mann zu ihrer Linken den Griff, und der Anführer des Trios machte einen weiten Satz zurück, wobei er die Spritze fallen ließ und eine kleine Maschinenpistole aus dem Schulterhalfter unter seinem Mantel hervorzog.

Eve wirbelte herum und sah den Fremden aus dem Kloster. Er war durch das Glasdach gebrochen, direkt neben dem Maskierten zu ihrer Linken gelandet und hatte ihm dabei eines seiner beiden Krummschwerter von oben herab dicht am Hals vorbei in die Schulter und tief in den Körper gerammt. Der Maskierte zuckte konvulsivisch, während sein Blut in einer pulsenden Fontäne in die Höhe spritzte.

Der Anführer der Maskierten hob die MPi und drückte ab. Der Fremde jedoch riss sein Opfer am Schwert, das noch in seinem Leib steckte, herum in die Schusslinie und benutzte ihn als Schild, während er sein zweites Schwert dem Mann zu Eves Rechten, der überhaupt noch nicht begriffen hatte, dass sie angegriffen wurden, in die Seite stieß.

»Laufen Sie! Zu Ihrem Wagen!«, rief der Fremde Eve zu, und sie reagierte ohne zu zögern. Hinter ihr hämmerten erneut Schüsse, aber sie verschwendete keine Zeit damit, sich umzudrehen. Sie rannte so schnell sie konnte zum hinteren Ausgang des Wintergartens und weiter zu ihrem Auto. Noch auf dem Weg dorthin kramte sie in ihrer Handtasche nach dem Schlüssel, drückte den Öffnen-Knopf und hechtete hinein. Kaum hatte sie den Motor gestartet und den Gang eingelegt, wurde die Beifahrertür aufgerissen, und der Fremde sprang neben ihr auf den Sitz.

»Fahren Sie«, sagte er merkwürdig gelassen, und sie gab Vollgas, bevor er noch die Tür zugezogen hatte. Die Reifen des Audi wühlten im Kies, ehe sie endlich griffen und der Wagen nach vorn schoss.

Im Innern des Wintergartens steckte der Anführer der Maskierten die Maschinenpistole zurück in das Halfter und half seinem nur an der Seite verwundeten Bruder auf die Beine.

»Sie haben versagt, Kabir!«, kreischte Professor Berg hysterisch. »Was, wenn sie jetzt zur Polizei rennt und mich anzeigt? Und was ist mit meiner Belohnung?«

Kabir schlug ihm mit der Faust ins Gesicht. So hart, dass Professor Berg zurücktaumelte. Seine Nase war gebrochen, und Blut sprudelte daraus hervor über die Lippen. Noch während er damit beschäftigt war, sein Gleichgewicht wiederzuerlangen, verkrallte Kabir seine Finger in Bergs Haare und jagte ihm die Spritze mit dem Kaliumchlorid in die Halsschlagader.

Der Professor riss die Augen weit auf – erstaunt und dann vor Schmerzen. Er presste die Hand an den Hals und schrie, als seine Beine unter ihm wegzuckten, als wäre er von einem Bolzenschussgerät getroffen worden. Sein Leib verkrampfte, und er strampelte wild mit den Füßen, während er sich vor Schmerzen aufbäumte.

Kabir drehte sich teilnahmslos von dem Sterbenden weg und dem verwundeten Maskierten zu, der gerade den dritten untersuchte.

»Schaff ihn in den Wagen«, sagte Kabir. »Und dann brenn hier alles nieder.«

17

»Auf die A 34 Richtung Newbury«, diktierte der Fremde, und Eve jagte ihren Audi durch die verlassenen Straßen Oxfords in Richtung der nach Süden führenden Autobahn. Viel stärker noch als sie roch der Mann neben ihr nach Rauch und Schweiß, und obwohl er ihr nun schon zum zweiten Mal das Leben gerettet hatte, fühlte sie sich durch seine Nähe bedroht. Ihr Puls hatte noch immer eine viel zu hohe Frequenz, und sie erschrak bis ins Mark, als ein gewaltiger Blitz quer über den Nachthimmel zuckte.

Ein lautes Donnergrollen folgte, und gleich darauf begann es heftig zu regnen. Sie schaltete die Scheibenwischer ein und merkte, wie sehr ihre Hand dabei zitterte.

»Was geschieht hier?«, fragte sie, ohne den Blick von der schnell nass werdenden Straße zu wenden.

»Man versucht, Sie zu töten.«

»Wieso?«

»Ist das Ihr Ernst?«

»Selbstverständlich ist das mein Ernst.«

»Was, Doktor Sinclair, haben Sie denn geglaubt, was passieren würde, wenn Sie dem mächtigsten Geheimnis dieser Welt auf die Spur kommen?«

Sie zuckte mit den Achseln. »Ich dachte da an Glückwunschkärtchen, Präsentkörbe – und natürlich den Nobelpreis.«

Er lachte auf. Es klang sarkastisch. »Naiv.«

»Und wer, bitte, sind Sie, dass Sie glauben, das beurteilen zu können?«

»Nennen Sie mich Ben.«

»Ich will nicht wissen, wie Sie heißen. Ich will wissen, wer Sie sind.«

»Ihr Schutzengel.«

»Ein Bodyguard?«

»Könnte man auch sagen.«

»In wessen Auftrag?«

»Ich handele in eigener Sache.«

»Was mich zu der Frage zurückbringt, wer Sie sind.«

»Nennen Sie mich Ben.«

»Das sagten Sie bereits. Hören Sie auf, Spielchen mit mir zu treiben … Ben.«

»Ich treibe keine Spielchen, Eve. Ich rette Ihr Leben.«

»Wieso?«

»Das ist im Moment unwichtig.«

»Nicht für mich.«

»Wenn die Zeit gekommen ist, werde ich es Ihnen sagen.«

Eve lenkte den Wagen nach links und trat voll auf die Bremse. Der Audi kam dicht bei der Leitplanke zum Stehen.

»Sie sagen es mir jetzt sofort, oder Sie steigen auf der Stelle aus!«

Er wandte den Kopf und sah sie mit seinen unvergleichlichen Augen an. »Wer wird Sie dann vor denen beschützen, die Sie töten wollen?«

»Ich gehe zur Polizei.«

»Die kann Ihnen nicht helfen. Die wird Ihnen nicht einmal glauben.«

»Steigen Sie aus. Augenblicklich!«

»Das kann ich nicht, Eve. Ich brauche Sie.«

»Wozu?«

»Ich sagte doch, dass ich es Ihnen sagen werde, wenn die Zeit dafür gekommen ist.«

Sie griff über seinen Schoß hinweg nach dem Griff der Beifahrertür und öffnete sie mit einer energischen Bewegung. Es regnete ins Auto. »Raus!«

Er griff nach der Tür und zog sie wieder zu. »Also gut. Ich beschütze Sie, weil ich will, dass Sie mir dabei helfen, hinter das Geheimnis des ewigen Lebens zu kommen.«

Er wollte also, dass sie ihre Arbeit fortsetzte. Verständlich. Wer will nicht ewig leben.

»Das ist doch schon einmal ein Anfang«, sagte sie. Doch wer waren die, die versuchten, sie an ihrer Arbeit zu hindern? Sie fragte ihn das.

»Dafür haben wir jetzt keine Zeit«, antwortete er mit einem Blick über die Schulter. »Wir müssen weg hier, ehe sie unsere Spur wieder aufnehmen. Und wir brauchen den Stein. Melchior muss ihn irgendwo versteckt haben.«

»Welchen Stein?«

»Sie stellen zu viele Fragen. Vertrauen Sie mir einfach. Das macht es für uns beide leichter.«

Sie blickte ihn ernst an. »Nach all dem, was in den vergangenen Stunden passiert ist – Anne, Professor Berg –, vertraue ich niemandem. Schon gar nicht einem Wildfremden.«

»Das kann ich verstehen«, sagte Ben kühl und schaute sie dabei eindringlich an. Im nächsten Moment packte er sie mit einer unglaublich schnellen Bewegung mit der Hand am Nacken und drückte zu.

Bevor Eve reagieren oder auch nur aufschreien konnte, hatte sie das Bewusstsein verloren.

18

Rom.
Villa Borghese.

Touristen und auch die meisten Bewohner Roms kennen die Villa Borghese, den ehemaligen Sommerpalast des borghesischen Fürstengeschlechts bei der Via Piciana, als Kunstmuseum, erworben und angelegt von Kardinal Scipione Caffarelli-Borghese, dem Neffen Pauls V., jenes Papstes, der Anfang des 17. Jahrhunderts der Welt das Wiederaufleben der Inquisition und den Dreißigjährigen Krieg bescherte. Doch wie die meisten Gebäude im oder beim Zentrum der Ewigen Stadt steht auch die Villa Borghese auf den Fundamenten sehr viel älterer Bauwerke und birgt hinter ihrer wundervollen Fassade uralte Geheimnisse.

Diakon Wall war nach Rom gekommen, um Bischof Garden persönlich Bericht zu erstatten. Schweiß perlte ihm auf der Stirn. Trotz der erhöhten Morphiumdosis, die er sich auf dem Flug hatte spritzen lassen, brannte der frisch verbundene Armstumpf wie Feuer. Er wusste, dass das Debakel von Shrawley Wood nach all den Jahren sein letzter Außeneinsatz für den Orden gewesen sein würde, und es machte ihn wütend. Aber mit nur noch einer Hand war er als Krieger im Kampf gegen den Drachen nicht mehr zu gebrauchen, ebenso nutzlos wie seine von dem unbekannten Angreifer entzwei geschlagene Armbrust.

»Und Sie haben keine Ahnung, wer der Fremde war?«, fragte Bischof Garden. Der Führer des Ordens war Anfang sechzig, und sowohl seine Leibesfülle als auch die Weichheit seiner Züge verrieten, dass die aktive Zeit draußen im Feld bereits viele Jahre hinter ihm lag. Unruhig schritt er nach vorn gebeugt und mit hinter dem Rücken verschränkten Händen vor den prachtvollen Gemälden an der Wand auf und ab, die allesamt ein und dasselbe Motiv zeigten: die Vertreibung aus dem Paradies durch den Engel mit dem flammenden Schwert.

»Nicht die geringste«, antwortete Diakon Wall.

»Woher kam er? Woher wusste er von Ihrer Mission?«

Diakon Wall zuckte mit den Schultern. »Er tauchte trotz gründlicher Aufklärung ohne jede Vorwarnung plötzlich aus dem Nichts auf.«

»So viele Tote …«

»Noch nie zuvor habe ich jemanden so kämpfen oder überhaupt sich so schnell bewegen sehen«, sagte der Diakon, und in seiner Verachtung schwang ein Hauch Respekt mit.

»Das bedeutet, er könnte zu den *Anderen* gehören. Ein neuer ihrer Spieler vielleicht.« Das glänzende Gesicht des Bischofs war finster, aber auch voller Sorge.

Diakon Wall schüttelte in sicherer Überzeugung den Kopf. »Wäre er einer der *Anderen*, wäre Eve Sinclair bereits tot. Er aber hat sie beschützt.«

»Wieso?«

»Ich weiß es nicht.«

»Sie darf nicht leben«, sagte Bischof Garden mit einem schweren Seufzer.

»Amen«, stimmte Diakon Wall ihm zu.

»Wir können auf gar keinen Fall zulassen, dass Gottes Gesetze verspottet werden durch Wissenschaft und Ketzerei. Wir müssen die Frau und ihren Beschützer so schnell wie nur irgend möglich finden und unschädlich machen, ehe sie den Zorn Gottes auf uns alle herabrufen. Das ist unsere Mission.«

»Ja, das ist sie«, murmelte der Diakon und schloss die Augen. Der Schmerz, den er mit einem Mal verspürte, war kein rein körperlicher; er kam nicht nur aus seinem Armstumpf, er kam aus seiner Brust. Es war ein Schmerz der Seele. »Und ich bedaure zutiefst, nicht länger Teil dieser heiligen Aufgabe sein zu dürfen.«

»Was reden Sie da, Wall?«, fragte der Bischof irritiert. »Sie behalten selbstverständlich die Leitung.«

Diakon Wall sah Bischoff Garden verwundert an. »Das verdiene ich nicht.«

Der Bischof runzelte die Stirn. »Dies ist nicht die Zeit für eitles Selbstmitleid, Diakon.«

»Es ist bei Gott nichts Eitles daran, wenn ich zugebe, versagt zu haben.«

»Sie haben Ihre Hand verloren, nicht Ihren Kopf«, grollte der Bischof. »Das war der Wille Gottes.«

»Der Wille Gottes?«

Bischof Garden nickte bestimmt. »Wenn Eve Sinclairs unbekannter Beschützer tatsächlich so stark ist, wie Sie ihn schildern – und ich zweifle keine Sekunde an Ihren Ausführungen –, werden wir ihm mit purer Gewalt nicht beikommen. Ihr Verstand, Wall, ist von nun an das Schwert, das Sie im Kampf für die Sache des Herrn führen.«

19

Glastonbury Tor.
St. Michael's Tower.

Als Eve die Augen wieder aufschlug, saß sie auf dem Beifahrersitz ihres Wagens und blickte direkt in die vor ihr im Osten aufgehende Sonne. Es hatte aufgehört zu regnen. Die Straße, die sie entlangfuhren, war trocken. Die Silhouette der Landschaft verriet ihr auf einen Blick, wo sie waren: Glastonbury Tor, einer der berühmtesten Orte Englands, in der Einmaligkeit des Aussehens nur noch übertroffen von der Tower Bridge und dem Steinkreis von Stonehenge. Aus der weiten Ebene vor ihr, den *Summerland Meadows*, erhob sich ein einziger, kegelförmiger Hügel, auf dessen Kuppel eine eckige Turmruine in den Morgenhimmel ragte, wie ein Wachposten aus längst vergessener Zeit: St. Michael's Tower.

Der Überlieferung nach nannten die Briten der Vorzeit diesen Hügel *Ynys yr Afalon*, die »Insel von Avalon«. *Insel*, weil die Ebene um den Hügel herum noch zu Beginn der frühen Eisenzeit vollständig mit Wasser bedeckt war. Viele neuzeitliche, aber auch einige alte Mythen siedelten an diesen Ort das Avalon der Artus-Legende an und auch eines der möglichen Verstecke des Heiligen Grals.

»Der Kaffee ist frisch«, sagte Ben vom Fahrersitz her und deutete auf zwei Becher im Halter des Cockpits.

Eve rieb sich den Nacken. Sie fühlte sich ungewohnt ausgeruht, so als hätte sie zehn Stunden am Stück geschlafen, obwohl Glastonbury Tor gerade einmal zweieinhalb Autostunden von Oxford entfernt lag. Das entsprach auch so in etwa dem Stand der gerade aufgehenden Sonne. »Was haben Sie mit mir gemacht?«

»Wir hatten es eilig, Eve«, stellte er nüchtern fest. »Und Sie wollten partout nicht aufhören, Fragen zu stellen.«

Eve schnaubte. *Das ist ja wohl die Höhe!*

»Und da schicken Sie mich mit irgendeinem Akupressur-Trick einfach so schlafen?«, ereiferte sie sich.

»Ja.«

»Was, zur Hölle, erlauben Sie sich?« Die Selbstverständlichkeit, mit der er Ja gesagt hatte, stachelte ihre Verärgerung noch weiter an. »Hören Sie, nach all dem, was mir in den vergangenen Stunden widerfahren ist, habe ich nachvollziehbarerweise jede Menge Fragen, auf die ich Antworten haben will. Sie können mich nicht so einfach …«

»Ich bin nicht Ihr Auskunftsbüro, Eve«, unterbrach er sie kühl. »Trinken Sie Ihren Kaffee.«

»Ich pfeif auf Ihren Kaffee, Mann.« Aus der Verärgerung war Wut geworden. »Ich verlange Erklärungen.«

Ben bremste und hielt an. Dann beugte er sich zu Eves Seite und griff zwischen ihren Knien hindurch in den Rucksack, der zwischen ihren Füßen stand. Als er sich wieder aufrichtete, hatte er Melchior Feldmanns Notizbuch in der Hand. Ehe Eve reagieren konnte, öffnete er die Tür und stieg aus.

»Was haben Sie vor?«, fragte Eve.

Statt zu antworten, ging er davon.

»Hey!« Sie kletterte aus dem Wagen und lief ihm nach. »Ich habe Sie gefragt, was Sie vorhaben.«

Er antwortete noch immer nicht und ging weiter in Richtung des Hügels. Eve beschleunigte ihre Schritte, um ihn einzuholen. »Sie können mich doch jetzt nicht allein lassen.«

»Sie erleben gerade, dass ich es kann«, stellte er fest, ohne sich zu ihr umzudrehen.

Ohne ihr Zutun kehrten die Bilder der vergangenen Nacht zu ihr zurück. Professor Melchior Feldmann, den Schädel von einem altertümlichen Armbrustbolzen durchbohrt. Der Turm und das brennende Treppenhaus. Die Kuttenmänner mit ihren Schwertern. Anne – in Eves eigenem Haus auf bestialische Weise massakriert. Die maskierten Männer mit dem Kaliumchlorid. »Sie haben gesagt, Sie wollen mich beschützen.«

»Ja, das habe ich«, antwortete er. »Aber ich habe auch gesagt, Sie sollen aufhören, so viele Fragen zu stellen.«

»Und Sie sagten, Sie bräuchten meine Hilfe«, erinnerte sie ihn.

»Nicht so sehr wie Sie meine.« Er hielt das Notizbuch in die Höhe. »Ich bin mir sicher, früher oder später komme ich auch ohne Sie hinter das Geheimnis.«

Er blieb einfach nicht stehen. Eve fluchte in sich hinein. Sie hatte keine Wahl, als ihm weiter hinterherzulaufen. »Verdammt! Was soll das hier werden? Ein kindisches Machtspielchen? Was wollen Sie beweisen, indem Sie mich einfach so zurücklassen?«

Daraufhin hielt er doch an, drehte sich um und sah sie ruhig an. »Das, Doktor Sinclair, wissen Sie, seit Sie aus dem Wagen gesprungen sind, um mir nachzulaufen.«

Sie ärgerte sich, als sie merkte, dass ihre Augen feucht geworden waren. »Ich will leben, Ben. Ist das so schwer zu verstehen?«

»Ich habe das von Anfang an verstanden«, sagte er. »Und jetzt verstehen auch Sie es.«

Sie stand mit offenem Mund vor ihm und kämpfte mit Mühe die Tränen nieder, nicht ganz sicher, ob es Trotztränen waren, Tränen der Wut oder Tränen der Verzweiflung und der Angst vor einem grausamen Tod. »Aber … ich muss doch wissen, was hier geschieht und wer dahintersteckt.«

»Was Sie wirklich müssen, ist, anfangen, mir zu vertrauen oder wenigstens das zu tun, *was* ich Ihnen sage, *wenn* ich es Ihnen sage. Ihr Leben hängt davon ab.«

Eve atmete tief durch. »Was wollen Sie, das ich tue?«

Er akzeptierte ihr Einlenken mit einem knappen Nicken. »Was Sie tun sollen? Das ist einfach: Hören Sie auf zu schnattern und so viele Fragen zu stellen.«

Sie öffnete den Mund, um zu protestieren. So hatte noch nie jemand mit ihr geredet.

Er unterbrach sie, ehe sie überhaupt ein Wort hervorbringen konnte, mit einer knappen Geste, begleitet von einem ganz leicht freundlicher werdenden Blick. »Ich verspreche Ihnen, Sie erhalten sämtliche Informationen über die Hintergründe dessen, was hier vor sich geht, ganz ohne dass Sie so viele Fragen stellen, mit denen Sie mich daran hindern, mit klarem Kopf über die nächsten Schritte nachzudenken.«

Auf einmal verstand Eve, warum er so unwirsch war. Es

ging ihm gar nicht darum, sie im Dunkeln zu lassen. Er konnte sich einfach nur nicht auf das Wesentliche konzentrieren, wenn sie ihn andauernd mit Fragen bombardierte, was sie, wenn sie ehrlich war, von der ersten Sekunde an getan hatte. Als sie darüber nachsann, wie oft sie ihre Assistentinnen und Assistenten gebeten hatte, sie nicht mit so vielen Fragen beim Nachdenken zu stören, musste sie fast schmunzeln.

»Ich soll Ihnen also einfach vertrauen?«

Ben legte den Kopf schief. »War das eine Frage?«

20

Zehn schweigsame Minuten später lenkte Ben den Audi von der Straße und den zum Westen hin sanft ansteigenden Grashügel von Glastonbury Tor hinauf. Oben angekommen fuhr er hinein in den gotischen Torbogen der Ruine, hielt an und schaltete den Motor ab. Er verließ den Wagen und forderte Eve mit einer Geste auf, ihm zu folgen.

Sie stieg aus und schaute sich um. Der auch im Innern quadratische St. Michael's Tower hatte kein Dach, und sie konnte sehen, wie vereinzelte Wolken über sie hinwegzogen. *Was für eine Art von Versteck soll das sein?*

Ben ging in eine der Ecken des Turms und bückte sich. Eve konnte nicht sehen, was er tat, aber plötzlich glitt eine der großen Bodenplatten aus Granit mit leisem Knirschen zur Seite und gab den Blick frei auf ein großes Loch im Boden. Wenn sie es nicht mit eigenen Augen gesehen hätte, sie hätte es niemals geglaubt.

Eine Geheimtür in einem der meistbesuchten und auch am

gründlichsten untersuchten Nationalheiligtümer Englands? Das war gespenstisch. Eve zögerte.

»Keine Angst«, sagte Ben. »Hier sind wir sicher. Wenigstens für eine Weile.«

In der Öffnung im Boden sah sie eine alte, ausgetretene Sandsteintreppe. Ben holte eine kleine Taschenlampe hervor, schaltete sie ein und ging nach unten. Mit einem flauen Gefühl im Magen folgte sie ihm. Es war, als würde sie in ein Grab hinabsteigen, auch wenn die Luft, ganz anders als sie erwartet hatte, nicht die Spur modrig roch.

Die Treppe war gerade mal einen Meter breit und steil, die Decke bedrückend niedrig. Dreizehn ungewohnt hohe Stufen führten zu einem Absatz, auf dem Ben haltmachte und einen Hebel betätigte, der die Steinplatte über ihnen wieder auf ihren Platz gleiten ließ. Dann ging es eine zweite, wesentlich längere Treppe weiter hinab in die Tiefe. Sie mündete in einem kleinen Raum.

»Ein unentdeckter Geheimgang. Hier?«

»Er ist durchaus nicht unentdeckt«, sagte Ben. »Die meisten Archäologen, die sich mit Glastonbury Tor beschäftigen, und auch viele der Einheimischen kennen ihn. Allerdings nur bis hierher.«

Er ging zur gegenüberliegenden Wand. Wieder konnte Eve nicht sehen, was genau er tat, und sie begriff, dass das seine Absicht war, aber diesmal war sie nicht mehr ganz so überrascht, als er kurz darauf einen ganzen, türgroßen Teil der Sandsteinwand nach innen drückte, die bis eben noch massiv ausgesehen hatte. Ein etwa drei Fuß breiter Spalt tat sich auf, und er schlüpfte hindurch. »Kommen Sie.«

Eve kam der Gedanken, dass, wenn ihr hier unten etwas zustoßen sollte, sie niemand jemals finden würde. Sie atmete tief durch und zwängte sich durch den Spalt mit einem beklemmenden Gefühl, als würde sie in eine Unterwasserhöhle tauchen, von der sie nicht wusste, wie weit deren Ende entfernt war.

Kaum war sie auf der anderen Seite, drückte Ben die große Steinplatte wieder zurück. Der Mechanismus musste Jahrhunderte alt sein, und doch funktionierte er einigermaßen leichtgängig und verhältnismäßig leise. Auch hier war die Luft seltsam frisch. Der Gang, in dem sie standen, war direkt aus dem rostfarbenen Sandsteinfels geschlagen und führte in einer steilen Rechtskurve leicht abwärts.

Zu Eves Überraschung hingen kleine elektrische Lampen an der Decke. Ben schaltete sie ein, und das bedrückende Gefühl, das sie eben noch verspürt hatte, verschwand. Er verstaute die Taschenlampe und ging voran.

Für mehrere Minuten folgten sie dem Stollen immer weiter in die Tiefe. Schließlich erreichten sie wieder eine Wand aus scheinbar massivem Stein. Aber auch hier gab es einen geheimen Mechanismus, den Ben mit seinem breiten Kreuz verdeckte, während er ihn betätigte, und der wenige Momente später einen neuen Durchlass freigab.

Eves verschlug es vor Erstaunen den Atem, als sie auf der anderen Seite anlangte.

Plötzlich wusste sie, woher die alten Sagen von den *Sid* stammen mussten, jenen unterirdischen Elbenpalästen aus der Folklore und den Mythen ihrer Heimat. Denn sie stand gerade selbst auf der Schwelle eines dieser *Sid*.

Der Raum vor ihr war eine gewaltige Halle, etwa zwanzig mal dreißig Meter groß und fast fünf Meter hoch. Und er war außerordentlich wohnlich eingerichtet, ja, fast so luxuriös, wie ein wirklicher Palast. Weite, geraffte Vorhänge aus Seide zierten die Wände, der Boden war mit dicken Perserteppichen ausgelegt, Kristallleuchter hingen von der Decke, und überall standen antike Möbel. Insgesamt erinnerte die Einrichtung an eine Filmkulisse aus den Hollywood-Sandalenfilmen der Fünfzigerjahre des letzten Jahrhunderts.

»Das ist ein Witz, oder?«, fragte Eve mit einer Rundumgeste. »Das träume ich nur.«

»Das sagt ausgerechnet die Frau mit dem Zauberschlösschen«, antwortete Ben mit nach oben gezogener Augenbraue, dann deutete er einladend auf eine lange Tafel.

Die Verwunderung über die seltsame Umgebung wich neuer Skepsis. »Sie kennen meine Wohnung?«, fragte sie. Woher konnte er wissen, wie ihr Haus eingerichtet war?

»Ich habe Ihre Assistentin nicht getötet«, sagte er ernst. Er wusste also, weshalb sie die Frage gestellt hatte.

»Und wieso soll ich Ihnen das glauben?«

»Weil ich Ihnen mein Wort darauf gebe.«

»Das genügt mir nicht.«

»Das muss Ihnen genügen.« Seine Miene verdüsterte sich. »Sie fangen schon wieder an.«

»Woher wissen Sie, dass sie tot ist?«

»Nachdem Sie vom Kloster geflohen sind, bin ich zuerst zu Ihrem Haus gefahren, und als ich Sie dort nicht mehr angetroffen habe, bin ich weiter zur Universität.«

»Aber …«

»Keine Abers mehr, Eve«, unterbrach er sie. »Wir haben viel zu tun. Und wenn ich richtig liege, nicht sehr viel Zeit dafür.«

Impulsiv, wie sie war, wollte sie dennoch etwas erwidern. Doch sein warnender Blick hielt sie davon ab. Sie wusste, dass es unfair war, ihn zu verdächtigen. Immerhin hatte er ihr schon zweimal das Leben gerettet. Aber mit welch tödlicher Effizienz er das getan hatte, jagte ihr noch immer kalte Schauer über den Rücken.

»Nehmen Sie Platz«, sagte er. »Ich hole uns etwas zu Essen. Sie haben bestimmt Hunger.«

Erst, als er es sagte, merkte Eve, wie hungrig sie war. Das Letzte, das sie zu sich genommen hatte, war das chinesische Essen mit Anne, Stunden, ehe sie zu Feldmann in das Kloster aufgebrochen war. Sie setzte sich und sah, wie Ben in einem durch Paravents abgetrennten Bereich verschwand.

Noch immer kam ihr die Umgebung der unterirdischen Halle unwirklich vor. Sie stellte den Rucksack auf den Tisch und holte Feldmanns Notizbuch hervor.

Es war etwa dreißig Zentimeter groß und daumendick. Der Einband bestand aus festem, mit dünnem, schwarzem Schweinsleder bezogenen Karton und war stark abgegriffen. Eve konnte förmlich spüren, dass darin ein ganzes Menschenleben steckte, in Melchior Feldmanns außergewöhnlichem Fall sogar ein ausgesprochen langes.

Sie blätterte es einmal mit dem Daumen durch und sah dabei jede Menge Zeichnungen und Skizzen. Die Schrift, in der die Texte verfasst waren, war fast winzig und extrem akkurat. Sie kannte das von ihrem Großvater, zu dessen Zeiten Papier knapp und kostbar gewesen war. Damals *skribbelte* man noch nicht, sondern machte peinlich genaue Notizen. Das Meiste war in Deutsch niedergeschrieben, einiges in Englisch und Französisch, aber auch in asiatischen Schriftzeichen.

Ben kam mit einem Tablett zurück, darauf eine große Flasche Mineralwasser ohne Kohlensäure, zwei Gläser, Vakuumpackungen mit kaltem Braten, Käse, Brot, Butter und ein Glas mit Pickles. »Wenn Sie gern etwas Süßes möchten, ich habe noch Schokoriegel im Schrank.«

Sie schüttelte den Kopf und griff nach dem Mineralwasser, um ihnen beiden einzuschenken. »Deftig ist jetzt vollkommen in Ordnung.« Dann schaute sie sich noch einmal um.

»Leben Sie wirklich hier?« Wie konnte einem ein solches Versteck auch nicht seltsam vorkommen?

Ohne auf Eves Frage zu antworten, nahm er das Notizbuch und blätterte es ebenfalls einmal kurz mit dem Daumen durch.

»Deutsch und Französisch beherrsche ich ziemlich gut«, sagte sie, während sie eine der Vakuumpackungen mit einem Messer öffnete, sich eine Scheibe Braten nahm und hineinbiss. »Für den asiatischen Teil brauchen wir einen Übersetzer.«

»Sanskrit, Mandarin und Kantonesisch kann ich«, sagte er, als wäre es das Normalste der Welt. Sie schaute ihn aus großen Augen an und vergaß weiterzukauen. Er zuckte die breiten Schultern. »Ich reise viel.«

Einmal mehr erinnerte das Eve daran, dass sie keine Ahnung hatte, wer ihr Beschützer überhaupt war. Auf gar keinen Fall war er irgendein Kerl von der Straße. Alles, was sie von ihm wusste, war, dass er sie vor wem auch immer beschützte, damit sie das Rätsel des ewigen Lebens für ihn löste. Aber was würde geschehen, wenn ihr das gelang und er dann hatte, was er von ihr wollte? Würde er sie danach noch immer beschützen? Oder würde er sie ebenso kaltblütig töten, wie er die mysteriösen Kuttenmänner getötet hatte?

Er drehte sich um und ging in Richtung Ausgang. »Ich bin in gut einer halben Stunde wieder da.«

»Wohin …?«

»Das Auto entsorgen.«

»Was? Was meinen Sie mit ›entsorgen‹?«

»Ihr Wagen muss verschwinden. Er würde uns verraten.«

»Sie können nicht einfach meinen Audi *verschwinden* lassen«, protestierte sie empört. »Ich habe zwei Jahre darauf gespart.«

Ben trat zu einer Kommode, öffnete eine Schublade und holte etwas heraus. Er kam zurück zu Eve und legte es auf den Tisch. »Das müsste reichen, um sich fünf neue zu kaufen.«

Eve riss die Augen auf. Vor ihr lagen fünf große Diamanten. Sie war sprachlos.

»Wenn unsere Mission scheitert, weil man uns wegen Ihres Wagens entdeckt, werden Sie kein Auto mehr brauchen. Wenn unsere Mission hingegen erfolgreich verläuft – was nicht unwahrscheinlich ist, wenn Sie endlich aufhören, alles, was ich tue, zu hinterfragen –, werden Sie nicht nur Geld genug haben, sich jedes Auto zu kaufen, das Sie wollen, sondern auch die Zeit, sie alle nacheinander so lange zu fahren, bis sie auseinanderfallen. Begreifen Sie, Eve, dass der Verlust Ihres Zuhauses und Ihres Wagens keine Rolle mehr spielt, wenn Sie erst einmal unsterblich sind?«

Eve starrte ihm nach, als er ging. Allmählich dämmerte ihr, dass der Kurs, den sie eingeschlagen hatte, nur zu zwei möglichen Zielen führen konnte: zu ihrem Tod oder ewigem Leben. Nichts dazwischen. Kein Kompromiss. Schwarz oder Weiß, kein Grau.

Sie war losgezogen, das ewige Leben zu finden, aber seither war sie überall nur dem Tod begegnet. Es wurde Zeit, dass sie sich wieder auf die Alternative konzentrierte, auf das einzige der beiden Ziele, das zu akzeptieren sie gewillt war.

Der Verlust ihrer Wohnung und ihres Wagens waren definitiv kein zu hoher Preis für die Unsterblichkeit.

21

Naqada Manor.

Kabir wusste, dass es grundsätzlich nicht klug war, seinen Herrn beim allmorgendlichen Fechttraining zu stören. Aber noch um einiges weniger klug wäre es gewesen, ihm die Nachricht von seinem Scheitern im Labor der Universität nicht augenblicklich zu überbringen.

Der große Mann stand mit gesenktem Haupt vor seinem um noch gut einen halben Kopf größeren Gebieter am Rand des altägyptisch dekorierten Fechtsaals und hoffte, dass der Aristokrat den Säbel mit der breiten Klinge in seiner geballten Rechten nicht dazu benutzen würde, ihn für sein Versagen zu bestrafen.

Für einen Augenblick schien dieser das sogar in Erwägung zu ziehen. Seine dunklen Augen hatten sich zu gefährlich schmalen Schlitzen zusammengezogen, und die Muskeln seines kantigen, makellos glatt rasierten Kinns waren so hart angespannt, dass Kabir seine Zähne knirschen hörte.

»Beschreibe mir den Mann, Kabir«, forderte er, gezwungen kontrolliert atmend.

Kabir gehorchte und lieferte eine detaillierte Beschreibung des Mannes, der Eve Sinclair vor ihnen gerettet hatte.

»Das kann nicht sein«, flüsterte sein Herr tonlos. »Er kann unmöglich leben.«

»Wer ist er, Mylord?«, wagte Kabir zu fragen.

Doch statt zu antworten, schrie sein Herr plötzlich wütend auf, holte mit einer katzenhaft schnellen Bewegung aus und zertrümmerte eine dicht neben Kabir stehende antike

Statue des ägyptischen Gottes Set mit einem einzigen Hieb seines Säbels.

»Finde ihn, Kabir!«, bellte er, während der Steinstaub noch in der Luft hing. »Nimm dir dazu jeden Mann, den du brauchst. Der Nachrichtendienst steht zu deiner vollen Verfügung. Auch unsere Leute beim MI5 und dem SIS.«

Kabir verneigte sich und eilte davon.

»Kabir!«, stoppte ihn die Stimme seines Herrn.

Er drehte sich um. »Mylord?«

»Wenn du ihn gefunden hast, dann schlage aus sicherer Entfernung zu. Lass dich und deine Leute nicht wieder in einen Nahkampf verwickeln. Er ist zu gefährlich. Also, schwere Bewaffnung, Kabir. Richtig schwere. Keine Gnade, verstehst du? Nicht eine Sekunde.«

22

Glastonbury Tor.
St. Michael's Tower.

Nachdem Ben vom »Entsorgen« des Audi zurückgekehrt war, widmeten sich Eve und er dem Notizbuch von Melchior Feldmann. Sie fanden darin zahlreiche Referenzen und offenbar von Feldmann selbst angefertigte Zeichnungen zum Thema »Baum des Lebens«. *Wie die Bilder in seiner Klosterklause.* Eve war sehr überrascht, aus den Unterlagen zu erfahren, dass der Baum, den sie bisher nur aus der Bibel kannte, bei weitem nicht nur in der christlichen und hebräischen Mythenwelt eine Rolle spielte.

Feldmanns Beschäftigung mit dem Thema war akribisch gewesen. Er hatte, untermauert von Quellverweisen, festgehalten, dass schon zweitausend Jahre vor Niederschrift des Alten Testaments die ägyptische Mythologie davon erzählte, wie Isis und Osiris ihre Unsterblichkeit vom Baum der Weltenmutter Iusaaet erlangten.

Das noch ältere Gilgamesch-Epos berichtete von den Taten des gleichnamigen Helden, der von Ur im alten Sumer auszog, um nach der Pflanze der Unsterblichkeit zu suchen, und wie sie ihm, gerade als er sie gefunden hatte, von einer Feuerschlange geraubt wurde.

Im assyrischen Urartu wurde der Baum des Lebens streng bewacht von geflügelten Wächtern.

Fünfhundert Jahre vor Christi Geburt erfuhr Prinz Siddhartha Gautama in Indien durch den Baum des Lebens seine Gottwerdung zum Buddha.

Laut der nordischen Mythologie verband die Welteneibe Yggdrasil das Reich der Toten und das der Lebenden mit dem der Unsterblichen. Durch diesen Baum, unter dessen Wurzeln die Midgardschlange und in dessen Wipfel ein Adler hauste, erlangte Odin seine Allwissenheit, so wie Adam und Eva die Erkenntnis vom Baum des Wissens.

Feldmanns Aufzeichnungen zufolge hatte es im alten China schon vor fast viertausend Jahren die Legende vom Baum des Lebens gegeben, in dessen Krone ein Phönix und in dessen Wurzeln ein Drache lebte.

Auch die Maya, Azteken, Tolteken und Olmeken Mittel- und Südamerikas hatten ihren Baum des Lebens, der ihnen von Quetzalcoatl, der »Gefiederten Schlange«, dem Gott des Wissens, gebracht worden war.

Zwischen all diesen Notizen hatte Feldmann immer wieder den Stab des Äskulap gezeichnet: ein Ast, um den sich mal eine, mal zwei Schlangen wanden. Es war das bis in die heutige Zeit international bekannte Symbol für Medizin. Als Äskulap, der griechische Gott der Heilkunst, mit seiner Kraft selbst einen Toten wieder zum Leben erweckte, befürchtete Zeus, dass er noch mehr Menschen unsterblich machen könnte und diese dann so mächtig wurden wie die Götter, weshalb er Äskulap mit einem Blitz erschlug.

All das hatte Feldmann, den Eintragsdaten nach, im Laufe mehrerer Jahrzehnte recherchiert und in seinen umfangreichen Notizen festgehalten.

»Es ist erstaunlich, wie sehr diese Mythologien einander ähneln«, wunderte sich Eve.

»Sie haben ein und denselben Ursprung«, stellte Ben ungerührt in den Raum. »Aber es gibt keinen Verweis auf den Verbleib des Steins.« Er klang frustriert.

»Und auch nicht einen einzigen *wissenschaftlichen* Hinweis auf das ewige Leben, die ewige Jugend«, fügte Eve nicht minder enttäuscht hinzu. Melchior Feldmanns extreme Beschäftigung mit der Archäologie und der Mythologie vom Baum des Lebens und auch seine erstaunliche Jugend bestätigten zwar Eves ursprüngliche Vermutung, das Geheimnis der Unsterblichkeit müsste etwas mit dem ungewöhnlichen Metabolismus der Eibe zu tun haben, aber ohne konkrete wissenschaftliche Anhaltspunkte war sie in eine Sackgasse geraten.

Sie musste ihre eigenen Forschungen fortsetzen und ihre Untersuchungsergebnisse hinsichtlich der Krebsbekämpfung, die sich auf ihrer Festplatte befanden, unter neuen Gesichtspunkten auswerten.

»Sie haben hier nicht zufällig einen Computer?«

»Wir brauchen keinen Computer«, murrte Ben. »Was wir brauchen, ist der Stein.«

Eve biss sich auf die Lippen und schluckte die Frage, was

es mit diesem ominösen Stein auf sich hatte und wofür sie ihn benötigten, hinunter. Er hatte ihr versprochen, ihr die Informationen, die sie brauchte, auch ohne Fragen zu geben, wenn es so weit war, und für den Moment begnügte sie sich damit, auch wenn es ihr extrem schwerfiel.

Immer wieder drehte und wendete er das Buch in seinen großen, sehnigen Händen, überprüfte ganze drei Male, ob nicht vielleicht zwei der Seiten zusammenklebten oder sie eine Seite mit wichtigen Informationen versehentlich überblättert hatten.

Schließlich unterzog er den Einband einer genaueren Untersuchung, indem er ihn fachkundig mit den Fingern betastete. Eve wunderte sich darüber, dass Hände, die so blitzschnell töten konnten, so behutsam mit altem Papier umzugehen verstanden.

Plötzlich sagte er »Ah!«, und seine Augen leuchteten in beinahe kindlicher Begeisterung auf. »Sehen Sie das?«

Eve sah genau hin, konnte aber nicht erkennen, was er meinte, und schüttelte den Kopf.

»Vergleichen Sie den hinteren mit dem vorderen Buchdeckel.« Er hielt ihr das Buch hin.

Sie nahm es in die Hand und drehte es hin und her, dann entdeckte auch sie es. »Der vordere Umschlag ist dicker als der hintere«, sagte sie mit neu erwachendem Enthusiasmus. »Nicht sehr viel, aber doch spürbar. Ich brauche ein Skalpell.«

Sie sprang vor Schreck von ihrem Stuhl auf, als es neben ihr scharf und metallisch ratschte. Wie aus dem Nichts hielt Ben plötzlich ein Stilett mit gut dreißig Zentimeter langer Klinge in der Hand. Eves Puls hatte sich schlagartig um gut dreißig Prozent erhöht.

Er nahm ihr das Buch aus der Hand und trennte mit der

dünnen Klinge geschickt das feine Leder von der Pappe, noch ehe sich Eve wieder gesetzt hatte. Ein doppelt gefaltetes Blatt hauchdünnes Bibeldruckpapier kam unter dem Leder zum Vorschein, das er herauszog und auseinanderfaltete.

»Es ist leer«, stellte sie fest.

»Das kann nicht sein«, sagte Ben mit verärgert gerunzelter Stirn. »Es macht keinen Sinn, ein leeres Blatt Papier zu verstecken.« Er sah sich den aufgeschlitzten Buchdeckel noch einmal genauer an, führte die Spitze des Stiletts mit der Geschicklichkeit eines Chirurgen hinein und schnitt ihn weiter auf, um sowohl das Leder als auch die Pappe besser in Augenschein nehmen zu können. »Aber da ist nichts anderes.«

Eve untersuchte das feine Papier, das unter dem Leder gesteckt hatte, genauer. Es war, obwohl es wer weiß wie lange zwischen Leder und Pappe gepresst gewesen war, sanft und unregelmäßig gewölbt, ganz so, als wenn es zu einem früheren Zeitpunkt einmal leicht feucht geworden und dann wieder getrocknet war. Sie hielt es gegen das Licht. Es war frei von Mustern oder Markierungen.

»Gestatten Sie?«, fragte Ben, und sie reichte ihm das Papier zurück. Er roch daran, und ein Lächeln glitt über seine attraktiven, wenn auch eher harten Züge. Er hielt es ihr wieder hin. »Riechen Sie.«

Eve sah ihn skeptisch an. Doch dann nahm sie den dünnen Bogen wieder in die Hand, führte ihn dicht an die Nase und schnupperte. Da waren natürlich das Aroma von altem Leder und der Geruch der Pappe, aber auch noch etwas anderes. Ein wenig süßlich und zugleich auch ein wenig scharf, wie eine Spur von Ammoniak. Ihr analytischer Verstand versuchte den Duft zuzuordnen. Was roch süßlich und dennoch scharf? Verschiedene Senfsaatextrakte kamen ihr in den Sinn und auch Paprikasorten und Ingwer. Doch die hätten auf dem Papier Spuren hinterlassen, und keines davon enthielt Ammoniak.

Sie schnupperte noch einmal daran. Dann merkte sie, dass es kein einzelner Duft war, den sie roch. Das waren zwei verschiedene, der eine süß, der andere scharf und der süße so vertraut, dass sie sich wunderte, dass sie nicht sofort darauf gekommen war.

»Honig«, sagte sie, und nachdem sie diesen Geruch erkannt hatte, fiel es ihr leicht, sich beim dritten Mal Schnuppern ganz auf den anderen zu konzentrieren, und auf einmal konnte sie auch den zuordnen. Sie verzog das Gesicht und wandte es angewidert von dem Papier weg. »Urin.«

»Gute Nase«, lobte Ben und verschwand wieder in dem durch Paravents von der Halle abgetrennten Raum, aus dem er vorhin das Essen geholt hatte.

Wieso roch das Papier nach Honig und Urin, und warum brachte dieser Umstand ihren Beschützer zum Lächeln?

Als Ben einige Sekunden später zurückkehrte, hielt er einen Haartrockner in der Hand. Er kam zum Tisch, steckte das Kabel in eine Steckdose und schaltete das Gerät ein.

»Halten Sie das Blatt«, sagte er.

Eve erkannte augenblicklich, was er vorhatte, wenn auch nicht, warum, und nahm das Papier in beide Hände, um es ihm ausgebreitet entgegenzuhalten.

Er richtete den warmen Luftstrahl auf das Blatt und brachte die Mündung des Föhns immer näher an das Papier, aber nicht so dicht, dass die Hitze es beschädigen konnte.

»Sehen Sie«, sagte er, und vor Eves Augen verfärbten sich Teile des Blattes bräunlich. Zunächst waren nur einzelne Linien zu erkennen, aber es wurden schnell mehr, und je mehr Linien es wurden, umso deutlicher wurde, dass es sich um Buchstaben handelte.

»Geheimtinte?«, fragte sie erstaunt.

Ben nickte. »In Urin aufgelöster Honig. Eine der ältesten unsichtbaren Tinten der Welt. Hitze macht sie sichtbar.«

Zoll um Zoll bearbeitete er das Blatt mit dem warmen Luftstrahl, bis schließlich der ganze Text lesbar war. Er schaltete das Gerät ab und legte es beiseite, um sich dann neben Eve zu setzen, die das Papier auf dem Tisch ausbreitete.

Sie starrte gespannt darauf, doch ihre Zuversicht löste sich in nichts auf, als sie sah, was da in feinen Blockbuchstaben auf das Blatt geschrieben war:

LAZARUS

reaoiawyimdwlknhkawmlltsdvlvcehwryustdruykqeteimolr-
sekxwclzpzmhsikojihsoqudxacddngzsoztzvcypnceixjpigezfa-
remoinwkuqpwijeeceiyotgdnaoypncwvhfoidstbdlnfewym-
prrpvclfncmznvprfovnlprrtzgepsbhiyaewhrujjsmtsrmlculllr-
sptdreuvpnshiifmertvcypnznjnwwlddvmzprqnuykeocej

23

SIS (Secret Intelligence Service),
85 Vauxhall Cross, London.

Obwohl es noch nicht einmal dreißig Jahre alt ist, gleicht das Hauptquartier des britischen Geheimdienstes SIS mit seinen dicken Mauern, seinen Türmen und seinen Wehrgängen einer spätmittelalterlichen Festung. Es thront am Ufer der Themse wie eine Trutzburg hinter dem Wassergraben und ist, was nur wenigen bekannt ist, durch einen unter dem Fluss verlaufenden Tunnel direkt mit den Regierungsgebäuden in Whitehall verbunden.

Durch ebenjenen Tunnel war vor über einer Stunde Kabir gekommen, und er befand sich nun in einem noch zwei Stockwerke tiefer liegenden Raum voller Bildschirme, der Satellitenüberwachungszentrale des Dienstes – nicht nur in James-Bond-Filmen eine der modernsten der Welt.

An Kabirs Seite stand Commodore Albert V. Clarence, einer ihrer hochrangigen Verbindungsleute beim SIS. Bis auf zwei Männer an ihren Computerterminals waren alle anderen Techniker und Ränge von ihm nach draußen geschickt worden.

Einige der Bildschirme zeigten Nachtsichtaufnahmen der Umgebung der Universität von Oxford zum Zeitpunkt der Flucht Doktor Sinclairs. Die Wärmesignatur ihres davonfahrenden Audi war durch die Infraroterkennung dank des geringen Verkehrs in der vergangenen Nacht und trotz vereinzelter Gewitterwolken leicht verfolgbar.

Dennoch brauchte es mehrere Satelliten, um den gesamten Fluchtweg des Wagens auf den Bildschirmen und mit transparent über die Aufnahme gelegten Landkarten zu rekonstruieren, bis Kabir schließlich sah, wie der Audi kurz nach Sonnenaufgang in ein turmähnliches Gebäude fuhr.

»Glastonbury Tor«, sagte Commodore Clarence.

»Spulen Sie weiter vor«, sagte Kabir. »Ich muss sichergehen, dass sie auch noch dort sind.«

Der Commodore gab einem der Techniker ein Zeichen, und der Feed lief mit mehrfacher Geschwindigkeit ab. Tatsächlich, schon nach kurzer Zeit fuhr der Audi wieder davon.

»Verfolgen!«, wies der Commodore die Techniker an.

Der Wagen wurde auf dem Bildschirm markiert, und die

Rechner interpolierten die Daten verschiedener Satelliten zu dem von ihm zurückgelegten Weg. Sie verfolgten ihn bis nach Burnham-on-Sea am Ostufer der Severnmündung, wo er im Hafen nahe der Personenfähre nach Cardiff zum Stehen kam.

Nur eine Person verließ das Auto – der seltsame Beschützer Doktor Sinclairs, dessen Beschreibung Kabirs Gebieter so sehr aufgeregt hatte. Er bestieg ein Taxi.

»Geteilte Überwachung«, befahl der Commodore. »Überprüfung des geparkten Wagens, ob noch jemand ausgestiegen ist, und Zielort des Taxis.«

Das Taxi fuhr den Weg zurück nach Glastonbury Tor, wo der Fremde ausstieg und den Rest des Weges bis zum Turm zu Fuß zurücklegte. Beim Audi aber rührte sich nichts mehr.

»Spulen Sie bei dem Audi vor bis zum jetzigen Zeitpunkt, Commodore«, forderte Kabir, »und falls sich dort nichts mehr tut, schicken Sie Männer hin, um zu überprüfen, ob der Wagen, wie ich vermute, leer ist. Lassen Sie Ihre Leute außerdem den Turm überwachen und gründlich überprüfen, wie viele und welche Touristen dort ankommen und wieder weggehen, damit sie uns nicht durch die Finger schlüpfen. Allerdings bin ich sicher, dass die beiden dort bleiben werden.«

»Was lässt Sie das vermuten?«

»Hätten sie in der Menge untertauchen wollen, wären sie in eine Stadt gefahren und hätten sich dort unter die Leute gemischt. Er hätte auch nicht so viel Aufwand betrieben, den Wagen woanders hinzufahren, um von seinem eigentlichen Versteck abzulenken. Und verstecken will er sich für eine Weile, sonst wäre er ebenfalls in eine Stadt gefahren und hätte auch das Auto nicht aufgegeben.«

Der Commodore nickte und gab die entsprechenden Anweisungen.

»Und für Sonnenuntergang brauche ich einen Zug Infanterie.«

»Wie bitte?«

»Schwere Bewaffnung«, ergänzte Kabir.

Der Commodore sah ihn erstaunt an. »Wie schwer?«

»Granatwerfer und Mörser.«

»Das kann unmöglich Ihr Ernst sein!«

»Sehen Sie mich lachen, Commodore?«, fragte Kabir.

»Bei allem nötigen Respekt, Sir«, sagte Clarence. »Im Interesse der nationalen Sicherheit …«

Kabir schnitt ihm das Wort ab. »Es steht mehr auf dem Spiel als nur die nationale Sicherheit. Sehr viel mehr.«

24

LAZARUS

reaoiawyimdwlknhkawmlltsdvlvcehwryustdruykqeteimolr-
sekxwclzpzmhsikojihsoqudxacddngzsoztzvcypnceixjpigezfa-
remoinwkuqpwijeeceiyotgdnaoypncwvhfoidstbdlnfewym-
prrpvclfncmznvprfovnlprrtzgepsbhiyaewhrujjsmtsrmlculllr-
sptdreuvpnshiifmertvcypnznjnwwlddvmzprqnuykeocej

Viele Stunden später saßen Eve und Ben noch immer grübelnd über Feldmanns geheimer Botschaft. Dutzende vollgeschriebener Blätter lagen um sie herum auf dem Tisch und dem Boden.

Sie hatten versucht, den Text von hinten zu lesen:

j – e – c – o – e – k …

Sie hatten jeden zweiten Buchstaben entfernt, um zu sehen, ob der Rest einen Sinn ergab:

r – a – i – w – i – d – l – n – k – w …

Als das kein Ergebnis brachte, hatten sie es mit jedem dritten Buchstaben versucht, dann mit jedem vierten. Dann in Paaren: zwei Buchstaben stehen lassen, zwei streichen; danach hatten sie die ersten beiden gestrichen und das darauf folgende Paar stehen lassen. Anschließend hatten sie ausprobiert, den Text von oben nach unten zu lesen, dann von unten nach oben.

Nichts.

Eve hatte sogar die Abkürzungen der chemischen Elemente aus dem Periodensystem herangezogen und überprüft, ob sie über den verschlüsselten Text verteilt vielleicht eine Formel ergaben. Vergeblich.

Das einzige klar lesbare Wort war und blieb LAZARUS.

Eve schrieb es zum bestimmt zwanzigsten Mal auf ein neues Blatt und murmelte vor sich hin: »Lazarus. Der Mann, den Jesus Christus von den Toten erweckte.«

»Das ist die Version, die die Bibel aus der ursprünglichen Geschichte gemacht hat«, sagte Ben wie nebenbei.

»Die ursprüngliche Geschichte?«

»Die Wiedererweckung des Osiris durch Isis.«

Eve sah ihn fragend an.

Ben erklärte: »Lazarus ist die latinisierte Form des aramäischen *Lazar*, die wiederum abgeleitet ist vom hebräischen *El'Azar*. El im Hebräischen steht für *Gott,* und Azar oder A-Ser ist die ägyptische Urform von *Osiris*, dem Gott der Erneuerung und Wiedergeburt.«

»Erneuerung und Wiedergeburt. Wir sind also offenbar ganz nah an der Lösung«, gab Eve ihrer strapazierten Hoffnung Ausdruck. »Aber wie dechiffrieren wir diesen Text?«

»Vielleicht ist es eine alphabetische Verschlüsselung«, überlegte Ben laut.

»Was ist das?«, fragte Eve.

»Eine eigentlich nicht sehr komplizierte Codierung«, antwortete Ben. »Man nennt sie auch Caesar-Verschlüsselung, weil Julius Caesar sie bei seiner Nachrichtenübermittlung angewandt hat. Man verschiebt das Alphabet um eine, zwei, drei oder eben maximal fünfundzwanzig Stellen und tauscht zum Chiffrieren die Buchstaben des Nachrichtentextes gegen die Buchstaben des verschobenen Alphabets aus. Zum Dechiffrieren tauscht man dann die Buchstaben aus dem verschobenen ABC wieder gegen die des richtigen Alphabets aus.«

»Also das B-Alphabet würde dann mit B, C, D beginnen und mit Z, A aufhören?«

Ben nickte. »Und das C-Alphabet würde anfangen mit C, D, E und mit Z, A, B enden.«

»Demzufolge wäre in einem mit dem B-Alphabet verschlüsselten Text das A aus der echten Nachricht durch ein B ersetzt?«

»Und im C-Alphabet durch C«, bestätigte Ben, »das B dann durch D und so weiter.« Er nahm ein neues Blatt und erstellte mit einer Schnelligkeit, die Eve überraschte, eine Tabelle. Zum zweiten Mal fiel ihr auf, dass die Hände, die so geschickt mit Waffen umzugehen verstanden, nicht minder geschult waren im Umgang mit Stift und Papier.

Ein gelehrter Krieger.

Bereits nach wenigen Minuten war die Tabelle fertig.

A B C D E F G H I J K L M N O P Q R S T U V W X Y Z

```
A - A B C D E F G H I J K L M N O P Q R S T U V W X Y Z
B - B C D E F G H I J K L M N O P Q R S T U V W X Y Z A
C - C D E F G H I J K L M N O P Q R S T U V W X Y Z A B
D - D E F G H I J K L M N O P Q R S T U V W X Y Z A B C
E - E F G H I J K L M N O P Q R S T U V W X Y Z A B C D
F - F G H I J K L M N O P Q R S T U V W X Y Z A B C D E
G - G H I J K L M N O P Q R S T U V W X Y Z A B C D E F
H - H I J K L M N O P Q R S T U V W X Y Z A B C D E F G
I - I J K L M N O P Q R S T U V W X Y Z A B C D E F G H
J - J K L M N O P Q R S T U V W X Y Z A B C D E F G H I
K - K L M N O P Q R S T U V W X Y Z A B C D E F G H I J
L - L M N O P Q R S T U V W X Y Z A B C D E F G H I J K
M - M N O P Q R S T U V W X Y Z A B C D E F G H I J K L
N - N O P Q R S T U V W X Y Z A B C D E F G H I J K L M
O - O P Q R S T U V W X Y Z A B C D E F G H I J K L M N
P - P Q R S T U V W X Y Z A B C D E F G H I J K L M N O
Q - Q R S T U V W X Y Z A B C D E F G H I J K L M N O P
R - R S T U V W X Y Z A B C D E F G H I J K L M N O P Q
S - S T U V W X Y Z A B C D E F G H I J K L M N O P Q R
T - T U V W X Y Z A B C D E F G H I J K L M N O P Q R S
U - U V W X Y Z A B C D E F G H I J K L M N O P Q R S T
V - V W X Y Z A B C D E F G H I J K L M N O P Q R S T U
W - W X Y Z A B C D E F G H I J K L M N O P Q R S T U V
X - X Y Z A B C D E F G H I J K L M N O P Q R S T U V W
Y - Y Z A B C D E F G H I J K L M N O P Q R S T U V W X
Z - Z A B C D E F G H I J K L M N O P Q R S T U V W X Y
```

»In der oberen Zeile stehen die echten Buchstaben. Die A-Zeile darunter ist natürlich identisch; alle nachfolgenden sind sukzessive um eine Position verschoben«, erkannte Eve.

»Aber welches der Alphabete mag Feldmann genommen haben?«

»Ich fürchte, wir werden alle ausprobieren müssen«, sagte Ben.

»Gut«, stimmte Eve zu. »Ich nehme B bis N und Sie die ab O.«

Ben nickte, und sie machten sich an die Arbeit.

Aus dem Anfang des Textes »reaoiawyim« machte das B-Alphabet »qdznhzvxhl« und das C-Alphabet »pcymgyuwgk«.

Nach einer weiteren halben Stunde war Eve mit den Alphabeten von B bis N fertig und schüttelte entmutigt den Kopf. »Meine führen zu keinem Ergebnis, das lesbarer wäre als der Code, weder im Englischen noch im Deutschen. Wie ist es bei Ihnen?«

»Ich bin gerade bei Z«, sagte Ben, ebenso enttäuscht. Er schob ihr sein Blatt hin. Die untere Zeile lautete: sfbrjbxzjn. »Ergibt auch keinen Sinn.«

»Aber Ihr Vorschlag mit dem Alphabet bringt mich auf eine Idee«, sagte Eve. »›Lazarus‹ scheint irgendeine Bedeutung zu haben. Vielleicht ist die Botschaft in dem Text darunter ebenso kurz, also nur sieben Buchstaben lang, und LAZARUS sagt uns, nach welchen Buchstaben wir suchen müssen.«

»Verstehe«, sagte Ben. »L ist der zwölfte Buchstabe im Alphabet.«

»Und W ist der zwölfte in der verschlüsselten Nachricht.« Eve schrieb das W auf ein neues Blatt.

»A der erste.«

»Das wäre R. Also W R.«

»Z ist Nummer sechsundzwanzig im ABC.«

»Das ist in der Botschaft ein V.« Damit stand auf Eves Papier: »W R V«.

»Dann wieder A. Also R.«

»W R V R.«

»R ist der achtzehnte Buchstabe, U der einundzwanzigste und S Nummer siebzehn«, schloss Ben.

»In der Nachricht wären das A, L und K«, sagte Eve. »W, R, V, R, A, L, K«, las sie vor. »Das ist auch nur Kauderwelsch.« Sie seufzte.

»Hm.« Ben sah sie nachdenklich an. Sie hielt seinem klaren Blick mit ihrem fragenden stand, bis sich seine Miene plötzlich erhellte. »Nehmen wir einmal weiterhin an, ›Lazarus‹ ist der Schlüssel.«

»Ja?«

»Und nehmen wir darüber hinaus an, es handelt sich tatsächlich um eine alphabetische Verschlüsselung. Aber nicht um eine einfache, sondern um eine mehrfache.«

»Sie meinen, erst den ganzen Text ins L-Alphabet übertragen, was dann dabei herauskommt, ins A-Alphabet und so weiter?«

»Das wäre die eine Möglichkeit«, sagte Ben. »Die andere Möglichkeit, die ich meine, ist, wir setzen ›Lazarus‹, weil es sieben Buchstaben hat, über die ersten sieben Buchstaben des Codes. Beim achten beginnen wir dann wieder mit L. Das sieht dann so aus.«

Er schrieb LAZARUS über die ersten sieben Buchstaben, dann LAZARUS über die zweite Siebenergruppe und noch einmal über die dritte.

```
L A Z A R U S L A Z A R U S L A Z A R U S …
r e a o i a w y i m d w l k n h k a w m l …
```

Eve verstand, was er vorhatte. »Und dann übersetzen wir den Buchstaben unter dem L mit dem L-Alphabeth, den unter dem A mit dem A-Alphabet, den unter Z …«

»… mit dem Z-Alphabet und so weiter«, bestätigte Ben.

»Die erste Möglichkeit wäre schneller«, sagte Eve. »Den ganzen Text über L, dann über A, über Z, A, R, U und S. Zumal durch die beiden A-Alphabete der Text zweimal identisch bleibt.«

»Versuchen wir die erste der beiden Möglichkeiten einfach zunächst mit den ersten Buchstaben«, sagte Ben. »Wenn die dann einen Sinn ergeben, wissen wir, dass das der richtige Weg ist.«

Eve nahm die Alphabettabelle zur Hand, die Ben erstellt hatte, und begann, sie nacheinander über die sieben Buchstaben zu transferieren.

reaoiawy

L – gtpdxpln

A – gtpdxpln

Z – huqeyqmo

A – huqeyqmo

R – qdznhzvx

U – wjftnfbd

S – ernbvnjl

»Ernbvnjl«, las sie das Endergebnis vor und massierte sich mit Daumen und Zeigefinger den Nasenrücken. »Wäre ja auch zu einfach gewesen.«

»Also die zweite Möglichkeit«, sagte Ben und setzte zum Schreiben an.

»Warten Sie«, sagte sie. »Das geht übersichtlicher. Wir nehmen Lazarus als Titel und setzen die Buchstaben des Codes in Siebenergruppen darunter.« Sie schrieb.

L	**A**	**Z**	**A**	**R**	**U**	**S**
r	e	a	o	i	a	w
y	i	m	d	w	l	k
n	h	k	a	w	m	l
l	t	s	d	v	l	v
c	e	h	w	r	y	u
s	t	d	r	u	y	k
q	e	t	e	i	m	o
l	r	s	e	k	x	w
c	l	z	p	z	m	h
s	i	k	o	j	i	h
s	o	q	u	d	x	a
c	d	d	n	g	z	s
o	z	t	z	v	c	y
p	n	c	e	i	x	j
p	i	g	e	z	f	a
r	e	m	o	i	n	w
k	u	q	p	w	i	j
e	e	c	e	i	y	o
t	g	d	n	a	o	y
p	n	c	w	v	h	f
o	i	d	s	t	b	d
l	n	f	e	w	y	m
p	r	r	p	v	c	l
f	n	c	m	z	n	v

p	r	f	o	v	n	l
p	r	r	t	z	g	e
p	s	b	h	i	y	a
e	w	h	r	u	j	j
s	m	t	s	r	m	l
c	u	l	l	l	r	s
p	t	d	r	e	u	v
p	n	s	h	i	i	f
m	e	r	t	v	c	y
p	n	z	n	j	n	w
w	l	d	d	v	m	z
p	r	q	n	u	y	k
e	o	c	e	j		

»Die Buchstaben unter den beiden As bleiben durch die Übersetzung mit dem A-Alphabet identisch«, sagte sie und fügte sie darunter ein.

L	**A**	**Z**	**A**	**R**	**U**	**S**
r	e	a	o	i	a	w
	e		o			
y	i	m	d	w	l	k
	i		d			
n	h	k	a	w	m	l
	h		a			
l	t	s	d	v	l	v
	t		d			

c	e	h	w	r	y	u
	e		w			
s	t	d	r	u	y	k
	t		r			
q	e	t	e	i	m	o
	e		e			
l	r	s	e	k	x	w
	r		e			
c	l	z	p	z	m	h
	l		p			
s	i	k	o	j	i	h
	i		o			
s	o	q	u	d	x	a
	o		u			
c	d	d	n	g	z	s
	d		n			
o	z	t	z	v	c	y
	z		z			
p	n	c	e	i	x	j
	n		e			
p	i	g	e	z	f	a
	i		e			

r	e	m	o	i	n	w
	e		o			
k	u	q	p	w	i	j
	u		p			
e	e	c	e	i	y	o
	e		e			
t	g	d	n	a	o	y
	g		n			
p	n	c	w	v	h	f
	n		w			
o	i	d	s	t	b	d
	i		s			
l	n	f	e	w	y	m
	n		e			
p	r	r	p	v	c	l
	r		p			
f	n	c	m	z	n	v
	n		m			
p	r	f	o	v	n	l
	r		o			
p	r	r	t	z	g	e
	r		t			

p	s	b	h	i	y	a
	s		h			
e	w	h	r	u	j	j
	w		r			
s	m	t	s	r	m	l
	m		s			
c	u	l	l	l	r	s
	u		l			
p	t	d	r	e	u	v
	t		r			
p	n	s	h	i	i	f
	n		h			
m	e	r	t	v	c	y
	e		t			
p	n	z	n	j	n	w
	n		n			
w	l	d	d	v	m	z
	l		d			
p	r	q	n	u	y	k
	r		n			
e	o	c	e	j		
	o		e			

»Die Z-Spalte ist ebenfalls simpel«, meinte sie. »Einfach der Buchstabenwert plus eins.« Entsprechend schnell ergänzte sie die Tabelle.

L	**A**	**Z**	**A**	**R**	**U**	**S**
r	e	a	o	i	a	w
	e	b	o			
y	i	m	d	w	l	k
	i	n	d			
n	h	k	a	w	m	l
	h	l	a			
l	t	s	d	v	l	v
	t	t	d			
c	e	h	w	r	y	u
	e	i	w			
s	t	d	r	u	y	k
	t	e	r			
q	e	t	e	i	m	o
	e	u	e			
l	r	s	e	k	x	w
	r	t	e			
c	l	z	p	z	m	h
	l	a	p			

s	i	k	o	j	i	h
	i	l	o			
s	o	q	u	d	x	a
	o	r	u			
c	d	d	n	g	z	s
	d	e	n			
o	z	t	z	v	c	y
	z	u	z			
p	n	c	e	i	x	j
	n	d	e			
p	i	g	e	z	f	a
	i	h	e			
r	e	m	o	i	n	w
	e	n	o			
k	u	q	p	w	i	j
	u	r	p			
e	e	c	e	i	y	o
	e	d	e			
t	g	d	n	a	o	y
	g	e	n			
p	n	c	w	v	h	f
	n	d	w			

o	i	d	s	t	b	d
	i	e	s			
l	n	f	e	w	y	m
	n	g	e			
p	r	r	p	v	c	l
	r	s	p			
f	n	c	m	z	n	v
	n	d	m			
p	r	f	o	v	n	l
	r	g	o			
p	r	r	t	z	g	e
	r	s	t			
p	s	b	h	i	y	a
	s	c	h			
e	w	h	r	u	j	j
	w	i	r			
s	m	t	s	r	m	l
	m	u	s			
c	u	l	l	l	r	s
	u	m	l			
p	t	d	r	e	u	v
	t	e	r			

p	n	s	h	i	i	f
	n	t	h			
m	e	r	t	v	c	y
	e	s	t			
p	n	z	n	j	n	w
	n	a	n			
w	l	d	d	v	m	z
	l	e	d			
p	r	q	n	u	y	k
	r	r	n			
e	o	c	e	j		
	o	d	e			

»Das sieht gut aus«, stellte Eve fest. »Und jetzt die Spalten L, R, U und S gemäß ihrer Alphabete.«

Sie markierte sie auf Bens großer Tabelle, um die Buchstaben leichter zuordnen zu können.

A B C D E F G H I J K L M N O P Q R S T U V W X Y Z

L - L M N O P Q R S T U V W X Y Z A B C D E F G H I J K

R - R S T U V W X Y Z A B C D E F G H I J K L M N O P Q

U - U V W X Y Z A B C D E F G H I J K L M N O P Q R S T

S - S T U V W X Y Z A B C D E F G H I J K L M N O P Q R

»Für die erste Code-Zeile bedeutet das, das r in der Spalte L wird zu g, das i in der Spalte R zu r, das a in der Spalte U zu g und das w in der Spalte S zu e.« Schon während sie anfing zu schreiben, begannen ihre Augen zu leuchten.

L	A	Z	A	R	U	S
r	e	a	o	i	a	w
g	e	b	o	r	g	e
y	i	m	d	w	l	k
n	i	n	d	e	r	s
n	h	k	a	w	m	l
c	h	l	a	f	s	t
l	t	s	d	v	l	v
a	t	t	d	e	r	d
c	e	h	w	r	y	u
r	e	i	w	a	e	c
s	t	d	r	u	y	k
h	t	e	r	d	e	s
q	e	t	e	i	m	o
f	e	u	e	r	s	w
l	r	s	e	k	x	w
a	r	t	e	t	d	e

c l z p z m h
r l a p i s p

s i k o j i h
h i l o s o p

s o q u d x a
h o r u m d i

c d d n g z s
r d e n p f a

o z t z v c y
d z u z e i g

p n c e i x j
e n d e r d r

p i g e z f a
e i h e i l i

r e m o i n w
g e n o r t e

k u q p w i j
z u r p f o r

e e c e i y o
t e d e r e w

t g d n a o y
i g e n j u g

p	n	c	w	v	h	f
e	n	d	w	e	n	n
o	i	d	s	t	b	d
d	i	e	s	c	h	l
l	n	f	e	w	y	m
a	n	g	e	f	e	u
p	r	r	p	v	c	l
e	r	s	p	e	i	t
f	n	c	m	z	n	v
u	n	d	m	i	t	d
p	r	f	o	v	n	l
e	r	g	o	e	t	t
p	r	r	t	z	g	e
e	r	s	t	i	m	m
p	s	b	h	i	y	a
e	s	c	h	r	e	i
e	w	h	r	u	j	j
t	w	i	r	d	p	r
s	m	t	s	r	m	l
i	m	u	s	a	s	t
c	u	l	l	l	r	s
r	u	m	l	u	x	a

p	t	d	r	e	u	v
e	t	e	r	n	a	d
p	n	s	h	i	i	f
e	n	t	h	r	o	n
m	e	r	t	v	c	y
b	e	s	t	e	i	g
p	n	z	n	j	n	w
e	n	a	n	s	t	e
w	l	d	d	v	m	z
l	l	e	d	e	s	h
p	r	q	n	u	y	k
e	r	r	n	d	e	s
e	o	c	e	j		
t	o	d	e	s		

»Das ist Deutsch«, sagte Ben begeistert und schrieb den entschlüsselten Text auf ein neues Blatt Papier.

25

Geborgen in der Schlafstatt der drei Waechter des Feuers
wartet der Lapis Philosophorum
dir den Pfad zu zeigen der drei heiligen Orte
zur Pforte der ewigen Jugend.

Wenn die Schlange Feuer speit
und mit der Goetter Stimme schreit,
wird Primus Astrum Lux Aeterna
den Thron besteigen anstelle des Herrn des Todes.

»Der *Lapis Philosophorum*?«, fragte Eve ungläubig. »Der Stein der Weisen?«

Ben nickte, und Eve zog unwirsch die Brauen zusammen.

»Das ist der Stein, den Sie die ganze Zeit suchen? Alchimisten-Hokuspokus?«

Ben hob beschwichtigend die Hand. Offenbar begriff er, wie sehr sie sich gerade aufregte. »Feldmann meint damit nicht den Stein der Weisen aus den Legenden, der Blei in Gold verwandelt und per magischer oder auch alchimistischer Kraft Unsterblichkeit verleiht. Aber er verweist auf einen der Steine, die für die Entstehung der Legende verantwortlich sind: den Sephirot.«

»Sephirot?« Eve hatte noch nie davon gehört.

»Ja«, sagte Ben. »In der jüdischen Kabbala wird er auch ›Baum des Lebens‹ genannt. Aber eigentlich ist damit ›Die Pforte zum Baum des Lebens‹ gemeint oder auch der Schlüssel. Das kann ich Ihnen besser erklären, sobald wir ihn gefunden haben und ich ihn Ihnen zeigen kann.«

»Das erklärt aber immer noch nicht, was dieses Scharlatanen-Getue um den ›Stein der Weisen‹ und die ›drei heiligen Orte‹ soll.« Sie musste ihrem Unmut einfach Luft machen. »Feldmann war Wissenschaftler, kein Okkultist oder Mystiker; er war Mediziner und Biologe. Er hat den besonderen Stoffwechsel der Eibe entdeckt und einen Weg gefunden, wie man ihn auf den Menschen übertragen kann. Das beweist seine Veröffentlichung, auch wenn er sie zurückgezogen hat, und er selbst war der lebende Beweis dafür, dass seine Theorie richtig war.«

»Beruhigen Sie sich bitte wieder«, sagte Ben. »Im Laufe der Zeit sind unzählige Wissenschaftler, so wie Feldmann und Sie, auf die Unsterblichkeit der Eibe aufmerksam geworden, und alle haben sie versucht, ihre Eigenschaften auf den Menschen zu übertragen, aber nur sehr wenigen ist es gelungen – und keinem von ihnen ohne den Sephirot.«

»Wieso sind dann die anderen zehn Wissenschaftler allesamt eines gewaltsamen Todes gestorben, wenn sie doch ihre Theorie ohne den Sephirot nicht in die Praxis umsetzen konnten?« Eve reagierte grundsätzlich gereizt, wenn die Beantwortung einer Frage nur noch mehr Fragen aufwarf. Bei wissenschaftlichen Problemstellungen hatte sie gelernt, damit umzugehen. Ja, sogar genau das als Motivation zu nutzen.

Sie hasste Rätsel. Das war mit einer der Gründe, warum sie so besessen darauf war, sie zu lösen. Für den Außenstehenden mochte das paradox erscheinen, weil die meisten Menschen Dingen, die sie hassen, einfach aus dem Weg gingen oder sie verdrängten. Aber Eves Denkschema ließ Verdrängung nicht zu. War sie erst einmal mit einem Rätsel konfrontiert, fand ihr Geist erst dann wieder Ruhe, wenn sie es gelöst hatte. Das machte sie zu einer der Besten in ihrem Job. Aber, wie sie selbst wusste, auch zu einer Geißel für jeden, der in solchen Situationen mit ihr arbeiten musste. Und Ben machte das nicht gerade besser dadurch, dass er ihr immer nur häppchenweise Informationen lieferte, obwohl klar war, dass er so viel mehr wusste.

Wie aufs Stichwort sagte er dann auch tatsächlich: »Ich werde es Ihnen zu gegebener Zeit erklären. Jetzt müssen wir erst einmal den Stein finden.«

»Ich brauche keinen Stein!«, herrschte sie ihn an, weil er sich anhörte wie eine Schallplatte mit Sprung. »Ich brauche ein Labor und Computer und Eiben und …«

Ben unterbrach sie, indem er den ersten Teil der geheimen Nachricht laut vorlas. »Geborgen in der Schlafstatt der drei Wächter des Feuers wartet der Lapis Philosophorum, dir den Pfad zu zeigen der drei heiligen Orte zur Pforte der ewigen Jugend.«

»Ben, Sie hören mir nicht zu«, begehrte sie auf.

Mit grübelnd verschleiertem Blick sah er sie an. »Schlafstatt der drei Wächter des Feuers«, wiederholte er leise. »Ich glaube, ich weiß, wo das ist.«

»Ben …«

»Wir müssen los, Eve«, sagte er knapp. »Alles Weitere auf dem Weg.«

»Ich mache keinen Schritt mehr, wenn Sie jetzt nicht anfangen, mit offenen Karten zu spielen!«, erklärte sie. »Wir bleiben hier, bis all meine Fragen beantwortet sind.«

»Das können wir nicht«, widersprach er. »Wir müssen in Bewegung bleiben. Unsere Verfolger sind uns dicht auf den Fersen.«

»Wie sollten sie uns hier finden?«

»Sie haben keine Vorstellung von den Mitteln, die unseren Feinden zur Verfügung stehen«, sagte Ben finster. »Wir sind schon viel zu lange hier.«

Bevor Eve etwas darauf entgegnen konnte, wurde, wie auf ein kosmisches Stichwort hin, genau in dem Moment die Höhle von einer gewaltigen Explosion erschüttert.

26

Die ganze Halle erbebte unter der Explosion. Es hörte sich an wie der Herzschlag eines Riesen. Steinsand rieselte von der Decke, Vorhänge fielen herab, und Möbel stürzten um.

»Zur hinteren Wand!«, rief Ben und lief selbst zu der Kommode, aus der er vorhin die Diamanten geholt hatte. Eve sah, wie er mehrere kleine Samtsäckchen hervorholte und sie in verschiedenen Taschen verstaute. Er öffnete eine der Türen unter den Schubladen und nahm einen Pilotenkoffer heraus.

»Zur hinteren Wand, sagte ich!«, wiederholte er, als er sah, dass Eve noch immer wie angewurzelt dastand, während eine weitere Explosion die Höhle erschütterte. Er kam zu ihr gelaufen, hakte sich mit dem freien Arm bei ihr ein und zog sie mit sich. »Jetzt!«

Bei der nächsten Detonation fielen erste größere Sandsteinbrocken von der Decke.

»Schneller!«, brüllte Ben, und Eve beschleunigte ihren Lauf. Das hintere Ende der Halle war zwar weiter vom Zentrum der Explosionen entfernt, aber Eve fragte sich, was es bringen sollte, sich dorthin zu flüchten. So wie es sich anhörte, waren die Geheimtreppe und der Tunnelgang längst eingestürzt. Sie waren hier unten lebendig begraben. Abgesehen davon, dass oben ihre Verfolger waren, würde kein Baugerät der Welt sie aus dieser Tiefe herausholen können, ohne dafür den ganzen Hügel abtragen zu müssen. Falls man sie überhaupt suchen würde. Eve hatte keine Ahnung, wie viel an Lebensmitteln und Proviant Ben hier unten vorrätig hatte, aber der Sauerstoff würde ihnen sicherlich bald ausgehen.

Die nächste Granate oder was immer es sein mochte ließ den Teil der Höhle einstürzen, in dem sie bis vor wenigen Minuten noch gesessen hatten. Eine Wolke aus dichtem Steinstaub holte sie ein und vernebelte die Luft. Er brannte höllisch in den Augen.

»Schneller!«

Sie erreichten die hintere Wand, und Ben ließ Eve los, um einen der Vorhänge herunterzureißen. Dann drückte er ihr den Pilotenkoffer in die Hand. »Halten Sie!«

Er lehnte sich mit der Schulter gegen den nackten Fels und begann zu schieben. Zunächst geschah nichts. Eve sah die konzentrierte Anstrengung in seinem Gesicht, das nach wie vor so frei von Angst war wie im Kloster, als sie ihn zum ersten Mal kämpfen gesehen hatte. Er stemmte die Füße in den Boden und drückte den Rücken fester gegen den Fels.

Ein weiterer Teil der Höhlendecke krachte herab, und wieder wurde Staub aufgewirbelt. Eve zog die Augen zu schmalen Schlitzen zusammen und bemühte sich, nur durch die Nase zu atmen, was ihr zunehmend schwerer fiel, da die Nasenlöcher mehr und mehr verstopften.

Da hörte sie ein Knirschen, und der Teil der Wand, gegen den Ben drückte, gab nach. Erst war es nur ein winziger Spalt, nicht viel mehr als ein schmaler Riss im Stein, aber je mehr Ben schob, umso größer wurde er. Sie sah, wie er die Zähne aufeinanderbiss und sich Schweißperlen auf seiner Stirn bildeten.

Vier Zentimeter.

Acht.

Fünfzehn.

Eine Serie von weiteren Explosionen krachte ohrenbetäubend dicht über ihnen, und weitere Teile der Halle stürzten ein, näher und immer näher. Nur noch eine der Lampen brannte, und sie flackerte bedenklich.

Dreißig Zentimeter.

Von der Halle waren nur noch vier oder fünf Meter übrig. Die nächste Granate würde Eve und Ben unter einem Haufen Geröll und Fels begraben.

Vierzig Zentimeter. Irgendetwas am Mechanismus der Geheimtür schien zu klemmen, hervorgerufen wahrscheinlich durch die Detonationen.

»Das muss genügen«, keuchte Ben, als er erkannte, dass sich der Fels kein Stück weiter bewegen würde. »Schlüpfen Sie durch. Schnell!«

Er nahm Eve Rucksack, Handtasche und Pilotenkoffer ab, und sie quetschte sich durch den Spalt hindurch auf die andere Seite der Felswand. Es war so dunkel, dass sie jenseits des durch die Öffnung fallenden Lichtstrahls nicht die Hand vor Augen sehen konnte. Ben reichte ihr die Sachen an, und sie nahm sie ihm ab. Dann schob auch er sich in den Spalt. Sein riesiger Körper verschluckte noch den letzten Rest Helligkeit.

Plötzlich fluchte er. Eve verstand die Sprache nicht, in der er es tat, aber dass es ein Fluch war, war unüberhörbar.

»Was ist?«

»Ich stecke fest«, knurrte er.

Genau in diesem Moment schlug eine weitere Granate ein, und der letzte Rest der Hallendecke stürzte ein.

27

Eve ließ Rucksack, Handtasche und Pilotenkoffer fallen und packte Ben mit beiden Händen am Oberarm. Sie legte sich nach hinten und zerrte so fest sie konnte. Das Licht ging aus, und Felsbrocken krachten auf den Boden der Halle, nur wenige Zentimeter von Ben entfernt.

Er keuchte und schnaubte vor Anstrengung.

»Hören Sie auf!«, rief Eve. »Je mehr Sie Ihre Muskeln aufpumpen, desto fester stecken Sie. Entspannen Sie sich. Entspannen Sie sich total. Und dann atmen Sie aus. Tief ausatmen.«

Sie konnte spüren, dass er tat, was sie sagte. Dann hörte sie ihn lang ausatmen. Erst dann zog sie wieder – und er kam frei. Gerade rechtzeitig. Der letzte Teil der Decke stürzte dort zu Boden, wo Ben vor Sekundenbruchteilen noch gestanden hatte.

»Danke«, sagte er knapp und lief in die Dunkelheit. »Bringen Sie die Sachen.«

Gerade als Eve sich bückte, flammte wieder elektrisches Licht auf, und sie blickte direkt in die leeren Augenhöhlen eines Totenkopfes. Sie schrie auf.

»Die tun Ihnen nichts mehr«, sagte Ben, und als Eve sich umsah, erkannte sie, was er meinte. Der Raum, in dem sie sich befanden, war wesentlich kleiner als die Halle, aus der sie kamen, vielleicht sechs mal sechs Meter groß. In wie Waben aus dem Sandstein gehauenen Nischen lagen die Skelette von dreizehn Männern und Frauen, die Knochen rostbraun. Das eisenreiche Grundwasser hatte sie in einer Mischung aus Rost und aus dem Sandstein gespülten Mineralien buchstäblich versteinert. Zwei der Skelette, ein männliches und ein weibliches, trugen Diademe aus Gold.

»Kommen Sie«, unterbrach Ben ihre Beobachtung und winkte sie zu sich. Dort, wo die Grabkammer in einen weiteren Tunnel führte, stand ein Motorrad, eine Enduro. Er sprang auf und betätigte den Starter. Der Motor zündete augenblicklich. »Ziehen Sie den Rucksack an, die Handtasche über die Schulter, und halten Sie den Pilotenkoffer.«

Sie gehorchte und kletterte hinter ihm auf den Sitz. Er wartete, bis sie die Füße auf die Fußrasten gestellt hatte und sich mit der freien Hand an seinem Gürtel festhielt, legte dann den Gang ein und fuhr los. Wieder gerade rechtzeitig. Denn erneut schlug eine Granate über ihnen ein, und die Grabkammer stürzte ein.

Der Tunnel vor ihnen war eng und nur spärlich beleuchtet. Seine Wände und die Decke waren viel rauer behauen als die Treppe vom Turm und die große Halle. Offenbar war dieser Teil der unterirdischen Anlage sehr viel älter, und zu Eves Unbehagen verlief der Stollen auch nicht gerade, sondern in ungleichmäßigen Kurven durch den Fels. Sie wünschte, Ben würde nicht so schnell fahren, aber dicht hinter sich hörte sie, wie der Tunnel Stück für Stück unter weiterem Beschuss einbrach. Doch allmählich entfernten sie sich davon, und die Explosionen wurden leiser. Aber Ben nicht langsamer.

Nach etwa einer Minute mündete der Tunnel in einen etwas größeren Raum, der mehr an eine Höhle erinnerte, und Ben bremste die Maschine endlich ab. Eve war kaum noch überrascht, als sie den Geländewagen sah. Ihr Beschützer schien wirklich auf alles vorbereitet.

Sie stiegen vom Motorrad, Ben öffnete die Heckklappe des Wagens und half Eve dabei, den Rucksack auszuziehen. Er warf die Sachen in den Wagen. Während sie einstiegen, fragte sich Eve, wie sie aus der Höhle entkommen sollten und wie der Wagen überhaupt erst in diese Höhle hineingekommen war.

Ben startete den Motor und holte eine kleine Fernbedienung aus dem Handschuhfach. Er drückte auf einen Knopf …

… und die jenseitige Wand der Höhle explodierte nach außen.

Noch ehe sich der Staub der Explosion gelegt hatte, lenkte Ben den Geländewagen hinaus. Sie befanden sich endlich wieder an der Oberfläche. Eve blickte sich um und sah über die Kronen eines kleinen Wäldchens hinweg die rauchende Ruine des kollabierten Turms in etwa anderthalb Kilometer Entfernung. Der Geländewagen holperte über eine Wiese.

»Wohin jetzt?«, fragte Eve.

»Zum Yeovil Airfield. Zwanzig Meilen von hier. Wir müssen nach Deutschland.«

28

Naqada Manor.

Der hoch gewachsene Mann, den Kabir *Mylord* nannte, schritt gerade durch seinen Harem, um eine oder zwei Gespielinnen für die Nacht auszuwählen, als sich das iPhone, das er in der Tasche seines bodenlangen anthrazitfarbenen Hausmantels bei sich trug, mit einem Klingelton bemerkbar machte. Er schaute auf das Display und erkannte Kabirs Nummer.

»War die Operation ein Erfolg?«, fragte er direkt.

»Wir haben den ganzen Hügel in Schutt und Asche gelegt«, antwortete Kabir, »und sie darunter begraben.«

»Glastonbury Tor?« Kabir bestätigte, und sein Gebieter zog unwirsch die ansonsten makellos glatte Stirn in Falten. »Es wird unmöglich sein, das zu vertuschen.«

»Das Pressebüro arbeitet bereits an einer offiziellen Verlautbarung«, sagte Kabir schnell. »Schrecklicher Irrtum bei einer Armeeübung oder etwas in der Richtung.«

»Hast du seine Leiche gefunden?«

Kabir zögerte.

»Antworte, Kabir.«

»Dafür müssten wir Tonnen von Fels, eingestürztem Mauerwerk und Gestein abtragen.«

Der große Mann atmete tief durch, um sich zu beruhigen. Vielleicht wäre es klüger gewesen, Kabir darüber einzuweihen, mit wem er es bei Doktor Sinclairs Beschützer zu tun hatte. Aber das durfte nicht sein. Niemand durfte das wissen. Niemand.

Schließlich sagte er mit erzwungen sanfter Stimme: »Kabir, wer war es, der dir dein Leben schenkte?«

»Das wart Ihr, Mylord.«

»Und das machte mich auch in all der Zeit stolz und erfüllte mich bisher immer mit großer Freude.«

»Danke, Mylord.«

»Diese Freude versiegt gerade, Kabir.«

»Ich weiß, Mylord«, antwortete Kabir mit aufkommender Trauer in der leiser werdenden Stimme. »Ich werde alles tun, um sie Euch zurückzugeben, diese Freude.«

»Davon gehe ich fest aus. Du kennst die Alternative.«

»Ich kenne sie, Gebieter.«

»Fürchtest du sie?«

»Das tue ich.«

»Wie sehr?«

»Mehr als irgendetwas anderes auf dieser Welt«, gestand Kabir in aller Offenheit.

»Gut«, sagte sein Herr. »Denn du kennst die Regeln. Für Versagen gibt es keine Gnade.«

»Ich werde nicht versagen.«

»Das würde ich sehr begrüßen, Kabir. Es würde mich Ewigkeiten kosten, eine neue rechte Hand auszubilden. Also suche unter jedem verdammten Stein. Solange seine Leiche nicht gefunden ist, ist diese Operation nicht beendet. Hast du mich verstanden?«

»Euer Wille geschehe, Herr.«

Der Mann nickte, obwohl Kabir es nicht sehen konnte, und beendete das Gespräch durch einen Druck auf das Display. Er steckte das iPhone zurück in die Tasche seines Morgenmantels und wandte sich wieder seinem Harem zu. Er musste sich ablenken von den düsteren Gedanken, die das Auftauchen des *Fremden* geweckt hatte. Und ebenso von seiner Furcht.

Er zwang sich, tief ein- und auszuatmen, und sah sich um. Der große schmuckvoll eingerichtete Raum lag in einem Nebengebäude des Manors, das nur für seine Frauen und ihre Wächter bestimmt war. Ihre Suiten waren auf zwei Etagen verteilt, und im Keller gab es Zellen. Wie in jedem guten Harem standen eine Pool-Anlage zur Verfügung, ein Fitness-Center und ein SPA. Fantasien müssen keine bleiben, wenn man es sich leisten kann, sie Realität werden zu lassen. Und das konnte er sich definitiv leisten.

Er hatte neulich – wie jedes Jahr – im *Forbes Magazine* die aktualisierte Liste der reichsten Menschen der Welt studiert und wie immer darüber geschmunzelt, welche lächerlichen Beträge die meisten für Reichtum hielten.

Wie jedes Mal, wenn er Lust hatte auf eine oder mehrere Gespielinnen, hatte er Erik angerufen, seinen dänischen Haremsverwalter, und die Frauen in dem großen Raum zur Besichtigung antreten lassen. Sie hatten jederzeit zur Verfügung zu stehen und taten gut daran, zu jeder Tages- und Nachtzeit für ihn bereit zu sein.

Aktuell waren es achtzehn. Nahezu jeder ethnische Typus, den er mochte, war vertreten, jeweils einmal in grazil schlank, in vollschlank und üppig. Sie erwarteten ihn in verschiedenen Kostümen und Aufmachungen, und etwas abseits stand Erik, ein blonder Hüne mit eisernen Muskeln, dessen sanftes Gesicht darüber hinwegtäuschte, wie fest er den Harem im Griff hatte.

Keine der Frauen war freiwillig nach Naqada Manor gekommen, aber alle, die nun um ihren Herrn herumsaßen oder -standen und ihm unterwürfig zulächelten und sich ihm willig präsentierten, waren gern hier. Die, die nicht gern hier und so unklug waren, das zu zeigen, lebten nicht lange.

Dafür sorgte Erik. Er beschaffte sie auch. Er und ein spezieller Trupp seiner Leute bereisten permanent die ganze Welt und brachten ihm immer wieder frische.

Die, die dem Herrn gut dienten, wurden auch gut behandelt. Und wenn er früher oder später das Interesse an ihnen verlor, was zu seinem eigenen Bedauern unausweichlich war, sorgte er weiterhin gut für sie. Seine Organisation war groß genug und hatte ausreichend Aufgabengebiete für loyale Sklavinnen.

Es gab auf der ganzen Welt keine besseren Spione als Frauen, die ihre Wahl getroffen hatten zwischen einem Leben in unermesslichem Reichtum und einem frühen, qualvollen Tod und die wussten, dass es nichts dazwischen gab.

Er sah sich um, blickte in eines der ehrfürchtig lächelnden Gesichter nach dem anderen, und plötzlich merkte er, dass ihm nach den aktuellen Ereignissen bei Glastonbury Tor der Sinn nicht nach Hingabe und willigem Dienen stand. Er musste seine Wut darüber, dass Kabir *ihn*, den er so lange für tot gehalten hatte, noch immer nicht zweifelsfrei ausgeschaltet hatte, abreagieren.

»Zeig mir die Neuzugänge, Erik.«

In dieser Nacht war ihm nach Zähmen zumute. Danach, Schmerzen zu bereiten und zu unterwerfen.

Der blonde Hüne nickte gehorsam und bat seinen Gebieter mit einer Geste, ihm zu folgen. Nach unten. Zu den Zellen.

29

Eve saß auf dem Copilotensitz der zweistrahligen Cessna 525 und war nicht das erste Mal erstaunt über die finanziellen und technischen Möglichkeiten ihres Beschützers. Wenn sie noch in Betracht zog, dass ihre Verfolger Glastonbury Tor, eines der ältesten und bekanntesten Heiligtümer Englands, tatsächlich, ohne zu zögern und ohne den kleinsten Versuch, ihre Tat irgendwie geheim zu halten, mit Granatmörsern in Schutt und Asche gelegt hatten, bekam sie eine ungefähre Vorstellung von der Bedeutsamkeit ihrer Suche.

Ich habe einen gottverdammten Krieg losgetreten.

Sie sah hinab auf den mondbeschienenen Ärmelkanal. Sie hatten gerade Hastings überflogen, und die Lichter von Calais waren bereits in Sicht. Ben saß hinter dem Steuer und lenkte die Maschine, als hätte er in seinem Leben nie etwas anderes getan.

»Wohin fliegen wir?«, fragte Eve.

»Nach Köln«, antwortete ihr Ben. »Zur *Schlafstatt der drei Wächter des Feuers*, Feldmanns erstem Hinweis. Er meint den Schrein, den Sarkophag der Heiligen Drei Könige im Kölner Dom.«

»*Die* Heiligen Drei Könige?«

»Ebenjene«, bestätigte Ben. »Im Urtext waren es keine Könige, sondern *Magi.*«

»Magi?«, fragte Eve. »So wie in *Magie*?«

Ben bestätigte es mit einem Nicken.

»Die Heiligen Drei Könige waren Zauberer?«

»Im wahrsten Sinne des Wortes«, sagte Ben. »Nur wenige wissen das heute noch, aber das Wort *Magie* leitet sich tatsächlich von ihnen ab, beziehungsweise von der wesentlich älteren Kaste, der sie angehörten. Die *Magi* waren eine uralte Priesterschaft aus Parthien, Persien – vormals Babylon, beziehungsweise noch früher Chaldäa und Sumer.«

»Die Wiege der Zivilisation.«

»Ja«, bestätigte Ben. »Der geographischen Beschreibung der Bibel nach lag dort auch das Paradies, der Garten Eden, zwischen Euphrat und Tigris. Die Magi waren Astrologen und die Wächter der Ewigen Flamme, die noch zur Zeit der Römer im gesamten Mittelmeerraum angebetet wurde. Daher wurden sie auch *Illuminati* genannt und *Söhne des Lichts*. Oder eben *Wächter des Feuers.*«

»Wie kommen die sterblichen Überreste dreier parthischer Priester ausgerechnet nach Deutschland in den Kölner Dom?«, wollte Eve verwundert wissen.

»Auf Umwegen«, sagte Ben. »Und nach einer mehrere Jahrhunderte dauernden Reise.«

Eve fragte sich, ob er es mit dieser kryptischen Aussage einmal mehr beim Hinwerfen eines Informationsbrockens belassen wollte, und sie öffnete gerade den Mund, um ungeduldig nachzuhaken, als er zu ihrer Erleichterung ganz von selbst fortfuhr.

»Haben Sie schon einmal von der heiligen Helena gehört?«, fragte er.

»Nein«, gab sie zu.

»Also, die heilige Helena war die Mutter des ersten christlichen Imperators Roms, Konstantin I. Sie ist gern und weit gereist und hat dabei angeblich im Jahr 325 unserer Zeitrechnung die unverwesten Leichen der drei Magi in einem Grab in Jerusalem entdeckt und sie von dort nach Konstantinopel in die *Hagia Sophia* bringen lassen.«

»Angeblich?«

»Angeblich«, bestätigte Ben. »Zum einen halte ich es für mehr als unwahrscheinlich, dass drei Priester zusammen in einem Grab beerdigt wurden, nur weil sie derselben Kaste angehörten, zum zweiten glaube ich nicht, dass dieses Grab dann in Jerusalem gelegen hätte.«

»Weil?«

»Sie waren aus Parthien und hielten sich nach der Erzählung der Bibel nur zur Geburt Christi in Bethlehem auf.«

»Sie waren auch in Jerusalem bei König Herodes.«

»Das war aber, ehe sie nach Bethlehem gingen«, wandte Ben ein. »Und danach sind sie dem Matthäus-Evangelium zufolge aus Angst vor König Herodes und seinen Soldaten in ihre Heimat zurückgekehrt. Wieso also sollten sie dann in Jerusalem beerdigt worden sein?«

Eve verstand. »Und drittens?«

»Im Jahr 325 existierte die *Hagia Sophia* noch gar nicht. Die Hauskirche der Familie des Imperators war zu der Zeit die *Hagia Irene*. Dort, wo jetzt die *Hagia Sophia* steht, wurde die erste Kirche erst im Jahr 360 erbaut, und jene Kirche, wie wir sie heute kennen, sogar erst Anfang des sechsten Jahrhunderts.«

»Woher wissen Sie das alles so genau?«, fragte Eve.

Ben zuckte mit den breiten Schultern. »Ich interessiere mich sehr für Geschichte. Daher neige ich auch manchmal dazu abzuschweifen. Entschuldigung.«

»Kein Problem«, sagte Eve. »Ich bin froh, dass Sie endlich einmal überhaupt etwas erzählen. Außerdem finde ich es faszinierend, wenn Menschen von historischen Ereignissen so leidenschaftlich sprechen, als wären sie selbst dabei gewesen.«

Ben wandte ihr das Gesicht zu und sah sie forschend an.

Hatte sie etwas Falsches gesagt? Glaubte er irrtümlicherweise, dass sie das ironisch gemeint hatte?

»Erzählen Sie weiter«, unterbrach sie die ihr unangenehme Stille. »Wie kamen die Leichen der drei Magi von Konstantinopel nach Köln?«

Ben richtete den Blick wieder nach vorn. »Der heilige Eustorgius brachte sie in einem Marmorsarkophag auf einem von Kühen gezogenen Karren nach Mailand, von wo sie dann im Jahr 1164 von Kaiser Friedrich Barbarossa nach Köln geholt wurden.«

»Warum?«

»Damit Gläubige und Pilger den Bau des Kölner Doms finanziell und mit ihrer Arbeitskraft unterstützten. Auf diese Weise bekamen die Reliquien eine ihnen angemessene Ruhestatt. Der Bau dauerte über sechshundert Jahre, aber heutzutage ist der Kölner Dom die größte gotische Kirche in Nordeuropa. Die letzte Ruhestätte der Gebeine, die man als die der drei Sternendeuter ausgibt, um damit noch immer genügend Geld einzunehmen, um jährlich mehr als zehn Millionen Euro Instandhaltungskosten zu decken.«

»Sternendeuter«, murmelte Eve; Bens Erzählung von den Magi erinnerte sie an einen Teil von Feldmanns Rätsel. »Primus Astrum Lux Aeterna.«

Wenn die Schlange Feuer speit und mit der Götter Stimme schreit, wird Primus Astrum Lux Aeterna den Thron besteigen anstelle des Herrn des Todes.

Ben wandte ihr wieder das Gesicht zu, die Augenbrauen fragend nach oben gezogen.

»Lux Aeterna«, wiederholte Eve.

»Das ewige Licht«, sagte Ben.

»Oder vielleicht auch die Ewige Flamme«, schlug Eve vor. »Die drei Magi, die Wächter des Feuers, die Wächter der Ewigen Flamme.«

»Ich verstehe nicht«, gestand Ben.

»In der Weihnachtsgeschichte aus der Bibel folgen die drei Könige einem Stern, um den Erlöser zu finden. Ist das vielleicht der Primus Astrum aus der geheimen Nachricht? Der erste Stern?«

»Hm«, machte Ben. »Jesus Christus, der König der Könige, den Menschen gesandt, um die Erbsünde durch sein Opfer zu tilgen, besteigt den Thron anstelle des Herrn des Todes?«

»Klingt, als gäbe es da einen Zusammenhang«, meinte Eve. »Aber er ist zu wacklig. Wenn die Magi einem Stern folgten, um den Erlöser zu finden, kann der Stern eigentlich nicht gleichzeitig auch der Erlöser selbst sein. Außerdem – und das ist viel entscheidender – liegt die Geburt des Erlösers als einmaliges Ereignis in der Vergangenheit. Der Hinweis Feldmanns aber bezieht sich auf etwas, das noch geschehen wird oder eher immer wieder geschehen kann.«

»Woraus schließen Sie das?«

»Es scheint Feldmann ja offenbar selbst widerfahren zu

sein«, erklärte sie. »Oder auch *gelungen*; das finden wir hoffentlich bald heraus. Und er hat es niedergeschrieben als Hinweis für andere. Wie eine Gebrauchsanleitung. Also ist es wiederholbar.«

»Oder wiederholt erlebbar«, sagte Ben. »Vielleicht beschreibt das Rätsel ein astronomisches Phänomen, das sich wiederholt.«

»Zum Beispiel?«

»Den Halleyschen Kometen, der alle fünfundsiebzig bis sechsundsiebzig Jahre zurückkehrt. Angeblich stand der auch bei Christi Geburt am Himmel. Könnte das der *Primus Astrum* sein, wenn man *Primus* nicht mit *der Erste* übersetzt, sondern mit *der Größte*?«

Eve überlegte eine Weile, dann schüttelte sie den Kopf. »Der Halleysche Komet erschien im letzten Jahrhundert 1910 und dann wieder 1985. Das eine zu früh, das andere zu spät. Was auch immer Feldmann erfahren oder entdeckt hat, liegt dazwischen. Dafür spricht auch der Zeitpunkt seiner revidierten Veröffentlichung; das war 1949. Nein, ich meine wiederholbar im Sinne von immer wieder und mit dem gleichen, zuverlässigen Ergebnis durchführbar. Wissenschaftlich. Feldmann war ja schließlich Wissenschaftler.«

»Wir wissen mehr, wenn wir erst einmal den Stein gefunden haben«, sagte Ben.

»Und Sie glauben, der ist im Kölner Dom im Schrein der Heiligen Drei Könige versteckt?«

Ben nickte.

»Wie kommen wir dann an ihn heran?«

Ben grinste. »Wir brechen ein.«

30

Köln.
Hohe Domkirche St. Peter und Maria.

Eine halbe Stunde, nachdem Ben die Cessna auf dem Flughafen Köln/Bonn gelandet hatte, stiegen Eve und er unterhalb der Domterrasse aus einem gemieteten VW Passat Variant.

Hell erleuchtet ragte die schmuckvolle Westfassade der Kathedrale mit ihren beiden imposanten neugotischen Türmen über einhundertfünfzig Meter hoch in den wolkenlosen Nachthimmel.

»Wie sollen wir da ungesehen hineinkommen?«, fragte Eve, von der majestätischen Pracht des Doms regelrecht eingeschüchtert. Die riesige Kirche stand völlig frei, und trotz der fortgeschrittenen Uhrzeit schlenderten Dutzende Touristen über den Platz.

»Kommen Sie«, sagte Ben, nachdem er eine große und allem Anschein nach schwere Umhängetasche aus dem Laderaum des Kombis genommen und geschultert hatte, und stieg die flachen Treppen zu der Terrasse nach oben.

Eve folgte ihm. Oben angekommen gingen sie zunächst auf die drei mächtigen Hauptportale des Doms zu, dann aber schwenkte Ben nach rechts, und sie passierten den südlichen Turm in Richtung Osten. Aber auch die lange Südfassade des Gebäudes wurde von zahlreichen Strahlern beflutet, und es gab auch dort viel zu viele Nachtschwärmer, um überhaupt nur daran zu denken, unbemerkt durch eine der Seitentüren oder eines der Fenster hineingelangen zu können.

Eves Nervosität stieg. Einbruch war ohnehin schon eine

ihr eher unheimliche Idee. Aber dann auch noch in einem fremden Land und zu allem Übel in eine katholische Kirche. Das konnte ganz entsetzlich nach hinten losgehen.

Am östlichen Ende des Doms angelangt machte Ben einen Schlenker nach rechts.

Vom Dom weg?

»Kommen Sie«, sagte er erneut, als er sah, dass Eve zögerte. »Es ist nicht mehr weit.«

»Wohin gehen wir?«, fragte Eve.

»Zum Rheinufer.«

Sie nahmen den Weg nach Süden und gingen etwa fünfzig, vielleicht sechzig Meter, um dann nach links abzubiegen, wieder in Richtung Osten.

»Das hier war früher alles Domgelände«, erklärte Ben, während Eve weiter vorn den Rhein entdeckte, der im Schein des Mondes glitzerte. »Ganz früher aber war es eine römische Siedlung. *Colonia Claudia Ara Agrippinensium*. Daher der Name Köln. Tatsächlich sind der Dom und seine Vorgängerkirchen über einem alten Altar der Göttin Roma errichtet.«

»Und?«

»Der Altar stand auf dem Forum der Kolonie, also im Zentrum, und von dort aus führte ein Abwasserkanal direkt bis zum Rhein, unter der alten Stadtmauer hindurch.«

»Woher wissen Sie das alles?«

Er schaute sie mit einem Mal ähnlich an wie vorhin im Flugzeug. Dann drehte er sich wieder um und ging weiter. »Dieser Abwasserkanal existiert heute noch«, sagte er, ganz so, als hätte sie ihm überhaupt keine Frage gestellt. »Und er führt genau in die Krypta unter dem Dom.«

Eve verkniff es sich mit einiger Mühe, ihre Frage zu wiederholen, und folgte ihm. Nach wenigen Minuten erreichten sie das Rheinufer nahe der Hohenzollernbrücke.

Ben blickte zum Dom zurück, wie um sich zu orientieren, dann ging er leicht nach links in Richtung Brücke die Böschung hinunter. Vor einer kleinen Gruppe von Büschen blieb er stehen.

»Jetzt kann es ein wenig kratzig werden«, sagte er und trat in das Buschwerk hinein.

Eve zwängte sich hinterher. Die Zweige schrappten ihr über die Arme, aber es gelang ihr, sie von ihrem Gesicht fernzuhalten. Nach vier oder fünf Schritten hatte sie Ben eingeholt. Er stand vor einem etwa zwei Meter hohen, tunnelförmigen Loch, das in die Böschung hineinführte. Es war mit einer modernen Stahlgittertür und drei Vorhängeschlössern gesichert.

»Voilà«, sagte er zufrieden und nahm einen Bolzenschneider aus der Umhängetasche, die er am Boden abgestellt hatte. Während er mit dem schweren Werkzeug die Bügel der drei Schlösser durchtrennte, als wären sie aus Butter, durchsuchte Eve den großen Beutel nach Taschenlampen und fand zwei große Maglites.

»Die hier war einfach«, sagte Ben, steckte den Bolzenschneider wieder weg, schulterte die Umhängetasche und schob die Tür nach innen auf. Dann nahm er eine der beiden Maglites von Eve entgegen und leuchtete in den dunklen Abwasserkanal. »Die auf der anderen Seite wird mit Sicherheit kniffliger.«

31

Wie es der Natur eines Abwasserkanals entspricht, verlief der Tunnel nahezu vollständig gerade und mit leichtem Anstieg vom Fluss weg. Er führte sie in exakt westlicher Richtung zum Dom zurück. Eve war froh darüber, dass er trocken war und die Luft darin frisch und sauber.

»Gut erhalten«, flüsterte sie entsprechend erleichtert.

»Er wurde auch zweitausend Jahre lang fortwährend in Schuss gehalten«, sagte Ben, während sie den beiden zitternden Lichtkegeln ihrer Maglites folgten. »Als Fluchtweg und auch als Schmugglertunnel. Die Hausherren des Doms haben diesen Gang sogar noch während der französischen Besetzung des Rheinlands Ende des achtzehnten Jahrhunderts benutzt, und zwar um den Domschatz unbemerkt unter den Füßen der Soldaten Napoleons hindurch zum Rhein zu schaffen und ihn von dort aus in Sicherheit zu bringen.«

»Ist schon seltsam«, überlegte Eve laut, »dass so etwas so lange existieren kann, ohne von den meisten Menschen überhaupt wahrgenommen zu werden.«

»Der moderne Mensch würde sich wundern«, meinte Ben, »wenn nicht sogar zu Recht gruseln, wenn er wüsste, wie viele unserer Städte und sogar Dörfer heute noch von uralten Tunneln und Gewölben wie diesem hier unterirdisch durchzogen sind.«

Eve erinnerte sich an die bronzezeitliche Höhle unter Glastonbury Tor und fühlte, wie ihr eine Gänsehaut über den Rücken lief bei dem Gedanken, dass ein solcher Ort oder ein Tunnel wie dieser vielleicht auch unter ihrem Haus in Risinghurst bei Oxford existierte. Aber der Gedanke an ihr Zuhause und was damit geschehen war – dass es zerstört und Anne darin auf so brutale Weise getötet worden war –, schmerzte zu sehr, und sie schob ihn beiseite.

Sie erreichten die zweite Stahlgittertür am Ende des Tunnels. Ben leuchtete mit seiner Taschenlampe zwischen den Gittern hindurch, und was Eve sah, ließ ihr den Atem stocken.

Es war eine riesige unterirdische Halle voller römischer Ruinen, mittelalterlicher Sarkophage und gewaltiger Pfeiler aus Granit. Letztere waren die Fundamente des Doms, und Eve überfiel ein klaustrophobisches Gefühl, als ihr bewusst wurde, dass sie sich direkt unter Zehntausenden Tonnen himmelhoch getürmtem Stein befand.

Die Decke über der Halle war glatt. Sie war zugleich der Fußboden der darüber stehenden Kathedrale.

»Halten Sie die.« Ben drückte ihr seine Maglite in die Hand. »Leuchten Sie damit auf das Relais hier neben dem Schloss der Tür.«

Anders als die Tür am Rheinufer war diese nicht durch Vorhängeschlösser gesichert, sondern mit einem modernen Riegelmechanismus mit Schließzylindern und Alarmanlage, wie Eve an den Kabeln erkennen konnte, die von den Zylindern zu dem Schaltrelais dahinter führten, auf das sie leuchten sollte.

Ben holte ein größeres Etui aus der Umhängetasche und wickelte es auf. Darin befand sich neben zahlreichen Schraubenziehern, Zangen und Feinwerkzeugen auch ein kleines Amperemeter – ein Strommesser.

Eve sah Ben dabei zu, wie er damit geschickt hantierend die einzelnen Kabel an ihren Übergängen zu den Schlössern überprüfte und dann diverse Überbrückungskabel anbrachte, um, wie sie vermutete, den Stromkreis umzuleiten. Als er damit fertig war, überprüfte er die Schlösser noch einmal – und lächelte zufrieden. Er nahm eine der Zangen und trennte damit die Kabel, wobei sich Eve nicht nur wieder einmal über all die Fähigkeiten dieses Mannes wunderte, sondern auch ganz gespannt die Luft anhielt, aus Sorge, dass gleich der Alarm losging und sie verraten würde.

Aber es blieb still, und Ben knackte die Schlösser. Eve ließ die angehaltene Luft langsam und erleichtert aus ihren Lungen entweichen. Er zog die Tür nach innen und deutete ihr voranzugehen, während er das Etui in die Tasche zurücksteckte und sich diese wieder umhängte.

Eve betrat die Krypta.

»Wie kommen wir von hier aus nach oben in den Dom?«, fragte sie.

»Es gibt mehrere Wege«, antwortete ihr Ben. »Einer davon führt direkt hinter den Hochaltar, wo auch der Schrein der Heiligen Drei Könige steht.«

Er nahm seine Taschenlampe wieder an sich und ging voran in das Labyrinth aus alten Mauern und Säulen. Eve verlor bald die Orientierung, aber sie vertraute darauf, dass er den Weg kannte, auch wenn sie sich nach wie vor fragte, woher.

Nach wenigen Minuten erreichten sie eine nach oben führende Steintreppe, die an der Wand entlanglief. Sie folgten ihr hinauf bis zu einer massiven Eichentür. Das Schloss darin hielt Ben nur etwa zwei Minuten auf.

32

Kaum etwas auf dieser Welt ist gespenstischer als das Innere einer gotischen Kathedrale bei Nacht, fand Eve, als sie durch die Tür hindurch in den Dom trat. Und das, obwohl sie gerade durch dessen Krypta gegangen war. Sie fand es schwer zu benennen, was genau daran so gruselig war, aber dass sie sich gruselte, stand außer Zweifel.

Waren es die Schatten in den Säulen, den Nischen, den Chorkapellen und den Seitenschiffen? All die in Stein gemeißelten Figuren, die im durch die bunten Fenster hereinfallenden Dämmerlicht so lebendig wirkten und den Anschein erweckten, sie zu beobachten? Das hallende Echo von noch so leisen Schritten? Die Stille, die so dicht war, dass Eve glaubte, ihr eigenes Herz schlagen zu hören, und die ihr das Gefühl gab, dass ihr Atmen die heilige Ruhe störte? Oder war es mehr? Waren es die als Kind in sie gepflanzte Ehrfurcht vor einem Haus Gottes und die daraus gewachsene heimliche Angst, dass sich dieser Gott, an den die Wissenschaftlerin in ihr nicht glaubte, in diesem Moment gerade an diesem Ort befand und sie bei ihrem unheiligen Treiben beobachtete, um ihr Verbrechen in das Buch ihres Lebens zu notieren und es am Tag des Jüngsten Gerichts in die Waagschale zu werfen, woraufhin sich entscheiden würde, ob sie in den Himmel durfte oder der ewigen Verdammnis anheimfallen würde?

Eve schnaubte, verärgert über sich selbst, aber vor allem über eine Institution, die ein so perverses Angst-Belohnungssystem mit der Drohung einer allgegenwärtigen Überwachung ins Leben gerufen hatte, um sich seit Jahrhunderten Abermillionen von Menschen gefügig zu machen.

Die Selbstverständlichkeit, mit der Ben auf den Hochaltar zuschritt, verriet ihr, dass er offenbar frei war von solchen Ängsten und Zwiespalten.

Die schwarze Marmorplatte des Altars war nach Eves Schätzung über viereinhalb mal zwei Meter groß. Dicht dahinter stand der Schrein, in einer Vitrine aus mit Spezialfolie überzogenem Glas, das dadurch nahezu unsichtbar war. Sie richtete den Strahl ihrer Taschenlampe darauf, der von dem Spezialglas nicht widergespiegelt wurde, aber das Gold des Schreins funkeln ließ, während sie um die Vitrine herumging.

Der Schrein war über zwei Meter lang, anderthalb Meter hoch und etwas über einen Meter breit. Von der Form her glich er einer Basilika, mit einem der drei Sarkophage auf die dachförmigen Spitzen der anderen beiden gestellt. Er war um die feinen Reliefarbeiten herum, die die Apostel und die Heiligen Drei Könige bei dem neugeborenen Christus darstellten, über und über mit antiken Schmucksteinen, Juwelen und Perlen besetzt.

Wieder übergab Ben ihr seine Maglite und setzte die Umhängetasche auf dem Boden ab.

»Leuchten Sie hierher, auf den Fuß der Vitrine«, sagte er und kniete sich hin.

Die Vitrine mit dem Schrein stand auf vier stählernen Vierkantsäulen. Von einer davon verliefen, kaum erkennbar, Kabel unter den Teppich hindurch hinter den Altar. Ben packte das Etui und den Strommesser aus und machte sich an die Arbeit. Als er fertig war mit dem Überbrücken der Leitungen, nahm er seine Taschenlampe wieder an sich und ging noch einmal die anderen drei Füße ab.

»Nur um sicherzugehen, dass wir es hier nicht mit einem doppelten System zu tun haben«, erklärte er und gab, mit dem Ergebnis zufrieden, die Lampe an Eve zurück, ehe er sich wiederholt hinkniete und die Kabel durchtrennte.

Erst als sie die Luft wieder ausstieß, merkte Eve, dass sie erneut den Atem angehalten hatte, aus Angst, der Alarm würde losgehen.

»Legen Sie die Lampen auf den Altar, und helfen Sie mir, den Vitrinendeckel abzuheben.«

Eve tat, was er sagte, während er von irgendwoher zwei Klappstühle holte, die sie als Trittleitern benutzten. Eve hob die Arme und legte die Hände auf die beiden Ecken des Vitrinendeckels.

»Bei drei«, sagte Ben. »Eins, zwei, drei.«

Der Deckel war wesentlich schwerer als vermutet, aber Eve gelang es, ihn nach oben zu drücken und zu halten, während Ben noch einige Verkabelungen lösen musste, denn innerhalb des Deckels befanden sich Spotlights, die den Schrein während der Öffnungszeiten anstrahlten. Schließlich stellten sie den Aufsatz neben der Vitrine ab. Ben zog sich am oberen Rand der Vitrine nach oben, auf dem er sich schließlich hinhockte, auf eine Ecke, wo zwei der Wände aus 2,4 Zentimeter dickem Glas zusammentrafen. Eve leuchtete ihm. Er beugte sich nach unten, schraubte in kauernder Haltung die fünf Kronrosetten vom Dachfirst des oberen Sarkophags und reichte sie Eve. Dann packte er die beiden Dachschrägen des Schreins – und klappte sie auseinander.

Wie bei einer alten Arzttasche.

»Geben Sie mir eine Lampe«, bat er, und sie reichte sie ihm.

»Liegen tatsächlich drei nicht verweste Leichen darin?«, fragte sie neugierig, als er in den Schrein leuchtete und hineingriff.

Ben schmunzelte. »Keine Leichen. Nur jede Menge alter Stoffsäckchen voller einzelner Knochen.«

Eve schüttelte innerlich den Kopf darüber, womit man Millionen scheffeln konnte, und fragte sich, warum man in der Vergangenheit die einen Scharlatane verbrannt und die anderen heilig gesprochen hatte.

»Da ist er!« Das hallende Echo seines Ausrufs ließ Eve zusammenzucken.

Erschrocken sah sie sich um. Als sie sich wieder umdrehte, sah sie, wie Ben einen Gegenstand in seine Hosentasche steckte.

»Die Kronen«, sagte er, und Eve reichte sie ihm. Er drückte die beiden Sarkophagwände wieder zusammen und schraubte die fünf Rosetten an ihren Plätzen fest. Er kletterte zu ihr nach unten, sie packten den Vitrinendeckel und wuchteten ihn nach oben. Eve atmete erleichtert auf, als die Glasvitrine endlich wieder verschlossen war.

Ben griff in seine Hosentasche und reichte Eve, was er aus dem Schrein geborgen hatte.

»Der Sephirot«, sagte er. »Der Lapis Philosophorum. Der Stein der Weisen.«

Eve zögerte einen Moment, etwas anzufassen, das bis eben noch zwischen alten Knochen gelegen hatte. Aber dann siegte die Neugier.

Es war eine steinerne Scheibe, fast völlig rund, mit einem Durchmesser von etwa zwanzig Zentimetern. Eve leuchtete mit der Taschenlampe darauf und entdeckte ein geometrisches Muster, das in den Stein eingraviert war. Es bestand aus zahlreichen gleich großen, einander überlappenden Kreisen. Die einzelnen Kreise waren derart positioniert, dass im mittleren Kreis, exakt im Zentrum, die Ränder der sechs darumherum gruppierten Kreise zusammenliefen und der Rand des mittleren Kreises wiederum durch die Zentren dieser sechs Kreise verlief, die auf ähnliche Weise von zwölf weiteren Kreisen so eingerahmt waren, dass alle Kreise in ihrer Gesamtheit ein Sechseck bildeten, das aussah wie eine Blume.

»Die Blume des Lebens«, bestätigte Ben Eves Verdacht. »Die älteste Abbildung davon findet sich im Tempel des Osiris in Abydos.«

Das Auffallendste an dem Stein aber waren die Löcher, die durch ihn hindurchgebohrt waren. Auch sie waren symmetrisch angeordnet.

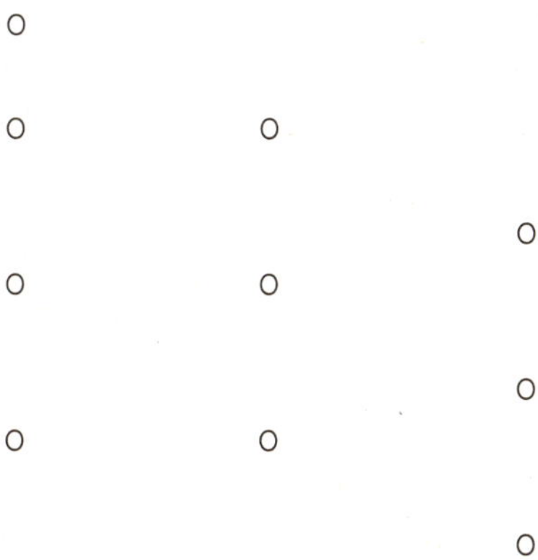

Eve zählte sie. Es waren zehn. Sie erinnerten sie spontan an etwas, ohne dass sie zunächst sagen konnte, woran.

Als sie das Ben sagte, antwortete er: »Das Sternbild des Orion.«

»Ja, das auch«, gab sie zu. »Aber es erinnert mich an noch etwas anderes.« Dann fiel es ihr ein, und sie musste lachen.

»Was?«, fragte Ben.

»Etwas völlig Absurdes«, sagte sie. »Da kommt einmal mehr die Chemikerin in mir durch. Es erinnert mich an die Tri-Phospat-Gruppe von ATP mit den neun oberen Löchern auf den Positionen der Sauerstoffatome und dem untersten Loch an der Stelle des Ribose-Zuckers.«

»ATP?«, fragte Ben. »Sauerstoffatome? Ribose-Zucker?«

»Nicht so wichtig«, meinte Eve. »Wieso nannten Sie ihn in der Höhle erst Baum des Lebens und jetzt Blume des Lebens?«

»Das Kreismuster«, sagte er, »ist die *Blume* des Lebens. Die Anordnung der Löcher aber nennt man in der Kabbala *Baum* des Lebens. Er symbolisiert das Göttliche in der Schöpfung, das ewige Licht …«

»Lux Aeterna«, warf Eve ein.

»Ja«, sagte Ben. »Von den zehn Positionen stehen die neun oberen für die neun Chöre der Engel bei der Schöpfung, also die Schritte zur Entstehung des Lebens.« Als er begann, sie aufzuzählen, deutete er mit dem Finger der Reihe nach auf die Löcher:

»Die Chayot für die Weisheit – Chochmah.

Die Ophanim für das Verstehen – Binah.

Die Erelim für das Wissen – Daat.

Die Hashmallim für die Güte – Chesed.

Die Seraphim für die Wachsamkeit – Gevurah.

Die Malakhim für die Schönheit – Tiferet.

Die Gibborim für die Bewältigung von Schwierigkeiten – Netzach.

Die Elohim für die Ehre – Hod.

Und schließlich die Cherubim für die Erinnerung an die Vergangenheit als Grundstein für alles Künftige – Yesod.«

»Und die untere Position?«, fragte Eve. »Die zehnte?«

»Die wird Malkuth genannt – der Thron.«

»Wenn die Schlange Feuer speit und mit der Götter Stimme schreit, wird Primus Astrum Lux Aeterna den Thron besteigen an Stelle des Herrn des Todes«, zitierte Eve den zweiten Teil von Feldmanns Rätsels. »Was könnte das im Zusammenhang mit dem Sephirot, dem Ewigen Licht und dem Malkuth bedeuten?«

Ben zuckte mit den breiten Schultern. »Wir werden es erfahren, wenn wir den ›Pfad der drei heiligen Orte‹ gehen«, sagte er. Er hielt ihr ein Pergament hin. »Hierin war der Stein verpackt.«

Eve fühlte das dünne Leder und leuchtete mit der Lampe darauf.

Sie seufzte, als sie die Buchstabenreihen darauf sah.

```
HZWLSCTFR DEESJVH
BEEEJPAIIODWNKCGD
YQGISIMLUWLHSBKMO
GHEJIOAYD XTSLIRJ
ERLZLDEWQHAOUGSRE
LSKWBOSIUTNVABKNY
DIBNREKST LHEMISP
ISDAHSKWLQVPYNNER
GHSIBWOHMBNALCCYD
VKQIGENEOMPBJFTTB
TIJLWMACNEINWSYTG
```

»Ich fürchte, wir brauchen die Alphabettabelle noch einmal«, sagte sie.

»Aber diesmal gibt es kein Schlüsselwort«, stellte Ben fest, »nur die Buchstaben.«

Eve hielt den Stein neben das Pergament, um nach einem vielleicht versteckten Hinweis auf dem Stein zu suchen.

»Moment«, sagte sie. Sie hatte tatsächlich etwas entdeckt. Aber kein Schlüsselwort.

»Was?«, fragte Ben.

»Die Buchstabenreihen sind in etwa so breit wie die Anordnung der Löcher im Stein und von oben nach unten auch ebenso lang. Und sehen Sie die Lücken in den Zeilen eins, vier und sieben?«

»Worauf wollen Sie hinaus?«

Eve zeigte es ihm. Sie breitete das Pergament auf dem Altar aus und legte den Stein darauf. Dann nahm sie beide zusammen auf, sodass sich das Pergament hinter dem Stein befand, und hielt beide in Augenhöhe.

»Leuchten Sie von hinten darauf«, bat sie Ben, und im Licht der Maglite schob sie den Stein stückchenweise hin und her, bis die Löcher darin mit den vier Rändern des Textes übereinstimmten.

Durch die Löcher hindurch waren nur noch ein paar der von hinten erleuchteten Buchstaben zu lesen:

R	
BE	GD
D	
ER	RE
T	
IS	ER
NE	

»Schauen Sie«, sagte sie zu Ben und hielt den Stein so, dass das Licht wie in einer Laterna Magica durch das Pergament und die Löcher an eine dunkle Säule geworfen wurde. Die Buchstaben standen in zehn hellen Kreisen auf dem beinahe schwarzen Stein. Als sie merkte, dass die Buchstaben spiegelverkehrt abgebildet wurden, drehte sie den Stein um.

»R-B-E-G-D-D-E-R-R-E-T-I-S-E-R-N-E?«, buchstabierte Ben stockend.

»Nein«, sagte Eve. Sie musste schmunzeln, als sie ihren Beschützer das erste Mal, seit sie einander begegnet waren, ratlos sah. »Nehmen Sie entsprechend der Anordnung der Löcher immer zwei der Zeilen als eine, und lesen Sie sie dann von links nach rechts.«

Ben pfiff anerkennend durch die Zähne und las dann vor: »Berg der drei Sterne.«

»Sagt Ihnen das etwas?«, fragte Eve.

Ben sah sie an, und seine Augen funkelten. »Und ob mir das etwas sagt.«

33

Dragonair –
Flug 824 von Köln nach Chengdu, China.

»China?«, fragte Eve, nachdem sie es sich in dem Sitz des relativ leeren Erste-Klasse-Abteils des Fliegers bequem gemacht hatte. »Ist das Ihr Ernst?« Ben hatte seit der Entschlüsselung des Pergaments im Dom nicht mehr dazu gesagt, als dass er ihr das nächste Reiseziel und vieles andere erklären würde, sobald sie im Flugzeug säßen. Nun saßen sie in der Maschine, und die rollte auf die Startbahn. Die chinesische Stewardess kam vorbei und vergewisserte sich, dass sie die Sicherheitsgurte angelegt hatten.

Nachdem sie weg war, beugte sich Ben zu Eve hinüber und sagte leise, damit die wenigen anderen Fluggäste ihn nicht hören konnten: »Ja, China. Der *Berg der drei Sterne* ist der *Sanxingdui* in Sichuan. Dort hat man 1987 die Ruinen und Überreste einer längst untergegangenen, weit entwickelten Zivilisation ausgegraben. Unter den entdeckten Artefakten gibt es eine Bronzeskulptur vom ›Baum des Lebens‹. Sie ist weit über dreitausend Jahre alt.« Er holte den Sephirot hervor. »Sanxingdui ist also der erste auf dem ›Pfad der drei heiligen Orte‹. Dort werden wir mithilfe des Steins herausfinden, wo sich der nächste befindet.«

Die Maschine beschleunigte zum Start. Einige Stunden Flug lagen vor ihnen, und Eve würde endlich Zeit finden, all die Fragen zu stellen, die sie plagten, und das waren nicht eben wenige. Der Flieger hob ab und stieg steil nach oben. Den zunehmenden Druck auf den Ohren durch Ausatmen bei geschlossenem Mund und zugehaltener Nase ausgleichend schaute Eve aus dem Fenster neben ihr und sah bald Köln unter sich, im Herzen der hell erleuchtete Dom.

Schließlich hatte die Maschine ihre Flughöhe erreicht, und die Leuchtanzeigen über den Sitzen signalisierten, dass sich die Fluggäste abschnallen durften.

»Wer waren die Männer in den Kampfanzügen, die mich im Labor überfallen haben?«, fragte sie.

»Aesirianer«, gab Ben zur Antwort.

»Aesiri-was?«

»Aesirianer«, wiederholte Ben. »Unsterbliche.«

»Unsterbliche?«

Ben nickte.

»Wie Feldmann?«

»Sehr viel älter.«

Sie wartete, doch er sprach nicht weiter. »Soll ich Ihnen jeden Informationsbrocken einzeln aus der Nase ziehen, oder erzählen Sie freiwillig weiter?«

Seelenruhig winkte Ben die Stewardess zu sich und bestellte einen Scotch. Eve orderte eine Coke – sie wollte wach bleiben und bei klarem Verstand. Nachdem die Getränke gebracht waren, nippte Ben an seinem Drink. Eve spürte, wie ihr die Ungeduld den Puls beschleunigte, doch als sie schon wieder etwas sagen wollte, hob Ben beschwichtigend die Hand.

»Bitte machen Sie sich darauf gefasst, dass das, was ich Ihnen nun erzähle, sehr fantastisch klingt«, sagte er leise.

»Sie meinen, fantastischer als all das, was seit meinem Besuch im Kloster geschehen ist?«, fragte sie mit leichtem Spott im Tonfall und nahm einen Schluck Coke direkt aus der kleinen Dose.

»Darauf können Sie sich verlassen«, bestätigte er, und Eve hätte, erschrocken und schockiert aufgrund des Ernstes in seiner Stimme, beinahe das Coke wieder ausgespuckt.

»Die Kurzfassung: Die Aesirianer sind eine geheime Gesellschaft Unsterblicher, die das Geheimnis der ewigen Jugend mit niemandem teilen will. Sie gehört zu den mächtigsten dieser Welt und will sicherstellen, dass ihr Kreis klein bleibt.«

34

Naqada Manor.

Kabir war in dem großen Konferenzsaal des Manors vor seinem Herrn niedergekniet, um diesem zu beichten, dass der Fremde wie vom Erdboden verschluckt war. Das Haupt gesenkt, den Nacken entblößt, zitterte er, und kalter Schweiß stand ihm auf der Stirn. Sie hatten keine Leiche gefunden in den Trümmern unter St. Michael's Tower. War damit alles vorbei für ihn? Nach all der Zeit?

Sein Herr hielt einen seiner Lieblingssäbel in der Hand und schwieg eine ganze, endlos erscheinende Minute lang, ehe er leise und beinahe freundlich fragte: »Was warst du, ehe ich mich deiner annahm, Kabir?«

Kabir versuchte, sein Zittern durch tieferes Einatmen zu unterdrücken. Die freundliche Note in der Stimme seines Herrn verhieß selten etwas Gutes.

»Sieh mich an, Kabir.«

Kabir hob den Kopf und leckte sich mit der Zungenspitze die vor Nervosität trocken gewordenen Lippen. Das Funkeln der Kristallleuchter blendete ihn, und die im Vergleich dazu noch sehr viel altertümlicher wirkenden ägyptischen Wandmalereien aus Blattgold und Lapislazuli schienen in diesem Funkeln lebendig geworden zu sein und zu pulsieren. Kabir brauchte einige Sekunden, ehe er begriff, dass das nur eine Reaktion seines Sehfelds auf seinen eigenen, ungewohnt starken und schnellen Herzschlag war.

»Und jetzt beantworte meine Frage. Was warst du, ehe ich mich deiner annahm?«

»General, mein Gebieter.«

»Irgendein General, Kabir?«

»Nein, Herr«, beeilte sich Kabir zu sagen. »General in der Armee Nebukadnezars.«

»Nebukadnezar«, sagte sein Herr versonnen, so als würde er sich den Namen auf der Zunge zergehen lassen. »Vernichter ganzer Völker. Und du warst die Hand, die sein Schwert führte.« Kabir nickte demütig, und sein Herr fuhr fort: »Das war vor mehr als zweitausendsechshundert Jahren. Du und ich, wir trafen uns während des einzigen Feldzugs, den du jemals verloren hast.«

»Dem Feldzug gegen Ägypten«, bestätigte Kabir, und er erinnerte sich, als wäre es erst gestern gewesen, an jenen schicksalhaften Tag, der sein ganzes Leben verändert hatte.

»Und warum hast du ausgerechnet diesen Feldzug verloren, wo doch viele der anderen Armeen, die du bis dahin besiegt hattest, stärker waren als die ägyptische?«

»Weil Ihr damals mein Gegner wart, Herr.«

»Weil ich dein Gegner war«, wiederholte sein Gebieter. »Genau. Aber außer mir warst du der größte Feldherr deiner Zeit, ein majestätischer Falke in einem Schwarm schwacher Sperlinge. Deshalb habe ich dich damals in meine Dienste aufgenommen. Deshalb habe ich dir das Geschenk des ewigen Lebens und dich zu meiner rechten Hand gemacht, Kabir. Zu meinem engsten Vertrauten.«

»Und ich hoffe, Mylord, ich habe mich in all der Zeit dieses kostbaren Geschenks als würdig erwiesen«, sagte Kabir mit heiligem Ernst in der Stimme.

»Niemand war je loyaler«, bestätigte sein Gebieter. »Nicht einer.«

»Danke, Herr.«

»Jeder andere hätte in all den Jahrhunderten, die seither

vergangen sind, versucht, die Position an meiner Seite auszunutzen und auf eine Gelegenheit gelauert, mein Imperium an sich zu reißen. Nicht aber du. Wieso nicht?«

»Ihr habt mir die Unsterblichkeit …«

»… geschenkt, ja, ja, ich weiß.« Sein Herr winkte ab. »Das habe ich auch anderen. Aber nicht wenige davon haben sich früher oder später gegen mich gewandt, um mir meine Macht zu entreißen. Du nicht. Also, Kabir, was ist der Grund für deine unerschütterliche Treue?«

Kabir musste nicht lange nachdenken. »Erinnert Ihr Euch an unser Duell vor den Mauern von Saïs?«

Sein Herr lächelte. »Ich hatte deine Armee, obwohl du dich sehr um ein früheres Aufeinandertreffen bemüht hast, in das Delta des Nils gelockt, genau zu dem Zeitpunkt, da Sirius das erste Mal in jenem Jahr zusammen mit der Sonne am Morgenhimmel stand. Ich wusste natürlich – anders als du –, dass das Nildelta an diesem Tag überschwemmt werden würde, so wie jedes Jahr an diesem besonderen Tag.«

Kabir würde dieses Massensterben, das vor der höher gelegenen Festung Saïs stattgefunden hatte, niemals vergessen, selbst wenn er noch einmal zweieinhalb Jahrtausende lebte. Es verging kaum eine Nacht, in der ihn die Schreckensbilder nicht schweißgebadet aus dem Schlaf aufschrecken ließen. »Zwei Drittel meiner Männer ertranken, und das verbleibende Drittel ergriff die Flucht zurück nach Babylon.«

»Nur du nicht«, sagte der Herr. »Du bist nicht geflohen.«

»Ich bin kein Feigling, Mylord.«

»Nein, das bist du nicht.« Sein Gebieter lachte. »Du hast dich vor das Stadttor gestellt, meinen Namen gerufen und mich verflucht. Du hast mich vor all meinen Untertanen als feigen Schwächling beschimpft. Warte, deine genauen Worte waren: ›Nachgeburt einer Viper.‹«

»Zu dem Zeitpunkt konnte ich noch nicht wissen, wer Ihr wirklich wart, Mylord«, sagte Kabir zu seiner Verteidigung.

»Nein, das konntest du wahrlich nicht. Wie auch? Aber du hast damals meinen ehrwürdigen Namen beschmutzt. Einen Namen, vor dem die Welt zitterte. Ich musste ihn reinwaschen. Mit deinem Blut. Also ließ ich das Tor öffnen und bin dir beim Grab des Osiris entgegengetreten.« Seine Stimme schwankte ein wenig, als er den Ort erwähnte.

»Ohne Rüstung«, erinnerte sich Kabir, »und nur mit dem Säbel bewaffnet, den Ihr auch heute in Eurer Hand haltet.«

»Ich habe ihn ganz bewusst für dieses Gespräch gewählt.«

»Es hätte ihn nicht gebraucht, mir die Demütigung von damals wieder vor Augen zu führen. Ich werde sie nie vergessen«, sagte Kabir. »Niemals zuvor hatte ich jemanden gesehen, der sich so schnell bewegte wie Ihr. Die gesamte Menschheitsgeschichte kennt keinen, der so gut mit dem Schwert umzugehen vermochte wie Ihr.«

»O doch, den gab es«, sagte sein Herr, und sein Blick schweifte in eine imaginäre Ferne. »Aber das ist schon lange her. Noch ehe wir einander trafen.«

»Wen meint Ihr, Herr?«

»Das spielt jetzt keine Rolle«, wehrte der andere ab. »Du wolltest mir erzählen, wieso du mir so treu ergeben bist.«

»Zwei Stunden habt Ihr unter der glühenden Sonne mit mir gespielt wie eine Katze mit der Maus …«

»Mein Volk sah zu. Ich musste beweisen, dass ich kein Feigling bin, wie du behauptet hattest. Und dass du ein Nichts warst, dass deine Meinung ohne Gewicht war.«

»Das habt Ihr«, sagte Kabir leise. »Obwohl ich alles gab, was ich zu geben fähig war, habt Ihr mir ohne jede Mühe eine Verwundung und Demütigung nach der anderen zugefügt.«

»Aber du hast nicht aufgegeben. Das, zusammen mit deinem Ruf als General, war es, was mich schließlich dazu bewog, dich unsterblich und zu meiner rechten Hand zu machen.«

»Doch zuerst habt Ihr mich fast getötet. Hieb um Hieb und Stich um Stich. Und mit jedem Blutstropfen, den ich verlor, merkte ich, wie unendlich groß meine Angst vor dem Tod ist. Vor allem aber vor dem Jenseits. Und der Rache der Toten.«

»Angst vor der Rache der Toten?«

»Ja«, gestand Kabir. »Für all das Böse, das ich auf meinen zahlreichen Feldzügen für Nebukadnezar getan habe. Tausende, ja, Zehntausende unsterblicher Seelen warten dort drüben auf mich, um mich für meine Untaten zu richten.«

Kabirs Herr lachte auf. »Du warst und bist so mutig, weil du Angst hast? Angst vor der Rache deiner Opfer?«

Kabir wurde tatsächlich rot, und er senkte beschämt den Blick. »Und so loyal, weil Ihr es wart, der mich durch das Geschenk des ewigen Lebens bis zum heutigen Tage davor bewahrt.«

Sein Herr reichte ihm die Hand. »Steh auf, Kabir, mein Sohn, und fürchte dich nicht. Das Jenseits und all die Seelen, die nach Rache an dir dürsten, werden noch eine Weile auf dich warten müssen, denn noch hast du nicht versagt. Aber du wirst versagen, wenn du dich nicht von deiner Angst löst und wieder anfängst, wie ein General zu denken.«

Kabir stand auf, erleichtert.

»Er ist also wie vom Erdboden verschluckt?«

»Weder unser Nachrichtendienst noch die Quellen bei MI5 und SIS können ihn ausfindig machen«, bestätigte Kabir. »Dass wir seine Identität nicht kennen, macht es nicht gerade einfacher.«

»Was schließt du daraus?«

»Er hat vermutlich das Land verlassen. Wir müssen unsere Suche international ausweiten, aber dazu brauchen wir die Hilfe des Ältestenrats, den einzuberufen ich nicht die Befugnis habe.«

»Schon geschehen.« Sein Herr nickte und griff nach einer Fernbedienung auf dem Tisch neben ihm. Auf einen Knopfdruck hin flammten sieben Flatscreens an der Wand auf, und jeder zeigte daraufhin eines der sieben Mitglieder des Ältestenrats: eine Japanerin, einen Südamerikaner, eine Schwarzafrikanerin, einen Araber, zwei Kaukasier – einer davon weiblich und nordisch aussehend – und einen Chinesen. Keiner von ihnen schien älter als dreißig, aber alle wirkten sie sehr besorgt.

»Brüder, Schwestern«, sagte Kabirs Herr und deutete eine Verneigung an, die sie mit einer tiefen Verbeugung erwiderten. »Ich danke euch, dass ihr meiner Einladung gefolgt seid. Der, den wir, wie ihr alle inzwischen wisst, suchen, befindet sich zu meinem großen Bedauern noch immer auf freiem Fuß. Wir vermuten, dass er sich ins Ausland abgesetzt hat. Wohin, wissen wir nicht. Wir werden daher die Ressourcen all unserer Nachrichtendienste bündeln. Kabir wird die Suche leiten. Ich rechne mit eurer vollen Unterstützung.«

Sie alle nickten.

»Was ist mit Doktor Sinclair?«, fragte die Schwarzafrikanerin.

»Sie muss nach wie vor ausgeschaltet werden«, antwortete er. »Sie weiß jetzt schon zu viel. Aber unser Hauptfokus liegt auf ihm. Wenn wir ihn nicht umgehend finden und eliminieren, ist die Wissenschaftlerin unsere kleinste Sorge.«

»Und Ihr habt keine Ahnung, wie er wieder auftauchen konnte?«, fragte der Chinese mit für Kabirs Begriffe einem Hauch zu wenig Ehrerbietung in der Stimme.

Kabirs Herr schüttelte langsam den Kopf. »Nicht die leiseste, Huang-Di. Es gibt keine Erklärung dafür. Auch nicht dafür, warum er die Forscherin beschützt. Wir haben keine Ahnung, was er von ihr will und wozu er sie braucht.«

»Ist mir egal, wie er wieder auftauchen konnte und warum er die Sinclair beschützt«, meldete sich der Südamerikaner zu Wort. Kabir fand, dass er mit den hohen Wangenknochen und dem scharf geschnittenen dunklen Gesicht seinem Gebieter überraschend ähnlich sah. »Wir müssen ihn finden und vernichten. Nur das zählt.«

»Ich stimme dir zu, Tezka. Die anderen auch, denke ich.« Wieder nickten alle, auch Huang-Di. »Behaltet die Kuttenträger noch mehr im Auge als sonst. Sie sind ebenfalls hinter den beiden her.«

35

Eve hatte sich noch immer nicht ganz erholt von dem, was Ben ihr von den Aesirianern erzählt hatte. »Sie behaupten also allen Ernstes, dass es mitten unter uns bereits eine ganze Gesellschaft von Unsterblichen gibt?« Sie flüsterte noch leiser, damit kein anderer der Flugzeugpassagiere sie hören konnte.

Ben musterte sie erstaunt. »Nachdem Sie Feldmann begegnet sind, zweifeln Sie daran?«

»Lassen Sie mich das klarstellen, Ben«, sagte sie eindringlich. »Ich zweifle nicht an der Möglichkeit, dass es Unsterblichkeit oder ewige Jugend gibt. Genau die zu erforschen bin ich losgezogen. Die Eibe beweist, dass Unsterblichkeit organisch möglich ist, und ich bin mir sicher, es gibt einen Weg, diesen Metabolismus auf tierisches und menschliches Leben zu übertragen. Was ich aber bezweifle, ist, dass man die Unsterblichkeit durch irgendeinen Zauber, ein Ritual oder sonst einen okkulten Hokuspokus erlangt.«

»Warum?«

»Es muss eine wissenschaftliche Erklärung dafür geben.«

»Was macht Sie da so sicher?«

»Feldmann war Wissenschaftler. Ein Mann der Neuzeit. Auch wenn seine Notizen sehr kryptisch wirken und er sich mit der Art der Verschlüsselung jede Mühe gab, sie mystisch oder gar magisch erscheinen zu lassen, müssen sie doch letzten Endes das Ergebnis seiner Forschung sein. Aber Sie wollen mir gerade erzählen, dass es schon seit Jahrhunderten eine Geheimloge von Unsterblichen gibt, lange vor der modernen Wissenschaft.«

»Seit Jahrtausenden, um genau zu sein.«

»Was erzählen Sie da!«

»Sie kennen den Mythos von Osiris ...«

»Meinen Sie jetzt die Lazarus-Version aus der Bibel oder die ägyptische?«

»Die ägyptische.«

»Der Name ist mir sehr viel vertrauter als die eigentliche Geschichte dahinter«, gab Eve zu.

»Wie ich schon bei der Entschlüsselung des Rätsels erwähnte, war Osiris der Gott der Erneuerung und der Wiedergeburt. Wie die meisten Legenden und Mythen hat auch diese einen wahren Kern. Denn Osiris war der erste der Aesirianer. Tatsächlich stammt ihr Name von ihm, von der ursprünglichen, der altägyptischen Version von Osiris – A-Ser, *Sohn des Feuers*. Osiris wollte sein Wissen um die Unsterblichkeit allen zuteilwerden lassen, die sich um das Wohl der Menschheit bemühten. Um solche Menschen zu finden, bereiste er jahrhundertelang die ganze Welt und lehrte Ackerbau, Viehzucht, Handwerk, Heilkunst und vieles andere.«

Eve sah ihn skeptisch von der Seite her an. »Nahezu jede Mythologie hat einen solchen Kultur- und Wissensbringer.«

»Exakt«, stimmte Ben zu. »Quetzalcoatl bei den Azteken, Shennong bei den Chinesen, Shamash bei den Akkadiern, Assur bei den Assyrern, Amadioha bei den Igbo Zentralafrikas, Ing, Freyr oder Odin bei den nordischen Völkern und so weiter. Die Liste dieser Mythen ist lang, und alle haben sie ihre Wurzeln bei Osiris. Und das Entscheidende ist: Osiris belohnte die seiner Meinung nach würdigsten Schüler mit der Unsterblichkeit, auf dass sie selbst Lehrer werden sollten.«

»Die Angreifer im Kloster schienen nicht besonders unsterblich zu sein. Für mich sahen sie auf jeden Fall sehr schnell ziemlich tot aus, nachdem Sie mit ihnen fertig waren.«

»Auch Aesirianer können getötet werden, wenn sie entsprechend verwundet werden. Aber die Männer in den Kutten gehörten nicht zu ihnen. Sie waren auch nicht unsterblich.«

»Wenn sie keine Aesirianer waren, was waren sie dann?«

»Die Gegner der Aesirianer«, antwortete Ben, »ihre ärgsten Feinde. Es gibt einen alten und extrem geheimen religiösen Orden: die *Hüter des Baumes*.«

Eve stieß ein ungeduldiges Schnauben aus. Das war ihr alles viel zu viel Verschwörungshumbug. »Sie laufen ernsthaft Gefahr, Ben, dass ich, nach allem, was wir jetzt schon zusammen durchgestanden haben, aufhöre, Sie ernst zu nehmen.«

Ben sah sie mit ruhigem Blick an. »Ich kann verstehen, wie verwirrend das alles für Sie klingen muss.«

»Das ist sehr zurückhaltend ausgedrückt«, sagte sie. »Unglaublich bis abstrus trifft es eher.«

»Hören Sie, ich habe versprochen, Ihre Fragen zu beantworten, sobald wir Zeit dafür haben«, erwiderte er. »Jetzt haben wir Zeit, und ich beantworte Ihre Fragen. Sie wollen doch wissen, wer hinter Ihnen her ist und warum, oder?«

Eve nahm einen Schluck aus der kleinen Coke-Dose, dann nickte sie. »Ich bin gespannt.«

»Ich kann nachvollziehen, dass Sie das, was ich Ihnen sage, für blanken Unfug halten«, gestand er ein. »Aber ich versichere Ihnen, dass alles wahr ist, so fantastisch es auch in Ihren Ohren klingen mag. Und je mehr Sie wissen, umso besser kann ich Sie schützen.«

Sie stellte die Dose zurück auf das Klapptischchen vor sich und atmete lang aus. Er hatte recht – sie hatte Antworten verlangt, und nun bekam sie welche. Das bedeutete aber noch lange nicht, dass sie auch bereit war, das alles für bare Münze zu halten. »Erzählen Sie mir von den *Hütern des Baumes.*«

»Der Orden hat seinen Hauptsitz in Rom«, erklärte Ben. »Er existiert seit fast zweitausend Jahren. Seine Mitglieder vertreten die Ansicht – und das, wie Sie selbst erlebt haben, durchaus auch mit brutaler Gewalt –, dass ewiges Leben nur von Gott geschenkt werden darf. Für sie hat sich die Schöpfungsgeschichte des Alten Testaments Wort für Wort so ereignet – was, wenn man einmal darüber nachdenkt, eher paradox ist vor dem Hintergrund, dass einige von ihnen das Buch und die Geschichten darin, die man heute die Bibel nennt, im vierten Jahrhundert selbst mit entwickelt haben.«

»Die Bibel ist sehr viel früher geschrieben worden«, protestierte Eve spontan. War Ben am Ende vielleicht doch nicht mehr als einer dieser vielen Verschwörungsfreaks?

»Ist sie?«

»Natürlich«, sagte Eve. »Sie ist das älteste Buch der Welt. Das weiß jeder.«

Ben lachte auf, aber nicht zynisch, sondern tatsächlich belustigt und amüsiert. »Bestimmte Volksmärchen sterben einfach nie aus.«

»Ausgerechnet Sie sprechen von Volksmärchen?« Sie konnte sich ein spöttisches Grinsen nicht verkneifen. »Osiris, Aesirianer, Hüter des Baumes … Huuhuuh«, machte sie.

»Eve«, bremste er sie und bedachte sie mit einem fast schon tadelnden Blick. »Zu behaupten die Bibel wäre das älteste Buch der Welt, ist, als würde man behaupten, der Spaceshuttle wäre der erste Flugapparat der Geschichte. Sie sind doch Wissenschaftlerin und damit den Fakten verpflichtet.«

»Ja.«

»Fakt ist, es gibt – was man jederzeit ohne großen Aufwand überprüfen kann – jede Menge Bücher und Schriften, die älter sind als die Bibel. Wesentlich älter. Tatsächlich stammt die älteste, heute noch erhaltene Niederschrift eines Bibeltextes des Alten Testaments gerade mal aus dem Jahr 180 vor Christus. Und die älteste Version einer Bibel aus Altem und Neuem Testament, der *Codex Vaticanus*, ist noch keine siebzehnhundert Jahre alt. Ihr Erscheinungsdatum könnte aber ebenso gefälscht sein wie das der *Konstantinischen Schenkung*, die angeblich etwa zur selben Zeit entstand wie der *Codex*, in Wahrheit aber erst um das Jahr 800 geschrieben wurde.«

Das klang in den Ohren der Wissenschaftlerin zu versiert für einen Verschwörungsfreak. »Woher wissen Sie das alles?«

»Wie schon gesagt, ich interessiere mich sehr für Geschichte«, antwortete er. »Aber zurück zu den *Hütern des Baumes*. Die Mitglieder des Ordens sehen sich als die irdischen Vertreter des Engels mit dem Feuerschwert. Ihre Mission ist es, die Sterblichen vom Baum des Lebens fernzuhalten, also von der Unsterblichkeit.«

»Warum?«

»Damit der Mensch sich nie wieder anmaßt, sein zu können wie Gott.«

36

Rom.
Villa Borghese.

Diakon Walls Armstumpf brannte noch immer, und er dachte voller Wut an den Kampf gegen den Fremden zurück, während er durch den langen Flur bis zu Bischof Gardens Gemächern schritt. Die Ordensärzte hatten ihm versichert, dass die Wunde gut verheilte. Dieser Umstand war der Tatsache zu verdanken, dass der Hieb, der ihm die Hand abgetrennt hatte, sehr präzise und mit großer Kraft ausgeführt worden war. Ein schwacher Trost. Mehr als schwach.

Er verfluchte den Fremden dafür, dass er ihn zum Krüppel gemacht und ihn damit vom Krieger Gottes zu einem Schreibtischhengst degradiert hatte. Er betete zum Herrn, er möge ihm die Gelegenheit geben, sich dafür zu rächen, es dem Fremden heimzuzahlen. Doch dazu musste er ihn erst einmal zu fassen kriegen.

Er klopfte mit der gesunden Hand an die große Doppeltür des Bischofs und wartete ungeduldig darauf, eingelassen zu werden. Doch statt eines »Herein« hörte er merkwürdig rhythmische Geräusche. Er wartete. Zwei volle Minuten. Minuten, die ihm wie Ewigkeiten erschienen. Dann klopfte er erneut. Vielleicht hatte der Bischof ihn nicht beim ersten Mal gehört. Oder er wollte nicht gestört werden. Aber das war dem Diakon egal.

Erst beim dritten Klopfen erklang von drinnen ein verärgertes »Ja, bitte?«.

Diakon Wall drückte die vergoldete Klinke nach unten und schob die Tür auf. Ein junger Novize, dessen Namen Wall noch nicht kannte, zwängte sich mit einem entschuldigenden Nicken an ihm vorbei nach draußen und strich dabei seine Soutane zurecht.

»Ich hoffe, es ist wichtig«, raunzte Bischof Garden mit noch glühendem Gesicht und ging zu seinem Schreibtisch, um sich aus einer Kristallkaraffe Rotwein in ein Glas zu schenken.

»Unsere Überwachung hat ergeben, dass auch die Bastarde der Nephilim jede Spur von Eve Sinclair und ihrem unbekannten Beschützer verloren haben«, meldete Diakon Wall.

Die Nephilim waren laut Bibel die Nachkommen gefallener Engel, die aus deren Verbindung mit Menschenfrauen hervorgegangen waren: unsterbliche Riesen mit unglaublichen Kräften, die gewaltigen Helden der Vorzeit wie Nimrod oder Herkules. Der *Ordo Custodes Arboreum*, der Orden der Hüter des Baumes, bezeichnete mit »Bastarde der Nephilim« die gegen den Willen Gottes existierenden Aesirianer.

Bischof Garden runzelte die Stirn und nahm einen Schluck Wein.

»Verschärfen Sie die Überwachung«, ordnete er an. »Und geben Sie einen weltweiten Suchbefehl aus.«

37

Die Stewardess brachte ihnen ihr Essen. Eve hatte Putengeschnetzeltes mit Reis gewählt und Ben Steak mit Backkartoffeln, das mit dem Plastikbesteck zu schneiden eine ziemliche Herausforderung war. Eve nahm den Sephirot und steckte ihn in ihre Handtasche.

»Aber wenn sie Erzfeinde sind, wieso arbeiten die Hüter dann mit den Aesirianern zusammen?«, fragte Eve und probierte den Reis. Er war angenehm saftig, auch ohne die Sauce.

»Das tun sie nicht«, stellte Ben klar. »Wie schon gesagt, sie bekriegen einander.«

»Und wieso ziehen sie mich in ihren Kleinkrieg mit hinein?«

»Kleinkrieg?« Ben schaute sie besorgt an. »Ich denke, Eve, Sie haben den Umfang dessen, womit wir es hier zu tun haben, noch immer nicht ganz verstanden.«

»Das überrascht Sie jetzt aber nicht, oder?«, fragte sie ironisch.

»Nein«, gab er zu. »Ich will es deutlicher machen. In Ihrer Vorstellung sind die Aesirianer, wenn Sie mir denn überhaupt glauben, dass es sie gibt, wahrscheinlich eine kleine Gruppe uralter Männer und Frauen, die irgendwo in finsteren Verstecken sitzen und ihre Fäden spinnen. Und den Orden der Hüter des Baumes halten Sie für einen Haufen verschwörerischer Kuttenträger. Tatsächlich aber sprechen wir hier von gewaltigen, den ganzen Erdball umspannenden Organisationen, beide unermesslich reich und mächtig. Selbst im Vergleich zu den größten Konzernen dieser Erde – von denen sie *de facto* ohnehin die meisten besitzen.«

»Reden wir hier über die Größenordnung *Weltherrschaft*?«, fragte Eve eher spöttisch.

»Sie sagen das, als wäre es absurd.«

»Schön, dass Sie das merken.«

»Wieso ist das absurd für Sie?«, fragte Ben. »Gerade als Engländerin dürfte Ihnen das Grundkonzept von Macht in den Händen einiger weniger durchaus bekannt sein.«

»Was meinen Sie?«

»Die englische Monarchie«, antwortete er. »Seit William dem Eroberer war jeder einzelne Herrscher und jede einzelne Herrscherin Englands einer oder eine seiner Nachfahren.«

»Wirklich?«

»Absolut. Wie sehr sich auch die einzelnen Häuser untereinander im Laufe der Jahrhunderte bekriegt haben mögen – die Yorks, die Lancasters, die Tudors, die Stuarts, die Hanovers –, sie sind alle miteinander verwandt, und zwar blutsverwandt.«

»Das wusste ich nicht.«

»Sie gehen damit ja auch nicht hausieren. Aber der Punkt ist: Wenn es also einer Familie Sterblicher gelingt, tausend Jahre lang die Regierung eines Landes innezuhaben, was, denken Sie, könnte ein mehrere tausend Jahre alter Aesirianer bewerkstelligen? Oder gleich eine ganze Gruppe dieser Unsterblichen?«

»Sie sagten gerade selbst, dass England von Sterblichen regiert wird, Ben. Dann wieder behaupten Sie, die Unsterblichen hätten auf dieser Welt die Fäden in der Hand. Sie widersprechen sich.«

Er schüttelte den Kopf. »Unterscheiden Sie zwischen regieren und herrschen, Eve. Stellen Sie sich vor, Sie hätten schon im alten Ägypten gelebt und die Welt, wie sie heute existiert, mitgeformt. Sie kennen den Planeten, seine Ressourcen, die Menschheit und ihre Gesellschaftsformen wie Ihre eigene Westentasche. Die Erde ist Ihr Spielplatz, Sie besitzen sie. Das meine ich mit herrschen. Das Regieren, also das profane Verwalten Ihres Besitzes, überlassen Sie anderen. Für die Aesirianer sind Könige und Präsidenten gerade mal mittleres Management. Und um diese Macht, diese unglaubliche Freiheit für ihren kleinen Kreis zu sichern, müssen sie das Geheimnis der Unsterblichkeit bewahren. Sie können nicht zulassen, dass jemand wie Sie es entdeckt.«

»Und die Hüter?«

»Die handeln aus religiöser Überzeugung heraus.«

»Wohl eher aus Fanatismus.«

»Könnte man sagen«, stimmte Ben ihr zu. »Auf jeden Fall hat für beide die Wahrung des Geheimnisses oberste Priorität. Deshalb sind oder haben sie ihre Leute überall. Der beste Beweis dafür ist das, was Ihnen zurzeit widerfährt, Eve. Sie haben zwar gerade erst damit begonnen, nach dem ewigen Leben zu suchen, davor aber haben sich Ihre Forschungen auch schon mit dem Thema *Lebensverlängerung* beschäftigt – und mit dem Metabolismus der Eibe. Für beide Gruppen Grund genug, Sie genauestens im Auge zu behalten, Sie zu überwachen und genau darauf zu achten, dass Sie die Grenze nicht überschreiten.«

»Christian«, sagte Eve.

»Ja, Professor Berg arbeitete für die Aesirianer«, bestätigte Ben. »Und Anne für die Hüter.«

»Anne?«, fragte sie ungläubig.

Ben nickte. »Sie war die Einzige, die wusste, dass Sie auf dem Weg zu Feldmann waren und wo er sich versteckt hielt.«

»Aber wenn die Aesirianer und die Hüter so mächtig sind und so weit vernetzt, wie konnte dann der Sephirot überhaupt erst entstehen und gar in Umlauf gelangen?«

»Das ist der traurige Teil der Legende von Osiris, dem Wohltäter«, sagte Ben. »Im Laufe der Jahrhunderte wurden die Auserwählten, denen Osiris das Geschenk der Unsterblichkeit machte, immer mächtiger. Statt zu lehren, erhoben sie sich als Könige und Götter über die Völker, die sie eigentlich fördern sollten. Und je mächtiger sie wurden, umso habgieriger wurden sie. Sie erkannten, dass ihre Macht auf ihrer Einzigartigkeit beruhte, auf ihrem langen Leben, ihrem Wissen. Und darauf, dass es nur so wenige von ihnen gab.«

»Deshalb mussten sie Osiris daran hindern, sein Geheimnis noch weiter zu verbreiten«, vermutete Eve.

»Ja«, sagte Ben. »Angeführt von einem der Mächtigsten unter ihnen, einem Ägypter namens Set, verschworen sie sich gegen ihn, um ihn zu vernichten. Set rief zu einer weltweiten Jagd nach Osiris auf. Osiris floh und schuf auf seinem Weg um die ganze Erde Hinweise auf sein Geheimnis und zahlreiche Wegweiser zu seiner Entschlüsselung – die Steine –, ehe er schließlich von Set und den anderen gefangen, erschlagen und zerstückelt wurde. Die meisten der Steine haben die Aesirianer oder die *Hüter des Baumes* inzwischen gefunden und zerstört. Vielleicht ist der, den wir haben, der letzte. Auf jeden Fall ist es der einzige, von dessen Existenz ich weiß.«

Damit wusste Eve, wer hinter ihr her war und woher der Sephirot in ihrer Handtasche stammte. Aber eine der wichtigsten Fragen hatte Ben ihr noch nicht beantwortet.

»Wer sind Sie, Ben?«

Er war in ihren Augen viel zu jung, um all das, worüber er sie seit ihrer ersten Begegnung so detailliert informiert hatte, wissen zu können. Dann dieses seltsame Versteck unter Glastonbury Tor. Und schließlich – woher wusste er von ihr, woher hatte er gewusst, dass sie seinen Schutz brauchen würde?

Professor Berg hatte für die Aesirianer gearbeitet und Anne für die Hüter. Aber für wen arbeitete Ben? Es musste noch eine dritte Organisation geben, die diese gewaltige Menge an Wissen im Laufe von Jahrhunderten zusammengetragen hatte. Oder …

Der Gedanke an die Alternative jagte ihr einen Schauer über den Rücken.

Weil er nicht antwortete, fragte sie noch einmal. »Wer sind Sie?«

»Auch das werde ich Ihnen zu gegebener Zeit sagen, Eve.«

»Ich will es jetzt wissen.«

»Sie geben nie auf, oder?«

»Beantworten Sie meine Frage, Ben.«

»Nicht jetzt.«

Eve nahm wie nebenbei das Plastikmesser ihres Essbestecks und tat so, als wolle sie die letzten Reisreste aus der Schale vor ihr kratzen. Stattdessen machte sie eine schnelle Bewegung und schnitt Ben über den Handrücken.

Er unterdrückte wütend einen Fluch, aber sie beachtete es nicht. Ihr Blick war auf seine Hand gerichtet, und ihre Augen weiteten sich ungläubig, während ihr Herzschlag für einen Moment auszusetzen schien.

Der Schnitt war nicht tief, immerhin war es nur ein Plastikmesser, doch es hatte die Haut deutlich aufgerissen …

… und zu Eves großem Entsetzen schloss sie sich fast augenblicklich wieder.

»Das hätten Sie nicht tun dürfen«, knurrte Ben und verdeckte die Hand mit der anderen.

»Sie sind einer von ihnen«, sagte Eve.

»Bin ich nicht.«

»Sie gehören zu den Aesirianern.«

»Nein.«

Aber sie hörte ihm nicht länger zu. Sie fühlte sich verraten. Und sie hatte plötzlich wieder Angst vor ihm. »Warum helfen Sie mir? Oder tun Sie nur so, um mich auszuspionieren?«

»Das ist Unsinn, Eve. Und das wissen Sie. Wozu hätte ich Ihnen dann all diese Informationen geliefert?«

»Um über mich an den Stein zu gelangen und ihn zu vernichten.«

»Quatsch! Sie wussten überhaupt nichts von dem Stein und auch nichts von dem Schrein der drei Magi oder dem Sanxingdui. Ich brauchte Sie nicht, um den Stein zu finden.«

»Und auch ganz sicher nicht, um hinter das Geheimnis der Unsterblichkeit zu kommen.«

»Um Himmels willen, sprechen Sie leiser, Eve!«

»Sie sind bereits unsterblich, Ben«, sagte sie – tatsächlich leiser. »Wer sind Sie, und was haben Sie vor?«

»Ich sagte es bereits, und es entspricht der Wahrheit: Ich beschütze Sie. Ich will Ihnen helfen.«

»Das genügt mir nicht als Antwort.«

»Das muss Ihnen reichen. Oder wäre es Ihnen lieber, ich überlasse Sie Ihren Verfolgern?«

»Das tun Sie nicht, Ben. Sie wollen etwas von mir.«

»Ja.«

»Was?«

»Das verrate ich Ihnen, wenn es so weit ist.«

»Lassen Sie mich Ihr Blut untersuchen.«

»Auf gar keinen Fall«, sagte er eisern.

»Ich will die Wahrheit wissen!«

»Die sage ich Ihnen, sobald die Zeit dafür gekommen ist.«

»Jetzt.« Eve erhob wieder die Stimme. »Oder ich schreie das ganze Flugzeug zusammen.«

Sie ärgerte sich über sich selbst, dass ihr kein besseres Argument einfiel. Aber nicht lange. Ben drehte sich zu ihr herum, und ehe sie auch nur eine abwehrende Bewegung machen konnte, hatte er sie, wie schon im Auto auf dem Weg zum Glastonbury Tor, an der Schulter gepackt und drückte zu.

Ihr wurde schwarz vor Augen.

38

Sanxingdui.

Der »Berg der drei Sterne« liegt etwa fünfzig Kilometer nordöstlich von Chengdu in der chinesischen Provinz Sichuan. Dort haben Archäologen 1987 die Überreste einer lange vergessenen, uralten Stadt gefunden, einer unvergleichlich hoch entwickelten Kultur aus der Bronzezeit, die weder in der Historie des Landes erwähnt ist noch in einer Mythologie. Die C-14-Datierungsmethode deutet darauf hin, dass sie im gleichen Jahr zerstört wurde wie Jericho, Troja und die minoische Kultur auf Kreta und Ugarit.

Direkt bei der Ausgrabungsstätte befindet sich ein relativ neu entstandenes Dorf, bestehend aus Touristenhotels, Massenunterkünften für die Ausgrabungsmitarbeiter, Werkstätten, Souvenirshops und einem Museum.

Den ganzen Weg vom Flughafen dorthin hatten Eve und Ben kein einziges Wort gewechselt. Eve fühlte sich durch den unfreiwilligen Betäubungsschlaf wieder erstaunlich ausgeruht, war aber auch stocksauer. Außerdem war sie zutiefst verwirrt wegen der Erkenntnis, dass Ben ein Unsterblicher war. Nun ja, *verwirrt* war ganz sicher ein viel zu milder Ausdruck für all das, was sie fühlte und dachte. Vor allem aber warf es noch mehr Fragen auf, als er ihr beantwortet hatte.

Unter anderen Umständen, also Umständen, die sie gewohnt war, nämlich die Forschung an einem wissenschaftlichen Projekt, hätte sie die »Zusammenarbeit« mit ihm aufgekündigt. Aber dies hier war keine Zusammenarbeit, die man aufkündigen konnte.

Es war eine Mission.

Die Suche nach dem Geheimnis des ewigen Lebens.

Sie wurde von Killern zweier mächtiger Organisationen gejagt, die bereits dreimal bewiesen hatten, dass sie sie töten wollten, um zu verhindern, dass sie das Rätsel lüftete.

Eve wusste, dass sie ohne Ben nicht die Spur einer Chance hatte. Aber sie wusste nun auch, dass sie ihm nicht vertrauen konnte. Was sie nach wie vor *nicht* wusste, war, wer er war, warum er ihr half und wozu er sie überhaupt brauchte. Wirklich die denkbar schlechtesten Voraussetzungen für eine gute Zusammenarbeit – ließ man außer Acht, dass er ihr bereits dreimal das Leben gerettet hatte.

Was auch immer seine Motive sein mochten, ohne ihn wäre sie nicht mehr am Leben. Tot. Nicht mehr existent. Nein, vertrauen konnte sie ihm nicht, aber dankbar war sie ihm dennoch.

Und sie hatte angefangen ihn zu mögen – trotz seiner manchmal ruppigen und herrischen Art. Wenn sie ehrlich sich selbst gegenüber war, vielleicht zum Teil sogar deswegen. Er war der erste Mann seit langem, der sich nicht einschüchtern ließ von ihrer Intelligenz und ihrer daraus resultierenden fordernden Art, die Dinge kontrollieren und steuern zu wollen.

Sie hätte nie geglaubt, dass das einen Mann so attraktiv machen konnte. Ob die Tatsache, dass er obendrein unsterblich war, diese Attraktivität noch steigerte oder sie eher abschreckte, konnte sie noch nicht mit absoluter Sicherheit sagen. Auf jeden Fall schüchterte es sie ein, worüber sie sich selbst ein wenig wunderte.

Der Mann an ihrer Seite konnte gerade mal so alt sein, wie er aussah, oder Jahrhunderte, vielleicht sogar Jahrtausende. Wenn Letzteres zutraf, war es ihr unmöglich, sich auszumalen, was diese furchtlosen Augen schon alles gesehen, was er schon alles erlebt haben mochte.

Sollte alles glatt gehen und sie dieses Abenteuer überleben und finden, was zu suchen sie aufgebrochen war, würde sie noch genug Zeit haben, ihn danach zu fragen.

Sehr viel Zeit, schoss es ihr durch den Kopf.

Nach der Landung und der Taxifahrt zum Hotel bezogen sie zwei Zimmer, die durch eine Tür miteinander verbunden waren. Sie hatten geduscht und sich neu eingekleidet und waren nun zu Fuß auf dem kurzen Weg zum Museum, vorbei an den Werkstätten und Souvenirshops. Es war bereits später Nachmittag.

»Sie müssen damit aufhören, mich jedes Mal zu betäuben, nur weil Sie eine Diskussion für beendet erachten«, sagte sie grummelnd.

Er schmunzelte. »Dann lernen Sie, ein Nein als Antwort zu akzeptieren.«

»Ich bin Wissenschaftlerin. Ich muss Fragen stellen.«

»Bei den Göttern«, stieß er hervor. »Ich bin doch keines Ihrer Forschungsobjekte.«

Sie legte den Kopf schief und betrachtete ihn. »Genau genommen, Ben, sind Sie seit meiner Entdeckung im Flugzeug genau das: ein Forschungsobjekt.«

»Wollen Sie mich sezieren? Meine Hand aufzuschlitzen war da ja schon mal ein Anfang.«

»Ich will Ihnen vertrauen können, Ben.«

Er blieb stehen, sah sie an, und sein Blick versank in ihren Augen. »Dann tun sie es einfach, Eve.« Seine tiefe Stimme kroch ihr unter die Haut.

»Wie meinen Sie das?«

Sein Blick wurde ganz sanft. »Obwohl ich Ihnen jetzt schon mehrfach das Leben gerettet habe, meinen Sie, dass ich mir Ihr Vertrauen erst noch verdienen muss, und zwar indem ich Ihnen alles sage, was Sie wissen wollen?«

»So ist das mit Vertrauen eben.«

»Nein, Eve«, widersprach er. »Vertrauen ist etwas, das man schenkt, nicht etwas, das sich der andere erst verdienen muss. Sie müssen mir vertrauen wollen.«

»Das will ich ja.«

»Wie gesagt, dann tun Sie es einfach.«

»Das ist nicht so leicht.«

»Ist es doch. Ich vertraue Ihnen ja auch.«

»Wie sich herausgestellt hat, haben Sie auch wesentlich weniger zu verlieren als ich.«

Ein Schatten legte sich über seine sonst so klaren Augen.

Hatte sie ihn verletzt?

Sein Gesicht wurde wieder ernst, er drehte sich herum und ging weiter in Richtung Museum. »Dann vertrauen Sie mir eben nicht. Das wird mich nicht umbringen, wie Sie ja jetzt wissen.«

Eve wollte ihm nacheilen und etwas Tröstendes sagen – ohne sich im Klaren darüber zu sein, warum sie das tun wollte. Sie spürte deutlich, dass sie ihm tatsächlich wehgetan hatte, aber sie konnte sich beim besten Willen nicht vorstellen, womit.

Doch ehe sie ihn einholen konnte, entdeckte sie am Straßenrand eine Steinmetzwerkstatt, und plötzlich schoss ihr eine Idee durch den Kopf.

Statt Ben nachzulaufen, ging sie eilig in das Geschäft.

39

Eve fand, dass das Innere der Steinmetzwerkstatt aussah wie in einem Kung-Fu-Film aus den Siebzigern. Überall windschiefe Regale aus armdicken Bambusrohren, mit Tuschemalereien verzierte Lehmwände, grob gewebte Leinenvorhänge, spiegelnd-glänzende Lackschränke mit Drachenmotiven. In den Regalen Figuren aus Stein, Ton und Jade. Die Werkstatt war zugleich auch ein Souvenirladen.

Sehr gut, dachte Eve und ging zu dem Chinesen hinter dem Tresen, der gerade an der etwa daumengroßen Jadefigur eines Pferdchens feilte. Er war kleiner als sie, in den Sechzigern und hatte die gedrungen-muskulöse Gestalt eines Schwerarbeiters, was das kleine, filigrane Kunstwerk zwischen seinen Fingern noch zerbrechlicher wirken ließ.

»Guten Tag«, sagte Eve auf Englisch.

Der Steinmetz lächelte und nickte. »Guten Tag. Was kann ich für Sie tun, junge Frau?«

Eve holte den Sephirot aus der Handtasche und legte ihn auf den Tresen. »Ich bräuchte hiervon eine Kopie.«

Der alte Chinese stellte das Pferdchen zur Seite und nahm den Stein in die Hand, um ihn sich eingehend zu betrachten. »Kein Problem«, meinte er schließlich. »Lassen Sie ihn hier. Sie können die Kopie übermorgen abholen.«

»Ich kann den Stein nicht hierlassen. Können Sie nicht einen Abdruck machen?«

»Das ginge«, antwortete er und holte mit gemächlichen Bewegungen eine etwa dreißig mal dreißig Zentimeter große Metalldose aus dem Regal hinter sich.

»Ich hätte es ein wenig eilig«, drängelte Eve und lächelte dabei so freundlich, wie sie nur konnte.

»Ach, die Jugend«, sinnierte er. »Alles so schnell wie nur irgend möglich. Keine Geduld mehr.«

Er klappte die Metalldose in der Mitte auf. Boden und Deckel waren gleichermaßen fünf bis sechs Zentimeter tief und mit Bienenwachs gefüllt. Er staubte den Stein mit etwas Puder ein, legte ihn auf den unteren Teil der Dose und drückte ihn bis zu etwa der Hälfte in das Wachs hinein. Dann presste er den Deckel von oben darauf, bis die Dose wieder geschlossen war. Anschließend stellte er die Dose auf einen Dreifuß über einen Bunsenbrenner und entzündete ihn.

Eve warf einen Blick zur Tür.

»Nur ein paar Sekunden«, beruhigte sie der alte Chinese und schaltete den Bunsenbrenner auch schon wieder aus.

»Und die Kopie bräuchte ich heute noch«, sagte Eve, während er die Dose in eine Zinkwanne stellte und mit Wasser aus einem Tonkrug begoss.

»Ich benötige dafür etwa zwei Stunden«, erklärte er, »aber ich habe noch jede Menge anderer Arbeiten zu erledigen. Also es ginge frühestens …« Er verstummte, als er den Diamanten sah, den Eve auf den Tisch gelegt hatte. Er erkannte auf den ersten Blick, dass er echt war.

»Das ist viel zu viel.« Er schüttelte den Kopf.

Eve sah sich die Jadefiguren in dem Verkaufsregal neben ihr an. Eine ganz besonders fein gearbeitete zeigte einen Tiger im Sprung. Sie nahm sie und stellte sie auf den Tresen.

Der Steinmetz hatte inzwischen den Sephirot aus der wieder erstarrten Bienenwachsmasse genommen und legte ihn neben die Figur. Eve steckte ihn schnell zurück in die Tasche.

»Das ist immer noch viel zu viel«, sagte der Chinese. »Darauf kann ich nicht herausgeben.«

»Behalten Sie den Rest«, entgegnete Eve. »Ich komme in etwa zwei Stunden wieder, um die Kopie abzuholen.«

»*Hier* sind Sie!« Ben stand auf einmal in der Eingangstür und klang gereizt. »Ich kann Sie nicht beschützen, wenn Sie sich davonschleichen.«

Eve nahm den Jadetiger und trat auf ihn zu. »Ich habe Sie verletzt. Ich weiß zwar nicht, womit, aber ich habe es Ihnen angemerkt. Was immer es war, es tut mir leid, und ich will mich entschuldigen. Mit einem Geschenk.« Sie hielt ihm den Jadetiger hin. »Hier. Er erinnert mich an Sie.«

Ben nahm die kleine Schnitzerei entgegen und fragte augenblicklich alarmiert: »Haben Sie mit Kreditkarte bezahlt?«

»Halten Sie mich für dämlich?« Dass er in Erwägung zog, sie könnte so naiv sein, mit Kreditkarte zu bezahlen, ärgerte sie. Sie war sich im Klaren darüber, dass die Aesirianer und die Hüter des Baumes, wenn sie auch nur annähernd so mächtig wären, wie Ben sie geschildert hatte, eine Kreditkartenzahlung zurückverfolgen würden.

Ben sah zunächst den Tiger und dann Eve verdutzt an.

»Gefällt er Ihnen nicht?«, fragte Eve.

»Ähm. Doch. Er ist schön. Äh … danke.«

»Das freut mich.« Sie hakte sich bei ihm unter. »Dann gehen wir jetzt ins Museum.«

40

Wenige Minuten später standen Eve und Ben vor der Bronzeskulptur des »Baumes des Lebens«. Sie war etwa drei Meter hoch und für ihr Alter unglaublich fein gearbeitet. Um das untere Ende des Stammes war ein Drache geschlungen, und in der Krone saß ein Phönix.

»Drache und Phönix. Beides Symbole der Unsterblichkeit in der chinesischen Mythologie«, sagte Ben und sah sich die Skulptur genauer an, um herauszufinden, wie er den Stein verwenden sollte, um den nächsten Hinweis zu erhalten.

Eve erinnerte sich an Feldmanns Zeichnungen der nordischen Welteneibe *Yggdrasil* und sprach Ben darauf an.

Der nickte, während sein Blick den Stamm und die geschwungenen Zweige absuchte. »Das gleiche Motiv gibt es bereits im sumerischen Gilgamesch-Epos. Die Schlange in der Wurzel des Baums und der Anzud-Vogel in seiner Krone. Oder bei den amerikanischen Ureinwohnern: *Wakiya*, der Donnervogel, an der Spitze des Totempfahls, und *Uktena*, die Gehörnte Schlange, an seinem Fuß.«

Eve fühlte sich auch an das Gemälde in Feldmanns Klosterklause erinnert: »Michelangelos *Peccato originale e cacciata dal Paradiso Terrestre*.«

»Was meinen Sie?«

»Luzifer, die Schlange und der geflügelte Seraph, der den Baum im Garten Eden bewacht.«

»Ist Ihnen bei dem Bild etwas aufgefallen?«

»Was meinen Sie?«

»Beide entwachsen Schlangenleibern.«

»Ja, darauf hat mich Feldmann auch hingewiesen. Wieso ist das so?«

»Ser-aph bedeutet entsprechend des alten Namens des Osiris, A-Ser, *Sohn des Feuers*, übersetzt ›Der Feurige‹«, erklärte Ben, »oder auch ›Die feurige Schlange‹. Und Luzifer, der ›Morgenstern‹, war ursprünglich selbst einer der Seraphim. Sie haben also den gleichen Ursprung. Nicht nur in ihrer Eigenschaft als Engel, sondern auch in ihrem Bezug zur Schlange und dem Feuer. So wie hier bei der Skulptur vor uns ja auch nicht nur der Drache mit der Symbolik des Feuers einhergeht, sondern bekanntermaßen auch der Phönix, der am Ende seines Lebens in Flammen aufgeht, nur um gleich darauf aus der eigenen Asche wiederaufzuerstehen.«

»Das kann kein Zufall sein.«

»Ist es auch nicht«, stimmte Ben ihr zu. »Hinter all dem steckt eine Botschaft. Zurückgelassen von Osiris auf seiner Flucht um die Welt. Wir müssen sie nur entschlüsseln. Wenn ich auch zugeben muss, dass ich keine Ahnung habe, wie.«

Noch zwei Stunden suchten sie unter den verwunderten Blicken einiger Museumsbesucher und Wächter die Skulptur des Baumes ab, ohne auch nur die Spur eines Hinweises zu entdecken. Es gab weder versteckte Inschriften noch Ausprägungen, zu denen die Löcher des Steins gepasst hätten.

»Ich verstehe das nicht«, sagte Ben. »Feldmanns Hinweis war doch eindeutig.«

»Gibt es vielleicht irgendwo anders noch einen Berg der drei Sterne?«, fragte Eve.

»Meines Wissens nach keinen, der irgendetwas zu tun hätte mit dem Baum des Lebens. Auch den chinesischen Notizen in Feldmanns Buch zufolge meinte er diesen Baum.«

Eve holte das kleine Buch hervor und blätterte die entsprechende Seite auf. Zum bestimmt zehnten Mal, seitdem sie sich im Museum befanden. Die Zeichnung dort zeigte exakt und maßstabsgetreu den Baum, vor dem sie gerade standen.

Plötzlich schlug sich Eve mit der flachen Hand gegen die Stirn. »Wie dumm«, sagte sie und lachte. »Wie ausgesprochen dumm.«

»Wer oder was ist dumm?«, fragte Ben.

»Wir«, sagte Eve und zeigte auf das museumstypische Messingschild vor der Skulptur. Unter chinesischen Schriftzeichen stand auch eine englische Beschreibung. Das Ausgrabungsdatum war 1987.

»Sie hatten doch schon in Köln gesagt, dass man die Stadt erst 1987 entdeckt hat. Aber Feldmann muss vor über sechzig Jahren hier gewesen sein.«

»Da stand das Museum doch noch gar nicht.«

»Eben.«

Ben verstand. »Wie auch immer er ihn damals gefunden hat, die Skulptur befand sich da noch an ihrem ursprünglichen Standort.«

Sie liefen durch den Saal zu einer Karte der Ausgrabungsstätte. Nach wenigen Sekunden machte Ben darauf den Fundort der Baumskulptur aus: »Eine Höhle nahe der Bergspitze. Nur ein paar Kilometer von hier.«

Eve betrachtete die Karte. »Wir werden einen Führer brauchen.«

»Und Maultiere für den steilen Aufstieg«, fügte Ben hinzu. »Wir organisieren das vom Hotel aus. Für morgen, so früh wie möglich.«

Eve nickte. »Gehen Sie schon mal vor. Ich möchte mir noch ein wenig die Füße vertreten.«

»Ich werde Sie nicht allein lassen«, sagte er ernst.

Sie schaute ihn an. »Trauen Sie mir etwa nicht?« Sie holte

den Sephirot aus der Tasche und reichte ihn Ben. »Und das von einem Mann, der mich über Vertrauen belehren will.« Er runzelte die Stirn, doch sie drückte ihm den Stein in die Hand. »Nehmen Sie.«

Er steckte ihn ein. »Ich meinte nicht, dass ich Ihnen nicht vertraue, Eve. Ich werde Sie nicht allein lassen, weil ich Sie beschützen will.«

Sie fühlte sich schäbig, aber sie wollte die Kopie des Steins abholen. Nur um sicherzugehen, für den Fall, dass sie getrennt wurden. Oder er sie trotz seines Versprechens, sie beschützen zu wollen, im Stich lassen würde. Immerhin war er ja auch auf dem Weg nach Glastonbury Tor einfach aus dem Auto gestiegen und weggegangen.

»Nach unserem heimlichen Flug nach Köln ist es ziemlich unwahrscheinlich, dass unsere Verfolger wissen, dass wir jetzt in China sind«, meinte sie. »Und Sie müssen nach all der Zeit, die Sie jetzt schon wach sind, unendlich müde sein. Oder brauchen Unsterbliche keinen Schlaf?«

Er lächelte verschmitzt. »O doch. Ich könnte im Stehen einschlafen.«

»Sehen Sie? Ich habe inzwischen zweimal geschlafen. Dank Ihnen«, fügte sie mit freundlichem Sarkasmus hinzu. »Gehen Sie zurück ins Hotel, organisieren Sie den Trip für morgen früh, und hauen Sie sich dann aufs Ohr. Ich komme schon zurecht.«

Er zögerte.

»Ben«, sagte sie, »wie wollen Sie mich beschützen, wenn Sie stehenden Fußes einschlafen?«

Schließlich lenkte er ein. »In Ordnung. Dann sehen wir uns morgen früh.«

»Bis morgen früh«, sagte sie, winkte ihm zu und tat so, als wollte sie sich noch ein paar der Ausgrabungsstücke ansehen.

Nachdem Ben gegangen war, wartete sie sicherheitshalber noch fünf Minuten, ehe sie ebenfalls das Museum verließ.

41

Kurz darauf betrat Eve die Steinmetzwerkstatt, in der sie die Kopie des Sephirot in Auftrag gegeben hatte. Das Innere war dunkler als vorhin. Die Vorhänge an den Fenstern waren zugezogen. Vermutlich bereitete sich der Besitzer schon auf den Feierabend vor. Oder dank des Diamanten, den sie ihm gegeben hatte, vielleicht sogar auf seinen Ruhestand.

»Hallo«, rief sie und wartete.

Gleich darauf trat der alte Chinese lächelnd und sich verneigend durch einen Türschleier in den Raum.

»Guten Abend«, sagte er. »Ich bin sofort fertig. Kommen Sie.« Er winkte ihr zu, ihm in die Werkstatt hinter dem Tresen zu folgen. »Trinken Sie solange einen Chai.«

»Danke«, sagte Eve und ging ihm nach.

Kaum hatte sie die verhängte Tür passiert, wurde sie plötzlich von beiden Seiten von kräftigen Händen gepackt. Sie erschrak und wollte aufschreien, doch jemand verklebte ihr den Mund mit Panzertape.

Sie wehrte sich mit Händen und Füßen, so gut es ging, aber die Angreifer waren zu stark.

Eve erkannte in dem Halbdunkel zwei Chinesen in Kutten, und ihr lief eine Gänsehaut über den Rücken. Es waren die gleichen Kutten wie die der Männer, die sie im Kloster angegriffen hatten.

Die Hüter.

Der Steinmetz musste sie verraten haben.

Sie fluchte in das übel schmeckende Klebeband hinein. Wie hatte sie nach allem, was ihr Ben über die Hüter des Baumes erzählt hatte, ausgerechnet beim Ausstellungsort eines der berühmtesten Bäume des Lebens eine Kopie des Sephirot in Auftrag geben können? Viel zu spät wurde ihr klar, dass es an solchen Orten vor Spionen der Hüter nur so wimmeln musste.

Der Steinmetz stand in der Ecke und lächelte nicht mehr, während die anderen beiden auch ihre Hand- und Fußgelenke mit Tape umwickelten und begannen, sie zu durchsuchen.

Einer der beiden Kuttenträger sagte etwas auf Chinesisch.

Der Steinmetz fluchte und fragte dann: »Wo ist das Original?«

Eve schüttelte den Kopf.

Die drei wechselten aufgebracht einige Sätze, die Eve nicht verstand. Dann schlug ihr einer der beiden Kuttenträger mit der Handkante ins Genick.

Sie bekam noch mit, wie ihr die Beine den Dienst versagten und sie zu Boden sackte. Dann war sie bewusstlos.

42

Bens innerer Alarm riss ihn aus dem Schlaf. Er war nicht sicher, was diesen Alarm ausgelöst hatte; ein Geräusch vielleicht oder ein Luftzug, möglicherweise ein Duft. Angreifende Männer haben ihre ganz eigene Witterung, auch solche, die sich anschleichen. Augenblicklich war sein Körper angespannt bis zur letzten Faser, bereit loszuspringen. Nicht aber ohne sich vorher vergewissert zu haben, aus welcher Richtung die Gefahr kam.

Er fluchte in sich hinein, dass er sich von Eve Sinclair hatte einreden lassen, niemand könnte wissen, dass sie in China waren, und dass er deshalb all seine üblichen Vorsichtsmaßnahmen vernachlässigt hatte. Kein Alarmsystem, keine Fallen, kein Fluchtplan.

Dennoch war er immer auf einen Angriff vorbereitet, und so hatte er sich nicht ausgezogen, sondern lag völlig angekleidet auf dem Bett. Sogar die Schuhe trug er noch. Und seine beiden Schwerter lagen links und rechts neben ihm, die Griffe in Höhe seiner Oberschenkel, sodass er sie sofort in die Hände nehmen konnte.

Er lauschte in die Dunkelheit des Hotelzimmers.

Lange. Reglos.

Zwei Männer. Einer auf dem Balkon, der andere …

In Eves Zimmer!

Kaum hatte er den Gedanken zu Ende geführt, war er auch schon aufgesprungen, seine beiden Schwerter in den Händen. Er nahm Anlauf und brach mit der Schulter voran mit voller Wucht durch die geschlossene Verbindungstür.

Der Fremde in der Kutte, der gerade vorsichtig und nahezu lautlos Eves Nachttisch durchsuchte, wirbelte herum. Ben, noch getragen vom Schwung, sah die Waffe in der Hand des Einbrechers. Eine Betäubungspistole? Offenbar wollten ihn die Hüter lebend. Aber wo war Eve? Keine Spur von ihr.

Ben ließ sich im letzten Moment fallen und hörte, wie der Betäubungspfeil mit einem hellen Sirren über ihn hinwegjagte und in die Wand hinter ihm schlug.

Mit einer Rolle seitwärts fing Ben seinen Sturz ab und landete auf einem Knie und einem Fuß.

Statt nachzuladen, ließ der andere die Waffe fallen und

zog ein chinesisches Schwert unter seiner Kutte hervor. Er blieb in lauernder Stellung stehen. Ben konnte sich denken, warum.

Der Mann auf dem Balkon.

Ben konnte ihn über das inzwischen schwerere Atmen seines Gegenübers hinweg nicht mehr hören, aber er wusste, dass er da war – und ahnte, dass auch er mit einer Betäubungspistole bewaffnet war. Für Ben in dieser Situation viel gefährlicher als eine echte Pistole. Von Kugeln getroffen konnte er weiterkämpfen – betäubt nicht.

Sein Gegner machte zwei langsame, bedachte Schritte zur Seite, offenbar in dem Versuch, Ben dazu zu verleiten, sich ebenfalls zu bewegen und vor die Balkontür zu treten.

Stattdessen schritt Ben gemächlich, aber zielstrebig und mit schlagbereiten Klingen auf den Kuttenträger zu.

Der war überrascht über die plumpe Direktheit des Angriffs und ging zum Gegenangriff über. Die Schwerter sausten blitzschnell heran, und Funken stoben, als Metall auf Metall krachte, in einer rasanten und mit dem bloßen Auge kaum noch registrierbaren Abfolge von Hieben.

Die Überraschung in den Augen des Kuttenträgers wurde immer größer, als er merkte, dass Ben jeden einzelnen der geschickt geführten Hiebe ebenso geschickt parierte, ohne sich dabei besonders anstrengen zu müssen. Wohin immer die chinesische Klinge zuckte und schlug, eines von Bens geschwungenen Schwertern war schon vorher da, um sie zu blockieren oder abzulenken.

Ben atmete ruhig. Er war klar im Vorteil und sich dessen absolut bewusst. Der einzige Grund, warum der Chinese noch lebte, war, dass Ben Informationen wollte.

»Wo ist Doktor Sinclair?«, fragte er über das Klirren der aufeinandertreffenden Klingen hinweg.

Doch der andere schwieg und forcierte seine Angriffe noch. Er sprang vor, zurück und seitwärts, hieb von oben, von unten, dann von der Seite. Aber so sehr er sich auch bemühte und alle Register seiner durchaus gehobenen Kampfkunst zog, seine Attacken konnten Bens versierte Zweischwerterdeckung nicht durchbrechen.

Als Ben seitlich hinter sich das Krachen der Balkontür hörte und das Splittern von Glas, wusste er, dass er sich nicht länger mit dem Schwertkämpfer aufhalten durfte, und beendete das Duell mit zwei schnell und gleichzeitig geführten Strichen, von denen sein Gegner nur einen abblocken konnte.

Ben ließ das eine Schwert, das seinen Gegner regelrecht an die Wand genagelt hatte, stecken und wirbelte zu dem zweiten Angreifer herum, der gerade seinen Vorwärtsschwung abfing und, wie Ben befürchtet hatte, mit einer Betäubungspistole auf ihn zielte.

Ben blieb ganz still, aber angespannt stehen, das Gewicht gleichmäßig auf beide Füße verteilt, um einem Schuss in jede Richtung ausweichen zu können.

»Wo ist Doktor Sinclair?«, fragte er auch den zweiten Hüter.

Der schoss.

Dabei zuckte er mit dem Arm und machte eine schnelle Linksbewegung, der Ben ebenso schnell zur anderen Seite hin auswich. Doch der Schütze hatte nur angetäuscht und ließ den Arm sofort in die andere Richtung zurückzucken.

Der Pfeil traf Ben direkt in den rechten Brustmuskel.

Er sprang nach vorn und stieß einen Fluch aus. Nun blieb keine Gelegenheit mehr, seinen Gegner zu befragen. Er musste weg, sich in Sicherheit bringen.

Noch ehe der andere sein Schwert ziehen konnte, hatte

Ben ihm bereits den Kopf von den Schultern getrennt. Blut spritzte gegen die Wand und an die Vorhänge, der Kopf flog kullernd auf das Bett und der Körper schlug kraftlos davor zu Boden.

Ben eilte zu dem ersten Gegner zurück und zog sein zweites Schwert aus dessen Körper und der Wand. Hastig, aber nichtsdestotrotz gründlich durchsuchte er die vielen Taschen in der Kutte des Mannes.

Er fand Eves Hotelzimmerschlüssel und zu seiner großen Überraschung eine exakte Kopie des Sephirot.

Was das bedeutete, konnte er sich nur allzu gut vorstellen. Er würde ein Hühnchen mit Eve zu rupfen haben. Wenn sie überhaupt noch lebte. Sein Magen verkrampfte sich bei der Vorstellung, dass sie vielleicht längst tot war. Aber es war nicht die Zeit, sich darüber Gedanken zu machen.

Er musste so schnell wie möglich aus dem Zimmer und dem Hotel, ehe das Betäubungsmittel wirkte.

So ruhig atmend, wie er konnte, um die Wirkung des Narkotikums zu verzögern, rannte er ins Nachbarzimmer, um den Pilotenkoffer zu holen. Darin befanden sich Diamanten, kleine Goldbarren, Bargeld verschiedener Währungen, der Sephirot, Kreditkarten und diverse Ausweise und Pässe, unter anderem ein Diplomatenausweis, der sicherstellte, dass niemand auf der Welt diesen Koffer und Bens restliches Gepäck durchsuchte oder beschlagnahmte. Auf diese Weise hatte er auch seine beiden Schwerter durch die Flughafenkontrollen gebracht.

Er durfte den Koffer nicht zurücklassen.

Ben fühlte, wie das Betäubungsmittel allmählich in seinem Körper zu wirken begann, seine Bewegungen verlangsamte und seine Koordinationsfähigkeit beeinflusste.

Dank seines besonderen Stoffwechsels wurde er besser damit fertig als ein Normalsterblicher, aber betäuben würde es ihn trotzdem früher oder später. Ob für nur ein paar Sekunden oder gar Stunden hing von dem Gift ab. Kurare oder das Gift des Kugelfisches, die beide für Menschen absolut tödlich waren, konnten ihn ganze zwei Tage außer Gefecht setzen. Bis das geschah, musste er sich in Sicherheit gebracht haben.

Mit Mühe schaffte er es, sich seine Jacke anzuziehen, sich dann die beiden Schwertscheiden auf den Rücken zu schnallen und seine Klingen darin zu verstauen. Dann schleppte er sich hinaus auf den Balkon und sah hinab. Zwei Stockwerke plus Erdgeschoss. Keine große Sache. Er sprang hinunter, rollte sich ab und humpelte quer über die Hauptstraße in eine Seitengasse. Bei der Landung hatte er sich den Knöchel verstaucht. Er biss die Zähne zusammen und unterdrückte den Schmerz. Bis er aus der Betäubung erwachte, würde der Knöchel geheilt sein.

Die Hintertür eines kleinen Imbiss-Restaurants stand offen, und er sah sich sichernd um, ehe er hindurchschlüpfte. Eine Treppe führte ihn in einen Keller. Mittlerweile sah er die ersten Sternchen vor seinen müde werdenden Augen tanzen, und sein Gesichtsfeld zog sich zusammen.

Noch nicht!

Verdammt, jetzt noch nicht!

Taumelnd hinkte er den Gang am Ende der Treppe entlang. Hinter einer kleinen Reihe von Kühlräumen entdeckte er einen Lagerraum. Gerade noch rechtzeitig schaffte er es, über einen Stapel Kisten mit getrockneten Nudeln zu klettern, ohne sie umzuwerfen, und den Pilotenkoffer abzustellen.

Dann sackte er besinnungslos in sich zusammen.

43

»Wach auf, Schlafmützchen«, flüsterte eine dünne Stimme aus der Dunkelheit. »Schlafmützchen, wach auf.«

Etwas piekte Eve gegen die Wange. Noch völlig benommen zog sie den Kopf beiseite – und bereute es im nächsten Moment. Ihr Kopf tat höllisch weh. Es war, als würde jemand mit Nägeln gegen die Innenseite ihrer Schädeldecke kratzen. Außerdem hatte sie einen fauligen Geschmack im noch immer zugeklebten Mund, und durch ihre Nase drang ein modriger Gestank. Die Muskeln ganz steif, lag sie, wie sie allmählich realisierte, auf einem kalten, harten Steinboden, und ihre Glieder schmerzten.

Irgendwo in der Nähe hörte sie Ratten huschen und pfeifen – und diese seltsam dünne, geisterhafte Stimme. »Na, komm schon, mach die Äuglein auf. Ich weiß, dass du wach bist. Komm-schon-komm-schon-komm-schon.«

Gruselig.

Einen Moment lang überlegte Eve, die Augen einfach geschlossen zu halten, wie ein kleines Mädchen, das nachts in seinem Bett liegt und Angst hat und hofft, dass das, was auch immer von ihm nicht gesehen wird, auch es selbst nicht sehen kann.

Aber dann gewannen die Erwachsene und die Forscherin in ihr, und sie hob langsam die Lider.

Es war düster, aber nicht stockdunkel. Von irgendwoher drang der flackernde Widerschein von Fackeln oder großen Kerzen. Der Boden, auf dem sie lag, und auch die rußgeschwärzten Wände bestanden aus grob und unregelmäßig behauenem Tuffstein, der sich feucht und unangenehm lebendig anfühlte. Gleich neben Eves Kopf ragte ein rostiges Gitter aus flach geschmiedetem Bandeisen auf. Von dahinter kam die geisterhafte Stimme.

»Ausgeschlafen-ausgeschlafen-ausgeschlafen.« Die Stimme klang wie ihr eigenes Echo, und in ihrem Tonfall lag etwas hechelnd Gieriges, das Eve eine Gänsehaut über den Rücken jagte. Sie fühlte sich auf äußerst unangenehme Art an Gollum aus den *Herr-der-Ringe*-Verfilmungen erinnert.

»Dreh-dich-um-dreh-dich-um-dreh-dich-um. Komm-schon-komm-schon-komm-schon.«

Eves Nerven waren zum Zerreißen gespannt. Sie wunderte sich, dass sie überhaupt noch lebte, und fragte sich, wo sie war. Vor allem aber wollte sie im Augenblick wissen, wer da hinter ihr sprach. So dicht. Sie riss sich zusammen und wandte langsam den Kopf.

Gerade mal einen knappen Meter von ihr entfernt kauerte etwas auf dem Boden, auf der anderen Seite des Gitters. Klein, dürr, mit langen verfilzten Haaren, die einmal blond gewesen sein mochten und bis zu den schmutzigen Füßen reichten, deren Nägel so lang und gebogen waren wie die eines Tiers.

»Endlich-endlich-endlich«, hechelte es hinter dem Vorhang aus Haaren hervor, durch den hindurch Eve weit aufgerissene, strahlend blaue Augen in einem ausgehungerten, dreckigen Gesicht erkennen konnte. »Wurde auch Zeit-Zeit-Zeit. Mich trickst du nicht aus. Nein-nein-nein. Mich nicht. Ihr versucht es immer wieder. Lernt es nie. Nie-nie-nie. Du kannst gleich wieder gehen.«

Es war eine junge Frau, fast noch ein Mädchen. Eve schätzte sie auf vierzehn oder fünfzehn. Sie saß in der Hocke wie ein Äffchen, die Fußsohlen auf dem Boden, das schmale Gesäß direkt an die Fersen gepresst. Sie trug nur einen zerschlissenen Leinensack. In den schmalen Fingern hielt sie einen aufgebissenen und leer gelutschten Hühnerknochen. Der war es wohl, mit dem sie Eve durch das Gitter hindurch in die Wange gepiekt und geweckt hatte. Eve drehte sich der Magen um.

Ich kann gleich wieder gehen?, dachte sie ungläubig und richtete sich unter Schmerzen auf. Sie griff nach dem Tape und riss es sich vom Mund. Nur mit Mühe unterdrückte sie einen Schrei. Das Klebeband war offenbar länger auf ihren Lippen gewesen als sie angenommen hatte, und riss Härchen aus und Haut mit ab und hinterließ ein höllisches Brennen. Sie schmeckte außer dem verschwitzten Klebstoff nun auch ihr eigenes Blut, und Tränen schossen ihr in die Augen.

Sie blinzelte sie hinweg und warf das Klebeband in die Dunkelheit. Sofort huschte etwas aufgeregt herbei und holte es mit einem triumphierenden Quieken fort. Eve hörte das gierige Knabbern von nadelscharfen Nagezähnen.

O mein Gott!

Sie riss sich zusammen. *Das ist nur eine Ratte, verdammt!*

Sich sammelnd, wandte sie sich an die kauernde Gestalt. »Was meinst du damit, ich kann gleich wieder gehen?«

»Ach, komm«, hechelte die Mädchenfrau. »Den Trick habt ihr schon so oft versucht. So-oft-so-oft-so-oft. Ich lasse mich nicht ausspionieren. Das müsst doch selbst ihr jetzt allmählich begriffen haben, nach all der Zeit. Ich sage dir nichts-nicht-nichts.«

»Ausspionieren?«, fragte Eve ungläubig und verwirrt. »Ich dich? Bist du verrückt?«

»So-sagt-man-so-sagt-man-so-sagt-man.« Sie kicherte. »Aber wer weiß das schon? Wer bestimmt das? In meinen Augen seid ihr verrückt, und wenn ihr mich für verrückt haltet, heißt das doch, dass ich ganz normal bin, oder? Oder? *Oder?!*«

Mit dem letzten »Oder« hatte sie Eve hysterisch aggressiv angeschrien, und Eve wich trotz des Gitters zwischen ihnen instinktiv nach hinten zurück.

»Ich habe keine Ahnung, wer du bist«, sagte sie vorsichtig. »Ich will nichts von dir.«

Sie blickte sich um und sah ein zweites Gitter, das im rechten Winkel zu dem anderen verlief, die gesamte Länge der Felsnische entlang, in der sie und die Mädchenfrau sich befanden.

Die andere war keine Wächterin, wie Eve zunächst vermutet hatte – sie war ebenfalls eine Gefangene. Sie hockten in zwei Zellen nebeneinander.

»Du-sollst-nicht-lügen-du-sollst-nicht-lü...«

»Schon gut«, unterbrach Eve sie genervt. »Ich will tatsächlich etwas von dir.«

»So, so.«

»Ja, ich will wissen, wo ich bin.«

»Oh, das weißt du doch ganz genau.«

»Ich habe keine Ahnung.«

»Von wegen. Ihr solltet euch langsam mal etwas anderes einfallen lassen. Wo-bin-ich-wo-bin-ich-wo-bin-ich? Blablabla.«

»Du nervst«, raunzte Eve. »Wenn du mir nichts sagen kannst, halt einfach die Klappe.« Sie hatte ganz andere Sorgen, als dass es sie scherte, von einer Mitgefangenen für eine Spionin der Hüter gehalten zu werden.

»Wie soll ich reden, wenn ich die Klappe halten soll?«, fragte die andere schnippisch. »Aber ich werde nicht sagen, wo sie ist. Dir nicht und niemandem. Nicht in tausend Jahren.« Dann begann sie, leise eine Melodie vor sich hin zu summen.

Eve ignorierte sie und stand auf, um sich in ihrer Zelle

umzusehen. Es gab eine Pritsche mit Filzdecke und eine chemische Toilette, transportabel. Auf einem dreibeinigen Tisch standen ein Krug mit Wasser und ein Teller mit Brot, an dem sich gerade eine riesige Ratte zu schaffen machte. Eve unterdrückte einen Würgereiz.

Der Raum vor der Zelle war eine niedrige Halle mit vielen kleinen Nischen, in denen alte Schädel und Knochen lagerten. Offenbar befand sie sich in einer Katakombe. Viel beunruhigender als die menschlichen Überreste war jedoch ein kreuzförmiges Gebälk im Zentrum des Raums. Rostige Eisenschellen waren daran angebracht, und es gab zahlreiche Löcher im Holz, umrahmt von dunklen, rostfarbenen Flecken. Blut.

»Das ist meins-meins-meins«, sagte die Mädchenfrau. »Mein-Kreuz-mein-Kreuz-mein-Kreuz. Daran schlagen sie mich manchmal. O nein, sie geben nicht auf. Ich-ich-ich aber auch nicht. Aber das weißt du ja, nicht wahr?«

»Sie *schlagen* dich ans Kreuz?«, fragte Eve schockiert. »Sie *fesseln* dich daran, meinst du.«

»Nein-nein-nein«, sagte die Mädchenfrau. »Schlagen. Mit Nägeln. Nagel-nagel-nagel. Pock-pock-pock. Wie einstmals ihren Gott. Ihren Heiland. Ich bin nämlich auch eine Heilige, weißt du? Aber natürlich weißt du das. Was du nicht weißt, ist, wo sie ist. Das weiß nur ich. Aber ich werde es dir nicht verraten.«

Eve wollte ihr erklären, dass sie sich irrte. Dass sie nicht wegen ihr hier war. Dass sie nicht einmal wusste, wieso sie selbst hier war. Doch da hörte sie sich nähernde Schritte.

Die Mädchenfrau kicherte.

»Wer ist das«, fragte Eve.

»Die Jungs kommen zum Spielen.«

44

Der alte Steinmetz schloss bei Sonnenaufgang seine Werkstatt auf. Er wollte seine kostbarsten Werkstücke einpacken und endlich und für immer von Sanxingdui fortgehen. Mit dem Diamanten, den Doktor Sinclair ihm für die Anfertigung der Sephirot-Kopie gegeben hatte, würde er sich zur Ruhe setzen können, irgendwo in einer kleinen Wohnung am Chinesischen Meer. Er hatte nicht vor, die Hüter davon in Kenntnis zu setzen – oder seine Frau. Dort würde ihn ganz bestimmt niemand finden.

Er betrat seinen Laden, und sein Schritt war beschwingter als sonst, wenn er einen langen Tag vor sich hatte, denn endlich lagen die Jahre harter Arbeit hinter ihm. Endgültig. Ein für alle Mal.

Vergnügt ging er an das erste Regal und begann, die Jadeschnitzereien in zwei große Taschen zu verpacken. Da erst merkte er, dass er beobachtet wurde. Jeder kennt dieses Kribbeln zwischen den Schulterblättern, das einem, auch ohne dass man jemanden sieht, sagt, dass hinter einem jemand ist und einen anschaut. Der Steinmetz war alt genug zu wissen, wie zuverlässig dieses Gefühl ist.

Er stellte den kleinen Phönix, den er gerade in die Hand genommen hatte, wieder ab und drehte sich herum.

Dann seufzte er. Es war ein tiefer und langer Seufzer. So wie man nun einmal seufzt, wenn man zum endlosesten Mal feststellen muss, dass schon wieder ein Plan, der so verlockend geklungen hatte, scheiterte. Im Leben des alten Mannes hatte es viele solcher Pläne gegeben. Und ebenso viele waren gescheitert.

Vor ihm stand der große Fremde, dem Doktor Sinclair am vergangenen Tag den Jadetiger geschenkt hatte, um den wahren Grund ihres Besuches zu verschleiern. Der Fremde, vor dem die Hüter ihn ausdrücklich gewarnt hatten.

Ganz anders als am vorigen Tag wirkte er an diesem Morgen ein wenig zerknautscht und abgerissen, so als hätte er die Nacht in der Gosse verbracht, aber der alte Steinmetz wusste, dass er trotzdem keine Chance gegen ihn hatte. Dennoch zog er sein kleines Jadeschnitzmesser mit sichelförmiger Klinge.

Der Fremde betrachtete die winzige Waffe kurz und schaute dann wieder ihn an. »Wenn Sie das benutzen, werde ich Ihnen weh tun, nicht ganz so ehrwürdiger Vater«, sagte der große Mann ruhig und höflich in akzentfreiem Mandarin. »Aber ich habe nicht vor, Ihnen weh zu tun. Das müssen Sie mir glauben. Ich habe nur zwei Fragen an Sie.«

Der Steinmetz dachte nach. Aber was gab es da schon zu überlegen? Wem wollte er etwas vormachen? Der Fremde hatte ihn bisher nicht getötet. Vielleicht meinte er, was er sagte. Er legte das Messer wieder weg.

»Ich bin froh, einem wenn schon nicht vernünftigen, dann doch einsichtigen Mann gegenüberzustehen«, sagte der Fremde. »Lebt Doktor Sinclair noch?«

Eifrig nickte der Steinmetz und sah, wie Erleichterung in das bisher finstere Gesicht des Fremden trat.

»Wo ist sie?«

Der alte Chinese überlegte. Er hatte es mit einem ehrenwerten Gegner zu tun. Für einen Mann aus dem Westen ungewöhnlich zivilisiert. Er schien die Sitten und Gebräuche des Reiches der Mitte zu kennen und zu respektieren. »Was ist Ihnen diese Information wert?«

Der Fremde zögerte einen Moment, und für einen Augenblick bekam der Steinmetz es wieder mit der Angst zu tun. Dann aber griff der Mann in seine Hosentasche, holte etwas hervor und warf es ihm zu. Der alte Chinese fing es geschickt auf und sah es sich an.

Ein Diamant. So groß und so rein wie der, den Doktor Sinclair ihm gegeben hatte.

Er verbeugte sich. Nun würde es sogar für ein kleines Häuschen reichen. Nein, die Hüter würden ihn nicht finden. Sicher, sie waren gut vernetzt. Aber China war groß und seine Küste lang.

Er gab dem Fremden die Information. Der nickte und ging. Der alte Mann atmete erleichtert aus und entschied, die restlichen Jadefiguren stehen zu lassen. Er hatte keine Lust auf weitere unangenehme Überraschungen. Er verließ seinen Laden, schwang sich auf sein altes Fahrrad und fuhr davon.

Ben schaute ihm nach und wog ab. Er wusste, wohin die Hüter Eve Sinclair gebracht hatten. Würde er sie von dort überhaupt befreien können? Er musste es auf jeden Fall versuchen. Aber zunächst musste er noch woanders hin.

Er bestieg das Motorrad, das er sich, gleich nachdem er in dem Restaurantkeller aus seiner Bewusstlosigkeit erwacht war, gemietet hatte, und fuhr in die Berge.

45

Einer der drei Männer, die aus einem gewölbten Gang in den Raum vor Eves enger Zelle traten, trug eine makellos reine Bischofssoutane, der zweite hatte nur noch eine Hand, und der dritte hielt eine Fackel in der einen und eine Peitsche in der anderen.

Eve zog sich instinktiv in die hintere Ecke ihres Gefängnisses zurück.

»Wo ist der Stein?«, fragte der Bischof. Seine Augen waren kalt wie die eines Fisches. Ganz anders als die des Mannes mit nur einer Hand; die brannten vor Hass, als er mit zusammengebissenen Zähnen hinzufügte: »Und wo ist Ihr Beschützer?«

»Ich habe keine Ahnung, wovon Sie reden«, log Eve, doch sie begriff sofort, dass die drei wussten, dass sie die Unwahrheit sagte. Natürlich wussten sie es. Der Steinmetz hatte Ben und sie verraten, soviel war sicher. Dennoch entschied sie, sich solange es ging unwissend zu stellen.

»Wo bin ich?«, fragte sie.

Der Einhändige ignorierte ihre Frage genauso, wie er gerade ihre Lüge ignoriert hatte. »Sie haben die Wahl, Doktor Sinclair: Sie sagen uns ohne jede Umschweife, was wir wissen wollen, und Sie sterben schnell, oder Sie versuchen Katz und Maus mit uns zu spielen, und ich zeige Ihnen, wer hier die Katze ist und wer die Maus und was eine Katze alles mit einer Maus anstellt, ehe die endlich tot ist. Das ist ganz allein Ihre Entscheidung. Aber Sie sollten sich darüber bewusst sein, dass Sie so oder so reden werden. Alle reden früher oder später.«

»Ich-nicht-ich-nicht-ich-nicht«, sang die Mädchenfrau aus der Zelle nebenan mit einem schelmischen Unterton. »Nie-nie-nie.« Dann blickte sie auf und drückte neugierig das schmutzige Gesicht durch den Schleier ihrer verfilzten Haare. »Oh, Diakon, was hast du mit deiner Hand gemacht?«

»Schweig, du Missgeburt!«, zischte der Bischof sie an. »Sobald sie uns verrät, wo der Stein ist und wir ihn an uns gebracht haben, brauchen wir dich nicht mehr. Weil wir dann mit ihm finden, was wir suchen.«

Eve sah, wie sich die Mädchenfrau aufrichtete. Ganz anders als bis eben waren ihre Bewegungen auf einmal nicht mehr fahrig, sondern grazil, fast überirdisch. Sie stand aufrecht und hoch erhobenen Hauptes da, und obwohl sie von der Größe her Eve vielleicht gerade einmal bis zum Kinn reichte, strahlte sie plötzlich eine unglaubliche Erhabenheit aus, so als wäre sie sehr viel größer als alle anderen in dem unterirdischen Raum.

Eve konnte sich des Gedankens nicht erwehren, dass sie nicht länger wie eine struppige, ausgehungerte Kanalratte wirkte, sondern wie eine Elbenprinzessin aus einem Roman von Tolkien.

»Dann werdet ihr mich endlich töten?«, fragte sie, und in ihrer ganz und gar nicht mehr dünnen Stimme schwang zu Eves Überraschung so etwas wie Hoffnung oder vielleicht auch Sehnsucht.

»Mit einem Vergnügen, das dir vorzustellen du nicht in der Lage bist, Margaret«, sagte der Bischof, und auch in seiner Stimme schwang eine zusätzliche Note – Genugtuung. Eve konnte spüren, welch großen Hass er gegen die Mädchenfrau empfand. Hass, wie er ihrer Erfahrung nach nur durch Machtlosigkeit entsteht.

»Oh, das wäre schön«, sagte Margaret und seufzte laut. »So schön. Aber es darf nicht sein. Ihr dürft sie nicht finden.«

Eve fragte sich, was sie mit »sie« wohl meinen mochte.

»Egal«, sagte Margaret dann. »Sie ist ohnehin bloß eine eurer Spioninnen und das alles hier eine Farce.« Sie sank wieder in sich zusammen. »Farce-Farce-Farce.«

»Also?« Der Einhändige wandte sich wieder Eve zu. »Wo sind der Stein und der Fremde?«

Eve schaute ihn an – und schüttelte den Kopf. »Ich weiß es nicht. Das letzte Mal habe ich sie gesehen, kurz bevor ich entführt wurde.« Damit verriet sie nichts, was sie nicht schon von dem Steinmetz wussten.

»Wer ist er, und warum beschützte er Sie?«

»Das habe ich ihn auch mehrfach gefragt.«

»Sie sollten wirklich reden, Doktor Sinclair.«

Sie erinnerte sich, was die Hüter Anne und Melchior Feldmann angetan hatten. Die aufgeschnittene Kehle. Der Armbrustbolzen in der Stirn. Und natürlich erinnerte sie sich an den brennenden Klosterturm. Niemals würde sie den vergessen. Sie wusste also, wozu diese Männer imstande waren.

»Ja, wahrscheinlich sollte ich das«, sagte sie deshalb. »Und vielleicht würde ich das sogar. Aber die ehrliche Antwort auf alle Ihre Fragen lautet: Ich habe keine Ahnung.«

»Wir werden sehen«, sagte der Einhändige …

… und nickte dem Mann mit der Peitsche zu.

46

Der Mann sperrte die Tür auf und trat zu Eve in die Zelle. Sie wollte zurückweichen, doch mit einem schnellen Satz war er bei ihr und packte sie am Handgelenk. Als sie ihm mit der anderen Hand ins Gesicht schlagen wollte, blockte er ihren Arm mit dem Stiel der Peitsche so hart, dass sie glaubte, er hätte ihr die Elle gebrochen. Der Einhändige kam hinzu, und gemeinsam zerrten sie Eve nach draußen zu dem Kreuz.

Sie wurde mit dem Gesicht gegen das kalte Holz gepresst. Eine Hand hielt sie fest im Nacken gepackt, während ihre

Handgelenke trotz heftiger Gegenwehr in den Metallschellen an beiden Seiten des Querbalkens fixiert wurden. Das Kreuz roch tatsächlich nach altem Blut und menschlichem Schweiß.

Jetzt nur nicht übergeben, zwang sie sich selbst und bemühte sich, trotz der Anstrengung, die sie die Gegenwehr gekostet hatte, so flach wie möglich zu atmen.

Der Einhändige trat neben das Kreuz, sodass er ihr ins Gesicht sehen konnte. »Sagen Sie mir, wer und was er ist.«

»Ich weiß es nicht«, stieß sie hervor. »Ich weiß es doch nicht.«

Hatte Ben ihr deswegen nichts von sich erzählt? Hatte er geahnt, dass sie vielleicht in eine solche Situation geraten würde, und mit seinem Schweigen verhindert, dass sie irgendetwas über ihn verraten konnte?

»Er muss einer von *ihnen* sein«, sagte der Einhändige und deutete auf Margaret. Dann hielt er seinen Armstumpf. »Kein normaler Mensch hätte mich so leicht besiegt.«

Da verstand sie seinen Hass. Ben hatte ihn zum Krüppel gemacht. Hätte sonst er die Peitsche geschwungen? Hatte Ben ihm das genommen? Die Fähigkeit zu kämpfen und zu foltern?

Eve blickte ihm in die Augen und sah darin wilde Besessenheit. Unsterbliche zu bekämpfen war die Mission dieses Mannes, seine Berufung. Aber Ben zu jagen und zu vernichten war zu etwas Persönlichem geworden, sein ganz privater Rachefeldzug. Sie fühlte, dass dieser Mann die Welt aus den Angeln heben würde, um Ben für den Verlust seiner Hand bezahlen zu lassen. Der Sephirot war ihm egal geworden, ebenso wie seine »heilige« Pflicht dem Orden gegenüber. Er wollte Vergeltung.

»Wo ist er?«, schrie er sie an.

»Ich weiß es nicht!« Eve hatte das Gefühl, so wie Margaret zu ihrem eigenen Echo zu werden. »Wie oft soll ich Ihnen das noch sagen? Ich habe keine beschissene Ahnung, wo er jetzt ist!«

»Sie wollen es nicht anders«, knurrte der Einhändige und machte zwei Schritte zurück.

Eve stellte sich so fest auf ihre Füße, wie es ihre Fesselung zuließ, um sich auf den ersten Schlag vorzubereiten, und biss die Zähne zusammen. Sie atmete so gleichmäßig und so tief wie sie nur konnte ein und aus, um die Adrenalinproduktion anzuregen. Es würde ihr gegen die Schmerzen helfen.

Sie hörte, wie sich der Mann hinter ihr in Position stellte und die Peitsche ausrollte. Sie schloss die Augen, um sich in einen meditativen Zustand zu versetzen.

»Wartet«, sagte der Bischof.

47

Das schnelle Atmen hatte Eves Adrenalinspiegel so schnell angehoben, dass sie zu zittern begann. Der Bischof trat neben ihr ans Kreuz und stellte sich so, dass er ihr ins Gesicht sehen konnte.

»Das hier muss nicht geschehen, Doktor Sinclair«, sagte er im Ton eines verständnisvollen Priesters, und mit einem Mal war sein Blick ganz sanft, ja, mitfühlend.

»Ich bin ganz Ihrer Meinung«, stimmte ihm Eve zu und versuchte, dabei nicht trotzig zu klingen. Was ihr allerdings misslang. Auch in dieser aussichtslosen Lage konnte sie sich nicht verstellen.

»Sie wissen nicht, was hier auf dem Spiel steht«, sagte er, wie an ihr Verständnis appellierend.

»Erleuchten Sie mich.«

»Das will ich gern tun«, entgegnete er ruhig. »Haben Sie schon einmal etwas von dem Buch Enoch gehört?«

»Das geht sie nichts an!«, mischte sich der Einarmige ungeduldig ein. »Sie weiß jetzt schon zu viel. Ein paar ordentliche Schläge mit der Peitsche, und sie wird ganz von selbst reden!«

»Schweigen Sie, Wall«, sagte der Bischof und wandte sich dann wieder Eve zu. »Also, kennen Sie das Buch Enoch?«

»Nein.« Eve hatte noch nie davon gehört.

»Das Buch Enoch ist die älteste apokryphe Schrift, die wir kennen«, erklärte er. »Es ist sehr, sehr viel älter als die Johannes-Offenbarung oder die Prophezeiungen des Daniel. Es ist sogar älter als die Bibel selbst. Wesentlich älter.«

»Okay, ich habe verstanden – es ist ziemlich alt«, schnaubte Eve. »Aber was hat es mit mir zu tun?«

»Das Wissen darin kann Ihnen unnötige Qualen ersparen«, behauptete der Bischof ruhig.

»Inwiefern?«

»Es würde Ihnen helfen zu verstehen«, sagte er. »Und wenn Sie erst einmal das gesamte Ausmaß dessen begreifen, worum es geht, werden Sie vielleicht ein wenig kooperativer.«

»Glauben Sie?«

Er zog ungehalten die Stirn in Falten und musterte sie. Dann entspannte sich seine Miene wieder. »Nun, Sie mögen uns vielleicht für besessene Dogmatiker halten oder für religiöse Fanatiker …«

»Nach allem, was ich bisher von Ihnen und Ihrem Orden weiß«, unterbrach sie ihn, »und nach Ihrem Auftritt im Kloster und dem, was Sie mit Anne getan haben …«

»Sehen Sie«, schnitt der Bischof ihr das Wort ab. »Sie halten uns für die Vertreter der Bösen.«

»Nein«, widersprach Eve.

»Nein?«

»Tatsächlich halte ich sie für die Bösen selbst.«

Der Bischof seufzte. »Ich schlage vor, Sie lassen mich ausreden und entscheiden dann.«

»Die Alternative wäre?«

Der Bischof deutete auf den Mann mit der Peitsche.

»In Ordnung«, sagte Eve. »Ich bin ganz Ohr.«

»Enoch war der Urgroßvater Noahs …«

»Dem Erbauer der Arche?«

Der Bischof runzelte die dichten Brauen wegen der erneuten Unterbrechung, nickte dann aber. »Ja, der mit der Arche. Das Buch Enoch beschreibt, wieso es überhaupt erst zur Sintflut kam. Und im Grunde genommen beschreibt es damit auch, warum wir heute hier sind und warum unser Orden tun muss, was er tut. Enoch erzählt, wie das Böse auf die Welt und zu den Menschen kam.«

»Lassen Sie mich raten«, sagte Eve zynisch. »Durch eine Frau, die sich die Freiheit genommen hat, in einen Apfel zu beißen.«

Der Bischof verzog wieder grimmig das Gesicht. »Nein, das Böse kam ausgerechnet aus dem Himmel selbst.«

»Luzifer?«, fragte Eve.

»Es ist nicht ganz so einfach. Nach dem Sündenfall beauftragte Gott zweihundert seiner besten und mächtigsten Engel damit, über die Erde zu wachen, damit Luzifer nicht noch mehr Unheil anrichtete, als er es schon tat, indem er Eva zum Essen des Apfels verführte. Die Anführer dieser Zweihundert waren Samyaza und Azâzêl. Ihnen und ihrer kleinen Armee war es möglich, menschliche Gestalt anzunehmen, um unerkannt unter den sich schnell und immer weiter vermehrenden Menschen zu wandeln. Etwas, das den Engeln seit der Sintflut verboten ist. Samyaza und Azâzêl fanden nämlich Gefallen an den Menschenfrauen und lagen ihnen bei, was, wenn man berücksichtigt, dass sie dabei ja selbst menschliche Gestalt hatten, eigentlich keine so große Sache ist und, soweit wir wissen, von Gott auch nicht ausdrücklich verboten war. Aber es passierte etwas völlig Unerwartetes: Die Menschenfrauen wurden schwanger von den Engeln …«

»Ich kenne die Geschichte von den Nephilim«, unterbrach Eve ihn ein weiteres Mal. »Die Kinder von Engeln und Menschen waren ganz furchtbar böse, und deshalb hat Gott die Sintflut geschickt und so weiter und so weiter und so weiter.«

Eve hörte Margaret in ihrer Zelle kichern.

»Hier geht es nicht um die Nephilim«, widersprach der Bischof mit einer unwirschen Geste. »Zumindest nicht in erster Linie. Die Geschichte, die Sie kennen, ist die aus der Bibel für das gemeine Volk, aus der Genesis. Das Buch Enoch ist sehr viel erschreckender, weshalb wir es nie aufgenommen haben in den Bibel-Kanon – was im Nachhinein vielleicht ein Fehler war. Die Genesis beschreibt, dass die Nachkommen aus der Verbindung zwischen Engeln und Menschen, also die Nephilim, böse waren und deshalb vernichtet werden mussten. Aber das war nur eine Randerscheinung der wahren Ereignisse. Viel entscheidender war, dass Samyaza und Azâzêl erkannten, dass sie in der Verbindung mit Menschen dazu in der Lage waren, ganz eigene Wesen zu schaffen. Wesen, die Gott in seinem Schöpfungsplan überhaupt nicht vorgesehen hatte. Mächtige Wesen. Viel mächtiger als die Menschen, die Gott geschaffen hatte. Das gab ihnen das Gefühl, selbst Götter zu sein, und weckte den Wunsch in ihnen, selbst zu herrschen, statt nur zu dienen und zu wachen. Sie beschlossen, ihre eigene Schöpfung, ihre eigene Welt aufzubauen und gegen Gott zu rebellieren.«

»Wundert sich dieser Gott, von dem Sie sprechen, eigentlich überhaupt nicht darüber, dass jeder, der auch nur den Hauch einer Chance sieht, gegen ihn rebelliert?«

Der Bischof ignorierte Eves Seitenhieb. »Die Zweihundert waren die einzige Schnittstelle zwischen der Erde und Gott, also mussten Samyaza und Azâzêl die anderen hundertachtundneunzig auf ihre Seite bringen, um ihren Plan lange genug geheim halten zu können, sodass sie ihre Macht ausbauen konnten. Und durch Arglist und Verführung gewannen sie tatsächlich jeden der restlichen Zweihundert für ihre Sache.«

»Das ist genau der Punkt«, sagte Eve. »Nicht ein Einziger dabei, der nicht bereit war zu rebellieren.«

Wieder ignorierte der Bischof ihre blasphemischen Worte. »Sie zeugten ganze Scharen von Nephilim und unterrichteten sie und die Menschheit in der Herstellung von Waffen und Rüstungen, in Astrologie und Zaubersprüchen, Elementarmagie und Ackerbau und Viehzucht, um sie auf den Krieg gegen Gott vorzubereiten. Zum Glück aber blieb ihr Werk nicht völlig unbemerkt. Als Enoch, der Vater Methusalems, sah, was geschah, rief er Gott an, und der Herr sandte ihm vier Erzengel, Uriel, Raphael, Gabriel und Michael, auf dass er sie ins Gericht führe über die zweihundert Gefallenen und ihre unheilige Schöpfung, und um zu prüfen, wie verderbt die Menschheit durch sie geworden war. Die vier Engel konnten noch gerade rechtzeitig eingreifen, ehe die Macht der Armee der Gefallenen zu groß geworden wäre, doch sie erkannten auch, dass Samyaza, Azâzêl und ihr Gefolge auf nicht wiedergutzumachende Weise auf die Menschheit eingewirkt hatten, indem sie den Sterblichen die Möglichkeit eines Krieges gegen Gott aufzeigten und sie die Zauberei lehrten. Sie hatten die Menschen böse gemacht. Gottes heiliges Werk besudelt. Daher entschied Gott, nicht nur die Zweihundert gefangen zu nehmen und zu richten, sondern auch die Menschen und die Nephilim in einer gewaltigen Flut zu vernichten, auf dass sie die Rebellion ihrer Schöpfer und Lehrer nicht fortsetzen könnten.

Der Krieg der Vier gegen die Zweihundert dauerte sechshundertsechsundsechzig Jahre, vom Jahr 990 *Anno Mundi* bis zum Jahr 1656. Schließlich aber gelang es Raphael, Azâzêl zu überwinden und zu binden und ihn in einen großen Abgrund in der Wüste Dudael zu schleudern. Der Abgrund wurde mit einem Berg versiegelt. Michael besiegte Samyaza, und er und die anderen hundertachtundneunzig wurden in den Schluchten und Tälern der Erde begraben. Sie alle bleiben in der Tiefe gefangen bis zum Tag des Jüngsten Gerichts.

Enoch, der für seine Treue von Gott in den Himmel erhoben wurde, bat seinen Herrn, der Menschheit noch eine Chance zu geben, und Gott willigte ein, seinen Urenkel Noah und dessen Söhne samt ihrer Frauen die Flut überleben zu lassen. Aber er bestimmte auch, dass dies die letzte Chance der Menschheit war. Sollten sie sich jemals wieder gegen ihn erheben, wird er die Erde vernichten. Ein für alle Mal. Verstehen Sie jetzt, Doktor Sinclair, warum wir tun, was wir tun?«

Eve sah ihn an. Tatsächlich verstand sie überhaupt nichts. Entsprechend ehrlich sagte sie einfach: »Nein.«

»Nach all dem gibt uns Gott immer noch eine Chance. Nicht durch den Baum des Lebens erhalten wir das ewige Leben, sondern durch das Opfer unseres Erlösers Jesu Christi, der durch seinen Tod am Kreuze die Erbsünde von uns nahm. Das ewige Leben erwartet uns nicht im Diesseits, nicht auf dieser vergänglichen Welt, sondern im Reich Gottes, wie es uns versprochen wurde. So wie er Lazarus von den Toten erweckte, so erweckt uns Jesus am Tage des Jüngsten Gerichts und schenkt uns das ewige Leben …«

»… das die einen dann im Paradies und die anderen im Fegefeuer verbringen, richtig?«, warf Eve bissig ein.

Erneut beachtete er sie nicht. »Nehmen wir uns aber, nur weil wir einen Weg gefunden haben, das ewige Leben mit eigenen Händen, ohne dass Gott vorher über uns zu Gericht gesessen hat, erlangen wir die Unsterblichkeit also nicht in seinem Reich, sondern hier auf Erden, verstoßen wir gegen Gottes Plan wie damals die Zweihundert, die er im Interesse seiner Schöpfung und der Sicherung seiner eigenen Macht vernichten *musste.*«

»Aber die Aesirianer …«, wandte sie ein.

»Die Aesirianer«, sagte der Bischof, »die ›Söhne der Ewigen Flamme‹. Eine bessere Bezeichnung wäre ›Die ewig mit dem Feuer spielen‹. Sie sind ein Dorn im Fleische Gottes, und wo immer wir sie treffen, vernichten wir sie. Doch solange ihre eigene Machtgier dafür sorgt, dass ihr Kreis klein bleibt, stellen sie keine Gefahr für Gott dar. Es sind Menschen wie Sie, Doktor, vor denen wir die Welt schützen müssen. Menschen, die das Geheimnis des ewigen Lebens hier im Diesseits lüften wollen, um es zu teilen, es allen zugänglich zu machen. Können Sie sich vorstellen, wenn plötzlich alle Menschen unsterblich sind? Über die Jahrhunderte würde sich jeder Mensch zwangsläufig so viel Wissen aneignen, dass sie ihre ohnehin schon pervers weit entwickelte Technologie dazu einsetzen, gegen ihn in den Krieg zu ziehen. Doch Gott wüsste das zu verhindern. Ihm bliebe auch keine Wahl.«

»Wollen Sie damit sagen, Sie foltern und töten Menschen, weil Gott sonst die Erde vernichtet?« Eve konnte das kaum fassen.

Der Bischof sah sie an, als hätte sie ihn immer noch nicht verstanden. »Was sollten wir Ihrer Meinung nach tun?«

»Mann, Sie brauchen dringend Hilfe!«

Er rieb sich angestrengt die Schläfen. »Ich verlange nicht, dass Sie glauben, was ich Ihnen gerade erzählt habe. Aber gehen Sie bitte davon aus, dass ich es glaube. Dass ich davon überzeugt bin. Und wenn Sie das tun, verstehen Sie, *warum* ich tue, was ich tue. Also, was können Sie mir über den Mann verraten, der Sie bis hierher begleitet hat?«

»Das habe ich Ihnen doch schon mehrmals gesagt: Ich habe keine Ahnung, wer er ist, was er ist und wo er sich aufhält.«

»Wenn ich nur sicher wäre, dass Sie auch die Wahrheit sagen.«

»Ich sage die Wahrheit!«

Der Bischof lächelte traurig und trat einen Schritt zur Seite, um dem Mann mit der Peitsche Platz zu machen.

48

Der erste Schlag knallte und traf sie zwischen die Schulterblätter. Außer dass es höllisch wehtat, hatte Eve das Gefühl, als würde ihr sämtliche Luft aus den Lungen gepresst. Ihr Kopf wurde nach vorne geschleudert, ohne dass sie es hätte verhindern können, und sie schlug sich das linke Jochbein am Holz des Kreuzbalkens auf. Zudem verkrampfte sich ihr

Körper so ruckartig, dass sie sich die Handgelenke in den Eisenschellen aufriss.

Sie musste sich auf die nächsten Schläge besser vorbereiten.

Wieder atmete sie tief ein und aus, um den Adrenalinpegel in ihrem Blut zu steigern, und im Takt ihres Atmens begann sie, stumm und im Geiste ihren liebsten Kinderreim aufzusagen, um sich in einen Trancezustand zu versetzen. Es war ein Reim über die berühmtesten Kirchen und Glocken Londons. Ihr Großvater hatte ihn ihr beigebracht.

Gay go up and gay go down

To ring the Bells of London Town.

Der zweite Schlag überraschte sie nicht mehr ganz so sehr wie der erste. Beim dritten hatte Eve gelernt, dass es den Schmerz verstärkte, wenn sie den Körper vor dem Schlag anspannte, und dass es sie zudem zu viel Kraft kostete.

»Oranges and Lemons«, say the Bells of St. Clements.

»Bullseyes and Targets«, say the Bells of St. Margaret's.

Schlag vier und fünf trafen sie in der Nierengegend. Der Schmerz war so groß, dass sie glaubte, es würde sie in der Mitte auseinanderreißen. Tränen schossen ihr in die Augen.

»Brickbats and Tiles«, say the Bells of St. Giles.

»Halfpence and Farthings«, say the Bells of St. Martin's.

Nach den nächsten drei Schlägen lief ihr der Rotz aus der Nase. Sie musste schnauben, um trotz zusammengepresster Zähne überhaupt noch atmen zu können. Sie durfte sich nicht die Zunge abbeißen.

»Pancakes and Fritters«, say the Bells of St. Peter's.

»Two Sticks and an Apple«, say the Bells of Whitechapel.

Die Schläge neun und zehn trafen wieder die Nierengegend. Sie schrie auf. Trotz der Demütigung ein befreiendes Gefühl.

»Maids in white aprons«, say the Bells at St. Katherine's.
»Pokers and Tongs«, say the Bells of St. John's.
»Kettles and Pans«, say the Bells of St. Anne's.
»Old Father Baldpate«, say the slow Bells of Aldgate.

Sie sah Sterne und riss die Augen auf, doch die Sterne wollten nicht verschwinden. Sie hatte das Gefühl, dass ihre Temperatur um mindestens drei Grad gestiegen war, worauf ihr System mit einem Ganzkörperschweißausbruch reagierte, um ihn zu kühlen.

»You owe me Ten Shillings«, say the Bells of St. Helen's.
»When will you Pay me?«, say the Bells of Old Bailey.

Als die nächsten zwei Peitschenhiebe sie wieder auf die Nieren trafen, fühlte sie, wie ihr der eigene Urin die Schenkel hinablief, und sie begann zu weinen. Noch nie in ihrem Leben hatte sie sich so hilflos gefühlt. So ausgeliefert. So menschenunwürdig.

»When I grow Rich«, say the Bells of Shoreditch.
»Pray when will that be?«, say the Bells of Stepney.

Bei den nächsten Schlägen fingen die Sterne vor ihren Augen an wild zu tanzen, und sie biss die Zähne so fest zusammen, dass sie befürchtete, sie würden ausbrechen.

»I do not know«, say the Great Bell of Bow.
Gay go up and gay go down
To ring the Bells of London Town.

Beim letzten Schlag verlor Eve das Bewusstsein.

49

Sie wurde davon geweckt, dass sich jemand lautstark an der Gittertür ihrer Zelle zu schaffen machte. Sie schlug die Augen auf – und sah Ben, wie er dort stand und mit einem Brecheisen das Schloss bearbeitete. Sie wollte es erst nicht glauben, aber dann war sie einfach nur unglaublich froh, ihn zu sehen.

»O Ben«, sagte sie und stand schnell auf. »Es tut mir so leid. Es ist alles meine Schuld.« Seltsamerweise hatte sie überhaupt keine Schmerzen. Die Zelle neben ihr war leer. Wo war die Mädchenfrau?

»Schon gut«, flüsterte Ben, und beim nächsten Ruck mit dem Werkzeug brach das Schloss. »Ich hätte offener zu dir sein und dir besser zuhören sollen. Dann wärst du nicht gezwungen gewesen, dir eine Kopie des Steins anfertigen zu lassen.«

Er riss die Tür auf, und Eve flog ihm in die Arme – in seine unglaublich starken Arme. Noch nie war sie so erleichtert gewesen, jemanden wiederzusehen und ihn zu fühlen.

»O Ben«, seufzte sie noch einmal. »Ich hätte dir einfach vertrauen sollen, wie du es von Anfang an gesagt hast. Du hast so oft bewiesen, dass ich dir vertrauen kann, und ich hab mich verhalten wie eine dumme Göre.« Sie schmiegte sich noch enger an ihn. Eine Träne der Erleichterung lief ihr über die Wange, und sie zerdrückte sie an seiner breiten Brust. Sie konnte sein Herz schlagen hören. Fest und ruhig. So stark.

»Wir können uns später beieinander entschuldigen«, sagte er und löste sich lächelnd aus ihrer Umklammerung. »Jetzt müssen wir erst einmal hier raus.«

Er nahm sie bei der Hand und führte sie an dem Folterkreuz vorbei aus der unterirdischen Grabhalle in einen Gang. Dort lagen zwei Männer in Kutten, bewusstlos oder tot. Eve beachtete sie nicht weiter.

»Ich wusste, dass du mich retten wirst«, sagte sie.

»Du hast dich insgeheim sogar darauf verlassen«, antwortete er, ohne stehen zu bleiben. »Und uns damit beide in Gefahr gebracht.«

»Wo du bist, gibt es keine Gefahr für mich.« Sie konnte nicht glauben, dass sie das gerade gesagt hatte. Aber nun war es raus. Kein Mensch hatte ihr jemals ein solches Gefühl der Sicherheit gegeben wie Ben. In seiner Nähe fühlte sie sich, als könnte ihr niemand etwas anhaben. Er war stärker als jeder, den sie je gekannt hatte. Geduldiger. Klüger. Mutiger.

Unsterblich.

Und wenn sie Erfolg haben würden – woran sie nun, da er sie befreit hatte, kein bisschen mehr zweifelte –, würde auch sie bald unsterblich sein. Ihr Herz machte einen Hüpfer. Völlig irrational, wie sie fand. Es irritierte sie. Aber es brachte sie auch zum Lächeln.

Sie bogen noch ein paar Mal ab und gelangten schließlich bei einem alten, mit Rosen umrankten Gittertor an. Es stand einen kleinen Spalt offen, und Ben drückte es auf. Er ließ ihr den Vortritt, und Eve schritt hindurch. Vor ihr lag eine mondbeschienene Waldlichtung. Sie atmete die frische Luft in so tiefen, gierigen Zügen, dass es ihr schwindlig wurde und sie nach einigen Momenten leicht zu schwanken begann.

»Langsam«, sagte Ben lächelnd und stützte sie, indem er ihren Arm packte. Der Griff seiner Finger sandte kleine Blitze unter ihre Haut.

»Sind wir hier sicher?«, fragte sie, und sie hörte, dass ihre Stimme ein wenig heiser klang.

»Ja«, sagte er und nickte. »Hier sind wir sicher.«

Mit einem kleinen befreiten Lachen warf sie sich nach vorn und ihre Arme um ihn. Sie fand keine Worte für ihre unermessliche Dankbarkeit, dass er sie aus den Händen ihrer Folterknechte befreit hatte, und deshalb – aber bei weitem nicht nur deshalb – reckte sie ihr Gesicht nach oben und küsste ihn.

Ben erwiderte ihren Kuss hungrig und fasste sie mit seiner starken Hand im Nacken. Sein anderer Arm schlang sich um ihre Taille, um sie noch enger an sich zu ziehen. In diesem ersten Kuss lag alles, was Eve zu sagen nicht in der Lage war. Ihre Dankbarkeit dafür, dass er ihr schon mehrmals das Leben gerettet hatte. Ihre Bewunderung für seine unvergleichliche Stärke. Ihre brennende Sehnsucht und zugleich auch Hoffnung, in ihm nach all der Zeit vergeblichen Suchens einen Mann gefunden zu haben, der stärker war als sie, bei dem sie die Kontrolle ablegen und sich hingeben konnte, um endlich einmal nur Frau sein zu können.

Und auch Ben ließ mit diesem einen Kuss alles fahren, was bisher von seiner Seite her zwischen ihnen gestanden hatte, die stoische Distanz des Kriegers und die ausschließliche Fixierung auf die Mission. Er hielt sie in seinen Armen und trank die Hingabe von ihren Lippen mit einer Gier, die Eve verriet, dass er, wie alt auch immer er nun sein mochte, seit Ewigkeiten nach einer Frau wie ihr gesucht und sie endlich gefunden hatte.

Sie spürte durch ihre Brust hindurch, wie sein Herz schneller zu schlagen begann und sein Atem gemeinsam mit dem ihren tiefer wurde. Mit einem Gefühl des Endlich-angekommen-Seins presste sie sich an ihn und drückte ihren zu glühen beginnenden Schoß gegen seinen muskulösen Schenkel.

Seine Hand in ihrem Nacken fuhr nach oben in ihr Haar,

packte es und zog ihren Kopf weiter nach hinten. Sein Mund verließ ihre Lippen, wanderte zu ihrem Hals, küsste ihn. Wieder Blitze unter ihrer Haut. Ihre Finger schoben sich unter seinen Pullover, drängten sich gegen sein Sixpack. Ihre nach oben gerichteten Augen weiteten sich vor Lust, als auch seine Hand unter ihr Shirt drängte. Das Sternbild des Orion über ihr begann zu verschwimmen, als seine Finger nach oben glitten und mit kraftvollen Bewegungen ihre rechte Brust eroberten. Augenblicklich wurde ihr Nippel hart unter der fordernden Berührung seiner rauen Hand. Das Kribbeln schoss von dort in ihren Nacken, ihre Wangen und in andere Richtung in ihren Unterleib. Ihre Lippen öffneten sich wie von selbst, um einen kleinen Seufzer der Lust in die Nacht zu entlassen, während sie den Kopf noch weiter zurücklegte, damit er ihren Hals noch mehr mit seinen immer verlangender werdenden Küssen bedecken konnte.

»Ja«, hörte sie sich hauchen und fühlte, dass ihre Beine bebten. »Ja!«

Mit einer fließenden Bewegung zog er ihr das Shirt über den Kopf. Dann glitt sein Mund nach unten zu ihrer zweiten Brust, während er die erste wieder kraftvoll-zärtlich knetete. Ein Zittern durchrieselte ihren Leib, als sie seinen warmen Mund an ihrem Nippel fühlte und spürte, wie er die Lippen öffnete und ihr Fleisch zwischen seine Zähne saugte. Nicht länger konnten und wollten ihre eigenen Hände untätig bleiben, und sie begann, an seiner Hose zu nesteln, um sie zu öffnen.

Er war bereits hart und glühte nicht weniger als sie.

Sie griff zu, und die Berührung erregte sie ebenso wie seine Finger und seine Lippen. Plötzlich war auch ihre Hose offen, und Bens zweite Hand bahnte sich ihren Weg zwischen ihre sich bereitwillig öffnenden Schenkel. Sie stöhnte, als seine Finger ihre empfindlichste Stelle fanden und drückten – und kurz darauf lag sie unter ihm im weichen Gras der Lichtung.

Nackt, glücklich und gierig.

Ben nahm ihr Gesicht in seine Hände, während sich ihre Schenkel um seine Hüfte schlangen, und der Blick seiner unergründlichen Augen tauchte so tief in die ihren wie sein hartes Fleisch in ihr weiches.

Eve schrie auf vor Lust.

50

»Armes Ding.« Schon wieder die Stimme aus der Dunkelheit. Diesmal vertrauter. Margaret, die Mädchenfrau. »Armes, armes Ding. Du musst nicht schreien. Es ist vorüber.« Eine Hand streichelte ihr Haar.

Nur widerstrebend tauchte Eve wieder in die Wirklichkeit zurück. So viele Schmerzen. Ihr Rücken brannte, als hätte jemand Säure darauf gegossen, und die Handgelenke fühlten sich an, als wären sie gebrochen. Vom Verkrampfen der Kiefer taten ihr die Zähne weh und die gesamte Gesichtsmuskulatur. Die Wimpern waren von ihren Tränen verklebt, und die Nase war verstopft. Und erst ihre Nieren … Es fühlte sich an, als würden Messer darin stecken.

Fast noch schmerzhafter war die Erkenntnis, dass Eve die Befreiung durch Ben und all das Wundervolle danach nur geträumt hatte und dass sie wieder auf dem Boden ihrer Zelle lag, direkt neben Margarets Gefängnis. Ein Stich ging ihr durchs Herz. Ein Stich, der mehr war als nur Enttäuschung darüber, noch immer gefangen zu sein. Eine dicke, heiße Träne kullerte ihr über die Wange.

Die zerzauste Mädchenfrau kauerte auf der anderen Seite des Gitters. Sie hatte die Haare aus dem Gesicht genommen und machte gar nicht mehr einen so wahnsinnigen Eindruck wie noch vor kurzem. Ganz im Gegenteil, sie wirkte ernsthaft und besorgt.

»Hier, trink das.« Durch das Gitter hindurch drückte sie Eve einen zerbeulten Emaillebecher mit lauwarmem Wasser gegen die trockenen und aufgerissenen Lippen. »Trink.«

Eve richtete sich stöhnend auf, trank und spürte fast augenblicklich die wohltuende Wirkung. Durch das Schwitzen hatte sie viel Flüssigkeit verloren, was ihren Körper nur umso empfänglicher machte für Schmerzen.

Als der Becher leer war, füllte Margaret ihn erneut aus einem Krug, der neben ihr auf dem Boden stand. »Trink.«

»Ich träume das nur, nicht wahr?«, sagte Eve gegen jede Hoffnung und trank auch den zweiten Becher leer.

Der Blick von Margarets Augen wurde traurig. »Das habe ich mir anfangs auch gesagt. Immer und immer wieder. Und danach sehr viel öfter, als ich noch zählen kann.« Sie deutete auf die gegenüberliegende Wand ihrer Zelle. Zahllose Striche in Fünferbündeln waren dort hineingekratzt.

Eves analytischer Verstand erfasste die Menge binnen weniger Atemzüge. Es waren fast zweitausend. Eve rechnete Tage in Jahre um. »Du bist schon über fünf Jahre hier?«

Margaret lachte auf. In dem Lachen lagen sowohl Spott als auch Amüsiertheit. »Das sind keine Tage, Schätzchen. Das sind Monate.«

Eves Augen weiteten sich schockiert, und sie sah Margaret fassungslos an. Einen Moment lang vergaß sie sogar die mörderischen Schmerzen auf ihrem Rücken. »Monate?«

Margaret nickte. »Eintausendneunhundertzwanzig Monate.«

»Verdammt ...« Das war alles, was Eve im ersten Moment dazu einfiel, während sie zu verstehen begann. *Einhundertsechzig Jahre in einer winzigen Zelle in den Katakomben dieser Bestien.*

»*Verdammt* trifft es ziemlich genau«, sagte Margaret, und es klang sogar ein wenig belustigt. »Wie den Nagel auf den Kopf. Ja, einhundertsechzig Jahre. Beinahe ein Fünftel meines Lebens.«

»Dann bist du eine der Aesirianer?«

Margaret legte den Kopf schräg und schüttelte ihn dann. »Nein-nein. Kein Aesirianer. Das denken die Jungs vom Orden auch, aber das stimmt nicht. Und ich sage ihnen das natürlich auch schon seit Ewigkeiten. Aber wie sie nun mal sind, wollen sie mir einfach nicht glauben. Wie du ja selbst schon gemerkt hast, sind sie an Fakten nicht sonderlich interessiert. Die könnten ja alles auf den Kopf stellen, was sie zu wissen glauben. Nein, nein, Fakten wollen die hier nicht.«

»Aber du bist unsterblich?«

»Das weiß ich noch nicht genau«, sagte Margaret. »Aber ich lebe schon ziemlich lange, oder?«

»Und keine der Aesirianer?«

»Nein. Sagte ich doch schon.«

»Wer bist du dann?«

»Ich? Ich bin eine Heilige.«

Kam der Wahnsinn der Mädchenfrau wieder durch? Eves Augenbrauen wanderten skeptisch nach oben, während sie auf eine Erklärung wartete.

»Im Ernst«, sagte Margaret. »Hast du noch nie von der heiligen Margaret gehört?«

»Du meinst St. Margaret von Schottland?«

Das schmutzige Gesicht der Mädchenfrau hellte sich auf. »Man kennt mich also noch?«

»Du nimmst mich auf den Arm.«

»Schätzchen, was hätte ich davon?«

»Keine Ahnung. Abwechslung?«

»O ja, Abwechslung wäre toll. Aber nein, ich bin es wirklich«, sagte sie so ernst und ruhig, dass Eve ihr glaubte. »Margaret, Tochter von Edward, Schwester von Edgar Ætheling, dem letzten angelsächsischen König von England, und Frau von Malcolm III., König von Schottland. Geboren im Jahr des Herrn 1045 auf Burg Réka in Baranya, Ungarn, im Exil meines Vaters.« Sie lächelte verschmitzt. »Und danach war ich noch ein paar andere Margarets … von England, von Dänemark und sogar auch von Schweden und Norwegen. Mal als Gemahlin des Königs, mal als Königin selber.«

Eve pfiff anerkennend durch die Zähne.

Margaret zuckte fast schüchtern die schmalen Schultern. »Königin sein ist eben das, was ich am besten kann.«

Eve versuchte, sich das vorzustellen, und war für ein paar Sekunden ehrlich eingeschüchtert. Sie war sich immer noch nicht sicher, ob sie es mit einer armen, gequälten Kreatur oder einfach einer Verrückten zu tun hatte. Doch ihr Weltbild war durch die Ereignisse der letzten Tage und Ben schon zu sehr erschüttert, um noch besonders ins Wanken zu geraten, und so hielt sie das, was die Frau sagte, nicht einmal mehr für besonders unwahrscheinlich. »Wo ist dein Echo?«

»Welches Echo?«

»Dein-Echo-dein-Echo-dein-Echo«, äffte Eve Margarets Sprachtakt von vorhin nach.

Margaret kicherte, dann aber nahm ihr Gesicht einen eher blasierten Ausdruck an. »Jetzt, da du weißt, wer ich bin, solltest du mich eigentlich mit meinem Titel ansprechen. *Eure Majestät* wäre fein.«

Eve zog die Augenbrauen hoch, dann machte sie mit der Hand eine wedelnde Kreisbewegung. »Sieht das hier vielleicht aus wie ein Thronsaal?« Um ihre Haltung klar zu machen, fügte sie hinzu: »Maggie?«

Margarets Mundwinkel zuckten nach oben, was ihre blasierte Miene zum Einstürzen brachte, und ihre blauen Augen leuchteten warm. »Oh, *Maggie* ist auch schön. So hat mich lange niemand mehr genannt. Ja, du darfst mich Maggie nennen.«

»Also?«

»Also was?«

»Wo ist dein Echo?«

»Ach, das.« Margaret grinste. »Das ist nur eine Maskerade, mit der ich ihnen auf die Nerven gehe. Sie verlieren dann schneller die Geduld und quälen mich nicht mehr so lange wie früher mit ihren Fragen. Oder Nägeln.«

»Wirklich mit Nägeln?«

Margaret schüttelte sich und nickte.

Eve verdrängte das Bild. »Du hast wirklich gedacht, ich gehöre zu ihnen.«

Margaret nickte noch einmal. »Tut mir leid. Aber im Laufe der Zeit haben sie das immer wieder versucht. Haben jemanden in diese Zelle gesteckt, um mich auszuspionieren.«

»Und jetzt denkst du das nicht mehr von mir?«, vergewisserte sich Eve. »Weil sie mich ausgepeitscht haben?«

Margaret kicherte. »Oh, gefoltert haben sie die anderen auch. Es musste ja glaubwürdig aussehen.«

»Woher weißt du dann, dass ich keine von ihren Spionen bin?«

»Ich habe den Hass in Diakon Walls Augen gesehen. Wer

auch immer ihm die Hand genommen hat, Wall glaubt wirklich, du weißt, wo er ist, und will ihn um jeden Preis finden, um sich zu rächen. Solchen Hass kann man nicht spielen. Nein, du bist keine Spionin.«

»Gut«, sagte Eve. »Nachdem das nun geklärt ist – wo sind wir hier und wie kommen wir hier raus?«

»Hm«, machte Margaret. »Zum ersten Teil der Frage: Irgendwo in den Katakomben unter den Gärten des Lucullus bei der Via Flaminia.«

»Wir sind in Rom?« Eve war überrascht.

»Ja«, sagte Margaret. »Und zum zweiten Teil: Wäre ich noch hier, wenn ich das wüsste?«

51

Rom.
Villa Borghese.

Die Villa Borghese und der sie umgebende Park liegen auf dem *Mons Pincius*, östlich des Tiber, gegenüber dem *Mons Vaticanus*. Hier hatte noch vor der Zeit von Julius Caesar der durch seinen unermesslichen Reichtum und seine berauschenden Bankette legendär gewordene Feldherr Lucius Licinius Lucullus seine berühmten Gärten angelegt. Hier hatte Imperator Claudius seine frühere Gemahlin, die berüchtigte Messalina, nach ihrem Verrat durch seine Prätorianer mit dem Schwert hinrichten lassen.

Diakon Wall ging zu einem Pavillon nahe der Villa, um zu trainieren. Bischof Garden mochte der Meinung sein, seine

Zeit als *echter* Krieger wäre vorüber, doch Diakon Wall sah das anders.

Die Nachrichten aus China waren niederschmetternd. Zwei ihrer Brüder tot, die Kopie des Sephirot wieder verschwunden und der Steinmetz, ihr Informant, wie vom Erdboden verschluckt.

Diakon Wall wusste, was das bedeutete. Und trotz der schlechten Nachrichten grinste er. Mit hoher Wahrscheinlichkeit war Doktor Sinclairs Beschützer, der Bastard, der ihm die Hand genommen hatte, inzwischen auf dem Weg nach Rom. Wall würde ihn angemessen empfangen. Nicht als Stratege, wie Bischof Garden sich das wünschte. Nein, als Kämpfer.

Noch einmal würde er sich nicht von dieser Kreatur des Teufels überrumpeln lassen.

Er betrat den Pavillon. Bruder Gustav, der Waffenschmied des Ordens, wartete bereits auf ihn.

Die beiden verneigten sich respektvoll voreinander.

»Sie haben, worum ich Sie gebeten habe?«, fragte Wall.

Bruder Gustav nickte und öffnete eine Holzkiste, die auf einem Tisch an der Wand stand. Diakon Wall trat zu ihr hin und sah hinein. Das Leder-Stahl-Geschirr war fein gearbeitet.

Bruder Gustav nahm es heraus. »Es ist bequem mit einer Hand an- und auch wieder abzulegen. Versuchen Sie es.«

Diakon Wall nahm es in die Hand. Es war tatsächlich nicht besonders schwer.

»Sie können es über und auch unter dem Ärmel der Kutte tragen. Es ist dünn, aber gut gepolstert.«

Diakon Wall hob den rechten Arm senkrecht in die Höhe, damit der Ärmel seiner Kutte bis zur Schulter herunterrutschte. Dann stülpte er das Geschirr über den nackten Armstumpf. Es passte wie angegossen, und die beiden Schnallen am Handgelenk und nahe der Armbeuge waren leicht zu schließen.

Der vordere Teil des Geschirrs endete über dem Armstumpf in einer zwanzig Zentimeter langen Harpunenspitze mit Widerhaken. Mit ihr würde er zustechen oder Dinge zu sich heranziehen können oder beides, erst zustechen und dann zu sich heranziehen. Diese Waffe gefiel ihm wesentlich besser als die Handprothese, die ihm die Ärzte vorgeschlagen hatten. In der Holzkiste lag ein ledernes Futteral, das er im Alltag darüberschieben konnte.

Das Geschirr hatte aber noch zwei andere Funktionen. Auf der Arminnenseite, dicht unter der Harpunenspitze, befand sich eine Rolle mit einer Garotte, einem dünnen, aber äußerst stabilen Stahlseil, das sich an einem Ring herausziehen ließ. Das Werkzeug aber, das Diakon Wall am besten gefiel, war die versteckte fünfundvierzig Zentimeter lange Edelstahlklinge auf der Außenseite des Arms.

Mit einer schnellen Bewegung streckte er den Arm seitlich und kraftvoll zur Gänze aus, und eine mit dem Oberarm verbundene Hebelspange und eine daran angebrachte Feder ließen die zweischneidige und einen Zoll breite Klinge nach vorn schießen, wo sie arretierte, weit über die Harpunenspitze hinausragend. Er würde sie benutzen können wie ein Schwert. Zwar fehlte in der Führung die Beweglichkeit des Handgelenks, aber das würde er durch intensives Training ausgleichen. Und mit dem würde er direkt anfangen.

»Sehr gute Arbeit, Bruder Gustav«, lobte er. »Wirklich ausgezeichnete Arbeit. Schicken Sie Roberto und Flavio her. Sie sollen ihre Schwerter mitbringen. Ich will dieses Meisterstück gleich einmal ausprobieren.«

52

»Es muss einen Weg hier heraus geben«, sagte Eve entschieden. *Es gibt immer einen Weg, man muss ihn nur finden.* Das war eine ihrer mächtigsten Maxime. Als Forscherin und auch als Mensch. Und die Ereignisse der letzten Tage, während derer sie immer wieder in zunächst hoffnungslose Situationen geraten war, hatten diese Einstellung bestätigt. *Finde einen Weg oder schaffe ihn.*

»Ja, das habe ich auch einmal gedacht«, sagte Margaret. »Sogar immer mal wieder. Es ist ja nicht so, als hätte ich nicht schon versucht auszubrechen.«

Eve zwang sich, klar zu denken, und sah sich in ihrer Zelle um. »Die Wände sind aus vulkanischem Tuffstein. Gehärtet durch den Kontakt mit Sauerstoff, aber dahinter weich. Deswegen gibt es hier auch so viele Katakomben. Sie waren leicht zu graben und anschließend durch die Oxidation schnell fest und stabil.«

»Viel Spaß beim Buddeln«, sagte Margaret amüsiert. »Die Emaillebecher eignen sich gar nicht einmal schlecht dazu. Und wenn du ganz viel Glück hast, entdecken sie es gleich und ketten dich nur an. Mich haben sie jedes Mal erst ein paar Monate graben und schuften lassen wie eine Irre und mich dann einfach in eine andere Zelle verlegt. Davon gibt es hier verdammt viele.«

Eve sah ein, dass es in der kargen Zelle keine Möglichkeit gab, eine Grabung geheim zu halten. Außerdem hatte sie keine Ahnung, in welcher Richtung sie graben sollte. Und selbst wenn sie instinktiv in die richtige Richtung grub, würde es Monate, wenn nicht Jahre dauern, bis sie irgendwo anlangen würde. Dass sie es überhaupt, wenn auch nur für ein paar Sekunden, als Möglichkeit in Betracht gezogen hatte, zeigte ihr, wie angeschlagen und verwirrt sie war.

Sie rappelte sich auf, die Schmerzen unterdrückend, und untersuchte das Schloss der Gittertür.

»Schwer zu knacken, doch nicht unmöglich«, diagnostizierte Margaret. »Aber was dann? Das hier ist nur die erste Tür von vielen. Sämtliche Gänge von hier weg sind mit massiven Eisentüren versperrt. Sicher, wenn es keine Wachen gäbe, könnte man sich um die herumgraben, aber es gibt Wachen.« Sie seufzte. »Alles schon versucht. Mehrfach.«

»Wir könnten einen Wärter überrumpeln und ihn als Geisel benutzen«, schlug Eve vor.

»Da kennst du den Orden schlecht«, sagte Margaret. »Die Kerle lassen sich nicht erpressen. Auch schon mehrmals probiert, fast bei jeder Generation neuer Wächter. Irgendeiner meint immer mal wieder, er müsse sich zu mir in die Zelle schleichen, wenn ich schlafe, und sein Zölibat mal kurz unterbrechen. Dann ein schneller Griff zu seinem Dolch, und schon hast du eine Geisel. Mit ein wenig Übung ist das nicht allzu schwer. Nur nutzt es dir nichts. Die meisten sterben lieber gleich, statt sich als Geisel missbrauchen zu lassen, und die anderen werden von den Wächtern erschossen, ehe du selbst nur damit drohen kannst, sie umzubringen.«

Eve war schockiert von der Gelassenheit, mit der Margaret von versuchter Vergewaltigung, Geiselnahme und eiskaltem Mord sprach. Doch sie spürte, dass das nicht Margarets Natur war, sondern das Ergebnis von einhundertsechzig Jahren, die sie in diesen Katakomben in Gefangenschaft verbracht hatte, umgeben von geistig verwirrten und zutiefst grausamen Menschen, die sie abgrundtief hassten für das, was sie war, die sie fürchteten aufgrund der Bedrohung, die sie für ihren Glauben und demzufolge für die Welt und die gesamte Menschheit darstellte. Und die sie folterten, um zu bekommen, was auch immer sie von ihr wollten für ihren blutigen Kreuzzug gegen die größte Chance, die der Mensch jemals hatte.

Außer Mitleid für sie empfand Eve auch große Angst davor, dieses Schicksal fortan mit ihr teilen zu müssen. »Wir könnten versuchen, uns den Weg freizukämpfen.«

»Ja, das könnten wir. Sollten wir aber nicht.« Margaret zuckte die Achseln, und trotz ihres Mitgefühls ärgerte sich Eve über die so deutlich gezeigte Gleichgültigkeit.

»Wieso nicht?«

»Mich erschießen sie dabei jedes Mal«, erwiderte Margaret. »Und du … Na ja, du hättest nur *einen* Versuch.«

Eve merkte erst in diesem Moment, dass sie selbst bereits den Kopf und die Schultern hängen ließ. Ihr Ärger verpuffte wieder. »Das klingt alles ziemlich aussichtslos.«

»Wem sagst du das?«

Eve setzte sich wieder hin, das Gesicht vor Schmerzen, die die Bewegungen verursachten, verzerrend und die Zähne zusammenbeißend. »Was wollen sie eigentlich von dir?«

»Sie wollen wissen, wo die Quelle des ewigen Lebens ist. Um sie zu zerstören.«

»Die Quelle? Du meinst den Baum?«

»Quelle. Baum. Frucht. Gral. Nenn es, wie du willst.«

»Es gibt eine Quelle des ewigen Lebens?«, hakte Eve sicherheitshalber noch einmal nach.

»Ja, natürlich. Ich dachte, das wüsstest du.«

Eve seufzte resigniert. Für sie brach gerade eine Welt zusammen.

»Was ist?«, fragte Margaret. »Was bedrückt dich?«

»Du meinst, außer der Aussicht darauf, dass sie mich wieder foltern werden, so lange, bis sie begreifen, dass ich wirklich nichts weiß, und mich dann töten?«

»Ja. Irgendetwas macht dir zusätzlich zu schaffen.«

»Du«, sagte Eve. »Du machst mir zu schaffen. Deine Existenz.«

»Oh, das tut mir leid.« Es klang ehrlich, und Eve war es peinlich, als sie begriff, dass Margaret sie missverstanden hatte.

»Nein, nein, so habe ich das nicht gemeint«, beeilte sie sich zu sagen. »Ich meinte nicht *zu schaffen machen*; ich meinte, sie *beschäftigt* mich, deine Existenz. Sie verwirrt mich. Und frustriert mich offen gestanden auch ein wenig. Sehr sogar, wenn ich ehrlich bin.«

»Inwiefern?«, fragte Margaret. »Ich habe die Quelle des ewigen Lebens entdeckt und bin unsterblich. Wenn ich den Bischof vorhin richtig verstanden habe, bist du selbst auf der Suche danach. Meine Existenz müsste dir eigentlich viel eher Mut machen. Wenn wir einmal von unserer recht ausweglosen Situation hier absehen.«

»Wo fange ich am besten an?«, überlegte Eve laut.

»Beim Kern des Problems«, schlug Margaret vor. »Das ist meiner Erfahrung nach immer das Beste.«

»Ja, das ist es«, stimmte Eve zu und holte tief Luft. »Weißt du, ich bin Wissenschaftlerin, Margaret. Ich war mir sicher, dass es für die Übertragung der Fähigkeit der Eibe auf den menschlichen Metabolismus eine medizinische, eine wissenschaftliche Lösung gibt. Für mich war es eine absolute Gewissheit, dass das Rätsel von den ›drei heiligen Orten‹ auf einen wiederholbaren biologischen, chemischen oder physikalischen Prozess hinweist, auf ein wissenschaftliches Verfahren. Nicht auf einen Gegenstand, einen echten Baum oder eine tatsächliche Quelle.«

Margaret lachte. Leise und freundlich zwar, aber trotzdem fuchste es Eve.

»Was gibt es da zu lachen?«

»Du bist ein seltsamer Mensch, Eve.«

»Das sagt die Richtige«, meinte Eve.

»Ja, ich mag vielleicht seltsam erscheinen«, gab Margaret zu. »Aber du stehst mir da in nichts nach.«

»Was meinst du?«

»Ich meine, du entdeckst, dass ewiges Leben wirklich möglich und auch für dich erreichbar ist, und statt dich darüber zu freuen, ziehst du eine Schnute wie ein Mädchen, dem man zwar ein Pony schenkt, aber in der falschen Farbe. Dir genügt die Entdeckung nicht. Du musst wissen, wie es funktioniert.«

»Ist das nicht verständlich?«, fragte Eve.

»Nein«, sagte Margaret, »ist es nicht. Die meisten Menschen sind damit zufrieden, dass die Sonne ihnen Licht gibt und sie wärmt. Sie müssen nicht verstehen, wie sie funktioniert, um ihre Helligkeit und Wärme zu genießen.«

»Guter Punkt«, gestand Eve. »Und näher betrachtet ist es genau das, worauf ich hinauswill. Also, diejenigen, die die Sonne verstehen und wie sie funktioniert, wissen, wie man mit ihrer Hilfe die Jahreszeiten bestimmt, wann man am besten pflanzt oder erntet, wie lange es noch dauert, bis die Sonne untergeht, oder wie man aus ihrer Kraft Energie gewinnt, um sich nicht nur in ihren Strahlen zu wärmen, sondern mit deren Kraft auch noch nachts zu heizen und Licht zu produzieren, wenn sie nicht mehr scheint.«

»Da spricht die Seele einer Forscherin.« Margaret schmunzelte.

»Ich bin Forscherin.«

»Was du eigentlich sagen willst, ist, dass es dir sehr viel weniger wichtig ist, selbst ewig zu leben, als das Geheimnis an sich zu lösen.«

Eve wollte etwas sagen, verstummte dann aber. War das so? Sie merkte, dass sie darüber noch gar nicht nachgedacht hatte.

Wann auch während all der Ereignisse, die sich ja regelrecht überschlagen haben und dich keinen Moment zur Ruhe haben kommen lassen?

Sie war tatsächlich, wie Margaret sagte, losgezogen, das Geheimnis des ewigen Lebens zu enträtseln. Grundsätzlich. Nicht für sich selbst. Ihr fiel auf, dass alle um sie herum das so viel früher erkannt hatten als sie selbst. Das war schließlich der Grund, weshalb sie für die Aesirianer und auch den Orden eine Bedrohung darstellte

»Ja«, sagte sie daher schließlich schlicht und ergreifend.

»Siehst du«, sagte Margaret. »Und ich glaube, genau darum geht es in dem Rätsel. Die Suche nach den drei heiligen Orten stellt eine Art Hindernislauf dar, von Osiris so angelegt, dass nur die Suchenden, die sich durch ihre Ausdauer, ihre Selbstlosigkeit und ihr Verständnis auszeichnen, die Quelle letztendlich finden. Um sie weise zu nutzen und sie nicht zu missbrauchen.«

»Was meinst du mit ›weise nutzen‹? Wie hast du sie genutzt, außer dazu, für dich selbst Unsterblichkeit zu erlangen?«

»Oh«, sagte Margaret, »ich bin ein schlechtes Beispiel. In der Zwischenzeit habe ich zwar von dem Rätsel um die drei heiligen Orte gehört, aber ich selbst habe es nie lüften müssen.«

Eve verstand nicht. »Wie hast du die Quelle denn dann gefunden?«

»Ich habe sie rein zufällig entdeckt.« Sie kicherte. »Bin sozusagen darüber gestolpert.«

»Du machst Witze.«

»Nein«, entgegnete Margaret mit einem schelmischen Funkeln in den Augen, das ganz weit entfernt war von dem vorhin noch gespielten Irrsinn in ihrem Blick. »Ganz im Ernst, ohne jede Absicht. Vor allem aber ohne Ausdauer oder Weisheit.«

»Wo?«

»In Avalon.«

53

»In Avalon?« Eve traute ihren Ohren nicht.

»Ja. Aber wo genau dort, verrate ich natürlich nicht.«

»Du weißt, wo Avalon liegt?«

Margaret runzelte die jugendliche Stirn. »Natürlich weiß ich das. Jeder weiß das. Ich habe dort gelebt.«

»In Wales oder Somerset? Soweit ich weiß, hat St. Margaret … äh, hast du in Schottland gelebt.«

»Avalon liegt doch nicht in Wales. Und auch nicht in Somerset«, sagte Margaret irritiert. »Gibt es denn dort eine Mauer? Ich meine, eine richtige, eine große Mauer.«

»Eine Mauer? Was für eine Mauer?«

»Na, die Mauer, von der Avalon seinen Namen hat. *Jenseits der Mauer*. Ad Vallum in Latein. A'Fallan in Uotodin. Nördlich vom Hadrianswall, der von den Römern auf einer sehr viel älteren Mauer errichtet wurde.«

»Uotodin?«

Margaret schaute Eve prüfend an, ganz so, als glaubte sie, Eve würde sich absichtlich dumm stellen. »Uotodin. Gogoddin. Votadini. Das Volk Eidyns … Odins … Wotans. Die Ureinwohner Englands.«

»Du bringst da etwas fürchterlich durcheinander«, meinte Eve und stellte gleich wieder alles in Frage, was Margaret ihr bisher erzählt hatte. Vielleicht war sie doch einfach nur geistig umnachtet. Avalon war sicher mit den Legenden des ewigen Lebens sehr eng verknüpft, aber – und das sprach sie laut aus: »Die Ureinwohner Englands waren die Briten, ein keltisches Volk, das von den Römern unterworfen wurde. Die Völker, die Odin anbeteten, die Angeln und die Sachsen, strömten erst nach dem Weggang der Römer ins Land, im fünften und sechsten Jahrhundert.«

Margaret schmunzelte. »Und als Nächstes erzählst du mir, Din Eidyn, Edinburgh, Odins Burg, die Hauptstadt Avalons, ist auch erst nach den Römern erbaut worden.«

»Absolut.«

»Papperlapapp«, sagte Margaret. »Schon der römische Mathematiker und Geograph Ptolemaeus schreibt im ersten Jahrhundert in seiner *Geographia* von den Uotodini und ihrer Siedlung in Edinburgh. Bist du wirklich so vermessen, mich die Geschichte meines Volkes lehren zu wollen?«

Margaret hatte trotz des Schmunzelns mit einem solchen Ernst gesprochen, dass Eve erneut unsicher wurde, was ihren Geisteszustand betraf. Vielleicht war es klüger, sie erst einmal erzählen zu lassen. Eve hatte ihr Wissen aus Geschichtsbüchern und Romanen, Letztere meist sehr fadenscheinig gewoben und so gut wie nie objektiv geschrieben. Die junge Frau vor ihr jedoch war, falls sie nicht gestört war oder log, selbst Fleisch gewordene Geschichte. Wenn sie wirklich Margaret von Schottland war, musste sie vieles wissen, was inzwischen in Vergessenheit geraten war, entweder ganz natürlich im Laufe der Zeit oder indem man es totgeschwiegen hatte.

»Lange bevor die Kelten aus Iberia nach England kamen, lebten wir Uotodini dort«, fuhr Margaret fort. »Als die Kelten kamen, empfingen wir sie zunächst freundlich, aber es wurden immer mehr. Sie strömten in unser Land und drängten uns und die Pikten allmählich weiter nach Norden, wo wir eine unserer Siedlungen zur Festung Edinburgh ausbauten. Aber das Land, das uns geblieben war, ernährte uns nicht alle, und so floh ein Großteil von uns in Schiffen nach Osten, nach Norwegen und Dänemark. Doch ehe die Kelten mein Volk vollständig von der Insel vertreiben konnten, kamen die Römer, und plötzlich waren sie selbst in Bedrängnis.

Nach etwas mehr als vierhundert Jahren verschwanden die Römer wieder. Diejenigen meines Volkes, die in der Heimat geblieben waren, sandten Nachricht zu ihren Brüdern, und die bestiegen ihre Drachenschiffe, um zu ihrem alten Zuhause zurückzukehren. Es kam zu einem fast zweihundert Jahre langen Krieg zwischen uns Heimkehrern und den romanisierten Kelten, den aber schließlich wir gewannen.

Doch sie haben immer versucht, es so darzustellen, als hätten wir ihnen ihr Land abgenommen. Dabei haben wir es uns nur zurückgeholt und wieder neu besiedelt. Bis die Normannen kamen. Also, im Grunde gehören die auch zur Familie, aber das würde jetzt zu weit führen. Ich will erzählen, wie ich die Quelle des Lebens in Avalon entdeckt habe.«

Eve nickte nur.

»Mein Vater Edward, mein Bruder Edgar und ich waren gerade aus dem Exil in Ungarn zurückgekehrt, die letzten Erben der englischen Herrscherlinie. Doch noch ehe mein Vater die Thronfolge antreten konnte, wurde er ermordet, und man erklärte Edgar zum König. Aber auch ihm war die Krone nicht vergönnt, denn noch bevor er den Thron besteigen konnte, stand William der Eroberer mit seinen Truppen in London, und viele jener, die meiner Familie die Treue geschworen hatten, wechselten nur zu bereitwillig auf seine Seite. Er hatte einfach die wesentlich größere Armee.

William beauftragte einen seiner Generäle, Guillaume de Saint-Clair, Edgar und mich aufs Festland ins Exil zurückzubringen. Aber das war nur eine Farce, um die Engländer nicht gegen sich aufzubringen. In Wahrheit sollten wir gleich nach unserer Ankunft in der Normandie gemeuchelt werden.«

»Guillaume de Saint-Clair?«, fragte Eve ungläubig.

»Ja. Wieso?«

Eve überlegte kurz, ob sie Margaret hier unterbrechen sollte, entschied sich dann aber dagegen. »Nichts. Ich erzähle es später.«

»Gut«, sagte Margaret, die offensichtlich froh war, mit ihrem Bericht fortfahren zu können. »Also, statt uns in der Normandie den Meuchelmördern zu übergeben, ließ Guillaume de Saint-Clair sein Schiff von der Themsemündung aus die Küste entlang nach Norden segeln und brachte uns nach Edinburgh zu Malcolm, dem König von Schottland.

Zum Dank dafür, dass de Saint-Clair ihm die letzten Bluterben des englischen Königshauses überbracht hatte, beschenkte Malcolm den Normannen mit der Baronie Roslin und machte ihn damit zu einem seiner treuesten Kampfgefährten im Kampf gegen William und dessen Erben.

In Edinburgh heiratete ich Malcolm. Kurz darauf fand ich die Quelle des ewigen Lebens.«

Eve resümierte: »Hätte Guillaume de Saint-Clair dich nicht nach Edinburgh gebracht, wärst du nie Königin geworden, und du wärst bereits seit fast tausend Jahren tot. Könnte man das so sagen?«

Margaret nickte. »Ihm verdanke ich mein Leben *und* meine Unsterblichkeit.«

»Dann schuldest du ihm aber einiges, nicht wahr?«

»Ich schulde ihm alles.«

»Ihm und seiner Familie?«

»Ihm und seiner Familie«, bestätigte Margaret. »Wieso fragst du?«

Nun war es Eve, die schmunzelte. »Vielleicht ist es an der Zeit, dass ich dir sage, wie ich heiße.«

54

»Eve *Sinclair*?« Margaret machte große Augen.

Eve legte sich die Hand aufs Herz und deutete eine Verbeugung an. »Nachfahrin von Guillaume de Saint-Clair, Baron von Roslin.«

»Die Götter haben wirklich eine seltsame Art von Humor. Uns beide zusammenzuführen. Von allen Flecken dieser Erde dann auch noch hier und unter diesen Umständen. Unglaublich.«

»Vielleicht ist das gar kein Zufall«, überlegte Eve.

»Glaubst du etwa an das Schicksal?«, fragte Margaret. »Weißt du, das mit den Göttern war nur so ein Spruch. Ich zweifle zwar nicht daran, dass sie existieren, aber ich halte es im Gegensatz zu unseren Kerkermeistern für ziemlich unwahrscheinlich, dass sie sich für unsere Belange interessieren oder sie sogar steuern.«

»Nein, das Schicksal meine ich auch nicht«, sagte Eve. »Ich glaube eher an Ursache und Wirkung und an ganzheitliche Zusammenhänge der Dinge. Ich denke nicht, dass alles irgendeinen Sinn hat oder einem kosmischen Zweck dient, aber ich bin fest davon überzeugt, dass alles auf dieser Welt seine Konsequenzen hat, seine Reaktionen. Manchmal kleine, manchmal große.«

»Ich kann dir nicht folgen.«

»Ich versuche, es dir zu erklären«, sagte Eve. »Weißt du, warum ich Medizinerin und Biologin geworden bin?«

»Woher, bitte schön, soll ich das wissen? Wir kennen uns gerade einmal ein paar Stunden.«

»Es ist sozusagen Familientradition«, sagte Eve. »Die Sinclairs und Roslins wurden schon immer mit der Gralslegende in Verbindung gebracht, mit der Suche nach dem ewigen Leben. Tatsächlich waren viele meiner Vorfahren Mystiker, Freimaurer und Tempelritter. Aber anders als die Legende behauptet, hat meine Familie das Geheimnis des ewigen Lebens nicht gehütet, sondern stets danach gesucht. Ich hielt das alles immer für groben Unfug und wollte damit weder etwas zu tun haben noch damit in Verbindung gebracht werden. Deshalb habe ich mich für die Wissenschaft entschieden. Aber wenn ich es jetzt genauer betrachte, habe ich damit die Familientradition nicht wirklich gebrochen, sondern genau genommen fortgesetzt. Ich habe mein Leben dem Kampf gegen Krankheit und Tod gewidmet. Dabei musste ich, ob nun durch die bewusste oder die unbewusste Erinnerung an die Besessenheit meiner Ahnen, früher oder später auf die Frage nach der Unsterblichkeit stoßen. Und während jeder andere sie vielleicht direkt wieder als vollkommen unsinnig verworfen hätte, bin ich ihr nachgegangen. Vielleicht sogar nur, weil mein Unterbewusstsein nicht akzeptieren wollte, dass meine Vorfahren allesamt Verrückte waren. Und wie es sich jetzt herausstellt, waren sie das wohl auch nicht. Es stellt sich also nur noch die Frage: Warum war meine Familie so besessen von dem Glauben, dass es die ewige Jugend oder das ewige

Leben gibt? Und ich denke, dass du mir diese Frage beantworten kannst.«

Margaret hatte die Augen geschlossen, rieb sich die Schläfen und nahm einen tiefen Atemzug, den sie laut und lange ausstieß. »Ja, ich glaube, das kann ich«, sagte sie.

»Guillaume de Saint-Clair hat irgendwann bemerkt, dass du nicht älter wirst«, riet Eve.

Margaret nickte. »Er hat mich immer und immer wieder nach meinem Geheimnis gefragt. Fast dreißig Jahre lang. Bis ich schließlich keinen anderen Ausweg mehr sah, als meinen Tod vorzutäuschen und Schottland zu verlassen.«

»Das meinte ich«, sagte Eve. »Dass wir einander hier begegnen, erscheint vielleicht wie ein Zufall, tatsächlich aber ist es die Konsequenz von Ereignissen, die fast eintausend Jahre zurückliegen. Und stehst du zu dem, was du eben gesagt hast?«

Margaret schaute sie fragend an.

»Dazu, dass du Guillaume und seiner Familie, also mir, etwas schuldest.«

»Absolut. Jetzt mehr denn je.«

»Gut.«

»Was kann ich für dich tun, Eve Sinclair?«

»Ich will, dass du mich zu der Quelle führst.«

»Du meinst, falls wir hier herauskommen.«

»Falls wir hier herauskommen«, bestätigte Eve. Die Befreiung durch Ben war nur ein Traum gewesen, aber sie war sich sicher, dass er nach ihr suchen und sie finden würde. Nun ja, ganz sicher war sie nicht. Wenn er herausbekommen hatte, dass sie für sich eine Kopie von dem Sephirot hatte anfertigen lassen, hatte er jedes Recht der Welt, sie hängen zu lassen.

Margaret überlegte eine Weile lang. Dann sagte sie: »Einverstanden. Aber unter einer Bedingung.«

»Welcher?«

»Du schwörst mir beim Blut der Saint-Clairs, dass du nie jemandem verraten wirst, wo sie sich befindet.«

»Aber ich darf sie untersuchen«, sagte Eve. »Und wenn ich hinter ihr Geheimnis komme und es mir gelingt, es in einem wissenschaftlichen Verfahren zu reproduzieren, steht es mir frei, es mit der Welt zu teilen. Sind wir uns da einig?«

Wieder dachte Margaret lange nach. »Hm. Dagegen ist nichts einzuwenden. Alles, was ich will, ist, dass die Quelle sowohl von den Hütern als auch den Aesirianern unentdeckt bleibt. Sie wollen sie zerstören. Aber wenn es dir gelingt, das Geheimnis woanders zu *reproduzieren*, wie du es nennst, kannst du damit tun und lassen, was du willst. Allerdings wärst du dann auch die größte Zauberin und Alchemistin aller Zeiten.«

»Du zweifelst daran, dass ich es kann?«

»Ich bezweifle, dass das *irgendjemand* kann.«

»Wieso?«

»Das wirst du sehen. Falls wir dort hinkommen.«

»Wenn Osiris den Baum oder die Quelle reproduzieren konnte, um das daraus resultierende Ergebnis an verschiedenen Orten der Welt zu verstecken, ist es rein technisch möglich. Ich muss nur herausfinden, wie.«

»Das überlasse ich ganz dir. Ich werde dich zu ihr führen – wenn du schwörst.«

Eve legte sich erneut die Hand aufs Herz und hob die andere. »Ich schwöre feierlich, beim Blut der Familie Saint-Clair, das Versteck der Quelle nie und unter keinen Umständen jemals zu verraten.«

»Gut«, sagte Margaret. »Dann müssen wir ja jetzt nur noch hier herauskommen.« Es lag nicht viel Hoffnung in ihrer Stimme.

Da vernahm Eve Schritte aus dem Gang, der zu dem Raum mit dem Folterkreuz vor den Zellen führte.

Ben?

Ihr Optimismus verschwand, als sie hörte, dass es die Schritte mehrerer Männer waren.

Diakon Wall betrat das Gewölbe. Hinter ihm der Folterknecht, der Eve ausgepeitscht hatte. Doch dieses Mal brachte er statt einer Peitsche eine Ledertasche und einen Korb aus Metall.

Einen Korb voll glühender Kohlen.

55

Niemand beachtete den großen, dicken Mann, der durch den öffentlichen Park der Villa Borghese schlenderte. Eine Allee von Kirschbäumen erinnert dort noch heute daran, dass Lukullus die Frucht vor über zweitausend Jahren von seinen Feldzügen in der Provinz Asia nach Europa gebracht hatte, um seine Gärten und seine Gelage zu bereichern.

Der Mann trug trotz der beachtlichen Hitze eine altmodische sandfarbene Windjacke, die sich über seinem gewaltigen Bauch gefährlich spannte, und ein Käppi von *AS Roma*, unter dem hervor lange, speckige schwarze Locken über seine breiten Schultern fielen. Er hatte außerdem eine schon in den Achtzigern des vergangenen Jahrhunderts aus der Mode gekommene Porsche-Design-Sonnenbrille auf der Nase, die den größten Teil seines Gesichts bedeckte, und wirkte damit ein wenig wie eine menschgewordene Stubenfliege.

Aus dem prall gefüllten Rucksack auf seinem Rücken ragte

eine lange, luftgetrocknete Salsiccia. Hinter dem Eis, an dem er gelangweilt leckte, versteckte er seinen Mund und sein Kinn, das, wie ein aufmerksamer Beobachter hätte erkennen können, viel zu kantig war für einen Mann mit solchen Körpermaßen.

Ganz so, als würde ihm die Idee gerade erst kommen, betrat er gemächlich den schattigen Eingang der für Besucher zugänglichen *Galleria*, des Kunstmuseums der Villa Borghese.

Die *Galleria* liegt etwas abseits von der eigentlichen Villa. Aber das, was der Mann suchte, befand sich hier.

Der Angestellte hinter der Museumskasse schaute vom Sportteil seiner Zeitung auf, als der Mann einen Zehn-Euro-Schein auf den Tresen legte, und forderte den Neuankömmling knapp und unwirsch auf, das Eis entweder draußen zu Ende zu essen oder es hier in einen Abfalleimer zu werfen.

Der Dicke grunzte nickend, warf das Eis weg und wischte sich den Mund mit einem großen, fleckigen Taschentuch ab, während der Kassierer das Wechselgeld auf den Tresen zählte und die von ihm abgerissene Eintrittskarte daneben legte.

»Buon divertimento«, wünschte er dem Dicken teilnahmslos, ohne noch einmal aufzusehen. *Viel Vergnügen.*

»Grazie«, erwiderte der Besucher und betrat ohne jede Eile das Museum. Doch dann drehte er sich noch einmal herum und fragte den Kassierer: »Dove si trova il bagno?« Er hielt seine vom Eis noch immer klebrigen Hände hoch. »Per lavare le mani.«

Wo befindet sich die Toilette? Muss mir die Hände waschen.

»Seconda porta a destra.« *Zweite Tür rechts.* Wieder ohne überhaupt aufzuschauen.

Der Dicke bedankte sich noch einmal und ging zu der beschriebenen Tür. Kaum war er dahinter verschwunden, vergewisserte er sich, dass er allein war, und auf einmal wurden seine bisher eher behäbigen Bewegungen flink und zielorientiert. Er verschwand geschwind in eine der Kabinen, zog schnell die Tür hinter sich zu und schlüpfte aus seiner Verkleidung.

Unter der Windjacke trug Ben eine um den Bauch geraffte Kutte der Hüter. Die Windjacke, die Hose, die Brille und das Käppi packte er in den Rucksack – nachdem er diesem zwei SIG Sauer P226, zwei Extramagazine mit je fünfzehn weiteren Schuss 9mm-Parabellum-Munition, drei Granaten – Blend-, Rauch- und Sprenggranaten –, einen Stiefeldolch, eine Taschenlampe, ein Schlosser-Etui und ein kleines Schweißgerät entnommen hatte, die er alle sorgfältig in Holstern unter der Kutte und an Arm- und Fußgelenken verstaute.

Den Rucksack knüllte er so klein es ging und steckte ihn draußen beim Waschbecken in den Mülleimer unter die benutzten Papierhandtücher. Dann trat er ganz beiläufig wieder in den Saal und ging an der Wand entlang, die am weitesten außerhalb des Blickwinkels des Kassierers lag, tiefer in die Galleria hinein.

Ben kannte das Gelände. Er war schon oft hier gewesen, um die Hüter auszuspionieren, und er wusste, wo die Zugänge zu den nichtöffentlichen Bereichen des Ordens waren. Und wie man von dort aus in die Katakomben gelangte.

Ein Besucherpärchen, das ihm entgegenkam, grüßte er mit freundlichem Nicken und ging dann mit geschäftiger Miene in die hinteren Räume.

Hineinzukommen war kein Problem. Die Kunst würde darin bestehen, wieder hinauszugelangen.

56

Eves Gedanken überschlugen sich. Diakon Wall und der Folterknecht. Das waren gerade mal zwei Männer, und soweit sie das erkennen konnte, waren sie unbewaffnet. Dann waren da noch ein Korb voll glühender Kohle und ein Ring mit den Schlüsseln für die Zellen. Wie konnte sie das zu ihrer Befreiung einsetzen?

Doch der Anblick der Glut nahm ihre gesamte Vorstellungskraft in Beschlag. Nicht gut.

Angst niederkämpfen und Lösung finden!

Eve konnte nicht einmal entfernt schätzen, wie oft sie dieses Credo in den vergangenen Tagen schon heruntergebetet hatte, um überhaupt halbwegs wie ein denkender Mensch zu funktionieren, und sie träumte einen Wimpernschlag lang von einer Zeit, in der sie endlich wieder frei sein würde von Dingen und Situationen, die sie in Angst versetzten.

Nicht träumen! Finde einen Weg oder schaffe einen!

Abwarten, bis die Tür aufgeschlossen war, dann unvermittelt und schnell gegen die Tür springen. Die Verwirrung nutzen und ohne zu zögern den Eisenkorb schnappen und ihnen die glühende Kohle entgegenschütten. Mindestens einen der Männer damit verbrennen. Genug Chaos stiften, um in den wenigen Sekunden, die ihr das verschaffte, den Schlüssel an sich zu bringen. Margarets Zelle aufschließen. Mit ihrer Hilfe die beiden Männer überwältigen. Fliehen.

Ein dünner Plan. Ein verdammt dünner!

Aber die Alternative hieß, von Wall und seinem Knecht mit glühendem Eisen gefoltert zu werden. Für eine Information, die sie nicht hatte.

Eve versuchte, so ruhig zu sein, wie Ben es in solchen Momenten immer war. Aber das war nicht so einfach, wie sie es gehofft hatte. Sie hatte weder Bens Statur, noch seine Kraft oder seine Schwerter. Außerdem tat ihr vom Ausgepeitschtwerden noch alles weh – was bei Ben längst verheilt wäre.

Wenn du nicht wirklich verwundbar bist, weil deine Verletzungen gleich wieder heilen, ist es einfach, furchtlos in einen Kampf zu gehen.

Sie beschloss, dass es falsch war, wenn sie versuchte, so zu denken, wie Ben dachte – oder gar so zu handeln. Sie konnte und musste sich einzig und allein auf sich selbst konzentrieren, auf ihre Fähigkeiten, ihr eigenes Können.

Eve erinnerte sich daran, wie sie das brennende Treppenhaus im Klosterturm der Shrawley Wood Abbey bewältigt hatte.

Tanze. Schnell wie der Wind, flink wie ein Reh. Du kannst dich schneller bewegen als die Männer. Nutze das zu deinem Vorteil. Schmerzen sind irrelevant. Denk an deine Lehrerin, Svetlana Lasky: »Konzentration und Entschlossenheit, ihr Küken! Wer zögert, stolpert. Wer stolpert, fällt. Wer fällt, ist raus!«

Konzentration und Entschlossenheit.

Sie begann, ihre Muskeln so unauffällig es ging warm zu machen und dabei so ängstlich wie möglich auszusehen.

Der Einhändige behielt sie im Auge, während er mit der Linken das Schloss der Zellentür öffnete.

Er hatte den Schlüssel gerade zu Ende herumgedreht, da sprintete Eve los und warf sich mit ganzer Kraft gegen die Tür.

Das heißt, sie *wollte* sich mit ganzer Kraft gegen die Tür werfen.

Doch der Einhändige hatte sofort durchschaut, was sie plante, war mit einem schnellen Schritt zur Seite getreten und hatte die Tür aufgerissen, ehe Eve sie erreichte.

Eve sprang ins Leere.

Der Schwung ihres Sprungs, den sie so kalkuliert hatte, dass der Aufprall gegen die Tür ihn bremsen würde, trug sie über die Schwelle ihrer Zelle hinaus nach draußen, und sie stolperte. Noch ehe sie sich fangen konnte, war Diakon Wall hinter ihr hergesprungen. Mit der Linken, in der er noch immer den schweren alten Schlüsselring hielt, holte er zu einer sensenförmig geführten Rückhand aus und traf sie voll am Hinterkopf.

Eve schrie auf vor Schmerz und fiel nach vorn auf die Knie. Sie fühlte, wie ihr das Blut am Hinterkopf durch die Haare in den Nacken sickerte. Trotzdem versuchte sie aufzuspringen, um sich auf ihren Gegner zu stürzen.

Doch der schlug ein zweites Mal zu und traf sie mit dem Schlüsselring am Jochbein. Ihr Kopf wurde zur Seite geschleudert, und sie sackte benommen zu Boden.

»Ans Kreuz mit ihr!«, bellte Diakon Wall.

57

Ben hatte den hintersten Raum der *Galleria* erreicht. Hier waren die beiden Caravaggios ausgestellt – *Knabe mit Früchtekorb* und *David mit dem Haupte Goliaths*. Und auch der Übergang zu den nichtöffentlichen Räumen des Ordens befand sich hier. Eine relativ schmucklose Tür, fast unscheinbar, wäre da nicht der Wachposten gewesen, der neben ihr stand. Ein Hüne in dem Kuttengewand der Hüter.

Ohne die Maske der Geschäftigkeit abzulegen, ging Ben auf ihn zu. Er grüßte den Wachposten freundlich und blieb dann vor der Tür stehen. Die Tür hatte keinen Griff, nur ein elektronisches Schloss mit Tastenfeld. Der Wächter nickte freundlich zurück und sah ihn an. Erst nach einigen Sekunden nahm sein Gesicht einen fragenden Ausdruck an. »Worauf wartest du?«

»Ich kenne die Kombination nicht«, sagte Ben höflich. Als er das letzte Mal hier gewesen war, hatte es noch keine elektronischen Schlösser gegeben. »Könntest du sie mir bitte öffnen?«

Sofort wurde der eben noch freundliche Blick des Wachpostens misstrauisch, und der Mann zog eine Pistole unter der Kutte hervor und richtete sie auf Ben. Mit der anderen Hand griff er nach einem Funkgerät.

Ben wartete seelenruhig, bis der Mann den Knopf betätigt hatte und hineinsprach. »Hier Posten Null-Eins. Ein unbekannter …«

Weiter kam er nicht. Ben war mit einem schnellen Satz bei ihm, packte die Pistole und die Hand des Mannes so, dass er nicht abdrücken konnte – einen Finger hinter dem Abzug –, und griff ihm mit der anderen Hand in den Nacken. Auf die gleiche Weise, mit der er auch Eve Sinclair zweimal schlafen gelegt hatte, betäubte er den Wächter. Während der das Bewusstsein verlor, flüsterte Ben noch »Danke« und ließ ihn sanft zu Boden gleiten.

Der Mann würde mindestens vier Stunden schlafen. Ben begann mit einer Herzmassage. Die war nur vorgetäuscht, würde dem Mann weder helfen noch schaden, aber für die beiden Kutten, die nun aus der Tür gerannt kamen, sah es so aus, als würde er dem Wachmann Erste Hilfe leisten.

»Da entlang!«, rief Ben und deutete zum gegenüberliegenden Ausgang des Raums. »Groß. Dick. Lange Haare. Trägt ein Käppi und eine Sonnenbrille.«

»Danke«, rief ihm einer der beiden zu, und sie eilten in die von Ben angegebene Richtung. Ben hingegen richtete sich auf, hielt die gerade zuschwingende Tür mit dem Fuß auf und zog den bewusstlosen Wachmann hindurch auf die andere Seite.

Er schleifte ihn über den polierten Marmorboden des Gangs, der sich hinter der Tür erstreckte, bis hin zu einer anderen Tür, von der er wusste, dass sie in den Weinkeller führte. Er legte den Bewusstlosen so ab, dass er mit dem Oberkörper an der Wand lehnte, und holte das Schlosser-Etui hervor. Den schlanken Spanner schob er in den Kern des Zylinders, und mit dem Haken drückte er nach und nach die einzelnen Stifte nach unten. Als auch der letzte unten war, drehte er den Spanner, und das Schloss sprang auf.

Nachdem er sich noch einmal vergewissert hatte, dass ihn niemand beobachtete, schob er die Tür nach innen auf, zog den bewusstlosen Wächter hinein und schloss sie wieder. Erst dann schaltete er das Licht an.

Die gewölbte Decke der nach unten in den Weinkeller führenden Sandsteintreppe war niedrig und rauchgeschwärzt. Ben musste sich tief bücken, um nicht mit dem Kopf anzustoßen, während er den Wachmann nach unten schleppte. Unten angekommen legte er ihn in eine Ecke, die man von oben nicht einsehen konnte. Dann eilte er weiter in den Weinkeller.

Im ersten von drei hintereinander befindlichen Gewölben lagen in Stahlregalen die »normalen« Weine für Veranstaltungen der *Galleria*. Allesamt ausgesuchte Jahrgänge, aber keiner älter als acht oder neun Jahre. Im zweiten, zu dem Ben das Schloss einer weiteren Tür knacken musste, waren die Weine für den Orden gelagert, um einiges erlesener und älter. Die wahren Schätze aber – Weine, die teilweise sogar über einhundert Jahre alt waren – lagerten im dritten Gewölbe, in Nischen aus Stein. Die Tür dorthin war dreifach gesichert, und Ben brauchte fast eine Minute, bis er sie geöffnet hatte.

Von dort aus gelangte man in die Katakomben, wo der Orden, wie Ben von früheren heimlichen Besuchen wusste, in zwei Kammern sein Geld und sein Gold aufbewahrte und weiter unten sein ganz privates Gefängnis unterhielt. Ein Gefängnis, von dem die Welt nichts wusste – und aus dem nie jemand wieder lebend herausgekommen war. Ben war sich sicher, dass er Eve dort finden würde.

Er ging zu einer der Nischen und zog vier der Flaschen in einer bestimmten Reihenfolge zur Hälfte heraus. Es knirschte im Gestein, und ein Teil der Wand schob sich wie von Geisterhand nach hinten.

Ben trat durch den Spalt.

58

In die Enge getrieben wird jeder Mensch zum Tier und entwickelt Kräfte, die er sich bis dahin nicht einmal entfernt vorstellen konnte. Trotz ihrer Schmerzen wand sich Eve wie eine Katze und versuchte zu kratzen, zu treten und zu beißen. Sie schlug sogar mit der Stirn nach ihren Peinigern.

Doch Diakon Wall und sein Folterknecht waren auf diese Wildheit vorbereitet. Sie waren sie gewohnt. Eve war nicht ihr erstes Opfer, bei weitem nicht. Mit brutaler Unbarmherzigkeit hielten sie sie gepackt und begannen damit, sie an das Kreuz zu fesseln, das Symbol ihres Glaubens, dieses Mal mit dem Rücken zum Holz.

»Lasst sie in Ruhe, ihr Teufel!«, schrie Margaret in ihrer Zelle und rüttelte mit aller Macht an dem Gitter. »Sie weiß nichts und kann euch nichts sagen!«

Die beiden Männer beachteten die Unsterbliche nicht und schlossen trotz Eves heftiger Gegenwehr eine Schelle nach der anderen um ihre Hand- und Fußgelenke.

Der Knecht leerte die glühende Kohle aus dem Korb in einen etwa anderthalb Meter hohen Dreifuß und legte dann die Ledertasche auf eine Holzbank. Er öffnete sie und holte daraus drei etwa ellenlange Eisenstangen hervor. Noch ehe er sie mit der Spitze voran in die Kohle legte und diese mit einem dünnen Holzbrett anfächerte, erkannte Eve, was sie waren – Brandeisen!

Der Einhändige stellte sich vor sie und hielt seinen Armstumpf in die Höhe. Mit der Linken zog er das schwarze Futteral ab, und Eves Herz schien für einen Moment auszusetzen, als sie die glänzende Harpunenspitze aus Edelstahl sah.

Diakon Wall grinste. »Du wirst uns sagen, wo er ist. Früher oder später wirst du es uns sagen. Oder er wird kommen, um dich zu retten, und dann werde ich mich bei ihm bedanken – für das hier!« Er schaute seinen Stumpf an, und das Grinsen wich einem finsteren Ernst.

Er führte die Spitze der Harpune zu Eves Kinn und drückte sie nach oben. Sie machte den Hals lang, um den spitzen Schmerz abzumildern, und er kicherte dunkel.

»Du verstehst es langsam«, flüsterte er. »Es gibt Mächte, mit denen legt man sich besser nicht an.«

Eve war sich sicher, dass er damit nicht Gott oder seinen Orden meinte, sondern sich selbst. Eve allerdings fragte sich, wie er sich im Vergleich zu Wesen wie Ben, Margaret oder den Aesirianern auch nur ansatzweise für überhaupt bedeutend halten konnte. Vielleicht aber war es genau das: Weil er sie jagte, folterte und tötete, bildete er sich ein, mächtiger zu sein als sogar sie. Er badete sein Ego in ihrem Glanz – beziehungsweise in der Vernichtung ihres Glanzes.

»Zerstörung ist keine Macht«, zischte sie. »Zerstörung ist der allerletzte Ausdruck absoluter Macht*losigkeit.*«

Er lachte spöttisch und senkte den Widerhaken der Harpune unter den Kragen ihres Shirts. Mit einem Ruck nach unten zerriss er es und starrte auf ihre nackten Brüste. Sie sah eine neue Gier in seinem Blick flackern. Irdische Gier, ganz und gar unheilig.

»Dann werde ich dir in den nächsten Minuten meine Machtlosigkeit demonstrieren«, sagte er. »Ausgiebig.«

Er führte die Harpunenspitze von unten gegen ihren linken Nippel und begann, Druck auszuüben.

Sie schrie auf.

»Du Schwein!«, schrie Margaret.

Doch er drückte nur fester. Eve traten Tränen in die Augen, und sie biss so fest sie konnte die Zähne zusammen. Erst nach ein paar Sekunden hörte er auf – aber nur, um das gleiche grausame Spiel mit ihrer rechten Brustwarze zu beginnen.

Wieder schrie sie.

Sie fühlte, dass er sie absichtlich nicht verletzte, aber der Schmerz war unglaublich.

»Wie weit sind die Eisen?«, fragte er den Folterknecht.

»Noch ein paar Sekunden«, kam die Antwort. »Dann sind sie weißglühend.«

»Gut«, sagte Diakon Wall und führte den Widerhaken unter Eves Gürtel. Ein plötzliches Reißen, und die Hose rutschte nach unten. Ein zweiter Ruck, und der Slip folgte.

»Vielleicht hast du recht«, sagte er. »Vielleicht ist Zerstörung wirklich keine wahre Macht. Aber sie ist auf jeden Fall eine Kunst. Eine Kunst, in der *ich* Meister bin.«

59

Im Licht seiner Taschenlampe eilte Ben durch das Labyrinth der Katakomben. Von sehr viel weiter unten hatte er Eves Schreie gehört, doch er unterdrückte den Drang zu rennen. Er wollte nicht riskieren, sich zu verlaufen. Die Gänge ähnelten einander zu sehr. Überall Nischen mit alten Skeletten und Mauern aus Knochen und Schädeln. Wenn er sich verirrte, würde es Ewigkeiten dauern, den richtigen Weg wiederzufinden.

Wo die Wände nicht von Knochen bedeckt waren, zeigte der Kegel der Taschenlampe Zeichnungen und Malereien auf dem Tuff, manche aus der Zeit der ersten Christen, die sich hier unten vor der Verfolgung durch die Römer versteckt hatten, andere wesentlich älter: der achtstrahlige Stern, Symbol der Ishtar; der akkadische Adonis, mit Pfeil und Bogen auf der Jagd nach dem Eber; Merkur mit seinem geflügelten Helm und dem *Caduceus*, dem Botenstab, um den sich zwei Schlangen wanden und dessen Spitze in zwei ausgebreiteten Vogelschwingen mündete. An dieser Ecke musste er nach rechts.

Er bog ab und beschleunigte seine Schritte.

Der Gang führte nach unten. Er war richtig.

60

Eve fühlte die Spitze der Harpunenprothese über ihrem nackten Oberschenkel auf- und abstreichen und sah die perverse Lust in den Augen des Einhändigen. Der Stahl war gefährlich nah an ihrem Schoß, und sie hyperventilierte in Erwartung der Schmerzen, die er ihr dort zufügen konnte.

»Ich weiß wirklich nicht, wo er ist«, brachte sie zwischen keuchenden Atemzügen hervor, aber sie erkannte an seinem Blick, dass ihm das gerade völlig egal war.

»Du bist schön«, sagte er mit belegter Stimme, und Eve schnürte sich bei dem abartigen Kompliment die Kehle zusammen. »Sogar noch schöner als unsere kleine Heilige hier. An dir ist mehr dran.«

»Sie sind krank«, zischte sie.

»Nur ehrlich«, erwiderte er und führte die Harpunenspitze mit ganz absichtlich quälender Langsamkeit über ihren Venushügel hinweg zu ihrem anderen Oberschenkel.

»Die Brandeisen sind gleich so weit«, meldete der Folterknecht vom Dreifuß her.

Diakon Wall zögerte einen Herzschlag lang, mit fast schon verliebtem Blick auf seine Prothese. Dann sagte er: »Vergiss die Eisen« und trat zu dem Kohlebecken.

Eve gefror das Blut in den Adern, als sie sah, wie er die Harpunenspitze tief in die Glut steckte, während er die Gefangene angrinste. Es zischte, und sie wusste, dass es ihr eigener Schweiß war, den er auf der Stahlharpune gesammelt hatte.

»Mehr Luft!«, befahl er dem Folterknecht, ohne die Augen von Eve zu nehmen. »Bring sie zum Glühen.«

Der Folterknecht nahm das Holzbrett und fächelte die Kohlen an. Funken stoben auf.

»Du Drecksau!«, kreischte Margaret in ihrer Zelle. Sie hatte noch immer die kleinen Hände um das Gitter gekrallt, so fest, dass die Knöchel hervortraten, und rüttelte noch heftiger daran. »Du perverse, bigotte Drecksau!«

Diakon Wall zuckte mit den Schultern. »Sie ist eine Alchimistin. Eine Hexe. Und ich behandle sie wie eine.«

»Hör auf damit!«, schrie Margaret. »Hör auf damit, und ich verrate dir, wo die Quelle ist!«

»Was?« Eve warf schockiert den Kopf herum und starrte Margaret ungläubig an. War das ihr Ernst, oder versuchte die kleine Königin nur, Zeit zu schinden? »Margaret, du darfst es ihnen nicht verraten. Auf gar keinen Fall. Sie werden sie zerstören. Und dann ist das Wissen für immer verloren.«

»Ich muss es tun«, entgegnete Margaret voller Verzweiflung. »Du hast keine Vorstellung davon, wie sich das anfühlt, was er dir da antun will. Nicht einmal eine entfernte. Ich schon. Aber anders als bei mir wird es bei *dir* nicht wieder heilen.«

»Sieh an, sieh an«, sagte Diakon Wall mit einem Schmunzeln zu Margaret. »Da foltern wir dich über anderthalb Jahrhunderte lang auf jede nur erdenkliche Art und Weise, ohne auch nur eine Silbe aus dir herauszubekommen, und dabei hätten wir die ganze Zeit nur jemand anderen foltern müssen, um dich zum Reden zu bringen.«

»Nein, Margaret! Schweig!«, bat Eve inbrünstig. »Sag es ihnen nicht. Bitte!«

Diakon Wall nahm die Harpunenspitze aus den Kohlen und betrachtete sie. Unzufrieden zog er die Mundwinkel nach unten und steckte sie in die Glut zurück.

»Heißer! Viel heißer!«, befahl er barsch, und der Folterknecht fächelte schneller.

»Komm schon, Wall!«, rief Margaret. »Stell dir vor, du bist derjenige, der es schafft, mir mein Geheimnis zu entreißen. Der Orden würde dich aus Dank zum Bischof machen.«

Der Diakon ließ zwar die Harpunenspitze in der Glut ruhen, richtete den Blick aber wieder auf Margaret.

»Du könntest Garden endlich in Rente schicken und seinen Platz einnehmen«, malte Margaret ihm die Möglichkeiten aus. »Das willst du doch schon lange. Ich kann es dir ansehen. Schon seit Jahren.«

Eve sah, wie in den Augen des Diakons ein neuer Funken aufflackerte.

»Oder noch besser«, fuhr Margaret fort, »du nutzt die Kraft der Quelle für dich und machst dich selbst unsterblich. Vielleicht wächst dann sogar deine Hand nach. Ich weiß nicht, ob die Quelle das bewirken kann. Aber selbst wenn nicht, hast du dann alle Zeit der Welt, den zu jagen, der sie dir genommen hat. Wie wäre das?« Sie verstummte, um den Gedanken bei Wall fruchten zu lassen.

»Ich könnte den Orden mächtiger machen als jemals zuvor«, sagte er dann tatsächlich, in einem Ton, der klar machte, dass er mit sich selbst redete. »Mächtig genug, um den elenden Bastarden der Nephilim nach all der Zeit endlich ganz offen den Kampf anzusagen und sie für immer vom Antlitz dieser Welt zu tilgen. Ein unsterblicher Krieger Gottes. Ein allmä…«

»Sie spielt nur mit Ihnen«, unterbrach Eve seinen größenwahnsinnigen Monolog.

»Halt dich da raus, Eve!«, zischte Margaret.

»Ich kann das nicht zulassen, Maggie.«

»Es ist meine Entscheidung! He, was machst du da?« Die Frage galt Diakon Wall, der die Harpunenspitze aus der Glut nahm und auf Eve zutrat.

Er sah Margaret amüsiert an. »Ich fange schon mal an. Dann hört sie endlich auf dazwischenzureden, und du beeilst dich ein wenig mehr, mir tatsächlich zu erzählen, wo ich die Quelle finde.«

Eve sah, wie sich Margarets Augen ganz leicht überrascht weiteten. Damit hatte sie offenbar nicht gerechnet. Eve erkannte, dass sie wirklich nur versucht hatte, Zeit zu schinden.

Auch Diakon Wall sah das – und schien nicht wirklich verwundert.

»Dachte ich's mir«, sagte er kühl und machte einen weiteren Schritt auf Eve zu.

»Zurück!«, donnerte in diesem Augenblick eine Stimme hinter Eve.

Das Kreuz, an dem sie hing, verhinderte, dass sie sich weit genug herumdrehen konnte, aber sie musste ihn nicht sehen, um zu wissen, wer da sprach. Sie würde diese Stimme unter Millionen erkennen. Und in diesem Moment der Angst und Verzweiflung war sie der schönste Klang der Welt.

Ben!

Er hatte sie gefunden.

Und er war gekommen, um sie zu retten. Sie hätte am liebsten geweint vor Glück – hätte sie in dem Moment nicht das leise, aber triumphierende Lächeln von Diakon Wall gesehen. Ein Lächeln, das ihr noch mehr Furcht einjagte als die glühende Harpunenspitze, die ganz dicht vor ihrem Gesicht schwebte.

61

»Wunderbar!« Diakon Wall lachte auf – und drückte unvermittelt das glühend heiße Metall auf Eves Oberschenkel. Eves Schrei gellte durch die Katakomben. »Zwei Fliegen auf einem Schlag.«

Ben hielt die Mündung der SIG Sauer am Kreuz vorbei auf das Gesicht des einhändigen Hüters gerichtet, doch der schien davon gänzlich unbeeindruckt.

Er hielt die Harpunenspitze hoch, die er an Stelle der Hand trug, die ihm Ben während des Kampfes im Kloster abgeschlagen hatte, und richtete sie auf Eves Auge. »Einen Schritt weiter, und sie verliert es!«

Ben spannte den Hahn der SIG. »Sie sind tot, ehe Sie sie nur berühren können.«

»Wärst du dir dessen sicher, hättest du schon abgedrückt«, sagte der Einhändige mit sadistischer Ruhe.

Ben fluchte in sich hinein. Der andere hatte recht – und er wusste es. Beide wussten sie es. Aus einem anderen Winkel heraus wäre es möglich gewesen, einen Fangschuss zu setzen und allem ein Ende zu bereiten. So aber waren das Kreuz und Eve im Weg.

»Wirf die Waffe weg«, forderte Diakon Wall.

»Keine Option«, knurrte Ben.

»Ich töte sie.«

»Danach sind Sie dran. Nur zu.«

»Hm«, machte Diakon Wall. »Das nennt man wohl eine Patt-Situation.« Nach einer kleinen, absurd theatralischen Pause fügte er hinzu: »Oder man *könnte* es eine Patt-Situation nennen, wenn da nicht …« Er grinste siegesgewiss.

»Wenn da nicht was?«, fragte Eve panisch.

Statt zu antworten, stieß Diakon Wall einen Pfiff aus …

… und Ben hörte hinter sich das Klicken mehrerer Pistolenhähne.

Verdammt! Verstärkung.

Dem Klicken der Hähne nach handelte es sich um mindestens vier Mann.

Ben fluchte lautlos. Es war eine Falle.

Er hätte es wissen müssen. Spätestens als er so einfach in die Katakomben hatte eindringen können. Wären die Sicherheitsvorkehrungen des Ordens immer so lausig, hätten die Aesirianer sie längst eliminiert.

Ben stand still, während zwei der Männer im Abstand von zwei Metern links und rechts an ihm vorbei nach vorn traten, ihre Waffen dabei beständig auf ihn gerichtet.

Der Folterknecht ging zu seiner Tasche und holte eine Betäubungspistole daraus hervor.

Aber keiner der Hüter hatte bemerkt, dass Bens linke Hand tief in den weiten Ärmel seiner Kutte zurückgezogen war.

»Also«, sagte der Einhändige. »Waffe sichern und fallen lassen.«

Ben gehorchte. Nur scheinbar resignierend. Er legte den Sicherungshebel der Pistole um und ließ sie fallen – und zugleich das, was er bis eben in der Linken gehalten hatte.

Die Ordensbrüder hinter Ben starrten für einen kurzen Moment auf den schwarzen, zylinderförmigen und etwa handgroßen Gegenstand, den Ben mit der Pistole hatte fallen lassen, und begriffen zunächst nicht, worum es sich handelte. Dann aber rief einer von ihnen alarmiert: »Granate!«

Ben nutzte das Überraschungsmoment, da jeder vor Schreck wie gelähmt war, um den Gegenstand mit der rechten Fußspitze in Richtung des Einhändigen zu kicken. Der tat genau das, wovon Ben gehofft hatte, dass er es tun würde – er machte reflexartig zwei schnelle und weite Sätze nach hinten, weg von Eve.

Der Folterknecht sprang ebenfalls zurück, um hinter dem Tisch Deckung zu finden, riss dabei aber die Betäubungspistole hoch und drückte ab.

Doch Ben hechtete bereits zur Seite, und der Pfeil ging ins Leere.

Die vier Männer um ihn herum zögerten einen weiteren Moment, weil sie auf einmal statt auf Ben aufeinander zielten.

Während sie ihre Waffen wieder auf Ben schwenkten, fischte der schnell die SIG vom Boden auf, zog gleichzeitig mit der Linken den Stiefeldolch und rollte aus der Schusslinie, gerade als die ersten Schüsse krachten.

Die Kugel prallte dicht neben ihm vom Boden ab.

Und die Granate explodierte mit ohrenbetäubendem Krachen.

Ein greller Lichtblitz flammte in dem niedrigen Raum auf. Es war die Blendgranate, die hochgegangen war. Nur Ben hatte in dem Moment die Augen fest geschlossen.

Dennoch musste sich Ben beeilen. Der Einhändige stellte mit Abstand die größte Gefahr dar, aber die vier anderen waren näher, um die musste er sich zuerst kümmern. Sie torkelten durch den Raum, noch orientierungslos durch den lauten Knall und das blendende Licht.

Ben sprang zu jedem Einzelnen von ihnen, wandte bei einem nach dem anderen seinen Schulter-Nacken-Griff an, und sie fielen innerhalb weniger Sekunden bewusstlos zu Boden. Es war nicht notwenig, sie zu töten.

Dann rannte er zu dem Kreuz.

»Ben!«, rief Eve. In ihrer Stimme lag eine seltsame Mischung aus Verzweiflung und Zuversicht, aber sie verriet ihn damit.

»Still!«, rief Ben, um einen weiteren Ruf ihrerseits zu verhindern, und ärgerte sich darüber, dass er dadurch seine eigene Position verraten hatte. Ein Schatten tauchte neben ihm auf, und er hörte ein lautes metallisches Klicken.

Es war der Einhändige. Der glasige Blick seiner Augen verriet, dass er noch immer nicht wieder sehen konnte, aber seine Bewegungen zeigten, dass er offenbar trainiert war, auch blind zu kämpfen. Aus dem Aufsatz über seinem Armstumpf ragte eine etwa ellenlange Klinge, die er mit ganzer Kraft in Bens Richtung schwang.

Ben machte einen Satz zur Seite und trat seinem Gegner in die Kniekehle. Der Einhändige kippte mit einem Aufschrei um.

Ben setzte nach und hieb ihm das Griffstück seiner Pistole in den Nacken. Der geraffte Stoff der Kapuze aber nahm dem Schlag einen Großteil seiner Kraft, und statt bewusstlos zu Boden zu gehen, sackte der Mann nur benommen in sich zusammen. Ben riss ihm den Schlüsselring vom Gürtel und eilte weiter zum Kreuz.

Und geriet an den nächsten Gegner. Es war der Folterknecht, der die Brandeisen aus der Glut gerissen hatte und sie wie zwei Schwerter schwang. Auch er hatte seine Orientierung noch nicht völlig wiedergefunden, aber er schwenkte die glühenden Eisen geschickt in weiten Kreisen, sodass sie zwei Achten formten und so die größtmögliche Fläche abdeckten.

Ben wollte nicht riskieren, dass er Eve mit den brennenden Eisen traf. Er riss die SIG hoch und feuerte dem Mann eine Kugel in den Kopf. Die Trefferwucht schleuderte den Getroffenen nach hinten, er schlug zu Boden, und eines der Brandeisen landete auf seiner Brust.

Die Kutte fing sofort Feuer, und es begann, nach verbranntem Fleisch zu stinken.

Ben eilte zu Eve. Nach drei Versuchen hatte er den richtigen Schlüssel für die Schellen gefunden.

»O Gott, ich bin so froh, dass du gekommen bist«, sagte sie, während er eine Schelle nach der anderen aufschloss. Tränen liefen ihr über die Wangen. »Und es tut mir so leid, dass ich in China …«

»Später«, knurrte er. »Jetzt müssen wir erst heil hier herauskommen.«

»Wir müssen Maggie mitnehmen«, sagte sie und bückte sich, um ihre Hosen wieder hochzuziehen. Der Bund und auch der Gürtel waren zerrissen. Ben nahm den Strick, der seine Kutte wie ein Gürtel zusammenhielt, und wickelte ihn ihr so um die Hüfte, dass er die Hose hielt. »Die Frau in der Zelle.«

»Warum?«

»Tu es. Bitte.«

»Gut.« Er rannte zur Zelle. »Bleib du, wo du bist.«

Da sprang ihn der Einhändige erneut an. Er war noch wacklig auf den Beinen, aber wild entschlossen. Ja, geradezu besessen. Statt die Klinge an seinem Arm zu schwingen, stach er damit zu und zielte direkt auf Bens Brust.

Ohne in der Vorwärtsbewegung innezuhalten, wich Ben der Klinge aus, indem er den Oberkörper zur Seite drehte. Gleichzeitig klammerte er den nach vorn gestreckten Arm seines Gegners unter der Achsel ein und verpasste dem Einhändigen einen *Glasgow Kiss*, indem er ihm die Stirn gegen die Nasenwurzel rammte.

Der Einarmige stöhnte auf und ging betäubt in die Knie.

Ben lief weiter und probierte die Schlüssel des Rings in der Tür zur Zelle der anderen Frau. Der vorletzte passte, und das Schloss schnappte auf.

»Hierher!«, rief Ben, um ihr mit seiner Stimme den Weg zur Zellentür zu weisen.

Sie trat auf ihn zu und sah ihn mit klarem Blick aus unwahrscheinlich blauen Augen an. »Ich weiß.«

Sie konnte wesentlich schneller wieder sehen als die anderen.

»Eine Unsterbliche!«, rief Ben Eve zu und machte einen schnellen Schritt zurück, um einer möglichen Attacke der gerade Befreiten zu entgehen. »Wir können sie nicht mitnehmen. Sie gehört zu den anderen!«

»Tut sie nicht«, widersprach Eve. »Wir können ihr vertrauen. Ich erkläre es dir, wenn wir hier raus sind.«

Die kleine und zerbrechlich wirkende Mädchenfrau vor ihm legte den Kopf schief und lächelte ihn an. »Keine Angst, Großer. Ich tue dir nichts.« Dann eilte sie an ihm vorbei auf Eve zu, nahm sie an die Hand und führte sie in Richtung Ausgang.

»Den Weg durch die Villa können wir nicht nehmen«, warnte Ben. »Das war eine Falle. Oben werden ganz bestimmt noch mehr von ihnen auf uns warten.«

»Das ist der einzige Weg hier raus«, meinte Margaret.

»Nein«, entgegnete Ben und ging in die andere Richtung. »Folgt mir.«

»Dort geht es nur tiefer in die Katakomben«, sagte Margaret, »und den Weg dorthin versperrt eine schwere Eisentür.«

»Ich weiß«, erwiderte Ben. »Kommt mit.«

62

Ben holte die Taschenlampe hervor und schritt voran, weg vom eigentlichen Eingang zum Folterkeller, sich darauf verlassend, dass die beiden Frauen ihm folgen würden. In dem Tunnel, den er betrat, lag der Staub mehrere Zentimeter dick auf dem Boden. Hier war schon seit Jahrzehnten niemand mehr durchgelaufen.

Nach etwa dreißig Metern stieß er auf eine uralte dicke Eisentür mit mehreren Riegelschlössern. Er nahm das mitgebrachte Schweißgerät und machte sich an die Arbeit.

Den ersten Riegel hatte er durch, als Eve und Margaret zu ihm aufschlossen.

»Magie!«, rief Margaret voller Erstaunen aus, als sie sah, wie die kleine fauchende Flamme in Bens Hand das alte Metall mit einer Leichtigkeit durchschnitt, als wäre es aus Butter.

Eve hatte die zerrissenen Hälften ihres Shirt-Vorderteils in den Strickgürtel gestopft, um ihre noch immer schmerzenden Brüste zu bedecken. »Woher wusstest du von der Tür?«, fragte sie Ben. »Und woher weißt du, dass uns dieser Weg nach draußen führt?«

»Ich war schon einmal hier«, antwortete Ben und schweißte den dritten Riegel entzwei.

»Ich habe dich hier noch nie gesehen«, sagte Margaret argwöhnisch. Eve spürte das Misstrauen zwischen den beiden Unsterblichen.

»Dann warst du wohl noch nicht hier, als ich hier war«, sagte Ben und machte sich an dem fünften Schloss zu schaffen.

»Sie ist seit hundertsechzig Jahren hier«, erklärte Eve.

»Sag ich doch«, antwortete Ben.

»Dann bist du …?«

»Nicht jetzt«, unterbrach er sie. »Hört ihr das?«

»Hunde!«, sagte Margaret mit Panik in der Stimme. »Sie haben die Hunde losgemacht. Die finden uns überall. Wir kommen niemals hier raus!«

»Ruhig Blut.« Ben richtete die Flamme des Schweißgeräts auf den vorletzten Riegel.

Eve legte der kleinen Königin, die auf einmal am ganzen Leib zitterte, eine Hand auf die schmale Schulter. Doch sie ließ sich nicht beruhigen. Eve hörte, wie Margarets Zähne klapperten.

Das Gebell der Hunde kam schnell näher. Sehr viel schneller, als Ben gedacht hatte. Zu schnell.

Er leuchtete mit der Taschenlampe in die Richtung, aus der sie gekommen waren, dann stand er auf und drückte Eve die SIG Sauer in die Hand. »Hier entsicherst du sie.« Er zeigte ihr den kleinen Hebel neben dem Hahn. »Schieß auf alles, was sich bewegt. In der Enge des Tunnels kannst du sie kaum verfehlen. Aber wenn du feuerst, stütz dein rechtes Handgelenk mit der Linken, um den Rückstoß abzufangen.«

Eve kam die Pistole sehr, sehr schwer vor. Sie mochte Waffen nicht. Waffen zerstörten Leben, während Eves ganzes Sein darauf ausgerichtet war, Leben zu erhalten. Der Gedanke, gleich töten zu müssen, um nicht selbst getötet zu werden, verursachte ihr ein flaues Gefühl in der Magengegend.

Ben wandte sich an Margaret und drückte ihr die Taschenlampe in die zitternden Finger. »Ich nehme an, du hast keine Ahnung, wie man mit einer automatischen Pistole umgeht.«

Margaret schüttelte den Kopf.

Er reichte ihr den Stiefeldolch. »Aber damit kannst du sicher etwas anfangen, oder?«

»Verlass dich drauf«, sagte sie grimmig.

»Gut.« Ben wandte sich wieder der Tür und seinem Schweißgerät zu.

Er hatte das vorletzte Schloss gerade durch, als die Hunde kamen.

Bluthunde. Sechs Stück.

Die schwarzen und braunen Leiber erschienen Eve riesig und schienen nur aus Muskeln und Zähnen zu bestehen. Keiner unter fünfzig Kilo. Sie stürmten in den Tunnel wie Dämonen durch den Höllenschlund.

Eve drückte ab, und die Explosion des Schusses donnerte durch den Gang und brachte ihre Ohren zum Klingen. Einer der breitbrüstigen Hundekörper kam aus dem Takt, rannte aber weiter.

Sie musste besser zielen.

Eve ging in die Knie und legte an. Feuerte.

Der zweite Schuss riss einen der Hunde von den Beinen, und der Schwung seines Laufs ließ ihn sterbend über den staubigen Boden nach vorn rutschen. Die anderen hetzten unbeeindruckt weiter auf sie zu. Sie waren keine zehn Meter mehr entfernt.

Eve schoss in schneller Folge.

Eins, zwei, drei Mal.

Ein zweiter Hund brach zusammen.

Sechs Meter. Vielleicht fünf. Eves Handfläche vibrierte bei jedem abgefeuerten Schuss, und die Luft stank beißend nach Pulver und den Exkrementen der getroffenen Hunde.

Erneut drückte sie ab. Immer und immer wieder. Bis das Magazin leer war.

Doch zwei der Hunde lebten noch. Einer stürzte sich auf

Eve, der andere auf Margaret. In ihrer Verzweiflung hieb ihm Eve die Pistole auf die Schnauze, ehe der Aufprall sie nach hinten riss. Sie ließ mit einem Schrei die Pistole fallen und verkrallte beide Hände in den Hals des Tieres, in dem verzweifelten Versuch, sein riesiges Gebiss auf Abstand zu halten.

Sein Atem war heiß, Speichel troff daraus in Eves Gesicht. Er knurrte wild, schnappte nach ihrer Kehle und war um einiges kräftiger, als Eve gedacht hatte. Er warf den Kopf hin und her und versuchte, seinen muskulösen Hals aus ihren verkrampften Fingern zu befreien. Sie grub ihre Nägel tiefer in sein Fell und die Haut darunter, während die riesigen Vorderpfoten ihr die Schultern zerkratzten.

Lange würde sie ihn nicht mehr halten können.

»Ben!«, schrie sie gerade, als sie sah, wie sich eine kleine Hand zwischen sie und den Hundekopf schob. Sie hielt einen Dolch, führte die Spitze der Klinge zwischen Kehle und Unterkiefer des Tiers – und stach zu, schnell und kraftvoll.

Der Hund versuchte noch nach der Hand zu schnappen, doch Margarets Unterarm wich seinen mit lautem Klackern aufeinanderschlagenden Zähnen aus, dann trieb sie die zweischneidige Klinge noch weiter nach oben in den Schädel hinein.

Das Tier sackte schlaff in sich zusammen, und Margaret zerrte es von Eve hinunter.

»Nie wieder!«, keuchte Margaret und stach noch einmal zu. Ihre hellblauen Augen funkelten wild. Eve sah den zweiten Hund ebenfalls tot am Boden liegen. Aus der Folterkammer, aus der sie geflohen waren, drangen die Stimmen von Männern.

»Ich bin fertig!«, rief Ben und riss die Tür auf. »Los!«

Eve und Margaret beeilten sich, an ihm vorbei durch den Spalt zu schlüpfen.

»Weiter!«, drängte Ben. »Ich komme gleich nach.«

Er nahm die Handgranate und zog den Splint, hielt den Bügel aber in der geballten Faust weiterhin gespannt. Er wartete, bis am Ende des Ganges die ersten Verfolger auftauchten, und warf ihnen die Granate dann entgegen. Im nächsten Moment schlüpfte er durch den Türspalt, während bereits die ersten Kugeln in das dicke Holz nagelten, und folgte Eve und Margaret.

Hinter ihm krachte die Detonation der Granate.

63

Eine Stunde später, nach unzähligen Abzweigungen und der Überquerung eines unterirdischen Flusslaufes über einen schmalen steinernen Steg, verließen Eve, Ben und Margaret das Labyrinth an einer steilen Böschung am Ostufer des Tibers, beim Mausoleum des Augustus, nicht weit von der Engelsburg gelegen. Die Sonne war inzwischen untergegangen, und Sterne glitzerten am Firmament.

Eve atmete die frische Luft in vollen Zügen. Margaret aber …

Die kleine Königin fiel auf die Knie, fing an zu weinen und reckte die schlanken Arme zum Himmel empor. Mit tränennassen Augen sah sie hinauf zu den Sternen. Dann mischte sich ein Lachen in ihr Weinen, und Eve sah, wie ihr kleiner Körper vom Schluchzen und Lachen förmlich geschüttelt wurde.

Margaret strich sich das Haar aus dem Gesicht, um mehr von der frischen Luft an ihre Haut zu lassen und die Sterne über Rom besser sehen zu können. Ihre Lippen zitterten, und dicke Tränen der Freude und Erleichterung flossen in Bächen über ihre Wangen.

Sie ließ sich nach vorn fallen und krabbelte auf allen vieren auf Ben zu, und ehe der begriff, was sie vorhatte, umklammerte sie seine Wade mit beiden Händen und küsste seinen Fuß.

»Danke«, schluchzte sie. »Danke! Danke! Danke!«

Dann tat sie das Gleiche bei Eve, die sich beeilte, sich zu bücken und Margaret nach oben zu ziehen.

»Schon gut.« Sie nahm Margaret in die Arme und streichelte ihr schmutziges Haar. »Schon gut.« Sie ahnte, was in Margaret vorging, musste sich aber eingestehen, sich den gesamten Umfang ihrer Gefühle nicht im Entferntesten vorstellen zu können. Niemand konnte ermessen, wie es war, hundertsechzig Jahre lang in ein und demselben unterirdischen Verlies gefangen zu sein und während all der Zeit nicht ein einziges Mal frische Luft zu atmen oder den Himmel zu sehen – und dann, wenn alle Hoffnung bereits gestorben ist, doch noch die Freiheit zu erlangen.

»Danke«, flüsterte Margaret noch einmal und löste sich dann von Eve. Sie drehte sich herum und schaute auf den Fluss hinab.

Eve wandte sich Ben zu – und sah, dass er sie ansah. Ehe sie es sich anders überlegen konnte, machte sie zwei schnelle Schritte auf ihn zu, schlang die Arme um seinen Nacken und küsste ihn.

Kurz war er irritiert, dann aber erwiderte er ihren Kuss und packte sie mit seinen starken Händen. Sie fühlte sich wie in ihrem Traum, sicher und geborgen.

»Entschuldige«, flüsterte sie immer wieder gegen seine warmen Lippen und spürte, wie auch ihr die Tränen über die glühenden Wangen liefen. Es kümmerte sie nicht, sie ließ ihnen freien Lauf. »Entschuldige, Ben.«

Seine breite Brust drückte gegen ihre, und sie zog ihn noch fester an sich, in dem Wunsch, nie wieder irgendwo anders sein zu müssen als in seinen Armen. Sie hatte ihn verraten, doch er hatte sie trotzdem gerettet. Vielleicht nur, weil er sie brauchte, aber das spielte keine Rolle. Sein Kuss war ehrlich und zärtlich und zugleich kraftvoll verlangend.

»Schon gut«, flüsterte er zurück und küsste sie noch einmal. Mit dem Daumen wischte er ihr die Tränen ab. Dann trat er einen Schritt zurück. »Wir müssen hier weg.«

64

Rom.
Hotel Eden.

Das Hotel Eden ist eines der führenden Luxushotels der Stadt. Es liegt an der Via Ludovisi, gerade mal ein paar hundert Meter von der Villa Borghese entfernt. Kristallspiegel mit vergoldeten Rahmen, schwere, wertvolle Kronleuchter, Polstermöbel aus poliertem Wurzelholz, edle Stofftapeten und Teppiche, in denen man versinken wollte. Durch die gekippten Fenster strömte der Duft von Jasmin. Ben hatte dort eine Suite gebucht. Die Hüter würden niemals vermuten, dass sie sich direkt in ihrer Nähe versteckten.

Durch die Badezimmertür hindurch hörte Eve das Brausen der Dusche und Margarets fast kindliches Lachen.

»Das gibt es überhaupt nicht«, sagte sie immer und immer wieder zu sich selbst. »Das gibt es überhaupt nicht.« Eve wusste, dass dies nicht das Eigenecho der Frau war, die jahrzehntelang eine Wahnsinnige gespielt hatte, um nicht wahnsinnig zu werden. Es war die pure Begeisterung eines Mädchens für etwas, das sie noch nie erlebt hatte – warmes Wasser aus einem Duschkopf. »Das ist wie Regen auf Bestellung.«

Auch der Weg zum Hotel war von zahlreichen Verwunderungsausrufen Margarets begleitet gewesen. So viele Dinge, die die kleine Königin noch nie gesehen hatte: Autos, Vespas, Straßenlaternen, Leuchtreklamen, Flugzeuge am Himmel. Aber statt eingeschüchtert zu sein, war sie begeistert von all dem Fortschritt, von der Helligkeit bei Nacht und der ausgelassenen Lebendigkeit auf den Straßen.

Sie war bereits seit fast einer halben Stunde unter der Dusche und kicherte. Eve und Ben hatten nacheinander in dem zweiten Badezimmer geduscht und saßen in weichen Hotelbademänteln aus Frottee am Tisch und machten sich heißhungrig über das Essen her, das der Etagenservice gebracht hatte.

Ben hatte für sich eine riesige Portion Ossobuco alla Milanese mit geschmortem Gemüse und Weißweinrisotto geordert, Eve saß vor einem Saltimbocca, einem Kalbsschnitzel mit Parmaschinken und Salbei. Dazu hatte sie sich statt der angebotenen Beilagen eine Doppelportion Spaghetti mit zerlassener Butter bestellt.

»Sie ist wirklich die heilige Margaret von Schottland«, sagte Eve, immer noch ein wenig fassungslos. Nun, da die Bedrohung, in der sie in den Katakomben geschwebt hatte, nicht mehr existierte, kamen ihr einige der Dinge, die Margaret gesagt hatte, erst richtig zu Bewusstsein. »Und mein Ur-ur-ur-zehn-oder-mehrmal-urgroßvater hat ihr das Leben gerettet. Unglaublich, oder?«

Ben schmunzelte. »Aus deiner Sicht sicher. Aber du wirst dich an solche Zusammenhänge gewöhnen.«

Eve zog fragend die Augenbraue hoch, und die Gabel aufgerollter Spaghetti, die sie sich gerade in den Mund hatte schieben wollen, verharrte.

»Wenn du erst selbst einmal unsterblich bist«, erklärte Ben. »Die Dinge – Ereignisse und Menschen – sind alle immer miteinander verbunden. Irgendwie.«

Wenn du erst selbst einmal unsterblich bist … Eve ließ sich den Gedanken durch den Kopf gehen. Eine atemberaubende Vorstellung. Die erst, nachdem sie Margaret kennengelernt hatte, richtig Form annahm.

»Wie alt bist du, Ben?«, fragte sie, als sie den Mund wieder leer hatte.

Er schaute sie an. »Ich möchte nachher gern dort weitermachen, wo wir am Fluss aufgehört haben.«

Eves Herz machte einen Satz – und zugegebenermaßen spürte sie auch eine körperliche Reaktion, ein sehr angenehmes Kribbeln in ihrem Körper. Sie fühlte, dass sie rot wurde, und nahm schnell einen Schluck Wasser.

»Ähm …« Sie räusperte sich. »Das wäre schön. Äh, ich meine … Ja, das möchte ich auch.« Das Wasser half kein bisschen, sie abzukühlen, sie wurde noch mehr rot. »Sehr gern.«

Er lächelte und nahm einen Bissen von seiner geschmorten Kalbshaxe, den Blick weiterhin in ihre Augen versenkt. Ihm dabei zuzusehen, wie seine kräftigen Wangenmuskeln arbeiteten, ließ sie wünschen, Margaret wäre schon im Bett in ihrem Zimmer. Noch nie hatte sie sich in Anwesenheit eines Mannes so klein gefühlt. *So angenehm klein*, relativierte sie in Gedanken. Ein unsterblicher Krieger mit dem Herzen eines Löwen, dessen Mission es war, sie zu beschützen – aus welchen Motiven heraus auch immer.

Doch so sehr das romantische Mädchen und die begehrende Frau in ihr bereit, ja, gierig darauf waren, auf diesen Zug aufzuspringen, war da immer noch die kühl analysierende Wissenschaftlerin in einer Ecke ihres Inneren, und die schrie so laut über den Orkan all dieser tollen Gefühle hinweg, dass Eve nicht anders konnte als hinzuzufügen: »Du bist meiner Frage ausgewichen.«

»Ich weiß«, antwortete er mit einem Schmunzeln.

Sie konnte ihm nicht böse sein. Nicht in dieser Nacht.

»Ich werde morgen früh noch einmal fragen«, stellte sie dennoch klar.

Er lachte. »Auch das weiß ich.«

65

Rom.
Villa Borghese.

Diakon Wall lag in seinem Bett, bis unter die Hirnrinde vollgepumpt mit Schmerzmitteln. Die gebrochene Nase war gerichtet und geschient worden, die übrigen Verletzungen – kleinere Prellungen und Schürfwunden – versorgt und verbunden. Neben dem Bett stand noch der medizinische Versorgungstisch, und er war an einen Tropf angeschlossen. Im unteren Regalfach des Versorgungstisches lag seine Stahlprothese.

»Was haben Sie sich dabei gedacht?«, zeterte Bischof Garden, der wütend vor Walls Bett auf und ab lief. Sein Kopf war rot, und er hatte die wurstartigen beringten Finger zu

Fäusten geballt. »Nur eine Wache. Die Alarmanlage ausgeschaltet.«

»Ich wollte ihm eine Falle stellen«, brachte der Diakon unter großer Anstrengung hervor. »Um ihn ein für alle Mal auszuschalten, nach all dem Schaden, den er angerichtet hat.«

»Schwachsinn!«

»Ich ...«

»Sie haben ihn einzig und allein in die Falle locken wollen, um Ihre ganz persönlichen, niederen Rachegelüste zu befriedigen«, stieß der Bischof anklagend hervor. »Und wohin hat das geführt? Jetzt sind wir nicht nur mit Doktor Sinclair und ihrem geheimnisvollen Beschützer wieder ganz am Anfang, wir haben zu allem Übel auch noch die Schottin verloren. Nach hundertsechzig Jahren, Wall!« Den letzten Satz schrie er. »Ich gehe in die Geschichte unseres Ordens ein als der Bischof, dem die ›Ewige Gefangene‹ entkommen konnte!«

»Hätte mein Plan funktioniert ...«

»Er hat aber nicht funktioniert, Mann!«

»Aber ...«

»Haben Sie überhaupt die geringste Vorstellung davon, was alles hätte passieren können, hätten die Anderen angegriffen, während wir so schutzlos waren? Wenn ein einzelner Mann so viel Schaden anrichten kann, was, glauben Sie, hätte dann ein ganzer Trupp dieser Bastarde der Nephilim angerichtet? Ich sage es Ihnen: Sie hätten uns ausgelöscht, bis auf den letzten Mann – und hätten dabei nicht einmal Verluste erlitten.«

»Aber ...«

»Kein gottverdammtes ›Aber‹ mehr, Wall!«, donnerte der Bischof und schlug mit der flachen Hand so hart auf den Versorgungstisch, dass es schepperte. »Dort draußen laufen jetzt drei Kreaturen herum, die alles vernichten können, wofür unser Orden seit fast zweitausend Jahren kämpft.«

»Dazu wird es ganz bestimmt nicht kommen«, krächzte Diakon Wall. »Ich werde …«

»Sie werden gar nichts«, sagte Bischof Garden. »Hören Sie? Gar nichts! Sie sind mit sofortiger Wirkung von all Ihren Pflichten entbunden. Und auch von Ihren Privilegien.«

»Was?«

Der Bischof schüttelte den Kopf. »Und dabei habe ich wirklich gedacht, Sie hätten das Zeug zu einem herausragenden Strategen. Aber ganz offensichtlich habe ich mich in Ihnen getäuscht.« Er deutete auf die Waffenprothese neben dem Bett. »Schwer getäuscht. Sie sind und bleiben einfach nur ein dummes, blindes Tötungswerkzeug, ganz ohne jedwede Kreativität oder gar taktisches Denken.«

Wall flüsterte etwas, aber der Bischof konnte ihn nicht verstehen. »Was sagen Sie? Reden Sie lauter.«

Wieder flüsterte Wall.

»Ich kann Sie nicht verstehen.«

Diakon Wall sah noch um einiges schwächer aus als zu Beginn der Maßregelung. Er winkte den Bischof matt mit dem nackten Armstumpf zu sich heran. Der bückte sich genervt zu ihm herab, um sein Ohr näher an Walls Lippen zu bringen. »Was?«

Da schnellte Diakon Walls Armstumpf um den Nacken des Bischofs, und er zog ihn mit unglaublicher Kraft zu sich herunter – mit dem Gesicht in die Bettdecke über seiner Brust.

Der Bischof strampelte und versuchte zu schreien. Doch Diakon Wall war sehr viel stärker.

Er griff mit der Linken um den Kopf des Bischofs herum und zog die Tropfnadel aus der Beuge seines Stumpfes. Mit einem Ruck riss er sie vom Schlauch und stach sie dem sich vergeblich wehrenden Bischof in die rechte Halsschlagader. Fast gleichzeitig stülpte er die Lippen über das offene Plastikende der Nadel und blies Luft hinein, lange und kraftvoll. Er atmete tief durch die Nase ein und wiederholte den Vorgang dreimal.

Der Körper des Bischofs bäumte sich auf, doch Wall hatte ihn fest umklammert. Die Luft, die er in die Halsschlagader pumpte, führte einen Herz- oder einen Hirnschlag herbei, der bei dieser Menge massiv sein musste.

Und garantiert tödlich.

Der Bischof strampelte mit den über dem Boden schwebenden Füßen, und er schlug mit den Fäusten blindlings um sich. Doch schon wenige Sekunden später wurden aus den Versuchen, sich zu wehren, unkontrollierte konvulsivische Zuckungen.

Noch einmal pustete Diakon Wall durch die Nadel, diesmal nur um sicherzugehen. Dann zog er sie mit den Zähnen aus dem Hals seines Opfers und schluckte das wenige Blut, um keine allzu auffälligen Spuren zu hinterlassen.

Er ließ den immer schlaffer werdenden Bischof vorsichtig los und langsam zu Boden rutschen. Anschließend setzte er die Nadel ohne zu zittern wieder an den Tropfschlauch, sterilisierte sie mit einem Desinfektionstuch vom Tisch, klopfte sie frei von Luft und setzte sie sich wieder in den Armstumpf.

Er entdeckte ein paar kleine Blutstropfen auf seiner Bettdecke und drehte sie herum. Dann erst schrie er aus Leibeskräften: »Hilfe!«

Ein Ordensbruder, der als Krankenpfleger diente, stürzte ins Zimmer und sah den Bischof am Boden liegen.

»Aufregung … zu viel … Herz …«, stammelte Diakon

Wall gespielt angestrengt und verängstigt. Er wusste, dass man draußen gehört hatte, wie sehr sich der Bischof über die geglückte Befreiung Doktor Sinclairs und der »Ewigen Gefangenen« aus den Katakomben aufgeregt hatte. Keiner der Brüder würde anzweifeln, dass er einen Herzinfarkt oder einen Schlaganfall erlitten hatte.

Andere eilten hinzu und versuchten, den Bischof wiederzubeleben, fünf volle Minuten lang.

Vergeblich.

Diakon Wall sah bestürzt zu. So bestürzt, wie er nur dreinblicken konnte. Es fiel ihm schwer bei der Vorstellung, dass er gerade die Leitung des Ordens übernommen hatte.

66

»Noch einen Löffel, und ich platze«, sagte Margaret und legte das Besteck beiseite. Die kleine schlanke Frau hatte sage und schreibe vier verschiedene Eisdesserts verdrückt und drei Kännchen Kakao geleert, die der Etagenservice gebracht hatte, nachdem sie endlich aus dem Badezimmer gekommen war. Verständlich, wie Eve fand, wenn man noch nie Speiseeis gegessen und seit einer Ewigkeit keine heiße Schokolade mehr getrunken hat.

Ben stand an einer langen Wandkommode und inspizierte seine Waffen. Eve betrachtete seine breiten Schultern, die schmale Taille, und ihr Blick blieb an den nackten, muskulösen Waden hängen, die unter dem Saum des Bademantels hervorlugten.

Margaret räusperte sich. »Ich glaube, ich ziehe mich jetzt

wohl besser in mein Zimmer zurück«, sagte sie mit einem Augenzwinkern.

Eve fühlte sich durchschaut und wurde rot.

»Ich freue mich schon auf dieses unglaublich riesige Bett.« Margaret stand auf. »Gute Nacht, Eve.«

»Gute Nacht, Maggie.«

»Gute Nacht, Ben. Und noch einmal danke.«

»Schon gut.« Er lächelte. »Schlaf schön.«

»Ihr auch«, sagte sie und kicherte.

Als Margaret die Tür hinter sich zuzog, begann Eves Herz zu flattern wie ein Kolibri im Käfig. War sie eben nur rot im Gesicht gewesen, glühten ihre Wangen auf einmal förmlich. Sie fühlte sich wie ein Teenager beim ersten Date.

Ben drehte sich zu ihr um.

»Komm her«, sagte er mit seiner tiefen Stimme, die ihr über die Haut glitt, als wären es seine Hände.

Als sie sich von dem Stuhl erhob, merkte sie, dass ihre Beine zitterten. Da war plötzlich so vieles, das ihr Angst einjagte. Sein hohes Alter und die zweifellos damit einhergehende Erfahrung. Konnte sie als *Normalsterbliche* seinen Ansprüchen überhaupt gerecht werden? Was, wenn sie ihn enttäuschte? Nie zuvor hatte sie die Befürchtung gehabt, einem Mann vielleicht nicht zu genügen.

Ben schien zu bemerken, was in ihr vorging. Vermutlich las er es in ihren Augen oder auch in der Unsicherheit ihrer Schritte. Er lächelte beruhigend und kam ihr entgegen. Wie schon viele Male zuvor fiel ihr das Raubtierhaft-Geschmeidige an seinem Gang auf, diese souveräne Selbstsicherheit, das klare Bewusstsein der eigenen Kraft und Stärke – der eigenen Macht.

Wenn sie ehrlich war, musste sie zugeben, dass sie ihn begehrte, seit sie ihn das erste Mal gesehen hatte. Trotz der Umstände, unter denen das geschehen war. Der Bademantel teilte sich über seiner unglaublich breiten Brust. Sie konnte sich ihn nur zu gut vorstellen mit einem einfachen Lendenschurz und mit nichts weiter bewaffnet als einem Dolch aus Feuerstein, wie er den Unbillen eines urzeitlichen Dschungels trotzte. Oder auch als Krieger vor den Mauern Trojas. Oder als Gladiator in den Arenen des Römischen Reichs.

Verdammt! Wie alt bist du?, schoss es ihr durch den Kopf. *Was haben diese Augen schon alles gesehen? Wer alles hat dich schon so angesehen, wie ich dich jetzt ansehe?*

Hör auf zu denken, Eve!, schalt sie sich selbst. *Für all das ist morgen noch Zeit.*

Sie merkte, wie seine Nähe sie mehr und mehr zittern ließ. Sie fühlte sich wie eine Antilope im Angesicht eines heranpirschenden Leoparden. Aber zu ihrer Überraschung war es ein seltsam gutes Gefühl. Sie wollte seine Beute sein. Von ihm gerissen werden.

Dann endlich stand sie vor ihm, und er nahm sie in seine Arme. Sie reckte ihr Gesicht seinem Kuss entgegen, und ihre Lippen verschmolzen miteinander.

Seine Hände berührten durch den Stoff des Bademantels hindurch die Striemen auf ihrem Rücken, und sie zuckte leicht zusammen, wollte jedoch die Umarmung nicht lösen.

»Was ist?«, fragte er fürsorglich.

»Nichts«, hauchte sie mit vor Lust brüchiger Stimme, legte eine Hand an seine Wange und küsste ihn erneut. Das hier war noch so viel besser als ihr Traum. Die Berührung seiner Lippen sandte ein süßes Prickeln in ihren Leib, und sie spürte, wie sich die Härchen in ihrem Nacken und auf ihren Armen aufrichteten. »Es ist nichts.«

Er fasste seitlich nach ihrem Hals. Seine Hand war groß

genug, um mehr als die Hälfte davon zu umschließen, und der direkte Hautkontakt brachte ihren Puls zum Stolpern, so wie auch den Takt ihres Atmens.

Wie von selbst reckte sich ihr Becken nach vorn und rieb sich gegen seinen Oberschenkel. Die Bademäntel rutschten zur Seite, und sein harter Muskel drückte gegen ihr nacktes Fleisch. Sie seufzte vor Lust.

Ihre Zungen begannen einen sinnlich neckenden Tanz, der mit jedem weiteren, schneller werdenden Herzschlag mehr und mehr von Leidenschaft und Hunger dirigiert wurde. Lippen öffneten sich weiter, Münder pressten sich fester aufeinander. Die animalische Seite in Eve gewann die Oberhand und schickte all ihre rationalen Gedanken auf eine weite Reise.

Ihre Rechte schob sich in Bens Bademantel, rutschte über seinen flachen Bauch an seiner Taille entlang zu seinem Rücken, um ihn dort fest zu packen und sich noch enger an ihn zu schmiegen, ihre Willigkeit zu signalisieren – und ihre Gier, die aus ihr herausströmte, als sei ein innerer Damm gebrochen.

Sie mit der einen Hand am Nacken gepackt haltend griff er mit der anderen unter den Stoff und eroberte mit einer fordernden Bewegung ihre linke Brust. Daumen und Zeigefinger fanden mit einer Zielsicherheit, die Eve den Atem raubte, ihren Nippel und bearbeiteten ihn mit leichter Kraft. Ein zweites Seufzen in seinen offenen Mund hinein. Lauter diesmal.

Ja, pack zu!, dachte sie und drückte sich seinen Fingern entgegen.

Und er packte zu. Die Rauheit seines Griffs und das Spiel seiner Finger an ihrer Brustwarze ließen ihre Knie noch weicher werden. Sie fühlte, wie sein Fleisch gegen ihren Venushügel drückte und immer härter wuchs. Sie wollte ihn in ihrer Hand spüren und griff danach.

Warm und fest.

Größer werdend und steifer.

Zwischen ihren Schenkeln begann es zu pochen und zu pulsen, und sie fasste so fordernd zu, wie er an ihrer Brust.

Zwei, vielleicht drei schnelle Bewegungen, und beide Bademäntel fielen zu Boden. Sein Mund glitt zu ihrem Hals und küsste sie unterhalb ihres Ohrläppchens. Ihr Zittern wurde noch stärker, und sie drückte die Spitze seines hart aufragenden Geschlechts nach unten gegen ihre Scham.

Ein Stöhnen entfloh ihren Lippen, und sie legte den Kopf weit zurück in den Nacken. Er führte seine Hand um sie herum, um sie besser halten zu können, und berührte dabei noch einmal die Striemen auf ihrem Rücken. Sie zuckte auf, und wieder zögerte er.

»Es ist nichts«, wiederholte sie. »Nichts, was ich jetzt nicht ertragen könnte.«

Er sah über ihre Schulter hinweg und dann in ihre Augen. »Sie haben dich ausgepeitscht.«

Eve nickte. »Es war schlimm. Aber jetzt ist es vorbei. Du bist gekommen und hast mich gerettet.«

»Lass mich das behandeln«, sagte er.

»Nicht jetzt.« Ihre Stimme war eine Mischung aus Entschlossenheit, Erregung und Flehen. Sie küsste seine breite Brust, seinen Hals, sein Kinn und dann wieder seine Lippen. »Ich bin vielleicht nicht unsterblich, Ben. Aber ich bin auch nicht aus Zucker.«

Er lachte ein kleines Lachen, das Eves Herz noch höher schlagen ließ, und packte sie mit beiden Händen an der Taille. So als würde sie nichts wiegen, hob er sie hoch, und sie schlang ihre Schenkel um ihn.

Sie war mehr als bereit und öffnete sich seinem von unten in sie drängenden Fleisch mit einem tiefen Stöhnen. Er ließ sie ein wenig sinken und sich mit ihrem eigenen Gewicht auf ihn spießen.

Ihr Atem stockte, und sie hatte das Gefühl, dass ihr Herz einen kleinen Moment der Ewigkeit lang stillstand, während sie spürte, wie er sich in ihr hochdrängte und sie ausfüllte.

Ben hatte sie gepackt, als wäre sie ein Püppchen. Ein Arm um ihre Taille, sie fest an sich drückend, während sie sich nach hinten sinken ließ, um ihren Schoß noch fester auf seinen zu pressen und seiner freien Hand Platz zu schaffen, sodass er mit ihren Brüsten spielen konnte.

Ben verstand die Einladung, ohne dass sie sie aussprechen musste.

Er knetete und massierte ihre Brüste mit verlangender Kraft, bis ihre Nippel hart waren und wohlig brannten, während er mit geschmeidig starken Stößen in sie hineintrieb.

Stoß um Stoß stöhnte sie auf. Unterdrückt erst, doch dann, als sie nicht mehr dazu in der Lage war, irgendetwas zu unterdrücken, lauter und freier.

Schneller.

Fester.

Härter.

Sie hielt sich an den gewaltigen Muskeln seiner Oberarme fest und sah ihm mit verklärtem Blick in die Augen. Alles in ihr spannte sich an. Gierig wand sie sich gegen ihn, ohne ihn aus dem Takt zu bringen, und zusammen mit seinen geschickten Fingern an ihren Nippeln brachte sie das zum Überschnappen.

Sie kam in einer gewaltigen Explosion.

Ihr Oberkörper flog fast wie von selbst nach vorn, ihm entgegen. Sie schlang ihre Arme um seinen Nacken und küsste ihn, während der Orgasmus durch sie hindurchzuckte wie ein Blitz.

Sie hatte aufgehört zu atmen, und jede Faser ihres Körpers fühlte sich an, als wolle sie zerreißen.

Doch Ben machte weiter.

Er bediente sich der Welle, auf der sie gerade ritt, und peitschte sie noch höher.

So sehr sie versuchte, sich darauf zu konzentrieren, wieder zu atmen, es gelang ihr nicht. Sie riss den Mund weit auf, aber die Lust schnürte ihr die Brust dermaßen stark zu, dass es einfach nicht ging.

Er lächelte und stieß weiter zu – und zum ersten Mal in ihrem Leben erfuhr sie, warum man dieses Gefühl auch *den kleinen Tod* nannte.

Glückshormone jagten durch ihre Adern, und sie sah Sternchen.

Ihre Haut war nass von ihrem eigenen Schweiß, und ihr Becken zuckte immer unkontrollierter. Tränen der Freude strömten ihr aus den weit geöffneten Augen, während sie endlich das zweite Mal kam.

Sie entkrampfte total und schrie erst einmal auf vor Lust, ehe sie endlich wieder Luft schnappte.

Und wieder hörte Ben nicht auf.

Er ging mit ihr hinüber zum Tisch und legte sie darauf. Das Holz fühlte sich angenehm kühl an auf ihren Striemen. Der Winkel seines Fleisches in ihr veränderte sich, und sie wimmerte vor Wollust.

Nun hatte er beide Hände frei. Und er benutzte sie.

Er spielte mit ihren Brüsten, beugte sich herab und küsste sie, nahm sie zwischen die Lippen und saugte daran, knabberte an ihnen.

Eve warf den Kopf hin und her und hielt sich an den Tischkanten fest, um sich seinen Stößen entgegenzustemmen, die nun weniger hart in sie hinein, sondern tief in ihr von einer zur anderen Seite ausgeführt waren.

Erfüllend. Sie dehnend.

Seine Kraft war nicht geringer, als wenn er kämpfte, aber sie war so ungemein gefühlvoll, trotz ihrer Rauheit so ungemein zärtlich, und der Blick, mit dem er sie dabei ansah, ließ Eve dahinschmelzen. Wieder liefen ihr Tränen aus den Augenwinkeln, und sie lächelte, während sie erneut kam.

Sie streckte den Arm aus und legte die Hand auf sein Herz, fühlte, wie es schlug – gleichmäßig und fest –, und sie sah ihn an, ohne zu blinzeln. Zugleich spürte sie, wie ihr Schoß ganz ohne ihr Zutun an seinem drängenden Fleisch saugte. Da stöhnte auch er auf – und entlud sich in ihr.

Seine Stirn zog sich zusammen, sodass seine Brauen fast zusammenstießen, und darunter brannten sich seine Augen in ihre Seele. Er hielt sie fest, und sie beide verharrten in diesem Moment des Gemeinsamschnaufens, des Einanderanlächelns, des Gleichtakts ihres Pulses.

Er tief in ihr.

Er nahm ihre Hand von seiner Brust und küsste ihre Fingerspitzen.

Dann hob er sie vom Tisch und trug sie ins Bett.

67

Eve und Ben liebten einander noch lange und ausgiebig. So lange, bis Eve schließlich völlig erschöpft zusammensackte. Unglaublich, wie sich Bens Unsterblichkeit offenbar auch auf seine Ausdauer beim Sex auswirkte. Er hielt sie im Arm und lächelte, strich ihr das schweißnasse Haar aus der Stirn und küsste sie. Sie strahlte und schüttelte ungläubig den Kopf.

»Das kriegst du zurück, wenn ich erst einmal selbst unsterblich bin«, feixte sie.

Sein Lächeln verschwand.

»Was ist?«, fragte sie. »Habe ich etwas Falsches gesagt?«

Er schüttelte den Kopf und streichelte ihr die Wange. »Ich habe in der Höhle in China mit dem Sephirot den Hinweis zu dem zweiten der drei heiligen Orte gefunden«, sagte er. »Er liegt in Mexiko. Dort haben die Azteken und Tolteken einst Osiris als Quetzalcoatl, ›die Feuerschlange‹, verehrt, den Gott, der ihnen den ›Baum des Lebens‹ brachte. Unser nächstes Ziel liegt auf dem Iztaccihuatl, dem ›Berg der Sternengöttin‹.«

Eve wollte ihm sagen, dass sie diese Hinweise nicht mehr brauchten. Dass Margaret wusste, wo die Quelle des ewigen Lebens war. Und dass Margaret versprochen hatte, sie dorthin zu führen. Doch Bens Verschlossenheit hielt sie davon ab.

»Wie alt bist du, Ben?«, fragte sie stattdessen.

Er seufzte. »Du hast gesagt, du wirst erst morgen wieder fragen.«

»Es ist inzwischen morgen, Ben.«

»Ich habe dir versprochen, ich werde dir alles erzählen, wenn die Zeit reif dafür ist.«

»Warum nicht jetzt?«

»Ich habe meine Gründe, Eve. Vertrau mir doch einfach.«

»Das würde ich so gern«, sagte sie und legte ihr Gesicht an seine Brust. »So gern, Ben. Aber das geht nicht, wenn du Geheimnisse vor mir hast.«

»Wie gesagt, ich habe meine Gründe.«

»Wer bist du, Ben?«

»Eve, bitte …«

»Woher soll ich wissen, dass du den Baum nicht zerstören wirst, wenn wir ihn finden?«

»Ich gehöre weder zu den Aesirianern noch zu den Hütern.«

»Das genügt mir als Antwort nicht.«

»Warum nicht?«

»Weil du den Baum finden willst, obwohl du bereits unsterblich bist«, erwiderte sie. »Welchen anderen Grund, als ihn zerstören zu wollen, könntest du haben? Und wozu brauchst du mich? So, wie es aussieht, löst du das Rätsel doch ganz ohne mich. Wieso also nimmst du all diese Risiken und Gefahren auf dich, mich zu beschützen und zu retten? Welche Rolle spiele ich in deinem Plan? Und wie sieht dein Plan überhaupt aus?«

»All das wirst du verstehen, wenn …«

»Wenn die Zeit reif dafür ist«, beendete sie seinen Satz. Sie versuchte, nicht unwirsch zu klingen, sondern ganz gegen ihre inneren Gefühle geduldig und verständnisvoll. Sie hatte eine Entscheidung gefällt. Eine Entscheidung, die ihr das Herz zu brechen drohte. Aber er ließ ihr keine Wahl.

»Lass uns jetzt schlafen«, sagte sie und küsste ihn.

Er erwiderte den Kuss. »Alles in Ordnung?«

»Alles in Ordnung.«

Bald darauf schlief Ben tief und fest. Sein Atem war regelmäßig. Eve betrachtete ihn im Mondschein, der durchs Fenster drang. Mit einem Flattern im Brustkorb fragte sie sich noch einmal, ob sie das Richtige tat. Aber sie konnte das Risiko nicht eingehen, dass er den Baum vielleicht tatsächlich suchte, um ihn zu zerstören.

So leise und vorsichtig, wie sie nur konnte, kletterte sie aus dem Bett und schlich hinüber in den Salon, die Schlafzimmertür hinter sich schließend. Sie schlüpfte in ihren Bademantel, ging hinüber zu der Kommode, öffnete Bens Pilotenkoffer und nahm ein Bündel mit Fünfhundert-Euro-Noten heraus.

Dann ging sie in Margarets Schlafzimmer.

Die kleine Königin saß hellwach im Schneidersitz auf ihrem Bett und hatte ihren ungläubigen Blick auf den laufenden Fernseher gerichtet.

»Wir müssen los«, sagte Eve.

Margaret sah sie fragend an. »Jetzt? Sofort?«

Eve nickte. »Ohne Ben.«

Margarets Augen weiteten sich.

»Er will mir nicht verraten, was er mit dem Baum vorhat.«

»Ah«, sagte Margaret. »Nun gut …« Sie stand auf. »Wir brauchen was zum Anziehen.«

»Kriegen wir in der Boutique in der Lobby.«

»Wo ist das denn?«

Eve hätte beinahe lachen müssen. »Wirst du schon sehen. Komm.«

68

Eine dreiviertel Stunde später saßen Eve und Margaret neu eingekleidet in einem Audi S5 von Avis und verließen die Ewige Stadt in Richtung Norden.

»Ich finde diese neue Welt sagenhaft«, sagte Margaret, obwohl Eve ihr ansah, dass ihr die hohe Geschwindigkeit, mit dem sie den Wagen über die Straße lenkte, noch nicht wirklich geheuer war. »Kutschen ohne Pferde, Licht aus Kugeln, Kleidung aus kleinen Räumen mit Glasscheiben. Und alles so schön bunt.«

Margaret hatte sich in der Boutique des Hotels eine schreiend orangefarbene Caprihose mit Blumenmuster und eine knallblaue Seidenbluse mit glitzernden Sternchen ausgesucht. Eine gruselige Kombination, wie Eve fand, aber Geschmäcker sind nun einmal verschieden, und Margaret hatte zu lange Zeit in der farb- und schmucklosen Dunkelheit der Katakomben verbracht, als dass Eve ihr die Freude an ihrer Wahl verderben wollte.

»In dreihundert Metern bitte rechts abbiegen«, kam die Stimme des Navigationssystems aus dem Lautsprecher. Das Display zeigte 1609 Kilometer bis Rotterdam, dem, wie Eve berechnet hatte, von Rom aus am günstigsten gelegenen Hafen für eine Schiffüberfahrt nach Schottland.

»Und Maschinen, denen man einfach sagt, wo man hin will, und die einen dann auch tatsächlich dorthin bringen«, fügte Margaret begeistert hinzu. »Das ist einfach unglaublich.«

»Ich habe allerdings noch nicht die geringste Ahnung, wie wir ohne Pässe über die Grenzen zwischen hier und Holland kommen sollen«, gestand Eve. »Nach den Vereinbarungen der Europäischen Union müssten sie eigentlich alle offen sein, trotzdem gibt es immer wieder Zollkontrollen. Und wir müssen um die Schweiz herumfahren.«

»Warum?«

»Die gehört nicht zur Europäischen Union.«

»Die Schweizer.« Margaret schüttelte den Kopf. »Selbst nach all den Jahren, die ich jetzt weggeschlossen war, kochen die immer noch ihr eigenes Süppchen.«

»Die sind wie immer clever«, meinte Eve. »Lassen erst einmal alle anderen für die Kosten aufkommen, und wenn sich das System irgendwann einmal eingespielt hat, werden sie sich eingliedern.«

»Warum nehmen wir dann nicht einfach eines dieser fliegenden Dinger?«, fragte Margaret. »Wie hast du sie gleich noch mal genannt?«

»Flugzeuge.«

»Ja, Flugzeuge«, sagte Margaret. »Mit einem von denen könnten wir doch über die Grenzen hinwegfliegen.«

»Wenn es so einfach wäre«, antwortete Eve. »Aber ein Flugzeug hilft uns hier auch nicht. Es gibt Passkontrollen an allen Flughäfen. Was wir bräuchten, wären entweder gefälschte Pässe oder einen Schmuggler, der uns mit seinem eigenen Flugzeug nach England bringt.«

»Dann lass uns das eine oder den anderen auftreiben«, schlug Margaret vor, als wäre es das Leichteste auf der Welt.

»Ich habe keine Ahnung, wie man an gefälschte Pässe kommt«, sagte Eve. »Und Schmuggler kenne ich auch keine.«

»Ich aber«, sagte Margaret mit einem kindlichen Kichern.

»Du?«

»Na ja, ich kenne zumindest jemanden, der ziemlich wahrscheinlich jemanden kennt, der wen kennt, der wiederum jemanden kennt. Ach, du weißt schon.«

»Ich habe mal wieder keine Ahnung, wovon du gerade sprichst.«

»Macht nichts.« Margaret grinste und deutete auf das Navigationssystem. »Sag der Maschine, sie soll uns nicht nach Rotterdam, sondern nach Siena bringen.«

»Margaret, selbst wenn der, den du suchst, nach all der

Zeit, die du in Gefangenschaft verbracht hast, noch leben sollte, reicht unser Geld ganz bestimmt nicht aus für falsche Pässe.«

»Glaub mir, Eve«, erwiderte Margaret. »Wenn der, den ich suche, noch lebt, ist Geld überhaupt kein Problem.«

Eve schüttelte den Kopf. Offenbar hatte sie die Heimlichtuerei Bens gegen die Geheimniskrämerei Margarets eingetauscht. Vielleicht wurde man automatisch so, wenn man unsterblich war.

Sie seufzte und tippte S-I-E-N-A in das Navi.

»Wo dort?«, fragte sie nach der genauen Adresse.

»Zur Burg Rocca Salimbeni.«

69

Siena.
Banca Monte dei Paschi.

Die *Banca Monte dei Paschi di Siena* mit Hauptsitz im Palazzo Salimbeni, der früheren Burg Rocca Salimbeni, ist die älteste heute noch existierende Bank der Welt. Gegründet 1472 gehört sie heutzutage zu den größten Finanzunternehmen der Erde.

Eve parkte ihren Audi am Rande der noch nahezu menschenleeren Fußgängerzone, und sie und Margaret stiegen aus.

Margaret sah sich erstaunt um. »Die haben renoviert.«

Eve betrachtete verwundert die mittelalterlichen Gebäude und wurde wieder einmal daran erinnert, wie alt die jugendlich aussehende Frau an ihrer Seite doch war. Ihr letzter Besuch lag offenbar schon sehr lange zurück.

Die erst vor gut einer Stunde aufgegangene Sonne tauchte die prunkvollen Sandsteingebäude in ein rötlich warmes Licht.

»Sie haben noch geschlossen«, stellte Eve fest. »Das lässt uns genügend Zeit, noch irgendwo einen Kaffee zu trinken.« Den hatte sie dringend nötig. Sie deutete auf ein kleines Café am Rand der Piazza.

»Haben die da auch heiße Schokolade?«, fragte Margaret mit einem kleinen gierigen Blitzen in den Augen.

»Bestimmt.«

»Und Eis?«

Eve lachte. »Mit Sicherheit.«

Sie gingen hinüber und nahmen in den bequemen Korbsesseln auf der Terrasse Platz.

Die Bedienung erkundigte sich nach ihren Wünschen, Eve bestellte einen Kaffee und Tramezzini mit Parmaschinken und Margaret ein Kännchen heiße Schokolade und einen gigantischen Eisbecher mit Früchten. Als ihre Bestellung gebracht wurde, funkelten die Augen der kleinen Königin voller Begeisterung.

Eve fiel auf, wie groß der Unterschied zwischen Margarets begeisterter Lebensfreude auf der einen Seite und Bens düsterer Ernsthaftigkeit auf der anderen war. Immerhin hatte Margaret gerade über anderthalb Jahrhunderte in Gefangenschaft verbracht, war in der Dunkelheit gehalten worden wie ein Tier und zahllose Male gefoltert. Was mochte Ben alles widerfahren sein, dass er so war, wie er war?

Eve schob den Gedanken beiseite. Es war ja nicht so, dass sie kein Interesse an seiner Vergangenheit gezeigt hätte – er war derjenige, der sich ihr gegenüber verschloss. Sie ärgerte sich über ihn, als sie sich daran erinnerte, wie er immer wieder von ihr verlangt hatte, ihr einfach zu vertrauen. Dabei war es doch genau genommen er, der ihr Vertrauen immer wieder erschüttert hatte, indem er all ihre Fragen immer und ständig zurückwies und ein derart großes Geheimnis aus seiner Person machte.

»Du vermisst ihn, nicht wahr?«, fragte Margaret an einer Bananenscheibe mit Schlagsahne vorbei.

Eve schnaubte unwirsch durch die Nase und biss in ihr Sandwich, um nicht antworten zu müssen. Sie kaute das weiche Weißbrot und den Schinken schnell und energisch und schluckte es zusammen mit ihrem Ärger hinunter. Natürlich hätte die Antwort Ja gelautet, aber sie würde sich lieber auf die Zunge beißen, als das laut zuzugeben.

»Der Mann, den wir besuchen«, fragte sie dann, »ist er auch kein Aesirianer?«

»Doch, er ist einer von ihnen«, antwortete Margaret, und Eve hätte sich beinahe an ihrem zweiten Bissen verschluckt. »Aber er ist mir sehr verpflichtet.«

»Wieso?«

»Ich habe ihm damals das Geld zur Verfügung gestellt, die Bank überhaupt erst zu gründen.«

Eves Augen wurden groß, und Margarets Mundwinkel verzogen sich zu einem schelmischen Grinsen.

»Hach, das war so aufregend«, sagte sie. »Es war so um 1410 herum. Ich war seit über zwanzig Jahren Königin von Dänemark, Norwegen und Schweden, und die Leute begannen allmählich zu reden, weil ich immer noch so jung aussah. Siehst du, das ist einer der Nachteile der Unsterblichkeit inmitten Sterblicher: Man kann nie lange Königin bleiben, ohne dass das Volk irgendwann anfängt, hinter vorgehaltener Hand von schwarzer Magie und Hexerei zu tuscheln.

Auf jeden Fall hatte ich alles erreicht, was ich erreichen wollte: Ich hatte die drei Länder zu einer Union vereint, die Ostsee von ruchlosen Piraten gesäubert und meinen Adoptivsohn und Nachfolger mit der englischen Königsfamilie verheiratet, ohne mein Volk und mich in deren Hundertjährigen Krieg ziehen zu lassen.« Sie seufzte. »Ich war richtig gut als Königin, Eve. Aber wie so oft zuvor war die Zeit gekommen, einmal mehr in der Versenkung zu verschwinden und neu anzufangen. Ich hatte da ein ziemlich gutes System entwickelt. Ich tauchte immer wieder als meine eigene Tochter, Enkelin, Nichte oder Großnichte auf. Das ist nicht besonders schwer, wenn man rechtzeitig die nötigen Arrangements trifft und sich selbst früh genug die erforderlichen Papiere ausstellt.

Dieses Mal hatte ich als Königin von Dänemark mich selbst als meine eigene Nichte mit Alfonso, dem Thronfolger von Aragon, verlobt. Der Plan war, mich als Königin auf eine Schiffsreise nach Flensburg zu begeben, dort zu ›sterben‹ und dann als meine Nichte mit einem anderen Schiff weiter zu Alfonso zu fahren. Keine große Sache.

Teil eins des Plans funktionierte auch perfekt: Ich fiel im Hafen einfach vor Zeugen über Bord und tauchte nicht wieder auf. Weißt du, wir Unsterblichen können nämlich um einiges länger unter Wasser bleiben. Also tauchte ich so weit es ging und kam erst hinter einem anderen Schiff ungesehen wieder an die Oberfläche. Dann ging ich an Land, färbte mir die Haare, wechselte die Kleidung, schminkte mich anders und betrat das zweite Schiff mit Ziel Aragon.

Wir segelten unbehelligt durch den Skagerrak in die Nordsee und an Friesland, Holland und der Normandie vorbei und nahmen gerade hinter der Bretagne Kurs nach Süden, als wir von Piraten überfallen wurden.«

Eve sah, dass Margaret auf einmal versonnen lächelte.

»Und die Prinzessin verliebte sich in den Piraten«, schlussfolgerte sie mit einem Augenzwinkern.

Margarets eben noch schwärmerische Miene nahm einen empörten Ausdruck an. »In einen Piraten? Niemals! Ich hatte schließlich gerade zwanzig Jahre damit verbracht, ihresgleichen zu bekämpfen. Nein, aber in einen ihrer Gefangenen habe ich mich verliebt. In Rinaldo.« Und damit war ihr Blick wieder verklärt. »Er war fast so groß wie dein Ben …«

»Er ist nicht *mein* Ben«, protestierte Eve.

»So stattlich und so stark. Charmant, wie es nur die Südländer sein können, und ein verdammt kluger Kopf«, fuhr Margaret unbeirrt fort. »Ich begegnete ihm im Kerker der Festung von St. Malo, wohin die Piraten mich verschleppt hatten. Er war schon fast ein Jahr dort. Rinaldo war einer der Aesirianer, wie ich bald entdeckte, und so unsterblich wie ich. Er war Geldkaufmann im Dienste der Medici gewesen, die damals noch ganz frisch im Geschäft waren. Die Piraten waren seiner habhaft geworden, als er gerade auf dem Weg nach London war, um Henry IV. ein beachtliches Darlehen zu überbringen. Und da sie schon dieses Geld verloren hatten, waren die Medici nicht gewillt, auch noch Lösegeld für Rinaldo zu zahlen.

Es stand schlecht um ihn, da die Jahresfrist fast abgelaufen war und die Piraten sich all der Gefangenen, für die nach einem Jahr noch kein Lösegeld bezahlt worden war, zu entledigen pflegten, und zwar mittels Enthauptung. Und das überlebt selbst ein Aesirianer nicht. Also habe ich auch für ihn das Lösegeld organisiert. Und auf den Thron von Aragon verzichtet.

Dafür aber durfte ich die nächsten fünfzig Jahre an seiner Seite verbringen. Wundervolle Jahre. Wir haben die ganze damals bekannte Welt bereist, und es verging kein Tag, an dem wir uns nicht stürmisch geliebt haben.«

»Und dann?«, fragte Eve, weil Margaret eine lange, versonnene Pause machte.

»Dann geschah das, was den meisten Paaren nach so langer Zeit früher oder später passiert, auch den Unsterblichen. Unsere Liebe war verschwunden, von einem auf den anderen Tag. Die Zuneigung war noch da und auch die Freundschaft, das Verständnis füreinander und auch das Wohlwollen. Aber die brennende Liebe war weg.

Ein paar Jahre lang haben wir noch versucht, sie wieder neu zu entzünden, aber ohne Erfolg. Und während in der Situation die meisten sterblichen Paare einfach zusammenbleiben, weil sie ohnehin nur noch eine Handvoll von Jahren oder zwei zu leben haben und einander so lange einfach noch guttun wollen, treibt es uns Unsterbliche weiter zu neuen Ufern. Weil wir von vorn anfangen können. Ohne Reue.«

»Ein bisschen wehmütig klingst du schon«, stellte Eve fest.

Margaret riss sich aus ihrer Melancholie. »Ein bisschen Wehmut bleibt zum Glück immer. Das zeigt uns, dass auch wir Menschen sind und die Liebe echt«, sagte sie zwinkernd. »Auf jeden Fall haben wir uns getrennt. Aber vorher habe ich Rinaldo noch geholfen, unsere Bank zu gründen.«

Eve zeigte auf das Gebäude. »*Eure* Bank?«

Margaret nickte. »Während unserer langen Reise durch die Welt erlebten wir mit, wie das Bankhaus der Medici unter Cosimo de' Medici immer größer wurde und auch immer mächtiger. Ich realisierte, dass so eine Bank sogar mächtiger werden kann als ein Königreich. Besonders faszinierte es mich, dass so eine Bank im Falle eines Krieges mit allen beteiligten Seiten Bündnisse eingehen konnte, ohne selbst in den Krieg hineingezogen oder gar bekämpft zu werden, und dabei auch noch an allen Seiten verdiente: Geld von den Siegern, Schuldbriefe von den Verlierern. Die Bank gewinnt immer – und braucht dazu noch nicht einmal Soldaten.

Und Rinaldo wusste, wie das funktionierte. Also habe ich ihn mit dem entsprechenden Gold und Silber ausgestattet, und er hat die Bank aufgebaut. Oh, ich bin so gespannt, ihn endlich wiederzusehen.«

»Wie alt ist Rinaldo, und wie ist er zum Aesirianer geworden?«, fragte Eve.

Margaret zuckte mit den schmalen Schultern. »Das habe ich ihn nie gefragt.«

Eve schaute sie verwundert an. »Nein?«

»Nein. Das war nicht wichtig. Ich habe ihn geliebt. Das war alles, was zählte.«

Eve dachte an Ben. Und spürte einen Stich in der Brust.

70

Als der Pförtner den Haupteingang zur Bank aufschloss, standen Eve und Margaret bereits vor der Tür. Er grüßte freundlich, aber betrachtete sie wachsam – besonders Margaret in ihrem farbenfrohen Outfit.

»Was kann ich für Sie tun, meine Damen?«, fragte er dienstbeflissen.

»Haben Sie etwas zu schreiben?«, wollte Margaret wissen.

Er schaute sie erstaunt an.

»Eine Rolle Pergament und …«

»Ein Blatt Papier und einen Stift«, unterbrach Eve sie.

Der Pförtner war irritiert. Doch dann bat er sie mit einer Geste zu seinem Tisch, bot ihnen die beiden Besucherstühle davor an und holte einen Block und einen Kugelschreiber aus einer Schublade.

Margaret nahm den Block und wollte etwas darauf zeichnen, aber erst musste Eve ihr zeigen, dass sie bei dem Kugelschreiber auf das hintere Ende drücken musste, damit er auch funktionierte. Der Blick des Pförtners wurde noch erstaunter, und Eve bemerkte, wie seine Hand langsam in Richtung Alarmknopf wanderte.

Margaret zeichnete zwei konzentrische Kreise, der äußere nicht sehr viel größer als der innere. In den inneren zeichnete sie drei Kronen und in den Rand, den der Abstand zwischen den beiden Kreisen bildete, vier Kreuze wie auf einer Kompass-Rose: Norden, Osten, Süden, Westen. Zwischen die Kreuze schrieb sie viermal ein und dasselbe Wort. Eve konnte es erst bei wiederholtem Hinsehen entziffern, da es in alter gotischer Schrift geschrieben war:

secretum

Geheimnis!

Nun blickte auch Eve irritiert drein.

»Mein Siegel«, erklärte ihr Margaret und schob den Block zum Pförtner hin. »Bringen Sie das bitte zu Ihrem Chef. Dem obersten.«

Der Pförtner zögerte.

»Machen Sie ruhig«, sagte Margaret. »Er weiß, was das bedeutet.«

Eve nickte ihm auffordernd zu und lächelte ihn zugleich an.

Er riss das obere Blatt ab und führte es mit ungeschickten Fingern in das Faxgerät ein, das auf einem Schränkchen neben seinem Schreibtisch stand. Dann wählte er eine Nummer und drückte auf START. Die in Eves Augen eher altertümliche Maschine zog das Papier ein und begann zu rattern.

»Was tut er da?«, fragte Margaret unsicher.

»Er verschickt das Papier«, antwortete Eve.

»Aber es kommt doch da hinten wieder raus«, sagte Margaret und zeigte auf die Rückseite der Maschine, wo das Blatt wieder zum Vorschein kam.

»Ich erkläre dir das bei Gelegenheit«, sagte Eve beschwichtigend.

Margaret wollte noch etwas sagen, doch da klingelte das Telefon, und sie schreckte hoch. Eve legte ihr beruhigend die Hand auf den Arm.

Der Pförtner nahm den Hörer auf, meldete sich mit seinem Namen und nickte dann nur noch. »Verstanden«, sagte er schließlich und legte auf. Der Blick, mit dem er Margaret bedachte, war voller fast schon untertäniger Ehrfurcht.

»Ein Wagen kommt Sie gleich abholen«, sagte er. »Darf ich Ihnen inzwischen etwas zu trinken anbieten?«

»Wohin abholen?«, fragte Margaret.

»In den Palazzo des Direktors«, antwortete der Pförtner. »Er arbeitet nur von zu Hause aus. Wie schon sein Vater. Und wie ich gehört habe, auch dessen Vater. Wir normalen Mitarbeiter bekommen ihn nie zu Gesicht und selbst der Vorstand nur alle vier Jahre. Dass er jemanden privat empfängt, habe ich noch nie erlebt, und ich arbeite schon seit dreißig Jahren hier.«

Margaret klatschte begeistert in ihre kleinen Hände. »Haben Sie heiße Schokolade?«

71

Siena.
Palazzo Rinaldi.

Der schwarze *Maybach 62 Zeppelin* glitt durch das sich elektronisch öffnende Tor, eine lange Allee von Kirschbäumen entlang bis hin zur Kiesauffahrt des Palazzos, wo er vor der breiten Freitreppe sanft abbremste und zum Stillstand kam. Die livrierte Chauffeurin, die Eves Ansicht nach mit ihrem Aussehen und ihren Modelmaßen genauso gut auf das Cover des *Playboys* gepasst hätte, stieg aus der beinahe busgroßen Luxuslimousine und öffnete ihr und Margaret die hinteren Türen mit einer knappen Verbeugung.

Oben auf der weiten und mit Blumensäulen dekorierten Freitreppe des Palazzos stand ein Mann. Anfang dreißig. Fast eins neunzig groß. Schlank und durchtrainiert. Schwarze Haare und dunkle Augen. Feuchte Augen. Eve sah, dass er weinte.

So langsam, als wolle er nicht glauben, was er sah, kam er die Stufen hinabgeschritten – und Margaret flog ihm förmlich entgegen. Mit einem Freudenschrei, der so hoch war, dass Eve erschrocken zusammenzuckte, sprang sie an ihm hoch, warf ihre schlanken Arme um ihn und küsste ihn leidenschaftlich auf den Mund. Er erwiderte den Kuss oder vielmehr die Küsse innig und drückte sie an sich.

»All die Jahre habe ich gedacht, du wärst tot«, sagte er atemlos und mit stockender Stimme zwischen den Küssen, nahm ihr Gesicht in beide Hände und strahlte sie an.

»Was dich hoffentlich nicht dazu verleitet hat, mein Geld

zu verschleudern«, sagte sie, wischte ihm die Tränen von der Wange und stupste ihm mit dem Zeigefinger auf die Nase.

»Immer noch ganz die Alte.« Er lachte, froh darüber, dass sie seine Rührung unterbrach. »Dein Geld verschleudern? Bewahre! Ich wusste immer, wenn ich das tue, kommst du aus der Hölle zurück und ziehst mir die Haut bei lebendigem Leibe ab.«

»Wie viel ist es nach fünfhundert Jahren wert?«, fragte Margaret neugierig und ohne Umschweife.

Also hatten sich die beiden seit fünfhundert Jahren nicht mehr gesehen, auch wenn Margaret davon »nur« hundertsechzig Jahre in Gefangenschaft verbracht hatte. Eve fragte sich, was Margaret wohl in den anderen dreihundertvierzig Jahren getan hatte.

Statt der kleinen Königin direkt zu antworten, warf Rinaldo einen warnenden Seitenblick in Richtung Eve.

»Keine Sorge«, beruhigte ihn Margaret. »Sie weiß Bescheid. Das ist übrigens Eve. Eve, das ist Rinaldo.« Sie stellte die beiden mit einer Nonchalance einander vor, als befänden sie sich gerade auf einer Gartenparty und als wären nicht mehr als zwei oder drei Tage vergangen, seit sie Rinaldo das letzte Mal gesehen hatte. Er schüttelte Eve die Hand. Sie mochte ihn auf Anhieb und konnte nur zu gut verstehen, dass Margaret sich seinerzeit Hals über Kopf in ihn verliebt hatte.

»Also, wie reich bin ich?«, hakte Margaret ungeduldig nach.

»Ich wusste schon, als mich das Fax erreichte, dass du das als Allerersten fragen würdest«, sagte er und küsste sie noch einmal, ehe er ein gefaltetes Blatt Papier aus der Tasche seines maßgeschneiderten Kammgarnblazers zog. »Ich habe es im Laufe der Zeit auf verschiedene Konten bei verschiedenen

Banken auf der ganzen Welt aufgeteilt, damit die Summe bei uns selbst nicht so auffällt …«

»Und damit die anderen Banken schön die Zinsen dafür zahlen müssen, du alter Räuber«, sagte sie, und Eve sah, dass Rinaldo ein klein wenig rot wurde.

Er faltete das Blatt auseinander und hielt es ihr hin. »Die Zahl unten rechts. Ich hab abgerundet.«

Sie nahm das Papier und schaute es sich lange an. Ihre Mundwinkel sanken nach unten.

»Nur fünfhundertsiebenundzwanzig Euro?«, fragte sie entgeistert. »Das kann doch nicht sein. Davon kann ich gerade mal eine Nacht im Eden wohnen. Und auch nur, wenn ich mir das Frühstück spare. So viel hat allein diese Bluse hier gekostet.«

Rinaldo schüttelte amüsiert schmunzelnd den Kopf, und Eve nahm Margaret das Papier aus den kraftlosen Fingern.

Zuerst wollte sie laut lachen, als sie sah, welche Zahl da unten rechts auf dem Papier stand, dann aber brachte sie nur ein fast hysterisches Kichern hervor.

»Maggie«, sagte sie heiser und versuchte vergeblich, das einsetzende Zittern ihrer Hand zu unterdrücken. Nicht, dass ihr Geld irgendetwas bedeutete, aber diese Zahl war jenseitig all dessen, was sich der gesunde Menschenverstand vorstellen konnte. »Die vielen Nullen hinter den Punkten zählen mit. Das ist die kontinentale Schreibweise. Das sind keine Kommata.«

»Ja und?«, fragte Margaret, während Eve noch immer dabei war, die Nullen zu zählen. »Wie viel ist es denn nun?«

»Fünfhundertsiebenundzwanzig *Millionen* Euro«, sagte Eve und schaute dabei Rinaldo fragend an, um sicherzugehen, dass sie in der Aufregung nicht zu viele oder zu wenige Nullen gezählt hatte.

Rinaldo nickte bestätigend.

»Oh«, machte Margaret.

»Das kannst du laut sagen«, meinte Eve.

»Gut«, sagte Margaret zufrieden und wandte sich dann wieder an Rinaldo. »Ich will, dass du für Eve Konten anlegst und die Hälfte meines Geldes darauf einzahlst.«

Eve fiel die Kinnlade nach unten. »Aber-aber-aber …«, stammelte sie. »Maggie! Das kann ich nicht annehmen. Unmöglich.«

»Papperlapapp«, widersprach Margaret. »Ohne dich wäre ich da niemals rausgekommen.«

»Aber«, sagte Eve noch einmal. Doch Margaret schnitt ihr mit einer harschen Geste und einem entschlossenen Augenfunkeln das Wort ab. Zum ersten Mal bekam Eve zu spüren, dass Margaret es tatsächlich gewohnt war zu herrschen und ab einem bestimmten Punkt keinen Widerspruch mehr duldete.

»Du arrangierst alles, Rinaldo«, sagte sie, und er verneigte sich lächelnd.

»Natürlich, meine Königin.«

Sie kicherte. »Dann ist das also geklärt. Und jetzt lass uns reingehen. Wir brauchen deine Hilfe.« Sie nahm ihn beim Arm und führte ihn zur Tür.

Eve trottete den beiden hinterher, immer noch ein wenig fassungslos.

72

Rinaldos *Gulfstream G650* war der am luxuriösesten eingerichtete Business-Jet, den Eve je gesehen hatte, Flugzeuge aus TV- und Kinofilmen eingeschlossen. Das Interieur der geräumigen Passagierkabine war eine Mischung aus Wohnsalon und Besprechungsraum. Die großen Sessel waren aus weichem, glattem Leder, das Mobiliar aus edlen Hölzern. Natürlich gab es auch eine Bar und einen Beamer und eine Leinwand für Präsentationen und Filmvorführungen. Doch Eve war nicht nach Filmeschauen zumute. Sie hatte zu viele Fragen, von denen sie hoffte, dass Margaret ihr sie beantworten konnte – wenn die kleine Königin erst einmal die sensationellen Eindrücke des Fliegens verarbeitet hatte.

Nach dem Start und nachdem die Stewardess, die nicht weniger attraktiv und sexy war als Rinaldos Chauffeurin, ihnen Drinks und Snacks serviert hatte, hatte Eve sie gebeten, sie und Margaret für die Dauer des Fluges allein zu lassen. Margaret klebte an einem der Fenster und betrachtete die Lichter des unter und hinter ihnen immer kleiner werdenden Siena.

»Wir fliegen«, flüsterte sie, und es lag eine gehörige Portion Ehrfurcht in ihrer Stimme. »Eve, wir fliegen.«

Eve lächelte und fühlte, wie sehr sie Margaret in der kurzen Zeit, die sie die kleine Königin kannte, ins Herz geschlossen hatte. So alt und doch, durch ihre lange Gefangenschaft, so unschuldig, so unerfahren in der modernen Welt. Aber es war mehr als das. Eve mochte Margaret besonders dafür, dass sie, anders als sie selbst, die Dinge, die ihr begegneten, begrüßte, ohne sie zu hinterfragen und analysieren und verstehen zu wollen. Dass sie bereit und auch fähig war, sie trotz ihrer vergangenen Macht und ihrer Unsterblichkeit fast schon demütig und dankbar anzunehmen. Eine Fähigkeit, die Eve als Vollblutwissenschaftlerin einfach nicht aufwies. An Margarets Stelle würde sie wahrscheinlich vorn beim Piloten sitzen und sich erklären lassen, wie es möglich war, dass eine so schwere Maschine überhaupt fliegen konnte.

Vielleicht lag es an den hundertsechzig Jahren in der Katakombe, aber Eve spürte, dass es sehr viel wahrscheinlicher ein grundsätzlicher Charakterzug von Margaret war. Ihr Wesen. Womöglich wurde Wissensdurst weniger brennend, wenn man unsterblich war und sich dessen auch bewusst, weil man sich darauf verlassen konnte, im Laufe der Jahre, Jahrzehnte und Jahrhunderte, die man lebte, die Natur der Dinge und wie sie funktionierten ohnehin früher oder später zu begreifen, sodass man sich deshalb einfach sehr viel mehr Zeit lassen konnte, sie zu erleben und zu genießen, ehe man sich daran begab, sie verstehen zu lernen.

Aber noch war Eve nicht so weit. Noch lange nicht. Denn noch war sie nicht unsterblich – weswegen ihr Wissensdurst nach wie vor brennend war und ihre Wissbegier ein drängender Teil ihrer Natur. Ein unruhiger Geist, der von einer Frage zur nächsten hetzte. Die Antworten auf die einzelnen Fragen dabei nie umfassend genug, sie rasten zu lassen oder gar stillzustehen.

Deshalb hatte Eve die Stewardess gebeten, sie allein zu lassen. Sie hatte Fragen an Margaret. »Wie kommt es eigentlich, Maggie, dass all die Mythologien zum Baum des Lebens einander auf der einen Seite so ähnlich sind, dass man schon mit wissenschaftlicher Sicherheit annehmen kann, dass sie den gleichen Ursprung haben, und dann doch zugleich wieder so widersprüchlich?«

»Was meinst du?«, fragte Margaret. Sie kuschelte sich lächelnd in den Sessel neben Eve und nahm das Glas Whisky, das die Stewardess ihr gebracht hatte.

»Ich meine etwas, das Ben jetzt im Zusammenhang mit dem zweiten heiligen Ort erwähnt hat und das auch schon in Feldmanns Notizbuch stand.« Sie hatte Margaret inzwischen alles darüber erzählt. »In den südamerikanischen Mythen hat Osiris als Quetzalcoatl, die ›Feuerschlange‹, den Menschen den Baum des Lebens gebracht. In der hebräischen und christlichen Mythologie aber ist der Seraph, also auch die ›Feuerschlange‹, der Wächter des Baums des Lebens, der die Menschheit vom ewigen Leben fernhalten soll.«

»Hm«, machte Margaret und nahm einen Schluck. Sie schloss die Augen, und der Ausdruck, den ihr Gesicht dabei annahm, verriet, dass der Single Highland Malt ihr gerade mindestens so gut schmeckte wie die sonst so begehrte heiße Schokolade. Als sie die Augen wieder aufschlug, hatten sie den Glanz wie bei einer zufriedenen Katze. »Ich denke«, sagte sie, »das ist nur auf den ersten Blick ein Widerspruch, Eve.«

»Inwiefern?«

»Ich meine, dass es nur so aussieht, als würde das eine das andere ausschließen.«

»Kannst du mir das genauer erläutern?«

»Angeblich war Osiris der erste Mensch, der das Geheimnis der Unsterblichkeit entdeckte, der erste Aesirianer also.«

»So habe ich die Geschichte verstanden, die Ben mir auf dem Flug von Köln nach China erzählt hat«, sagte Eve. »Ein Mensch entdeckt das ewige Leben, sammelt Wissen und teilt es dann mit anderen.«

»Aber es gibt noch eine andere Version. Eine, wie ich finde, sehr viel plausiblere. Osiris, der ›Sohn des Feuers‹, oder A-Ser, wie er in Altägyptisch hieß – wobei ›Ser‹ oder ›Sir‹ für

›Feuer‹ steht –, war kein Aesirianer, sondern ihr Schöpfer. Er selbst war der Seraph, die ›Feuerschlange‹, der ›Feuerdrache‹, der ›Feuerengel‹, der mit der Bewachung des Baumes des Lebens beauftragt war, ob nun von den Göttern oder einer höheren, außerirdischen Zivilisation.«

»Du glaubst an Außerirdische?«, fragte Eve erstaunt.

»Ich bin der beste Beweis, dass es da irgendetwas gibt«, meinte Margaret. »Ja, ich glaube an Götter, und ob ich sie nun *Außer*irdische nenne oder *Über*irdische, macht faktisch keinen Unterschied.

Also, Osiris, als eingesetzter Wächter des Baumes, empfand die Bestrafung der Götter als zu hart und entschied auf eigene Faust, einzelnen Menschen das Geschenk der Unsterblichkeit zu machen. So betrachtet ist er auch der Ursprung der Sagen von Äskulap und von Prometheus, die gegen den Willen des Zeus den Menschen Gesundheit und das Feuer brachten, und vielleicht macht ihn das sogar zum wahren Luzifer, dem *Lichtbringer*, dem Phosphorus.

Mit seiner Rebellion und seiner Barmherzigkeit hat er dabei aber ausgerechnet die Aesirianer geschaffen, die sich später gegen ihn verbündet haben, um ihn zu töten, damit er nicht noch mehr Menschen an dem Geheimnis teilhaben lässt. Also hat er Schösslinge vom Baum des Lebens gezogen und sie an mehreren Verstecken der Welt gepflanzt, ehe die Aesirianer ihn schließlich gefunden, erschlagen und zerstückelt haben.«

»Verstehe«, murmelte Eve. »Damit wäre Osiris also anfänglich der Wächter des Baums und danach der Bringer des Baums.«

»Exakt«, sagte Margaret.

»Aber wie passt Ben in das Bild?«, fragte Eve. »Er ist, wie er sagt, keiner der Aesirianer.«

»Vielleicht ist er wie ich zufällig über das Geheimnis der Unsterblichkeit gestolpert.«

»Aber warum ist er dann so leidenschaftlich auf der Suche nach dem Baum?«

»Da er es ja schon ist, braucht er ihn nicht, um unsterblich zu werden«, sagte Margaret. »Das ist eine einmalige Sache. Man muss da nichts wieder auftanken oder wiederholen, um die Wirkung aufrechtzuerhalten. So leid es mir tut, aber wahrscheinlicher ist, dass er ihn zerstören will.«

»Nur wieso?«

Margaret runzelte die Stirn. »Du weißt, dass die Legende von Osiris nicht mit seiner Zerstückelung endete?«

»Soweit ich weiß, hat sich seine Gefährtin Isis auf die Suche nach den überall auf der Welt verstreuten Teilen seines Körpers gemacht, sie wieder zusammengefügt und ihn geheilt.«

Margaret nickte. »Vielleicht ist Ben der wiedergeborene Osiris, und er will die Bäume zerstören, weil er durch den Verrat der Aesirianer erkannt hat, dass die Götter mit ihrer ursprünglichen Einschätzung recht hatten und die Menschen das Geschenk des ewigen Lebens nicht verdienen.«

Eve schüttelte den Kopf. »Wenn Ben der wiedergeborene Osiris wäre, wüsste er, wo die Bäume sind. Schließlich hätte er sie dann selbst gepflanzt. Er bräuchte nicht sein eigenes Rätsel, um sie zu finden.«

»Es wäre doch möglich«, meinte Margaret, »dass er im Zuge seiner Ermordung und Wiederauferstehung das Gedächtnis verloren hat und eben nicht mehr weiß, wo er die Bäume ursprünglich versteckt hat.«

Eve dachte eine Weile darüber nach. »Möglich schon. Aber das würde immer noch nicht erklären, wozu er mich braucht. Das Rätsel löst er ganz ohne mich.«

»Und auch um die Bäume zu zerstören bräuchte er dich nicht«, stimmte Margaret ihr zu.

»Aber wenn er nicht Osiris ist, wer ist er dann?«

73

Edinburgh Airport.

Der Gulfstream setzte mit fast schon graziler Sanftheit auf der Landebahn auf. Nur durch die leichte Vorwärtsbewegung ihres Oberkörpers von der Rückenlehne ihres Sessels weg spürte Eve, dass die Maschine zügig abgebremst wurde.

»Warum halten wir?«, fragte Margaret.

»Wir sind da«, erwiderte Eve.

»Wo?«

»Na, in Edinburgh.«

»Unsinn«, sagte Margaret mit Blick auf die Uhr an der Bordwand; Eve hatte ihr inzwischen beigebracht, wie man sie las. »Wir waren gerade mal zwei Stunden unterwegs.«

Eve nickte und deutete lächelnd durch eines der Fenster nach draußen, in Richtung Osten. »Die Lichter dort hinten, das ist Edinburgh.«

Margaret sah hinaus. »Ehrlich?«

»Ehrlich.«

Margarets große Augen wurden feucht. Der Jet kam allmählich zum Stillstand.

»Was ist?«, fragte Eve besorgt. »Alles in Ordnung?«

»Ich hätte die Stadt gern von oben gesehen«, antwortete Margaret.

»Das tut mir leid. Hätte ich das gewusst, hätte ich dir früher Bescheid gesagt. Aber wir holen das ganz bald nach. Okay?«

Margaret schniefte ein wenig, lächelte dann aber gleich wieder. »Es ist nur … Ich war schon so lange nicht mehr hier.«

Die Stewardess betrat die Kabine und öffnete die Flugzeugtür. Eve und Margaret standen auf. Eve fühlte die kühle schottische Luft schon einige Meter vom Eingang entfernt. Der Temperaturunterschied im Vergleich zu Siena war enorm.

Die Stewardess sah, dass sie fröstelte, und lächelte mitfühlend. »Direktor Rinaldo hat für wärmere Kleidung gesorgt. Sie liegt in der Limousine für Sie bereit.« Sie deutete die Gangway hinunter, wo ein wuchtiger *Rolls-Royce Phantom Silver* stand.

Eve und Margaret bedankten sich bei ihr und traten hinaus ins Freie. Die Nacht war sternenklar. Eve schaute zum Himmel. Inzwischen suchte und fand ihr Blick die Konstellation des Orion fast schon automatisch.

»Die Anordnung der Löcher im Sephirot ist wirklich nahezu identisch«, murmelte sie vor sich hin.

»Was meinst du?«, fragte Margaret. Eve hatte ihr natürlich auch von dem Stein erzählt.

»Orion«, sagte Eve und zeigte nach oben.

Margarets Blick wanderte in die Richtung, in die Eves Finger zeigte. »Hm.«

Eve wusste inzwischen, dass das bedeutete, dass Margaret nachdachte, und sie wartete, bis sie erfahren würde, worüber.

»Das erklärt einiges«, sagte Margaret schließlich. »Wie hast du das Sternbild genannt?«

»Orion.«

»Zu meiner Zeit hieß es noch Osiris.«

Eve stieß einen Laut des Erstaunens aus. Orion hieß früher Osiris?

Margaret nickte. »Osiris hat den Schlüssel nach dem nach ihm benannten Sternbild geformt.«

»Zumindest die oberen neun Löcher in ihrer drei-drei-drei-Konfiguration«, sagte Eve. »Dort, wo im Stein das zehnte Loch ist, befindet sich am Himmel das Sternbild des Hasen.«

»Welches meinst du?«, fragte Margaret.

Eve ließ ihren Zeigefinger fast senkrecht ein Stück nach unten sinken.

»Direkt unter Osiris?«

»Ja«, antwortete Eve.

Da schmunzelte Margaret. »Das nennt ihr Hase?«

»Ja.«

»Das ist Anubis, das Sternbild des Gottes des Todes«, sagte Margaret.

Eve musste sofort an Feldmanns Rätsel denken. »Sag das noch mal.«

»Anubis. Gott des Todes.«

Eve zitierte das Rätsel Feldmanns. »*Wenn die Schlange Feuer speit und mit der Götter Stimme schreit, wird Primus Astrum Lux Aeterna den Thron besteigen anstelle des Herrn des Todes.*«

»Die Position des unteren Lochs im Sephirot wird *Thron* genannt«, resümierte sie dann, ohne den Blick vom Himmel zu wenden.

»Dort sitzt also im Moment noch der Herr des Todes«, folgerte Margaret. »Anubis.«

»Und der wird ersetzt durch den *Primus Astrum Lux Aeterna.*« Eve überlegte, was das bedeuten könnte.

Auch Margarets Augen suchten den Himmel ab. »Der erste Stern, das Ewige Licht«, übersetzte sie den lateinischen Ausdruck. Nach einer Weile, die sie beide schweigend nachdachten, machte Margaret auf einmal wieder: »Hm.«

Eve wartete.

»Sieh dir mal den hier an«, sagte Margaret und deutete auf einen Stern links von Anubis.

»Sirius«, sagte Eve. »Im Sternbild des Großen Hundes.«

»Ja«, bestätigte Margaret. »Die Konstellation hieß bei den Ägyptern Isis, aber der Stern selbst hieß damals schon Sirius. Er ist der *hellste* Stern am Himmel, der Primus Astrum. Wie Osiris stammt sein Name von *Ser* für ›Feuer‹. Also vielleicht auch Lux Aeterna, wenn man Ewiges *Licht* durch Ewiges *Feuer* ersetzt.«

»Die Ewige Flamme«, sinnierte Eve. »Möglich. Zumal er Osiris und Anubis am nächsten ist.«

»Und von den alten Ägyptern ganz besonders verehrt wurde«, erklärte Margaret. »Er war für sie Sinnbild der Erneuerung. Der Wiedergeburt. Sein jährlich erstes Auftauchen am Morgenhimmel leitete die Nilschwemme ein, die Wiederbelebung der Äcker und Felder.«

»Sirius muss anstelle des Anubis den Thron besteigen«, überlegte Eve. Dann schüttelte sie den Kopf. Für einen Moment hatte es sich so angefühlt, als wäre sie auch ohne die Suche nach den drei heiligen Orten dem Rätsel auf die Spur gekommen. Aber genauso schnell, wie das Gefühl gekommen war, war es auch wieder vorbei. »Keine Macht des Universums kann den Sirius dorthin bewegen, wo jetzt Anubis leuchtet. Und was ist dann die Schlange, die gemäß des Rätsels Feuer speit und mit der Stimme der Götter spricht?«

»Zerbrich dir nicht deinen hübschen Kopf«, entgegnete Margaret. »Ich weiß, dass du das Rätsel gern lösen würdest.

Aber du brauchst es nicht mehr. Ich führe dich direkt zur Quelle.« Sie ging die Gangway nach unten zu dem Rolls, wo der dort auf sie wartende Chauffeur ihr die Tür aufhielt.

Eve seufzte und folgte ihr. Ihr stand das größte Ereignis ihres Lebens bevor, und sie freute sich ungemein. Sowohl auf die Aussicht, unsterblich zu werden, als auch auf die Chance, das Geheimnis des ewigen Lebens zu ergründen. Dennoch, das Gefühl, dem Rätsel hinter dem Rätsel Feldmanns ein Stück näher gekommen zu sein und es trotzdem nicht gelöst zu haben, hinterließ in ihrer Forscherseele einen unangenehmen Beigeschmack.

74

»Fahren wir«, wies Margaret den Chauffeur an, sobald Eve in dem geräumigen Fond Platz genommen und sich der Mann in der Uniform hinter das Steuer gesetzt hatte. Der Rolls fuhr los, weg vom Flughafen und auf die Stadt zu.

Außer der wärmeren Kleidung fand Eve auch das wissenschaftliche Equipment, das zu besorgen sie Rinaldo in Siena gebeten hatte: zwei Notebooks, einen Chemiekoffer mit Reagenzgläsern, Lösungsmitteln und Instrumenten, Werkzeuge zum Entnehmen und Lagern von Proben und einen Spektrografen zur optischen und elektronischen Analyse von Flüssigkeiten.

Sie zogen sich in dem geräumigen Fond um, und Eve machte sich gewissenhaft daran, die Ausrüstung zu überprüfen. In einem weiteren, länglichen Koffer fand sie etwas, das sie nicht bestellt hatte.

»Taschenlampen und Waffen«, sagte sie erstaunt. Zwei Pistolen in Gürtelholstern, acht volle Ersatzmagazine, zwei Militärmesser – und ein Schwert mit gut armlanger, zweischneidiger Klinge. Das rote Lederfutteral trug die typischen ineinander verschlungenen Drachensymbole nordischer Völker, und das Ende des Griffs bildeten zwei nach außen gerichtete Lindwurmköpfe. Es war ein Wikingerschwert.

Margaret schaute in den Koffer hinein und nahm das Schwert mit beinahe schon ehrfurchtsvoller Miene heraus. Sie zog es aus der Scheide und betrachtete die Klinge. Mit langem Arm streckte sie es aus und prüfte die Balance. »Perfekt.«

»Du kannst damit umgehen?«, fragte Eve.

»Jahrhundertelanges Training«, sagte Margaret. »Eine Königin muss sich ihrer Haut zu wehren wissen. Und dann waren da ja auch noch die Aesirianer und die Hüter.«

»Wie hat der Orden dich damals eigentlich erwischt?«

»Nach der Trennung von Rinaldo und den vielen Reisen brauchte ich ein wenig Ruhe«, begann Margaret, während sie ihre Bluse wegpackte und noch ein Sweatshirt überzog. »Auch um herauszufinden, wie ich am besten zurück auf einen Thron gelangen könnte. Natürlich wollte ich den von England.« Sie nahm einen Ledermantel aus einer großen Tasche und schlug das Revers auf. Eve sah, dass die Brustinnentasche mit einem flachen Metallring verstärkt war, und fragte sich wofür. Als Margaret die Schwertscheide dort hineinführte, erkannte sie es: ein Versteck für das Schwert. Sie selbst steckte die beiden Pistolenholster an den Gürtel unter ihrer Jacke.

Währenddessen fuhr Margaret fort. »Die Tudors hatten damals gerade die Yorks abgelöst, und zwar durch ein – nennen wir es einmal – ziemlich abenteuerliches und für die Laien nur schwer nachzuvollziehendes Zurechtbiegen der Erbfolgeregelung. Ich fand, das war eine gute Möglichkeit, mich da irgendwie mit hineinzumogeln. Um die damals aktuellen Verwandtschaftsverhältnisse zu recherchieren und mir die entsprechenden Papiere zu beschaffen, zog ich mich zurück in ein kleines Städtchen bei London. Dort lebte ich etwas über zwanzig Jahre.

Allerdings hatte ich durch meine lange Abwesenheit und meine Sorglosigkeit auf den Reisen mit Rinaldo überhaupt keine Vorstellung davon, wie viel besser und vernetzter die Nachrichtendienste inzwischen durch den Hundertjährigen Krieg gegen Frankreich und den ›Krieg der Rosen‹ zwischen den Häusern Lancaster und York geworden waren. Es wimmelte überall von Spionen aller möglichen Couleur. Informationen waren zu einem Handelsgut geworden und der Markt dafür groß.

Hatte es zuvor immer Jahre gedauert, bis aus den ersten ängstlichen Gerüchten um meine ewige Jugend eine handfeste Bedrohung für meine Sicherheit wurde, war das nunmehr nur noch eine Sache von wenigen Wochen. Einigen Bewohnern des Städtchens war aufgefallen, dass ich seit meiner Ankunft zwanzig Jahre zuvor keinen Tag gealtert war, doch bevor mir selbst das zu Ohren kam, hatten mich die Spione des Ordens bereits aufgespürt.

Ihrem ersten Angriff auf mein Haus konnte ich noch entkommen. So sorglos war ich dann doch wieder nicht, dass ich ein Haus ohne Fluchttunnel erworben hätte. Aber sie waren mir auf den Fersen. Fast zehn Jahre verfolgten sie meine Spur und jagten mich unermüdlich durch halb Europa. Bis sie mich schließlich im polnischen Königsberg bei dem Versuch, ein Schiff nach Gotland zu betreten, stellten und gefangen nahmen.

Sie brachten mich auf ihr eigenes Schiff, um mich auf dem Seeweg über Ost- und Nordsee, Atlantik und Mittelmeer nach Rom zu schaffen. Das war zwar wesentlich weiter, aber um einiges sicherer als der Landweg. Die Jagellionen herrschten über ganz Polen, Böhmen und Ungarn und waren einem katholischen Orden alles andere als freundlich gesonnen. Außerdem wurde die Region zu der Zeit massiv von Krimtartaren auf der Jagd nach Sklaven heimgesucht.

Schon auf der Schiffsreise begannen die Ordensbrüder mit dem Foltern, um mich zu zwingen, ihnen die Lage der Quelle zu verraten. Es war furchtbar. Bei all dem, was ich bis dahin schon erlebt hatte, war mir noch nie so viel Grausamkeit widerfahren. Ich sammelte meine Kräfte so gut es ging und bereitete mich auf die Flucht vor. Bei einem Zwischenhalt in Lissabon schließlich gelang es mir, einen meiner Wächter zu verführen, ihn unschädlich zu machen und von Bord zu springen. Wie schon ein paar Jahrzehnte zuvor in Flensburg tauchte ich durch den Hafen, kletterte auf ein Schiff und versteckte mich dort, weil ich mir sicher war, dass sie mich in der Stadt suchen würden.

In einem der unteren Laderäume legte ich mich schlafen, um mich zu erholen – und als ich wieder wach wurde, befand sich das Schiff auf hoher See. Ich belauschte zwei Tuchflicker, um herauszufinden, wohin die Reise ging, und war nicht schlecht überrascht: Das Ziel des Schiffes war Brasilien!

Ich hatte Nachrichten gehört von der Entdeckung einer neuen Welt durch Kolumbus, Vespucci, Cabral und andere und wusste, dass dieses Brasilien sehr weit weg war von den Monstern, die mich durch halb Europa gejagt hatten. Also begrüßte ich die Idee, dorthin zu segeln, verkleidete mich als Mann und mischte mich unter die Mannschaft.

Nach einigen Wochen erreichten wir Land, und ich schlich

mich von Bord. Und es sollte über dreihundert Jahre dauern, ehe ich wieder einen Fuß auf europäischen Boden setzte.

Ich liebte diese neue Welt. Sie war so ursprünglich, so herrlich unzivilisiert im besten aller Sinne. Die ersten Jahrzehnte verbrachte ich mit Wanderungen die Küste entlang nach Norden. Ich freundete mich mit den Eingeborenen an, zog von Stamm zu Stamm und half ihnen beim Jagen und beim Fischen. Ich blieb nie lange genug, um Gefahr zu laufen, dass jemand entdeckte, dass ich nicht altere. Die Erfahrung mit den Ordensbrüdern steckte mir noch zu tief in den Knochen.

Mein Weg führte mich über Venezuela, Panama und Costa Rica bis nach Mexiko. Dort hatte inzwischen Cortez auf die brutalste Weise gewütet, und das Land war geradezu überschwemmt von Missionaren. Da zu befürchten war, dass darunter auch Mitglieder des Ordens waren, zog ich so schnell wie möglich weiter nach Norden und entfernte mich auch von der Küste, um den jungen Kolonien der Europäer auszuweichen.

Für die nächsten hundertfünfzig Jahre lebte ich unter den Völkern der Apachen. Aber je mehr Europäer sich an der Küste ansiedelten, desto mehr wurde mir bewusst, dass ich mich nicht ewig würde verstecken können. Und zugegebenermaßen waren rund zweihundert Jahre Idylle in der freien Natur auch allmählich ein wenig langweilig geworden. Also baute ich mir ein Kanu und fuhr den Arkansas River hinab bis in den Mississippi. In Louisiana angekommen mischte ich mich unter die dort inzwischen lebenden Franzosen, stahl mir ein wenig Geld zusammen und gründete eine Zuckerrohrplantage. Die Europäer zahlten viel für den Zucker, und schon bald stand die Plantage auf sicheren Füßen. Ich reiste viel und lange. Zum einen, um zu vermeiden, dass meine

Arbeiter darauf aufmerksam wurden, dass ich nicht alterte, und zum anderen, um immer in Bewegung zu bleiben, damit mich der Orden nicht fand.

In Georgia gründete ich eine zweite Plantage, diesmal Baumwolle, und in Virginia eine dritte: Tabak. Von dort aus führte mich mein Weg weiter in den Norden, bis ich schließlich nach New York gelangte.

Was für eine Stadt, Eve. Der Unabhängigkeitskrieg gegen England war gerade gewonnen und George Washington Präsident der neuen Nation. In New York brodelte das Leben, und es fiel mir nicht schwer, mich unerkannt mitten darin zu bewegen. Also setzte ich Verwalter für die Plantagen ein und zog nach New York. Es waren die turbulentesten Jahrzehnte meines Lebens. Varietés, Musical-Theater, Bälle. Es war einfach umwerfend.

Und so vergingen die nächsten fünfzig Jahre fast wie im Flug. Inzwischen war es 1840, und weit über dreihundert Jahre waren seit meiner ersten Gefangennahme durch den Orden vergangen. Ich war mir sicher, dass er inzwischen nicht mehr existierte, und außerdem, so gut es mir in New York auch ging, ich hatte schreckliches Heimweh nach Europa, vor allem nach England und Schottland. Die junge Viktoria war drei Jahre zuvor zur Königin gekrönt worden, und ich brannte darauf, mir anzusehen, was aus meinen früheren Königreichen geworden war. Also bestieg ich ein Schiff und fuhr hinüber.

Dummer Fehler. Denn natürlich gab es den Orden noch. Und er war noch sehr viel vernetzter als damals. Ich weiß bis heute nicht, wie sie mir damals auf die Schliche kamen, aber ich befand mich noch kein halbes Jahr in England am Hofe Viktorias, da hatten sie mich schon entdeckt. Wer weiß, vielleicht habe ich mich irgendwie geschnitten, und jemand hat gesehen, wie schnell die Wunde heilte. Keine Ahnung.

Auf jeden Fall war ich plötzlich wieder auf der Flucht. Ich schaffte es noch fast neun Jahre lang, ihrem Zugriff zu entkommen, aber nur, weil ich in den Londoner Untergrund ging und mich dort als Diebin verdingte, um genügend Geld für eine Rückreise nach Amerika zusammenzukratzen. All meinen anderen Besitz hatte ich zurücklassen müssen.«

»Warum hast du dich nicht damals schon an Rinaldo gewandt?«, fragte Eve. »Er hätte dir doch bestimmt geholfen.«

Margaret verzog den Mund zu einem traurigen Lächeln. »Das konnte ich nicht. Aus Sorge, ich würde den Orden damit auch auf seine Fährte führen.«

»Was geschah dann?«

»Ich hatte beinahe genug Geld für eine Schiffspassage zusammen, da wurde ich selbst von Dieben überfallen und schwer verletzt. Irgendwer brachte mich in ein katholisches Hospital, und die Schwestern, erschrocken über meine übernatürlich schnelle Genesung, machten Meldung bei ihrem Bischof.« Sie seufzte. »Ich wurde überwältigt, in Ketten gelegt und nach Rom gebracht. Und dort blieb ich, bis du mich gefunden hast.«

75

Edinburgh Castle.

Errichtet auf dem Basaltpflock eines erloschenen Vulkans ragt Edinburgh Castle über den Kern der alten Stadt in den Himmel wie die vor Zorn geballte Faust eines steinernen Riesen aus der Zeit vor der Ankunft der Götter.

Eve schaute aus dem Fenster des Rolls und musste daran denken, wie Margaret ihr in den Katakomben erzählt hatte, dass hier lange vor der überlieferten Invasion der Angeln und Sachsen ein Volk gelebt hatte, das die Götter um Odin angebetet hatte.

Die Uotodin, Gododdin oder Votadini.

Wenn Margarets Geschichte stimmte – und daran zweifelte Eve mittlerweile, da sie sie näher kennengelernt hatte, nicht länger –, hatte es gar keine *Invasion* gegeben, sondern lediglich die Rückkehr eines Volkes in seine ursprüngliche Heimat. Einer Heimat, aus der sie durch die Kelten Iberias vertrieben worden waren.

Das ließ die neumodische Keltenverehrung, die unter anderem durch Romane wie *Die Nebel von Avalon* ins Leben gerufen worden war, und zahlreiche andere Sagen um König Artus und seinen Kampf gegen die angeblich so grausamen barbarischen Eroberer aus dem Osten in einem völlig neuen Licht erscheinen. Vor allem, da Margaret behauptet hatte, dass an diesem Ort das wirkliche, das historische Avalon gewesen war.

Ad Vallum. A Fallan.

Wenn Eve davon ausging, dass die Legende vom Heiligen Gral, dem Kelch der Unsterblichkeit, ihre Wurzeln in der Quelle des ewigen Lebens hatte – und für sie wurde das immer wahrscheinlicher –, konnte sie sich das majestätische und erhabene Edinburgh Castle sehr gut als Gralsburg vorstellen.

Der Chauffeur lenkte den nahezu geräuschlos über den Asphalt gleitenden Rolls in einer Südkurve um die Klippen des gewaltigen Basaltbrockens herum zu seiner östlichen Flanke, wo ein flacherer, relativ schmaler Anstieg den einzigen Zugang zur Festung bildete. Ähnlich wie bei Glastonbury Tor, nur spiegelverkehrt und in der gesamten Dimension sehr, sehr viel größer.

»Deshalb konnte Dun Eidyn, Odins Burg, nie erobert werden«, sagte Margaret, und in ihrer Stimme schwang mehr als nur eine Portion Stolz. »Nicht von den Kelten, nicht von den Römern – und auch zu meiner Zeit nicht von den Normannen. Spiegelglatte Felswände. Nur ein einziger Zugang. Leicht zu verteidigen.«

»Und hier hast du …?«, begann Eve, doch Margaret legte ihr schnell die Hand auf den Mund und warf einen mahnenden Blick in Richtung des Chauffeurs.

Dann aber nickte sie. »Bald, Eve. Bald.«

»Ich fahre Sie zur Esplanade vor der Burg«, sagte der Chauffeur. »Dort werden Sie von Mister Ryan MacDougall erwartet, dem Leiter der Schlossverwaltung.« Rinaldo hatte das organisiert. »Das dort vorn wird er sein.«

Eve schaute nach vorn durch die Frontscheibe und auf den weiten Platz vor der Burg. Dort stand ein Mann, vielleicht Ende fünfzig, nicht sehr groß und eher gedrungen. Ein kurz geschorener rötlich grauer Haarkranz umgab seine wie poliert wirkende Glatze, und in dem dreiteiligen Tweedanzug und mit dem schwarzen Gehstock mit Silberknauf wirkte er wie der Schlossherr persönlich. Er betrachtete den ankommenden Wagen mit stoisch-prüfendem Blick, so als ob dessen Ankunft die heilige Ruhe des Schlosses störte oder – schlimmer noch – seine.

»Wir nehmen nur den Chemiekoffer mit und die Tasche für die Proben«, sagte Eve zu dem Chauffeur, während er den Wagen zum Halten brachte. »Die übrigen Sachen bringen Sie bitte in unser Hotel.«

Rinaldo hatte zwei Suiten im *Balmoral* für sie reservieren lassen.

»Sehr wohl«, sagte der Chauffeur und stieg aus, um Eve und Margaret die Türen des Rolls zu öffnen.

MacDougall wartete, bis sie den Wagen verlassen hatten, dann trat er nach vorn und verneigte sich. »Herzlich willkommen auf Edinburgh Castle.«

Eve machte einen Schritt auf ihn zu und reichte ihm die Hand. »Haben Sie vielen Dank, dass Sie uns zu dieser fortgeschrittenen Stunde überhaupt noch empfangen.«

»Wie könnte ich zwei so bezaubernden jungen Damen etwas ausschlagen?«, sagte MacDougall höflich.

Es war wohl eher die Spende der stolzen Summe von einhunderttausend Euro, die Rinaldo am Mittag gemacht hatte, die diesen späten Exklusivbesuch ermöglicht hatte.

Er schüttelte auch Margaret die Hand, und als er im Licht der Laternen ihr Gesicht sah, stutzte er plötzlich für einen Augenblick und sah sie dann prüfend an.

Er räusperte sich. »H-hat Ihnen schon einmal jemand gesagt, dass Sie unserer Schutzheiligen St. Margaret verdammt ähnlich sehen?« Das »verdammt« passte so gar nicht zu seinem distinguierten Auftreten. Es war offenbar ein Ausrutscher, der zeigte, wie sehr ihn die Ähnlichkeit verblüffte.

Margaret lächelte geschmeichelt – und auch ein wenig wohlwollend. »Oft«, sagte sie. »Familienähnlichkeit, wissen Sie.«

Seine Teddybäraugen weiteten sich, und sein Mund bildete ein kleines O. Dann verneigte er sich so tief, wie es sein Bauch zuließ. »Eure Hoheit.«

»Nicht doch«, sagte Margaret, und es klang geziert, fast schon verlegen. Aber Eve konnte am Funkeln in ihrem Blick erkennen, dass sie mit dieser Bescheidenheit nur kokettierte und in Wirklichkeit die Huldigung genoss. »Bitte. Ich bin inkognito hier.«

»Natürlich.« MacDougall räusperte sich noch einmal und richtete sich wieder auf. »Verzeihung.« Sein ganzes Gesicht strahlte auf einmal, und der Hauch von an Arroganz grenzender Erhabenheit war ersetzt worden durch die stolze Demut eines Auserwählten.

Amüsiert verdrehte Eve innerlich die Augen.

Oh, diese Schotten und ihr Nationalstolz.

Aber sie konnte ihn nur zu gut verstehen, war sie doch ebenfalls sehr stolz auf ihre eigenen Wurzeln im Hause de Saint-Clair – besonders seit sie wusste, dass der Begründer dieses Hauses Margaret damals das Leben gerettet hatte.

»Ich nehme an, Sie sind hier, um Ihrer Urahnin die Aufwartung zu machen«, sagte er. »Daher der außerordentliche Besuch in ihrer Kapelle, richtig?«

»Wenn es keine zu großen Umstände macht«, bestätigte Margaret lächelnd.

Er deutete auf die Burg hinter sich. »Das ist immerhin Ihr Zuhause«, sagte er, und Eve musste sich ein Schmunzeln verkneifen. Er hatte ja keine Ahnung, wie recht er damit hatte. »Es zu besuchen hätte für Sie keiner so unglaublich großzügigen Spende bedurft …«

Über sich selbst erschrocken biss er sich so unauffällig wie möglich, aber bei weitem nicht unauffällig genug, auf die Zunge. Seine Begeisterung war mit ihm durchgegangen, und Eve sah ihm an, dass er hoffte, dass Margaret ihn nicht beim Wort nahm.

»Ich würde die Summe sogar verdoppeln«, sagte Margaret mit einer geheimbündlerisch konspirativen Note in der Stimme, »wenn ich mich darauf verlassen kann, dass niemand von meinem heutigen Besuch erfährt, auch in Zukunft nicht.«

Eve konnte leicht erkennen, dass ihn das Angebot traf wie ein Blitz. So sehr er sich auch bemühte, sich nichts anmerken zu lassen, sah sie, dass er hin- und hergerissen war zwischen der Freude über die Verdopplung der Spende und seiner Zerknirschtheit darüber, dass er niemandem davon erzählen durfte, einer echten Nachfahrin der einzigen Schutzheiligen Schottlands begegnet zu sein.

»Ich wusste, dass ich mich auf die Diskretion eines schottischen Gentlemans verlassen kann«, nahm Margaret seine Entscheidung mit einem dankbaren Lächeln und klarer Autorität im Tonfall vorweg. »Der Clan MacDougall ist bekannt für seine Loyalität und Ehrenhaftigkeit.«

Er sackte ein wenig in sich zusammen, eine Spur von Trauer im Blick. »Aber selbstverständlich, Hoh… äh, M'Lady. Wenn Sie mir dann bitte folgen möchten.«

Er machte eine einladende Geste zur Brücke, die über den breiten Burggraben hinweg zum Torhaus der Festung führte. Eve fiel es nicht schwer, sich vorzustellen, wieso Edinburgh Castle im Mittelalter und davor als uneinnehmbar gegolten hatte. Wem auch immer es gelungen sein mochte, sich den schmalen Felsgrat gegen die Soldaten der Burg nach oben zu kämpfen, war noch lange nicht über die Brücke, die von den Mauern dahinter nur allzu leicht zu verteidigen war.

Der Chauffeur trat an Margaret heran und reichte ihr ein Handy. »Rufen Sie mich, sobald Sie mich wieder brauchen«, sagte er. »Die Nummer ist auf dem ersten Kurzwahlplatz.«

Margaret schaute ihn an, als hätte er gerade versucht, ihr die Relativitätstheorie zu erklären.

»Ich nehme das«, sagte Eve und steckte das Handy in ihre Tasche. Margaret schenkte ihr ein erleichtertes Zwinkern, und die beiden Frauen folgten Ryan MacDougall über die Brücke.

Eve rieselte eine Gänsehaut über den Rücken bei der Vorstellung, dass sie, wenn sie den Burggraben das nächste Mal passierte, so unsterblich sein würde wie Margaret und Ben. Das Gefühl wurde so stark, dass ihr die Knie weich wurden.

Sie wünschte sich, dann Gelegenheit zu finden, mit Ben wieder ins Reine zu kommen. Aber wenn sie ehrlich war, konnte sie sich nicht vorstellen, dass er ihr noch einmal verzieh.

76

»Wie Sie sicherlich wissen, ist die Kapelle Ihrer Ahnin das älteste heute noch stehende Steingebäude der Festung und damit auch der Stadt«, dozierte MacDougall ein wenig außer Atem, während er Eve und Margaret über die breite, sich schneckenhausförmig emporwindende Treppe an den Geschützmauern der Halfmoon Battery vorbei hoch in den oberen Burghof führte. »Alle anderen Gebäude der Burg sind im Laufe der Jahrhunderte immer wieder abgerissen und hinsichtlich modernerer Angriffsmethoden neu errichtet worden.«

Schließlich gelangten sie bei der Felskuppe an, auf der die kleine, im Vergleich zum Rest der gewaltigen Anlage fast unscheinbare Kapelle stand. Eve sah, wie Margaret kurz innehielt, und bemerkte, dass sie sich heimlich eine Träne von der Wange wischte.

MacDougall ging vor und schloss das Portal auf. »Bitte sehr.« Er machte eine einladende Geste ins Innere.

»Danke«, erwiderte Margaret, blieb aber draußen stehen.

MacDougall sah sie fragend an.

»Von hier aus finden wir uns allein zurecht«, erklärte Margaret freundlich. »Haben Sie vielen Dank, Mister MacDougall.«

»Ich kann Ihnen sicherlich noch viele interessante Details zum Bau und zur Geschichte der Kapelle erzählen«, meinte MacDougall.

»Nicht nötig«, entgegnete Margaret. »Ich denke, ich weiß alles, was es über sie zu wissen gibt. Wir melden uns beim Torhaus ab, wenn wir wieder zurückkommen.«

Er zögerte.

Margarets Lächeln wurde noch wärmer … und auch eindringlicher. »Länger als eine Stunde werden wir nicht brauchen.« Sie feixte. »Wir werden auch ganz bestimmt nichts stehlen.«

Eve sah, dass MacDougall rot wurde. »Das habe ich ganz bestimmt nicht unterstellen wollen«, beeilte er sich zu sagen. »Ich wollte nur behilflich sein und …«

»Das sind Sie bereits, mein Lieber«, unterbrach ihn Margaret. »Sehr.« Dann machte sie tatsächlich einen Schritt zu ihm hin und hauchte ihm einen Kuss auf die Wange.

Sein Gesicht nahm eine noch tiefere Färbung an, und für einen Sekundenbruchteil glaubte Eve, dass er gleich loskichern würde wie ein Mädchen, das bei ihrer ersten Tanzstunde von ihrem heimlichen Schwarm aufgefordert wurde.

»Nun gut«, sagte er mit leicht krächzender Stimme. »Ich werde dann unten im Torhaus auf Sie warten und würde mich sehr freuen, wenn Sie mir vielleicht die Ehre erweisen würden, dort noch ein Gläschen Port mit mir zu trinken.«

»Sehr gern«, antwortete Margaret, und auch Eve nickte.

MacDougall verneigte sich tief. »Eure Hoheit.« Dann ging er zurück zur Treppe, und Eve hätte schwören können, dass ein völlig neuer Schwung in seinen Schritten lag.

»Ach, die MacDougalls«, sagte Margaret leise, als er außer

Hörweite war. »Immer ausgesprochen höflich und dankbar. Ich hatte mal was mit zweien seiner Ahnen.«

»Nacheinander, hoffe ich«, sagte Eve mit einem schelmischen Grinsen.

Daraufhin war es Margaret, die rot wurde. »Komm, lass uns reingehen.«

77

St. Margaret's Chapel.

Eve folgte Margaret mit kleinen, ehrfürchtigen Schritten durch die niedrige Tür hinein in die Kapelle. Der Raum darin war klein, schon fast winzig, etwa drei mal acht bis höchstens achteinhalb Meter. Er bot gerade mal genug Platz für maximal zwei Dutzend Menschen. Das Hauptschiff, wenn man es mit seinen etwas über fünf Metern Länge überhaupt so nennen konnte, war durch einen flachen Bogen vom leicht erhabenen halbrunden Altarraum am Ende abgetrennt.

Margaret blieb stehen und stieß einen tiefen Seufzer aus, der von den kargen Wänden hallend zurückgeworfen wurde und damit noch wehmütiger klang.

»Alles in Ordnung, Maggie?«, fragte Eve besorgt.

Margaret deutete auf einen unscheinbaren Stein in der unteren Ecke des Raums. »Das dort war der erste«, sagte sie andächtig leise. »Ich habe ihn selbst gelegt.«

»Du hast die Kapelle bauen lassen?« Die Erkenntnis, dass die Frau, die neben ihr stand, schon vor eintausend Jahren auf dieser Felskuppe gestanden hatte, ehe das alte Gemäuer um sie herum überhaupt errichtet worden war, jagte ihr einen Schauer über den Rücken, und sie kam sich plötzlich selbst ganz klein und unwichtig vor im Gefüge der Zeit. Wo würde sie selbst in eintausend Jahren stehen? Was würde sie in der Zeit bis dahin erleben und erreichen? Würde sie die Welt ebenso ändern, wie es Margaret gelungen war?

»Ja«, antwortete Margaret auf ihre Frage, »ich habe sie bauen lassen. Um den Eingang zur Quelle zu verbergen.«

»Aber du bist keine Christin«, wunderte sich Eve. »Wieso dann eine christliche Kapelle?«

»Das Christentum war durch die letzten Römer sehr populär geworden hier auf der Insel«, sagte Margaret. »Ich dachte, falls die Burg gegen jede Wahrscheinlichkeit doch einmal erobert würde, würde man die Kapelle aus religiöser Ehrfurcht heraus nicht so schnell niederreißen wie die alten germanischen und keltischen Heiligtümer im Rest des Landes und dabei zufällig auf den Zugang zur Quelle stoßen.«

»Wir sind also da?«, fragte Eve und merkte, dass sie mit einem Mal noch sehr viel nervöser war als draußen auf der Brücke. »Am Eingang zur Quelle des ewigen Lebens?«

»Fast«, sagte Margaret verheißungsvoll. Sie fasste Eve bei der Hand und führte sie zur rechten Seite des niedrigen Bogens, der von zwei mal zwei Säulen getragen wurde. Bei näherem Hinsehen jedoch erkannte Eve, dass es keine echten, sondern nur stilisierte Säulen waren, als Vollreliefs, am Stück aus den bogentragenden und in den Raum hineinragenden Seitenmauern gemeißelt.

Margaret zog ihr Schwert unter dem Mantel hervor und führte die Spitze etwa in Brusthöhe in den schmalen Schlitz zwischen den beiden Säulen. Zu Eves Überraschung glitt die Klinge tiefer in die Steine, als es eigentlich hätte möglich sein dürfen, und schließlich ragte nur noch der Griff hervor.

Margaret drückte ihn nahezu ohne jede Anstrengung wie einen Hebel nach oben, und Eve hörte im Boden des Altarraums ein leises Klacken, so als sei ein Schloss aufgesprungen.

Die kleine Königin zog das Schwert wieder hervor und steckte es unter den Mantel zurück.

»Hilf mir«, bat sie und ging hinüber zum Altar, einem etwa einen Meter breiten und achtzig Zentimeter hohen Steinquader. Sie stützte sich mit beiden Händen gegen dessen rechte Seite und forderte Eve mit einem Nicken auf, es ihr gleichzutun. »Drücken.«

Sie drückten.

Für einen kleinen Moment geschah gar nichts. Dann aber gab es einen kleinen Ruck, und der Altar rutschte mit einem Knirschen zur Seite. Darunter kam ein Loch zum Vorschein.

Margaret holte ihre Taschenlampe hervor und schaltete sie ein. »Sehr viel praktischer als Fackeln«, sagte sie heiter und leuchtete in das Loch hinunter. »Und so viel handlicher.«

Eve sah schmale aus dem Felsen gehauene Steinstufen.

»Bereit?«, fragte Margaret.

Eve merkte, dass ihr Mund außergewöhnlich trocken war und ihr Herz schneller schlug. Ihre Hände waren ganz feucht. »So bereit man dafür überhaupt sein kann. Also nicht wirklich.«

»Das wird schon«, sagte Margaret beruhigend. »Und in tausend Jahren werden wir zusammen darüber lachen.« Dann betrat sie die erste Stufe nach unten.

78

Die schmale Treppe führte steil und immer tiefer in den Vulkanfelsen unter der Kapelle. Dabei wand sie sich in einer leichten Schneckenhausbiegung ähnlich der Treppe außen, über die sie vom unteren in den oberen Burghof gelangt waren. Die Wände waren so verwittert, dass Eve nicht erkennen konnte, ob auch sie, wie die Stufen, in den Felsen gehauen worden waren oder ob der Gang ein beim Erkalten des Lavapfropfens entstandener natürlicher Felsspalt war.

Dreiundsechzig, vierundsechzig, fünfundsechzig, sechsundsechzig … Sie zählte wie gewohnt mit.

Dann hatten sie das untere Ende der schmalen Treppe erreicht und standen in einer Höhle, die nicht sehr viel größer war als die Kapelle oben, aber um einiges höher.

»Da wären wir.« Margaret leuchtete an die gegenüberliegende Wand. »Sieh dir das an.«

Eve folgte mit dem Kegel der Taschenlampe der angegebenen Richtung.

Obwohl sie auf ihrer abenteuerlichen Reise inzwischen so einiges gesehen hatte, konnte Eve kaum glauben, was sie in den Lichtkreisen der beiden Lampen erblickte. Ein etwa vier Meter hoher Baum war in den Felsen gemeißelt. In seiner weit ausladenden Krone, die aus in typisch nordischen Mustern mit- und untereinander verwobenem Astwerk bestand, saß ein Adler. Etwas abseits, links unter der fast ebenso breit wie die Krone gefächerten Wurzel, kauerte ein ebenfalls in den Stein gemeißelter, in sich verschlungener Drache.

»Yggdrasil«, sagte Margaret voller Ergebenheit. »Die Welteneibe des Odin.«

Sofort musste Eve an den bronzegeschmiedeten Baum des Lebens denken, den sie mit Ben zusammen in dem Museum in China untersucht hatte. Und an all die Zeichnungen und Abhandlungen in Feldmanns Notizbuch zu den Mythologien der Sumerer, Assyrer, Inder und Azteken.

Baum, Vogel, Drache.

Oder, wie im Falle der hebräischen Schriften: Baum, Engel, Teufel.

Das Relief war alt. Uralt.

Eve konnte die außergewöhnliche Heiligkeit des Ortes fühlen, aber sie hatte immer noch keine Ahnung, wie ein Wandbild Menschen unsterblich machen sollte.

»Ich verstehe nicht«, sagte sie deshalb auch zu Margaret. »Die ganze Zeit über war die Rede davon, dass Osiris Sprösslinge vom Baum des Lebens auf der ganzen Welt verteilt und versteckt hat und dass das hier vermutlich der letzte davon ist.«

»Ja«, stimmte Margaret zu, sagte aber sonst nichts weiter und stand einfach nur so da.

»Ich habe einen echten Baum erwartet«, erklärte Eve, »nicht das Abbild eines Baums.«

»Zu Recht«, sagte Margaret. »Warte. Gleich wirst du den echten Baum sehen.«

Eve fragte sich, ob das vielleicht ein Wortspiel war, und betrachtete das kunstvoll ausgeführte Felsrelief genauer. Möglicherweise übersah sie ja etwas Entscheidendes. Sie suchte die Welteneibe mit dem Strahl ihrer Taschenlampe ab. Dann aber schüttelte sie energisch den Kopf. »Bäume wachsen nicht in Höhlen ohne Sonne.«

Margaret sah sie an, wie man ein ungeduldiges Kind ansah, und schmunzelte liebevoll. »Sag, Eve, warum bist du eigentlich Forscherin geworden, wenn du doch immer schon im Vorfeld glaubst, alles, was es zu wissen gibt, bereits zu kennen?«

»Das tue ich gar nicht«, verteidigte sich Eve und hätte sich fast auf die Lippen gebissen, als sie merkte, dass sie sich nun auch noch so anhörte wie ein eigensinniges Kind. Beinahe hätte sie auch noch trotzig die Arme vor der Brust verschränkt.

Margaret zog eine Augenbraue hoch. »Hast du nicht auch in den Katakomben behauptet, das Volk, das Odin und die Yggdrasil anbetet, wäre erst nach den Kelten und sogar erst nach dem Abzug der Römer nach England gelangt?«

»Zugegeben«, gestand Eve ein. »Aber Geschichte kann man fälschen, Photosynthese nicht. Pflanzen wachsen nicht ohne Sonne. Und das hier ist auch gar keine echte Pflanze.«

»Hab Geduld, Eve«, bat Margaret heiter. »Ich habe versprochen, mein Geheimnis mit dir zu teilen, und ich werde mein Versprechen halten. Nicht nur für Guillaume de Saint-Clair. Auch für meine Befreiung aus den Klauen des Ordens.«

»In Ordnung«, lenkte Eve ein und kämpfte ihre Neugier nieder. Zumindest soweit es ihr möglich war. »Was muss ich tun?«

»Abwarten«, sagte Margaret kryptisch.

Eve schnaubte. So viel zum Niederkämpfen der Neugier. »Abwarten. Geduld. Vertrauen«, resümierte sie fast schon zeternd, was außer Margaret auch Ben die ganze Zeit über von ihr verlangt hatte. »Ich bin Forscherin, verdammt. Ich will *wissen.*« Nun hatte sie doch mit dem Fuß aufgestampft, und die Erkenntnis ließ sie erröten.

Margaret lächelte geheimnisvoll und doch so nichtssagend wie die Sphinx und schloss die Augen. »Fühlst du das?«

»Was?«, fragte Eve.

»Schließ die Augen.«

»Ich soll …?«

»Schließ einfach die Augen, Eve.«

»Also gut.« Eve gehorchte. Doch es fiel ihr verflucht schwer.

»Fühlst du es?«, fragte Margaret noch einmal, aber Eve fühlte nichts.

»Nein«, antwortete sie wahrheitsgemäß.

»Unter deinen Füßen«, sagte Margaret.

Eve konzentrierte sich auf ihre Füße. Auf die Fußsohlen. Und wirklich – kaum merklich zunächst, aber je mehr sie ihre Sinne darauf fokussierte, immer deutlicher, spürte sie ein leises Kribbeln, ein Vibrieren. Ganz sanft.

»Der Berg singt«, flüsterte Margaret.

Eve nahm ein tief tönendes, kaum hörbares Summen wahr. Tatsächlich fühlte sie es mehr mit den Sohlen ihrer Füße als dass sie es mit den Ohren hörte.

»Das tut er drei- bis viermal in der Stunde«, sagte Margaret so leise, als wollte sie den Berg nicht stören. »Seit ich ihn kenne. Und vermutlich schon Tausende von Jahren zuvor.«

Der schlafende Vulkan.

Das Summen wurde zum Brummen und schließlich zum Grollen. Die Frequenz war so niedrig, dass man sie tatsächlich nicht wirklich hören, sondern nur spüren konnte. Unter der Haut, in den Schläfen, im Brustkorb.

»Und jetzt komm mit«, sagte Margaret, und Eve machte die Augen wieder auf. Die kleine Königin ging hinüber zu dem Felsrelief der Yggdrasil. Eve folgte ihr.

»Sieh dir das an.« Margaret deutete auf eine Stelle, an der das Relief in den Felsen überging. Das heißt, wo es eigentlich in den Felsen übergehen *sollte*. Denn das tat es zu Eves Verwunderung nicht. Zwischen dem Baum und der Felswand dahinter gab es einen gerade mal einen Millimeter breiten Spalt. Der gesamte Baum war gar nicht aus dem Felsen gehauen. Er war irgendwie daran angebracht. Und die tiefe Vibration des Vulkans machte das sichtbar.

Margaret ging wieder einen Schritt zurück und zog Eve am Arm mit sich. Dann zeigte sie auf den Baum. »Du musst genau hinsehen.«

Eve beobachtete das Gebilde – und sah, wie sich der Baum leicht nach rechts neigte. Der ganze Baum. So als wäre das gut vier Meter hohe Bildnis nur in der Mitte über eine Achse mit der Wand verbunden. Und auch der Drache unten links von der Wurzel bewegte sich. Sein Unterkiefer klappte nach unten. Margaret legte eine Hand an die untere Hälfte des Baumes und drückte sie ohne große Kraftanstrengung weiter nach links. Die äußere Wurzel näherte sich dem Drachenmaul.

Weiter und weiter neigte sich der Baum um die mittlere Achse, sodass die Krone nach rechts, die Wurzel nach links wanderte. Die Wurzelspitze glitt zwischen die Zähne des Drachen und drückte die Kiefer noch ein Stück auseinander, bis sie im Rachen einrastete.

Plötzlich sah die Wurzel im Maul des Drachen so aus, als würde er Feuer speien.

Wenn die Schlange Feuer speit und mit der Götter Stimme schreit, erinnerte sich Eve an Feldmanns Rätsel. War die Stimme der Götter das Grollen des Vulkans?

Ein Klicken ertönte in der Wand links von Eve. Sie drehte sich um.

»Ja«, sagte Margaret. »Ich war damals auch ganz schön überrascht, als ich das sah. Und anders als du hatte ich noch nie zuvor eine so große Schiebetür gesehen. Schon gar nicht eine, die sich von selbst bewegt.«

Die ganze Wand glitt zur Seite – und die Lichtstrahlen der Taschenlampen und die Blicke der beiden Frauen fielen in eine dahinter liegende, wesentlich größere Halle.

79

Obwohl ihr Verstand ihr sagte, dass das, was ihre Augen erblickten, nach allem, was sie jemals gelernt hatte, nicht wahr sein konnte, zögerte Eve zu ihrer eigenen Verwunderung nicht eine Sekunde, es zu glauben. Schließlich sah sie es genau vor sich. Zugegeben, sie verstand nicht, *was* sie sah. Aber das war nur umso mehr Anreiz herauszufinden, wieso existierte, was eigentlich nicht existieren durfte. Ein Teil des gewaltigen Rätsels, das zu lösen sie sich aufgemacht hatte. Und nun, da sie es wirklich sah, wusste sie, dass es ganz unabhängig von all dem mystischen und mythologischen Kauderwelsch, mit dem Feldmanns Notizen, Ben und Margaret sie in den vergangenen Tagen und Nächten bombardiert hatten, eine wissenschaftliche Erklärung dafür geben musste.

Eine Erklärung, die sie finden würde.

Mit wissenschaftlichen Mitteln.

Wissenschaft. Das war ihr Terrain. Anders als in der Enträtselung alter Legenden und Historien war sie darin eine Meisterin, eine der besten auf dem Planeten.

Diese Erkenntnis war befreiend. Sie ließ all die Nervosität, aber vor allem auch die Anspannung der letzten Tage von ihr abfallen, ja, sogar die Schmerzen, sowohl die körperlichen von der Folter in den Katakomben als auch die des Herzens, wenn sie an Ben dachte und daran, dass sie ihn zurückgelassen hatte. Wenn er ihr noch eine Chance geben würde, würde sie ihm helfen – bei was auch immer er ihre Hilfe brauchte.

Aber das hier hatte Vorrang.

In der Mitte der aus dem Felsen gehauenen Halle hinter der weggeschobenen Wand stand ein Baum. Ein uralter Baum. Ein echter Baum. Er trug tiefgrüne Nadeln und kleine rote Früchte, die auf den ersten Blick wie Beeren aussahen, aber, wie Eve wusste, keine waren. Es waren Samenkapseln, becherförmig mit roten Fruchtfleischmänteln umhüllt.

Eine Eibe.

Eine riesige Eibe.

Von ihrem Standpunkt aus schätzte Eve den Durchmesser des leicht kurvig gewachsenen Stammes auf mindestens drei Meter. Ihr analytisches Gehirn begann augenblicklich zu arbeiten: Multipliziert mit der Kreiszahl *pi* ergab das in etwa einen Umfang von fast neuneinhalb Metern. Verglich sie dies mit den Ergebnissen aus ihrer Erforschung anderer Eiben im Rahmen ihres Krebs-Projektes, bedeutete das auf Grundlage eines Durchschnittswertes für die Breite der Jahresringe ein Alter von fast …

… sechstausend Jahren!

Schon das allein machte den Baum vor ihr zu einer wissenschaftlichen Sensation. Was ihn aber buchstäblich zu einem Wunder machte, war – abgesehen von der Wirkung, die Margaret versprochen hatte – die Tatsache, dass es hier unten keine Sonne gab, keinen Regen und auch keine Erde!

Die Eibe wuchs ganz ohne Erde, direkt aus dem nackten Felsen heraus.

»Voilà!«, unterbrach Margaret die wissenschaftliche Ehrfurcht Eves und knuffte ihr in die Rippen. »Versprochen ist versprochen. Jetzt musst du nur noch von den Früchten essen.«

»Was?«

»Die Früchte«, wiederholte Margaret. »Du musst sie essen. Na mach schon.«

»Die sind hochgradig giftig«, behauptete Eve. »Zumindest die Samen. Also du meinst nur die Fruchtmäntel, oder?« Der rote Fruchtmantel war das einzige ungiftige Teil einer Eibe.

Margaret schüttelte den Kopf und ging voran in die Höhle. »Nein, nein, die ganzen Früchte, Eve. Mit Samen. Mindestens ein Dutzend. So viele waren es zumindest damals bei mir. Vielleicht musst du aber auch mehr essen als ich, weil du größer bist.«

Eve zögerte.

»Was ist?«, fragte Margaret und blieb stehen. Nun sah sie aus wie ein ungeduldiges Kind.

Doch Eve rührte sich nicht vom Fleck. Etwas stimmte nicht. Ganz unabhängig von dem Baum, der wuchs, wo er eigentlich gar nicht wachsen konnte. Es nagte an Eves analytischem Verstand, und sie entschied, ihn diesem Nagen nachgehen zu lassen, bis sie seine Ursache gefunden hatte. Dann fiel es ihr ein.

»Du hast die erste Höhle, durch die wir gekommen sind, zufällig entdeckt«, resümierte sie.

»Ja.«

»Und auch den Mechanismus, der die Seitenwand öffnet.« Sie versuchte nicht so skeptisch zu klingen, wie sie in Wirklichkeit war.

»Nein, das nicht«, widersprach Margaret. »Den habe ich untersucht, nachdem ich das erste Mal erlebt habe, wie das Grollen des Vulkans den Steinbaum bewegt hat. Ich habe über ein Jahr gebraucht, bis ich herausgefunden habe, wie er funktioniert und was dann geschieht. Anders als du war ich als Sterbliche ja kein Wunderkind.«

»Okay«, sagte Eve. »Dann hat es ein Jahr gedauert, bis du den Mechanismus begriffen und ausprobiert hast. Aber wie kam es dazu, dass du von der Eibe gegessen hast? Selbst zu deiner Zeit wusste man, dass sie tödlich giftig ist.«

Margarets hinreißendes Kleinköniginnenlächeln verschwand schlagartig. »Ja, das war mir bekannt.«

»Aber es war dir zu der Zeit ganz und gar nicht bekannt, dass das Essen der Früchte dich unsterblich machen würde«, stellte Eve klar. »Du hast in den Katakomben selbst gesagt, dass du das Geheimnis durch Zufall entdeckt hast.«

»Auch das stimmt«, sagte Margaret ruhig.

»Also?«

»Also was?«

»Erklär mir bitte, warum du von den Früchten gegessen hast, wenn du doch überhaupt nicht wissen konntest, dass sie dir ewiges Leben schenken?«

»Ist das jetzt wirklich wichtig?«, fragte Margaret.

Eve atmete tief durch. »Ich finde, das ist jetzt wichtiger als jemals zuvor«, sagte sie. »Wichtiger als alles andere.«

»Wieso?«

Eve trat unwillkürlich einen Schritt zurück. »Weil du willst, dass ich Früchte esse, von denen ich ganz genau weiß, dass sie giftig sind und mich unweigerlich töten werden, wenn ihre Wirkung nicht die ist, die du versprichst. Weil ich dann nicht Unsterblichkeit finden werde, sondern den Tod. Und ich bin nicht den weiten Weg gekommen, um jetzt und hier zu sterben.«

»Ach bitte, Eve«, sagte Margaret. »Hab doch einfach ein wenig Vertrauen.«

»Weißt du, Maggie, ich habe so die Schnauze voll davon, dass sowohl du als auch Ben permanent von mir verlangt, ich solle vertrauen, ohne dass auch nur einer von euch beiden mir vertraut.« Eve sprach in ihrer Wut sehr viel lauter, als sie beabsichtigte. »Bin ich etwa, nur weil ich nicht unsterblich bin und ihr so verdammt alt, in euren Augen ein unmündiges Kind, dem man nicht vertrauen kann? Wie soll ich denn dir vertrauen, wenn du mir nicht vertraust?«

»Aber ich vertraue dir doch, Eve«, sagte Margaret und klang verletzt. »Und soweit ich das in den wenigen Stunden beurteilen konnte, die ich euch zusammen erlebt habe, hat auch Ben dir vertraut.«

»Warum weigert ihr euch dann andauernd, meine Fragen zu beantworten?«

»Dass man über manche Dinge nicht reden will, heißt doch noch lange nicht, dass man nicht vertraut. Vielleicht will man sie einfach nur für sich behalten.« Margaret stockte kurz. »Vielleicht will man ja nur nicht, dass der andere, in dem Fall du, schlecht von einem denkt.«

»Soweit es mich betrifft, ist, wenn es um Vertrauen geht, eine möglicherweise schmerzhafte Erkenntnis immer besser als beständig nagende Zweifel«, drückte Eve aus, was sie fühlte. »Fehler kann man verzeihen, Lügen nicht.«

»Ich habe dich nicht belogen, Eve«, behauptete Margaret niedergeschlagen. »Es verletzt mich, dass du das auch nur in Erwägung ziehst.«

»Nicht belogen, aber du verheimlichst mir etwas«, konkretisierte Eve. »Das ist in meinen Augen dasselbe.«

»Und doch weißt du längst, was es ist, das ich dir verheimliche«, begehrte Margaret mit brechender Stimme auf.

»Ich *ahne* es«, gab Eve zu. »Aber wirklich wissen werde ich es erst, wenn du es mir auch sagst. Dann weiß ich, dass du mir vertraust und auch ich dir vertrauen kann.«

»Ich habe dich hierhergeführt.« Margaret deutete auf den Baum. Ihre hellblauen Augen glänzten feucht, Tränen traten ihr über die langen Wimpern und liefen die Wangen hinab. »Das zeigt ja wohl unbestreitbar, dass ich dir vertraue.«

»Nein.«

»Nein?«

»Das heißt in erster Linie, dass du willst, dass ich von diesen Früchten esse«, sagte Eve und deutete auf die Eibe.

»Ja, natürlich.«

»Früchte, Maggie, von denen ich *weiß*, dass sie hochgradig toxisch sind. Dass sie mich aber entgegen meines Wissens nicht töten werden, sondern unsterblich machen, soll ich dir *glauben*.«

»Ja.«

»Aber um dir zu *glauben*, muss ich dir *vertrauen*. Und das will ich auch. Aber ich kann es nicht, wenn ich merke, dass *du* mir nicht vertraust. Weil das nämlich heißen könnte, dass du zwar dein Versprechen erfüllt hast, indem du mich hierhergeführt hast, aber du gleichzeitig willst, dass ich sterbe, damit ich dein Geheimnis nicht verraten kann.«

Margaret zog die Augenbrauen zusammen und stemmte die Fäuste in die schmalen Hüften. »Dir ist doch wohl klar, dass ich jetzt sagen könnte: ›Ist mir egal, ob du mir vertraust. Dann iss eben nicht von den Früchten und werde nicht unsterblich!‹«

»Ja«, sagte Eve, »das ist mir klar. Und dann wüsste ich, dass es dir nicht ernst war, als du mir versprochen hast, mir das Geschenk der Unsterblichkeit zu machen zum Dank dafür, dass dir mein Vorfahre das Leben gerettet hat, wodurch du selbst erst die Quelle des ewigen Lebens entdeckt hast, und zum Dank dafür, dass Ben dich aus den Katakomben befreit hat, in die er sich nur begeben hat, um mich zu retten. Ich wüsste also, dass du gelogen hast und dass es klug war, nicht von den Früchten zu essen.«

»Eve, du machst mir kein schlechtes Gewissen, wenn du mein Geschenk nicht annimmst. Aber du machst mir einen gewaltigen Knoten in meinen kleinen Kopf, wenn du hier weiter herumphilosophierst statt zu handeln. Vertrau mir doch einfach!«

»Vertrau *du mir* doch einfach«, entgegnete Eve stur. »Verrate mir ohne Umschweife, warum du die Früchte gegessen hast, obwohl du wusstest, dass sie giftig sind, und auf gar keinen Fall wissen konntest, dass sie dich unsterblich machen!«

»Du weißt es!«

»Sag es mir!«

»Zur Hölle mit dir, Eve Sinclair!«, fluchte Margaret, drehte sich schnell von Eve weg und legte ihre Arme schützend um sich selbst. Doch selbst von hinten konnte Eve sehen, dass sie schluchzte. Nur mit Mühe widerstand sie dem Drang, zu der kleinen Königin zu gehen und sie zu trösten. Das hier war wichtig. Für Margaret möglicherweise noch sehr viel wichtiger als für sie selbst, wie Eve gerade begriff.

Eve wartete.

Es verging fast eine Minute des Schweigens.

Dann aber sagte Margaret so leise, dass Eve sie kaum hören konnte: »Ich *wollte* damals sterben.«

Ja, Eve hatte es geahnt. Aber es war kein Triumph, den sie empfand, sondern tiefes Mitgefühl.

»Du weißt doch«, fuhr Margaret fort, »ich wurde im Exil in Ungarn geboren.«

»Ich erinnere mich.«

»Aber du kannst es dir nicht vorstellen. Jeder sprach immer und überall von meiner noblen Abstammung, vom von den Göttern gegebenen Anspruch meiner Familie auf den englischen Thron. Aber in Wahrheit und im Alltag waren meine Eltern, meine Geschwister und ich so fern von der Heimat nichts weiter als Almosenempfänger. Wir lebten ausschließlich durch und von der Gnade anderer, die sich einen möglichen politischen Vorteil sichern wollten, indem sie uns am Leben erhielten. Wir waren abhängiger als Vieh, abhängig vom Wohlwollen der anderen – und auch von deren Launen. Wir mussten jeden einzelnen Tag damit rechnen, dass sich die politische Lage änderte und uns keiner mehr brauchen würde, dass man sich unser durch Ermordung entledigen würde, um sich bei unseren Gegnern einzukaufen.

Doch dann kam der Tag, an dem mein Vater nach England zurückgerufen wurde, um tatsächlich die Thronfolge zu übernehmen. Ein glorreicher Tag. Endlich würden wir ein Zuhause finden, dass wir unser eigen nennen konnten, auch wenn ich das Land, in das wir reisten, nie zuvor betreten hatte. Mein Vater selbst war schon als Kind von dort verbannt worden.«

Margaret hielt inne. Eve fühlte, dass sie sich sammelte, und wartete schweigend.

»Mein Vater überlebte unsere Ankunft in England gerade mal zwei Tage. Dann wurde er heimtückisch und brutal ermordet.«

Sie schniefte. Für Eve mochten diese Ereignisse fast eintausend Jahre zurückliegen und einer historischen Vergangenheit angehören, aber für Margaret waren es die Erinnerungen an den gewaltsamen Tod ihres Vaters kurz vor der Erfüllung seines jahrzehntelang verzweifelt herbeigesehnten Traums.

»Also hat man meinen Bruder Edgar zum Thronfolger erklärt und zum König von England ernannt«, fuhr Margaret fort. »Gott, Eve, er war gerade mal fünfzehn. Und noch ehe er überhaupt erst gekrönt werden konnte, stand William schon mit seinen Normannen an der Themse. Oh, du hättest miterleben sollen, wie sie damals die Seiten gewechselt haben, all die Ritter und Barone, die meiner Familie bei ihrem Blut ewige Treue geschworen hatten. Mit wehenden Fahnen sind sie zu William übergelaufen und haben uns im Stich gelassen.

Wir – Edgar, unsere Mutter, unsere Schwester Cristina und ich – wurden gefangen genommen und sollten in die Normandie verschifft werden. Angeblich, wie William sagte, als Friedensgeiseln. Aber wir alle wussten natürlich, dass man uns ermorden würde, sobald wir das Festland erreichten.

Nur dank des Mannes, der uns dorthin bringen sollte – Guillaume de Saint-Clair, dein Vorfahre – entgingen wir diesem Schicksal. Statt in die Normandie brachte er uns hierher nach Edinburgh zu König Malcolm. Aber auch, wenn ich ihm dafür heute noch dankbar bin, tat er es nicht aus Gnade, Wohlwollen oder Ehrenhaftigkeit heraus. Nein, auch er wollte einfach mehr Macht, als er unter William hatte.

Deshalb hat er uns zu Malcolm gebracht, der ihm zum Dank dafür die Baronie Roslin übertrug. Malcolm heiratete mich – und wieder war ich auf Gedeih und Verderb der Gnade eines Menschen ausgeliefert, der sich allein durch meine Geburt Vorteile versprach.

Malcolm benutzte uns – vor allem meinen Bruder Edgar und mich – als Werkzeuge, um die Angelsachsen Schottlands und Englands, die bei der Eroberung schlechter abgeschnitten hatten als erwartet, unter seinem Banner zu sammeln und gegen William und seine Normannen in den Krieg zu führen.

Doch er scheiterte. Das heißt, Malcolm ließ meinen Bruder scheitern. Er selbst nahm an dem Krieg gar nicht teil, er zog nur die Fäden im Hintergrund. Nach einigen kleinen Zwischenerfolgen erlitt Edgar eine zerschmetternde Niederlage gegen Williams Truppen in den Sümpfen von Holderness.

Und wieder geschah, was schon nach unserer Landung in

England geschehen war: Unser *treuer Verbündeter* Malcolm, mein eigener Ehemann, wechselte die Seiten, schloss einen Friedensvertrag mit William und lieferte ihm meinen Bruder aus. Danach behandelte Malcolm mich nur noch wie ein Stück Vieh und steckte meine Mutter und meine Schwester in Klöster. Wir waren nichts mehr wert für ihn.

Damals beschloss ich zu sterben. Ich hatte in meiner Jugend genug Willkür und Verrat erlitten für zehn Menschenleben. Deshalb habe ich die Früchte der Eibe gegessen.«

Eve trat zu ihr und nahm sie in die Arme. Margaret schluchzte eine Weile lang gegen ihre Brust. Dann löste sie sich von ihr und sah ihr fest in die Augen.

»Aber statt zu sterben, wurde ich plötzlich kräftiger und, wie du siehst, auch jünger. Und als ich merkte, was das bedeutete, beschloss ich, mein Schicksal endlich selbst in die Hand zu nehmen und nie wieder nur Tochter, Schwester oder Gattin von irgendjemandem zu sein, sondern Margaret die Königin.«

Eve war wirklich gespannt darauf zu erfahren, was danach alles geschehen war. Aber das musste warten. Margaret hatte die Bedingung erfüllt, ihr zu vertrauen, nun war es an der Zeit, auch ihren Teil der Abmachung einzuhalten – den, Margaret zu vertrauen.

Sie war nun sicher, dass die Samen sie nicht töten würden, und setzte sich in Richtung der Eibe in Bewegung. »Ein Dutzend, sagst du?«

»Vielleicht brauchst du mehr«, sagte Margaret. »Vielleicht reicht aber auch schon eine.«

Eve begriff, warum so viele Gralslegenden die Bereitschaft zu sterben als Prüfung beinhalteten, und ein Teil von ihr wollte zunächst Proben von dem Baum sammeln, von der Rinde, den Nadeln und den Früchten, sie untersuchen, um herauszufinden, wie sie wirkten, wie sie den Metabolismus des Menschen veränderten, was an ihnen den Körper veranlasste, ungehindert frische Zellen zu produzieren.

Aber ein anderer Teil von ihr – zugegebenermaßen der erheblich stärkere – wollte die Gelegenheit beim Schopf packen, jetzt und hier unsterblich zu werden. Sie konnte nicht riskieren, dass nun, da sie ihrem Ziel so nahe war, noch irgendetwas dazwischenkam, der Baum vielleicht doch noch zerstört wurde oder, während sie in der Hotelsuite oder in einem Labor Untersuchungen vornahm, der Zugang zur Höhle einstürzte oder der Vulkan ausbrach und den Baum vernichtete oder, oder, oder …

Nein, auch wenn sie keine Ahnung hatte, wie es funktionierte, wusste sie doch, dass sie Margaret vertrauen konnte. Die Frucht der Eibe würde sie unsterblich machen. *Jetzt.* Und wenn sie erst einmal unsterblich war, hatte sie alle Zeit der Welt, Antworten zu finden auf die Frage nach dem *wie*.

Sie war bei dem Baum angelangt und streckte die Hand aus.

»Finger weg!«, rief da eine Männerstimme.

80

12 Stunden zuvor.
Rom. Villa Borghese.

Bischof Gardens Leiche lag in einem prachtvollen Sarg aufgebahrt vor dem Altar der Hauskapelle. Dahinter auf der Kanzel stand Wall. Im vollen Bischofsornat – Talar mit violetter

Mozetta, Mitra, Stab und Ring. Als Pektorale trug er auf der Brust statt eines Kreuzes das Symbol des Ordens: den Baum hinter zwei gekreuzten flammenden Schwertern.

»Er hat sein Leben dem Orden und dem Lobpreis des heiligsten aller Gesetze Gottes gewidmet«, schloss er seine Ansprache. Seine Stimme war verfärbt von der gebrochenen Nase und der Schiene darüber. »Behalten wir ihn in Erinnerung als einen der fähigsten Hirten, der je über Gottes Herde gewacht hat.«

Er senkte salbungsvoll das Haupt, und die etwa dreißig anwesenden Ordensbrüder taten es ihm gleich.

Nach einem stillen Gebet und einer Schweigeminute erhoben sie sich von ihren Bänken. Ein jeder von ihnen ging nach vorn zu dem Sarg, verneigte sich vor der Leiche und küsste danach Bischof Walls Ring an der dargebotenen Hand.

Nach weiteren zehn Minuten war er allein mit seinem toten Vorgänger. Er stellte sich an den Sarg. »Du warst nie ein großer Kämpfer, alter Mann. Requiem perpetuam dona ei, Domine. Et lux aeterna luceat ei. Requiescat in pace. Amen.«

Ewige Ruhe schenke ihm, Herr. Und das ewige Licht leuchte ihm. Lasse ihn ruhen in Frieden. Amen.

Er schloss den Deckel des Sarges – und erschrak.

Dahinter stand der Mann, der ihm die Hand geraubt hatte – und er hielt eine Pistole mit Schalldämpfer auf ihn gerichtet.

»Keinen Mucks«, sagte er. »Ich bin nicht hier, um Sie zu töten. Hören Sie einfach nur zu.«

Bischof Walls Hirn suchte nach einer Möglichkeit, Alarm zu schlagen. Vergeblich. Also nickte er.

»Eve Sinclair und Margaret haben vor einigen Stunden über die Rezeption des Hotels Eden einen Wagen von Avis gemietet, einen Audi S5. Es dürfte Ihnen mit Ihren Mitteln nicht schwerfallen, sie über GPS zu orten.«

Bischof Wall runzelte argwöhnisch die Stirn. »Sie befreien sie aus den Katakomben, und jetzt verraten Sie sie?«

Der Fremde zuckte mit den breiten Schultern. »Es hat sich herausgestellt, dass sie es nicht wert ist, dass ich sie beschütze. Und auch das ewige Leben hat sie nicht verdient. Sie muss aufgehalten werden.«

»Und das soll ich Ihnen glauben?«

»Das ist Ihre Sache«, sagte der Fremde. »Sie ist mit Margaret zusammen auf dem Weg zu dem Baum. Wenn Sie sie dort erwischen, können Sie Ihren Brüdern erzählen, dass es von Anfang an Ihr Plan war, die beiden entkommen zu lassen, um nach hundertsechzig Jahren vergeblicher Folter endlich den Standort den Baums zu finden und ihn zu vernichten.«

Er zog sich zum Seitenausgang zurück.

»Das ändert nichts«, sagte Bischof Wall und hob den Armstumpf. Für die Zeremonie hatte er ein waffenloses Futteral darübergestülpt. »Ich werde auch Sie finden. Und dann werden Sie hierfür bezahlen.«

Der Fremde schüttelte den Kopf. »Ich bin raus aus der Sache.«

Dann war er verschwunden.

Bischof Wall schlug sofort Alarm, aber als die Wachtrupps das Gelände durchsuchten, fanden sie keine Spur mehr von Eve Sinclairs ehemaligem Beschützer.

Mit Eve Sinclair selbst hatte er mehr Glück. Der Nachrichtendienst brauchte keine Viertelstunde, sich in das System von Avis zu hacken, das entsprechende Auto und dessen GPS-Code zu finden und es über Satellitenortung bei der Rocca Salimbeni in Siena auszumachen.

Sofort wurden die Brüder in Siena alarmiert. Der gesuchte

Wagen wurde vor der Zentrale der *Banca Monte dei Paschi* gefunden, und durch einen Abgleich mit der Datenbank, die der Orden über die Aesirianer führte, stießen sie auf Rinaldo. Als sie dann dessen jüngste Aktivitäten durchleuchteten, entdeckten sie die Anmeldung eines Flugs von dessen Privatjet vom Flughafen Siena-Amugnano nach Edinburgh.

Margarets Heimat!

Bischof Wall ließ den Jet des Ordens startklar machen. Er würde noch vor Doktor Sinclair und Margaret in Edinburgh sein. Sie dann, nach ihrer Ankunft, vom Flughafen aus zu verfolgen, war reine Routine.

Sie würden ihn direkt zu dem Baum führen.

81

Die Höhle unter St. Margaret's Chapel.

Eve erkannte die Stimme sofort und wirbelte herum. Auch Margaret hatte augenblicklich reagiert und ihr Schwert unter dem Mantel hervorgezogen.

Am Eingang zu der Halle stand Diakon Wall.

Nicht jetzt! Nicht jetzt! Nicht jetzt!, dachte Eve und fluchte innerlich darüber, dass sie sich so lange mit Reden aufgehalten hatte, anstatt Margaret einfach verstandesgemäß genauso leicht zu vertrauen wie schon viel früher mit dem Herzen.

»Erschieß den Mistkerl!«, rief Margaret entschlossen und verständlicherweise feindselig und rachedurstig.

Diakon Wall lachte.

Eve zog ohne lange nachzudenken eine der Automatikpistolen unter ihrer Jacke hervor, entsicherte sie mit fast schon geübtem Griff und zielte auf den Hüter.

Ich kann doch nicht so einfach einen Menschen erschießen, ging es ihr erst dann durch den Kopf. *Und wenn er mich zehnmal gefoltert hätte.*

»Schieß-schieß-schieß!«, rief Margaret.

Doch Diakon Wall stand einfach nur da. Eve wusste ohne jeden Zweifel, dass er gekommen war, um sie zu töten. Doch solange er sie oder Margaret nicht direkt angriff, weigerte sich etwas in ihr, den Abzug zu drücken.

»Verdammt!«, fluchte Margaret und stürmte nach vorn, das Wikingerschwert mit beiden Händen hoch über der rechten Schulter gehoben.

Als sie sah, wie Margaret auf ihren früheren Kerkermeister zurannte, fühlte sich Eve an eine Walküre aus den nordischen Mythen erinnert – oder an eine Elbenprinzessin.

Diakon Wall aber war weit weniger beeindruckt. Er rührte sich nicht von der Stelle, sondern machte eine knappe Geste mit seinem Harpunenarmstumpf, und aus dem Dunkel hinter ihm traten vier weitere Hüter. Sie waren bewaffnet mit Maschinenpistolen, die sie sogleich auf Margaret richteten.

Margaret bremste ihren Lauf.

Doch ihr Schwert senkte sie erst, als hinter den ersten vier noch vier weitere Hüter auftauchten – ebenfalls mit MPis bewaffnet. Zwei weitere kamen mit Handstrahlern nach, die sie nun einschalteten. Die Halle wurde mit ihrem gleißenden Licht geflutet.

Die ersten vier Ordensbrüder rannten, einander gegenseitig deckend, zu Margaret, und während drei von ihnen auf sie zielten, nahm der vierte ihr das Schwert ab.

Eve sicherte ihre Waffe mit bewusst langsamen Bewegungen und ließ sie zu Boden fallen.

»Ausgesprochen weise Entscheidung, Doktor Sinclair«, sagte Diakon Wall und betrat die Halle. Sein Blick war wie verzaubert auf die uralte Eibe gerichtet. Eve las Ehrfurcht darin – und Gier. Er ging an Margaret vorbei auf den Baum zu.

»Es gibt ihn also wirklich«, hörte Eve ihn flüstern – und realisierte, dass er noch nie zuvor einen mit eigenen Augen gesehen hatte. »Wie viele der Beeren, hast du gesagt, muss man essen, um unsterblich zu werden?«, fragte er Margaret. Offenbar hatte er zumindest den letzten Teil ihrer Unterhaltung belauscht. »Ein Dutzend oder mehr?«

»Bischof Wall«, sagte einer seiner Männer, mit einem fragenden Unterton in der Stimme.

Bischof?

Eve schloss aus der Anrede, dass der Bischof, der ihr in den Katakomben unter der Villa Borghese die Geschichte Enochs von Azâzêl, Samyaza, den Zweihundert und den Nephilim erzählt hatte, inzwischen durch Wall abgelöst worden war.

»Schweig!«, herrschte der neue Bischof den Mann an. Dann drehte er sich um und wandte sich an seine Untergebenen. »Brüder«, sagte er feierlich. »Wir stehen hier auf der Schwelle zum Endsieg. In der Pforte zur endgültigen Auslöschung der verfluchten Bastarde der Nephilim. Und dies hier«, er deutete auf den Baum, »wird unsere Waffe sein.«

Ein unsicheres Raunen ging durch die Reihen der anderen Kuttenträger, aber Wall wischte es mit einer harschen Geste hinweg.

»Seit Jahrhunderten müssen wir uns damit begnügen, die Aesirianer nur zu beobachten und auf der Lauer zu liegen, dass sie das Geheimnis des Baumes nicht verbreiten. Warum? Ich sage es euch: Weil wir nie auch nur annähernd stark genug waren, sie ein für alle Mal vom Angesicht der Welt zu tilgen. Weil sie älter sind als wir. Viel, viel älter. Und weil sie ihr angesammeltes Wissen nicht immer wieder mühsam von einer Generation zur nächsten weitergeben müssen. Weil sie sich für Jahrzehnte, ja, Jahrhunderte verstecken können, um aus unserem Gedächtnis zu verschwinden. Weil sie selbst nach den schwersten Verletzungen schnell wieder genesen. Anders als wir!« Er hielt seinen Armstumpf hoch.

»Heute, meine Brüder, liegt es in unserer Macht, das zu ändern«, fuhr er fort, und in seiner Stimme schwang die Unheiligkeit des Fanatikers. »Heute können wir selbst unsterblich werden. Zum Wohle des Herrn. Wir können so stark werden wie unsere Feinde. Ja, stärker noch, denn Gott ist auf unserer Seite. Wir werden zu der eisernen Faust, mit der er dieses Ungeziefer zerschmettert. Zu der Ferse, unter der er den Kopf der Schlange Satan zermalmt.«

»Aber …«, sagte der Ordensbruder, der schon vorher gesprochen hatte, warnend.

»Ich weiß, was ihr fürchtet«, unterbrach ihn Bischof Wall. »Ihr glaubt, wenn wir das tun, ernten wir den gerechten Zorn Gottes. Beschwören wir das Jüngste Gericht herauf. Die endgültige Vernichtung der Menschheit. Aber die zu fürchten gibt es wahrlich keinen Grund. Denn wir sind, und das weiß er, seine allzeit gehorsamen Diener. Seine unschuldigen Kinder. Wir tun nichts weiter als sein Werk.«

»Das ist nach allem, was uns bekannt ist, der letzte Baum«, wandte der zur Vorsicht mahnende Ordensbruder ein. »Wenn wir ihn endlich vernichtet haben, kann und wird es keine weiteren Bastarde der Nephilim mehr geben. Und all die Kraft, die wir für die Jahrhunderte währende Suche nach ihm aufgewandt haben, können wir fortan ungeteilt auf die Vernichtung der Aesirianer richten. Dann haben wir Gottes Werk getan. Und unsere Mission ist für immer erfüllt.«

Eve sah ein zorniges Flackern in Bischof Walls Augen. Doch zu ihrer Überraschung entlud sich dieser Zorn in einem beinahe schon verständnisvollen Lächeln.

»Gut gesprochen, Bruder«, sagte er einvernehmlich. »Und ich würde dir nur zu gern von ganzem Herzen zustimmen. Ich wünsche mir sogar nichts mehr, als dir zustimmen zu können. Denn auch ich suche den Frieden. Aber die Entwicklung in den letzten Tagen hat deutlich gezeigt, dass sich die Zeiten geändert haben.«

Er zeigte mit anklagendem Finger auf Eve. »Nie zuvor war die Wissenschaft so weit fortgeschritten wie heute. Und dank der modernen Technik und der freizügigen, ja, schon pervertiert hemmungslosen Informationsgesellschaft wird sie in den kommenden Jahren ganz gewiss weitere sensationelle Sprünge machen. Viel schneller als früher werden dieser Frau neue Forscher folgen. Sie sprießen aus dem Boden wie Pilze nach dem Regen, einer ambitionierter als der andere. Gott existiert für sie höchstens noch als Anreiz, ihn zu widerlegen, als Herausforderung, sich mit ihm zu messen und damit der Welt ihr angebliches Genie zu beweisen. Sie sind die wahre Gefahr. Was, wenn das hier doch nicht der letzte der Bäume ist?«

»Es ist ziemlich sicher …«

»Ziemlich sicher darf uns aber nicht sicher genug sein!«, unterbrach Wall. »Habt ihr nicht begriffen, was sie hier vorhatte? Seht sie euch doch an. Früher war unser größtes Problem, dass jemand einen der Bäume fand und dadurch selbst unsterblich wurde. Wir haben in unseren Zellen gekniet und gezittert und gebetet, dass es nicht dieser eine ist, der bei unserem Herrn und Schöpfer das Fass der Langmut und der Gnade zum Überlaufen bringt und ihn veranlasst, die ganze Menschheit in seinem gerechten Zorn mit einem Streich zu vernichten.

Forscher, Wissenschaftler«, rief er, »wollen die Unsterblichkeit aber nicht nur für sich allein. Sie wollen das Geheimnis dieses Baumes entschlüsseln, um es mit der Welt zu teilen. Mit der ganzen Welt. Und dann brauchen wir nicht mehr zu beten. Denn dann ist Gottes Gebot endgültig und dauerhaft gebrochen, und sein feuriges Strafgericht wird auf uns alle niederkommen.

Um das zu verhindern, Brüder, Mitstreiter, müssen wir unbedingt stärker werden. Ja, um das zu verhindern, müssen wir uns sogar selbst opfern – und unsterblich werden! Den Preis bezahlen für diese Sünder und um zu verhindern, dass sie noch mehr Schuld auf sich bürden, selbst den Fluch ertragen.«

Eve erkannte, dass der gleiche Glanz, der in Bischof Walls Augen strahlte, nach und nach auch in den Blicken der anderen Ordensbrüder leuchtete. Nur der eine, der bisher widersprochen hatte, runzelte die Stirn und schüttelte den Kopf.

»Das ist nicht Gottes Wille«, sagte er. »Und das wisst Ihr, Bischof Wall. Wir dürfen nicht zu Sündern werden, indem wir den Teufel mit dem Beelzebub austreiben. Uns ist es nicht erlaubt, von diesem Baum zu essen. *Das* ist das Gebot Gottes. Und dass dieses Gebot gewahrt bleibt, haben wir feierlich und bei unserem Leben geschworen.«

Für einen Moment war es in der Halle totenstill.

»Hat denn Gott wirklich ausdrücklich gesagt, wir dürfen von diesem Baum nicht essen?«, fragte Bischof Wall schließlich, wieder betont freundlich. »In der Genesis 3, Vers 3 steht geschrieben: *Nur von den Früchten des Baumes, der in der Mitte des Gartens steht, hat Gott gesagt: Davon dürft ihr nicht essen, und daran dürft ihr nicht rühren, sonst werdet ihr sterben.*« Er deutete wieder auf die Eibe. »Aber das hier ist nicht der Baum, der in der Mitte des Gartens steht!«

»Jetzt sprecht Ihr mit der gespaltenen Zunge Luzifers, Bischof«, hielt ihn der Ordensbruder anklagend vor. »Hört nicht auf ihn, Brüder. Er wird uns alle ins Verderben führen.« Er hob die MPi und richtete sie auf Bischof Wall. »Sobald Ihr von den Früchten esst, werde ich meine Pflicht tun müssen. Bitte zwingt mich nicht dazu.«

Bischof Wall senkte traurig den Kopf. Aber Eve sah, wie er dabei einen der anderen Ordensbrüder ansah, der dicht hinter jenem stand, der Wall aufhalten wollte.

Der nickte unmerklich und machte einen schnellen Schritt nach vorn, wobei er unter seiner Kutte einen Dolch hervorzog, und noch ehe Eve einen Warnschrei ausstoßen konnte, hatte er die schmale Klinge seitlich in den Hals des anderen gerammt. Dabei packte er von hinten den Lauf der auf Wall gerichteten MPi und riss die Mündung nach oben, um zu verhindern, dass sein Opfer den Bischof treffen würde, falls es ihm noch gelang abzudrücken.

Aber er drückte nicht mehr ab.

Er stieß einen lang gezogenen, gurgelnden Schrei aus. Blut sprudelte ihm über die Lippen und das Kinn, und er sackte in sich zusammen, als würden alle seine Muskeln gleichzeitig versagen. *Der Schock*, wusste Eve. Der eigentliche Blutverlust würde ihn erst in einigen Sekunden wirklich schwächen und dann sehr schnell sterben lassen.

Er rutschte in die Knie und ließ dabei die MPi los, die sein Mörder schnell an sich nahm. Er presste beide Hände gegen die Kehle und kippte nach vorn.

Der Anblick des zuckend sterbenden Mannes verkrampfte Eve den Magen, und sie musste sich zusammenreißen, um sich nicht zu übergeben.

»Lasst uns für ihn beten«, sagte Bischof Wall seelenruhig und senkte weihevoll das Haupt. »Pater noster, qui es in caelis«, begann er, und die anderen stimmten im Chor mit ein, sodass es von den Felswänden der Höhle widerhallte wie in einer Kirche. »Sanctificetur nomen tuum, adveniat regnum tuum, fiat voluntas tua, sicut in caelo, et in terra. Panem nostrum cotidianum da nobis hodie, et dimitte nobis debita nostra, sicut et nos dimittimus debitoribus nostris. Et ne nos inducas in tentationem, sed libera nos a malo.«

Vater unser, der du bist im Himmel. Geheiligt werde dein Name. Zu uns komme dein Reich. Dein Wille geschehe wie im Himmel also auch auf Erden. Unser tägliches Brot gib uns heute und vergib uns unsere Schuld, wie auch wir vergeben unsern Schuldigern. Und führe uns nicht in Versuchung, sondern erlöse uns von dem Übel.

»Amen«, schloss Bischof Wall und sah wieder auf.

Der Körper am Boden lag reglos da.

»Er meinte es gut«, sagte Wall. »Aber er war verblendet und hat den Willen des allmächtigen Gottes missverstanden. Er hat nicht begriffen, dass wir uns rüsten müssen für den Krieg, der uns bevorsteht. Den Krieg gegen die Bastarde der Nephilim. Und gegen die Huren der Wissenschaft«, er zeigte wieder mit ausgestrecktem Finger auf Eve, »die nicht verstehen, dass die Menschheit nicht bereit ist. Nicht für die Gnade und schon gar nicht für die Macht Gottes.«

Er drehte sich wieder zu der Eibe herum und ging auf sie zu.

»Stehen bleiben!«, donnerte da eine Stimme vom Eingang der Halle her.

82

Am Eingang der Halle stand der Mann, der Eve mit zwei anderen in ihrem Labor überfallen hatte. Damals hatte er eine Maske getragen, aber Eve erkannte ihn an Statur und Stimme. Er trug einen schwarzen militärischen Kampfanzug und hielt eine Maschinenpistole schussbereit in den Händen.

»Kabir!«, zischte Bischof Wall, als er ihn sah.

Kabir lächelte kalt. Hinter ihm traten vier Männer in die Halle. Auch sie trugen Kampfanzüge und waren mit MPis bewaffnet. Einer hatte außerdem einen Tank auf den Rücken geschnallt. An dem Metallschlauch und dem Sprühgestänge mit Düse erkannte Eve augenblicklich, dass es sich dabei um einen Flammenwerfer handelte.

Die Ordensbrüder richteten sofort ihre Waffen auf sie.

»Wir sind in der Überzahl«, sagte Bischof Wall mit einem Grinsen.

»Seid ihr nie, Wall«, entgegnete Kabir gelassen. »Wir schießen, ihr sterbt. Ihr schießt, wir kämpfen weiter. Simple Mathematik.«

Bischof Wall ließ seinen rechten Arm zur Seite schnellen, und eine ellenlange zweischneidige Klinge schoss aus der Prothese hervor.

»Wir schießen euch nieder«, sagte er, »und köpfen euch dann.«

Kabirs Männer fächerten nach beiden Seiten aus, um kein zu leichtes Ziel abzugeben.

Kabir jedoch schien zu ignorieren, dass mehrere MPi-Mündungen auf ihn gerichtet waren. »Guten Abend, Doktor Sinclair«, sagte er mit einer leichten Verbeugung. »Wo ist Ihr Beschützer? Ich hatte gehofft, ihn hier anzutreffen.«

»Ich weiß es nicht«, antwortete Eve. »Wir haben ihn zurückgelassen.«

»Das ist bedauerlich. Aber aus irgendeinem Grund scheint er Sie zu brauchen. Also werden wir Sie mit uns nehmen, und früher oder später wird er kommen, um sie zu befreien.«

»Das glaube ich nicht«, widersprach ihm Eve. »Wozu auch immer er mich brauchen mochte, hatte etwas mit diesem Baum zu tun.« Sie deutete auf den Aesirianer mit Flammenwerfer. »Wenn er vernichtet ist, bin ich für ihn nutzlos.«

»Abwarten«, sagte Kabir. »Diesen hier werden wir vernichten. Aber wir werden einen Sprössling mit uns nehmen. An dem können Sie dann forschen. Sogar eine ganze Ewigkeit lang, wenn es sein muss.«

»Sie bieten mir ewiges Leben an und die Möglichkeit, das Geheimnis des Baums zu ergründen?«, fragte Eve erstaunt.

»Ist es nicht das, was Sie von Anfang an wollten?«

»Sie bluffen«, sagte sie. »Sobald Sie Ben haben, töten Sie mich.«

»Nicht zwingend, Doktor Sinclair«, wiegelte Kabir ab. »Wenn Sie kooperieren und uns helfen, ihn in unsere Hände zu bekommen, könnten Sie durchaus eine von uns werden.«

»Selbst wenn es so wäre«, entgegnete Eve, »ich dürfte das Ergebnis meiner Forschung niemals mit jemandem teilen. Das sehe ich doch richtig, oder?«

»Das sehen Sie richtig«, räumte er ein. »Aber bedenken Sie die Alternative, Doktor Sinclair.«

»Die wäre?«

Er zuckte mit den breiten Schultern. »Sie sterben jetzt und hier. Ebenfalls ohne das Geheimnis mit jemandem geteilt zu haben. Ohne das Geheimnis überhaupt erst enträtselt zu haben. Ihre Entscheidung.«

»Lassen Sie mich raten«, sagte Eve. »Wenn Sie tatsächlich Ihr Versprechen halten und mich nicht nur unsterblich machen, sondern mich auch das Geheimnis des Baums entschlüsseln lassen, werden Sie mich auf ewig in Gefangenschaft halten, um zu verhindern, dass ich es preisgebe.«

»Oh, es gibt durchaus sehr schöne Gefängnisse«, meinte er. »Stellen Sie sich zweihundert Jahre auf einer privaten Karibikinsel vor. Mit so vielen Sklaven, wie Sie wollen, komplett eingerichteten Laboratorien und jeder Art von Entertainment, die Sie wünschen. Und wenn Sie dann zu viel von der Sonne haben und dem Meer, vielleicht ein paar Jahrzehnte in einem abgelegenen Bergdorf in Tibet. Danach möglicherweise die Wildnis Kanadas. Die Welt wäre Ihr eigener grenzenloser … na ja, *fast* grenzenloser Spielplatz.«

»Ich dürfte nur keinen Kontakt zu ihr haben, zu der Welt, meine ich.«

»Aber dafür hätten Sie Zeit, jedes Geheimnis dieses Planeten zu erforschen«, hielt Kabir dagegen.

»Schon klar.« Eve lachte bitter. »Sie würden sich die Mühe machen, mich, das permanente Sicherheitsrisiko, je nach meinen Launen von einem Gefängnis ins nächste zu chauffieren, statt mich einfach, nachdem Sie Ben haben, zu töten. Ich glaube eher nicht.«

»Sie hatten recht«, sagte Kabir mit einem Grinsen. »Ich habe geblufft. Aber den Versuch war es wert. Also, was darf es sein? Jetzt sterben oder vorher wenigstens noch das Geheimnis lüften, auch wenn die Welt daran nicht teilhaben wird?«

»Schluss mit dem Gefasel«, brüllte Bischof Wall dazwischen. »Tötet die Bastarde!«

Und das Sterben begann.

83

»In Deckung!«, schrie Margaret und warf sich zu Boden, noch ehe die ersten Schüsse fielen. Doch Eve brauchte die Warnung nicht. Auch sie hatte sich reaktionsschnell sofort fallen lassen. Von allen Seiten ertönte das ohrenbetäubende Hämmern der MPis, und die Mündungsfeuer tauchten die Halle in ein Inferno zuckender gelbweißer Blitze.

Eve robbte auf Ellbogen und Knien zur Eibe, um dahinter Deckung zu finden. Neben ihr schlug die Leiche eines der Hüter auf, die Kutte übersät mit Einschusslöchern. Sie schrie auf und krabbelte weiter, hoffend, dass Margaret ihr in den Schutz des Baums folgte.

Aus den Augenwinkeln heraus sah sie eine Bewegung. Es war Bischof Wall, der gebückt von der anderen Seite zur Eibe rannte und dann in aller Eile die roten Früchte abriss und sie sich in den Mund schaufelte.

Sie rollte sich hinter das knorrige Wurzelwerk und zog die zweite Pistole aus dem Holster unter ihrer Jacke. Jetzt war sie bereit zu töten. Sie lud die Waffe durch und entsicherte sie. Es war für sie selbst erschreckend, wie schnell sie gelernt hatte, mit der Pistole umzugehen.

Bischof Wall sprang von der anderen Seite her hinter den Baum. Und damit direkt auf sie zu.

Noch ehe sie nachdenken konnte, was sie tun sollte, hatte sie bereits die Waffe nach oben gerissen und feuerte. Die Pistole bäumte sich in ihrer Hand auf wie ein bockender Hengst, und Eve befürchtete fast, es würde ihr das Handgelenk brechen.

Walls Kopf wurde zur Seite geschleudert. Die Wucht des

Treffers warf ihn nach hinten. Seine Beine stolperten und knickten dann unter ihm weg. Er ging zu Boden.

Kurzes ewiges Leben, dachte Eve und schnaubte, um den beißenden Schwarzpulvergestank aus ihrer Nase zu bekommen. Das Herz schlug ihr bis in die ausgetrocknete Kehle, und sie fühlte das Adrenalin heiß durch ihren stark beschleunigten Blutkreislauf fluten.

Sie zuckte herum, als sie hinter sich eine weitere schnelle Bewegung gewahrte.

»Nicht schießen!«, zischte Margaret, kurz bevor Eve abdrücken konnte. Irgendwie hatte die kleine Königin in dem ausgebrochenen Chaos ihr Wikingerschwert wieder an sich bringen können. Sie wirkte viel mehr grimmig als verängstigt.

»Iss von den Früchten, Eve. Schnell«, drängelte sie und sicherte mit nach links und rechts schwenkenden Blicken die beiden Flanken des Baums. »Nur so haben wir beide vielleicht noch eine Chance, hier lebend herauszukommen.«

Eve richtete sich im Schutz der Eibe auf. Inmitten der von den Felswänden widerhallenden MPi-Salven hörte sie die Schreie von Männern.

Kampfschreie.

Todesschreie.

»Beeil dich«, forderte Margaret. »Und erinnere mich dringend daran, dass ich lerne, mit so einer Pistole umzugehen, falls wir das hier überleben.«

Eves Augen suchten im Halbdunkel, den der Schatten des riesigen Baums erzeugte, nach den nächsten Früchten.

Doch gerade hatte sie welche ausgemacht und wollte sich in die Höhe recken, um sie pflücken, als jemand von der Seite her auf sie zusprang. Sie wirbelte noch herum, bekam aber die Pistole nicht mehr rechtzeitig nach oben, ehe sie ihr von dem Angreifer mit großer Wucht aus der Hand geschlagen wurde.

Es war Bischof Wall.

Er lebte?

In seinem vor Wut verzerrten Gesicht sah sie einen langen und tiefen Kratzer auf der Wange. Ihr Schuss hatte ihn nur gestreift. Was aber noch viel schlimmer war: Der Kratzer war gerade dabei, sich zu schließen und zu heilen.

Eve konnte kaum fassen, dass die Früchte so schnell wirkten. Doch Wall ließ ihr auch keine Zeit, länger darüber nachzudenken. Er riss den rechten Arm mit der Harpunenspitze und der Schwertklinge nach oben und schlug ein zweites Mal nach ihr. Der Hieb war viel zu schnell und viel zu versiert geführt, als dass Eve ihm noch hätte ausweichen können, und ihr Herz zuckte bei dem Erkenntnisblitz, dass sie jetzt und hier sterben würde.

Doch da – nur wenige Zentimeter von ihrem Hals und ihrer Schlagader entfernt – wurde Bischof Walls herabsausende Klinge geblockt. Von einer anderen Klinge.

Margaret.

Mit einem Kriegsschrei schlug sie sein Schwert zur Seite und setzte nach, indem sie nach ihm stach. Sie bewegte sich mit der zielstrebigen Schnelligkeit einer angreifenden Katze und mit einer Kraft, die Eve ihr nicht zugetraut hätte. Sie mochte über anderthalb Jahrhunderte im Kerker verbracht haben, aber die restliche Zeit ihres langen Lebens hatte sie auf den Schlachtfeldern Europas, in den unendlichen Weiten Amerikas und in ihren Burgen und Schlössern gegen zahllose Feinde, Meuchelmörder und Attentäter gekämpft.

Und anders als Eve hatte sie kein Problem damit zu töten, wenn es sein musste. Aber das hatte der Einhändige auch nicht.

Wall wich mit einem kraftvollen Sprung, bei dem sich seine Kutte bauschte, zur Seite aus und nutzte den Schwung, um sich um die eigene Achse zu drehen und die Klinge an seiner Armprothese in einem weit ausholenden Bogen gegen Margarets schlanken Nacken zu schwingen.

Doch Margaret konnte er damit nicht überraschen. Im Folterkeller war sie ihm ausgeliefert gewesen. Hier war sie trotz all seines Könnens diejenige mit der wesentlich größeren Erfahrung. Sie ließ sich von ihrer Vorwärtsbewegung außerhalb der Reichweite seines Angriffes tragen, tänzelte herum und schnellte wie eine Kobra nach vorn, als sein sensenförmig geführter Schlag ihn weiter herumriss.

Wieder stach sie zu, statt zu hauen. Eve erkannte, dass Margaret das, was ihr an Reichweite und Schlagkraft fehlte, mit Geschicklichkeit und Effektivität wettmachte.

Die Spitze eines Schwerts ist weit gefährlicher als seine Schneide.

Sie traf Wall unter der Achsel, aber weil er noch in der Halbdrehung war, drang die Spitze nicht durch den Stoff der Kutte und rutschte ab. Dennoch schrie er auf, ging aber sofort mit einer Serie von schnell ausgeführten Schlägen zum Gegenangriff über. In seinen Augen funkelte die blanke Mordgier.

»Die Früchte, Eve!«, rief Margaret, während sie seinem gegen ihren Brustkorb geführten Stoß mit einem erneuten Sprung nach hinten auswich, und riss Eve damit aus dem Bann, in den der beinahe schon tänzerische Kampf der beiden Kontrahenten sie geschlagen hatte.

Sie sah, wie Margaret einen weiteren Hieb des Bischofs mit einem furchtlos ausgeführten Schritt nach vorn blockte und dabei die Harpunenspitze seiner Armprothese mit ihrem Schwert arretierte.

Wall fluchte wild und schlug ihr mit der linken Faust ins Gesicht. Margaret torkelte zurück. Aus ihrer gebrochenen Nase floss Blut. Ihre Augen tränten, und Eve wusste, dass ihre Sicht verschwommen sein würde. Sie beeilte sich, am Boden nach der Pistole zu suchen, die Wall ihr aus der Hand geschlagen hatte.

Sie fand sie, hob sie auf und zielte damit auf Bischof Wall, der Margaret Schlag um Schlag und Stoß um Stoß immer mehr in die Defensive drängte.

Doch die beiden waren zu dicht beieinander, bewegten sich zu schnell hin und her, als dass Eve einen Schuss abgeben konnte, ohne zu riskieren, Margaret zu treffen.

»Margaret!«, schrie sie. »Aus dem Weg!«

Margaret sah kurz zu ihr hinüber, konzentrierte sich aber dann wieder voll auf ihren Gegner.

»Nein, Eve!«, rief sie mit entschlossener Stimme, obwohl sie bis eben noch so stark gewankt hatte, dass Eve vor Furcht um sie fast das Herz stehen geblieben war. »Er gehört mir. Ganz allein mir. Da sind noch jede Menge Rechnungen offen zwischen ihm und mir und seinen Vorgängern. Und heute werde ich sie begleichen. Pfund um Pfund.«

Bischof Wall lachte verächtlich und setzte noch mehr Kraft in seine Schläge. »Du bist bereits tot.«

»Eve, du kümmerst dich jetzt endlich um die Früchte!« Margarets eben noch getrübter Blick wurde wieder fest und klar, und Eve erkannte, dass sie die Schwäche nur vorgetäuscht hatte. Eine Finte, die Bischof Wall in falsche Sicherheit hatte wiegen sollen, die Eve jedoch mit ihrem Versuch, sich einzumischen, redlich verdorben hatte.

Eve konnte den Wunsch Margarets, nach all den Jahren der Marter und der ihr zugefügten Qualen persönlich mit dem jüngsten ihrer vielen Kerkermeister abzurechnen, nachvollziehen. Aber sie hatte Angst, dass Margaret die Erfüllung dieses Wunsches mit dem Leben bezahlte. Doch selbst wenn Eve ihn ignoriert hätte und bereit gewesen wäre, durch ein mögliches Eingreifen Margarets Wut auf sich zu ziehen, sie bekam keine freie Schusslinie auf Wall, der in seiner weiten Kutte herumwirbelte wie ein tanzender Derwisch und Hieb um Hieb auf Margaret niederprasseln ließ, die jedoch jede Attacke mit noch größerer Geschicklichkeit parierte.

Eve wandte sich wieder der Eibe zu – und erstarrte vor Schreck.

Zwischen dem Baum und ihr stand Kabir.

Er machte einen Schritt auf sie zu. Ohne nachzudenken, drückte sie ab. Aus der Hüfte. Ungezielt.

Der Aesirianer wurde in den Bauch getroffen, knurrte auf vor Schmerz – sprang dann aber nach vorn und packte die Hand, in der Eve die Waffe hielt. Seine Finger hatten die Kraft eines Schraubstockes. Er verdrehte ihr den Arm und schlug ihr mit der anderen Hand ins Gesicht. Eve hatte das Gefühl, als würde ihr der Kopf weggerissen, und halb betäubt ließ sie die Pistole fallen.

»Jetzt krieg ich doch noch meinen Köder«, sagte er mit einem rauen Lachen und zog sie mit Leichtigkeit, wie eine hilflose Puppe, hinter dem Baum hervor.

Das Schießen und die Schreie hatten aufgehört. Überall lagen reglos Männer – die in Kutten, aber auch die in Kampfanzügen. Mit von dem Schlag verschwommenem Blick sah Eve abgetrennte Köpfe und einen Körper, der brannte.

Kabir stutzte. Blieb stehen. Er schien vom Ausgang des Geschehens nicht weniger überrascht zu sein als sie.

Eves Blick wurde klarer – und sie sah durch den Rauch des brennenden Körpers eine Figur, die inmitten der toten Hüter und Aesirianer stand.

Ben.

Die gekrümmten Klingen seiner beiden Schwerter waren mit dem Blut seiner Gegner verschmiert und leuchteten im Licht der umherliegenden Strahler wie lebendiges Feuer.

»Es sieht so aus, als bräuchte ich gar keinen Köder mehr«, sagte Kabir mit einem triumphierenden Ton in der Stimme. Er schlug Eve mit der Faust hart gegen die Schläfe und schleuderte sie weit von sich, zur Seite hin, wo sie über einen enthaupteten Körper stolperte und zu Boden fiel.

Sie atmete so gleichmäßig wie möglich, um das Bewusstsein nicht zu verlieren, und sah, wie sich Kabir auf Ben stürzte. Dabei griff er mit beiden Händen nach hinten zum unteren Teil seines Rückens und zog unter seiner Jacke zwei halblange Samurai-Schwerter hervor.

Ben rannte ihm entgegen – im Lauf seine Klingen in Abwehr- und Angriffsposition bringend.

Vielleicht lag es an ihrer Benommenheit und an dem durch den Schlag an die Schläfe gefährlich rot umrahmten Sehfeld, aber Eve hatte den Eindruck, als stürmten zwei Götter der Antike aufeinander los. Titanen, die Jahrhunderte oder gar Jahrtausende ihrer Existenz damit verbracht hatten, zu kämpfen und zu töten.

Ihre Augen blitzten so entschlossen wie ihre Schwerter hell.

In einem Gewitter aus klirrendem Stahl trafen sie aufeinander. Fast zu schnell, um ihnen mit dem bloßen Auge folgen zu können, wirbelten, hackten, stachen und blockten die vier Klingen, als hätten sie ein Eigenleben. Die Männer, die sie führten, tanzten den Reigen des Todes mit einer klaren, ja, nahezu kühlen Konzentration, die im starken Kontrast stand zu der animalischen Wildheit, die sie ausstrahlten.

Kein einziger Hieb, der nicht mörderisch genau gezielt war.

Nicht ein Block, der nicht präzise ausgeführt war.

Keine noch so schnelle Bewegung, die nicht genau so ablief, wie sie ablaufen sollte.

Der Kampf zwischen Margaret und Bischof Wall war meisterhaft gewesen, soweit Eve das hatte beurteilen können. Aber das, was zwischen Kabir und Ben vonstatten ging, war überirdisch.

Wie immer, wenn Eve ihn bisher in einer solchen Situation erlebt hatte, atmete Ben ruhig und gleichmäßig, obwohl seine Schritte und Sprünge durchaus immer wieder das Tempo wechselten.

Und wieder war da nicht das kleinste Quäntchen Furcht in seinem fest auf den Gegner gerichteten Blick.

Aber sie musste zugeben, dass auch Kabir mit der Souveränität des Siegers kämpfte.

Kabir. Schritt, Doppelschritt, Ausfall, gerader Stoß.

Ben. Parade, arretieren, die zweite Klinge im Viertelkreis nach vorn.

Kabir. Block, Drehung, ein Hieb mit dem Ellbogen nach dem Kopf seines Gegners.

Ben. Ducken, in den Infight statt zurück, Stich entlang der gegnerischen Klinge.

Kabir. Drehung aus dem Clinch, parallel geführter Befreiungsschlag mit beiden Schwertern.

Ben. Die Finte erkennend – zurück statt nach vorn.

Kabir. Nachsetzen, Doppelattacke von oben, abwechselnd geführt.

Ben. Abwehr mit der stählernen Acht, die zweite Klinge mit der Spitze nach oben wie der Torero vor dem Todesstoß.

Die Gefahr erkennend brach Kabir seine Attacke ab und brachte sich mit einem Sprung nach hinten in Sicherheit. Die ersten Zweifel in seinem bisher so sicheren Blick.

Eve stellte zu ihrer Erleichterung fest, dass Kabir im Gegensatz zu Ben angefangen hatte zu schwitzen.

Ohne auch nur einen Moment zu zögern, setzte Ben eiskalt nach. Das war kein Wettkampf, bei dem man dem Gegner eine Verschnaufpause gönnte.

Gerade noch rechtzeitig brachte sich Kabir in Position.

Doch noch in der Vorwärtsbewegung wechselte Ben die Stoßrichtung seiner zweiten Klinge und führte sie, statt wie auch die erste von oben, unerwartet von unten nach oben.

Kabirs zweiter Block ging ins Leere, und Ben traf die Unterseite seines rechten Oberarms.

Kabir schrie schmerzerfüllt auf, ließ die rechte Klinge fallen und hechtete zurück.

Ben ging in Stellung für seinen finalen Angriff.

Der Zweifel in Kabirs Blick war bei dem Treffer nackter Angst gewichen.

Da – ein grollendes Rauschen aus Richtung des Baums.

Blendendes Licht.

Ben wandte den Kopf. Er brüllte: »Nein!«

Eve folgte seinem Blick – und ihr Herz schien zwei Schläge lang auszusetzen.

Da stand Bischof Wall. Mit dem Flammenwerfer. Mit schnell aufeinanderfolgenden Stößen dicker Feuerwolken setzte er die Eibe in Brand.

Nein, dachte Eve – und im nächsten Moment: *Margaret!*

Sie wollte aufspringen. Aber sie war noch immer zu benommen, sich überhaupt zu bewegen.

Ben startete zum Baum hin. Doch da war Kabir. Die kurze Unterbrechung hatte genügt, seinen Arm so weit heilen zu lassen, dass er ihn wieder benutzen konnte. Er bückte sich schnell und hob eine der Maschinenpistolen vom Boden. Schon während er die MPi nach oben riss, begann er zu feuern.

Die ersten Kugeln prallten noch Funken stiebend vom Steinboden ab und in alle Richtungen davon. Die nächsten aber trafen Ben in die Seite. Mit einem wütenden Brüllen warf er sich herum und sprang auf Kabir zu, während Bischof Wall die Eibe mit immer neuen Flammenstößen eindeckte.

Mit dem rechten Schwert schlug Ben die Mündung von Kabirs MPi nach unten, das andere stieß er dem Aesirianer unterhalb des Brustkorbes in den Bauch.

Kabir sackte in die Knie, die dunklen Augen ungläubig aufgerissen, und Bens nach vorn stürmendes Gewicht riss ihn mit nach hinten. Ben kam über ihm zu hocken und wollte gerade die zweite Klinge in das Gesicht seines Gegners rammen, als eine weitere MPi-Salve durch die Höhle hämmerte.

Sowohl Ben als auch Kabir wurden getroffen.

Eve schrie auf, als sie sah, wie Ben in sich zusammensackte.

Bischof Wall lachte triumphierend. Der Flammenwerfer lag zu seinen Füßen, und er hielt eine noch rauchende MPi in der Linken. Er gab eine zweite Salve auf die beiden übereinander am Boden liegenden Krieger ab – und zielte dann auf Eve.

Die Eibe brannte an seiner Seite lichterloh. Wurzeln, Stamm, Krone – alles stand in hellroten Flammen. Der vielleicht letzte Baum des Lebens war für immer verloren.

Aber das spielt jetzt keine Rolle mehr, dachte Eve, als sie sah, wie sich Walls Finger zu krümmen begann. *Zumindest nicht mehr für mich*. Zu oft war sie dem Tod in den vergangenen Tagen von der Schippe gesprungen. Diesmal würde sie kein Glück mehr haben.

Sie schloss die Augen.

Doch das hämmernde MPi-Stakkato, auf das sie wartete, erklang nicht.

Stattdessen hörte sie ein ersticktes Gurgeln und einen dumpfen Schlag. Dann ein nasses Hacken. Wie beim Metzger.

Als sie die Augen wieder aufschlug, sah sie, wie sich dort, wo eben noch Bischof Wall gestanden hatte, Margaret aufrichtete. Sie blutete aus mehreren Wunden an Bauch und Armen. Auch an der Schläfe war sie getroffen worden – die Wunde verheilte gerade. In der Rechten hielt sie ihr Wikingerschwert …

… und in der Linken Bischof Walls abgetrennten Kopf.

Sie stieß einen gellenden Siegesschrei aus – in einer uralten barbarischen Sprache, die Eve nicht zuordnen konnte. Dann warf sie das abgetrennte Haupt in die Flammen und humpelte zu Eve hinüber.

»Hast du?«, fragte sie, während sie Eve aufhalf.

»Nein«, sagte Eve.

Der Flammenwerfer explodierte. Die Hitze. Brennendes Flammöl flog in Feuerzungen durch die Höhle. Eine davon traf Ben.

»Wir müssen ihn hier rausbringen!«, rief Eve und stolperte auf ihn zu, um die Flammen mit bloßen Händen auszuschlagen.

Ben stöhnte und bewegte sich.

Margaret kam zu ihr, und zusammen halfen sie ihm auf die Füße. Er war noch immer fast bewusstlos.

»Raus hier!«, sagte Margaret, als die Flammen immer neue Nahrung fanden und der an der Höhlendecke gesammelte Rauch allmählich tiefer sackte.

Sie stützten Ben links und rechts unter den Achseln und schleppten ihn aus der Höhle.

84

Das Burggelände unbemerkt zu verlassen, stellte kein Problem dar. Entweder die Hüter oder die Aesirianer hatten die Wachmannschaft im Torhaus eliminiert. Ryan MacDougall, der sich so sehr darauf gefreut hatte, nach ihrem Besuch in der Kapelle noch ein Gläschen Port mit Margaret zu trinken, lag mit durchgeschnittener Kehle im Schatten des offenen Tors.

»Ich rufe den Chauffeur«, sagte Eve und wollte das Handy aus der Tasche holen.

»Nein«, bestimmte Margaret mit einer Härte in der Stimme, die Eve von ihr nicht kannte. »Wir können nicht sicher sein, dass nicht er uns verraten hat. Oder gar Rinaldo selbst.«

»Aber wie kommen wir dann von hier weg?«

Ben deutete schwach über den Burggraben hinweg auf einen schwarzen VW-Bus am gegenüberliegenden Rand der Esplanade. Er griff unbeholfen in seine Hosentasche und fummelte daraus die Wagenschlüssel hervor.

Eve und Margaret schleppten ihn hinüber, schlossen den Bus auf und legten Ben auf die vordere der beiden Rücksitzbänke. Danach setzte sich Eve hinters Steuer und Margaret neben sie.

»Dann können wir auch nicht ins Hotel«, sagte Eve, während sie den Motor startete.

»Nein, können wir nicht«, bestätigte Margaret. »Fahr erst einmal raus aus der Stadt und such ein abgelegenes Fleckchen. Je eher wir die Kugeln aus ihm herausholen, umso schneller kommt er wieder auf die Beine.«

»Aber wo kriegen wir um diese Uhrzeit die dafür nötigen medizinischen Instrumente her?«

Margaret schaute sie fragend an.

»Na ja, Skalpelle, Pinzetten, Anästhetikum und so weiter«, erklärte Eve.

Margaret drehte sich zu Ben um und kramte hinter Eves Rücken, während die den VW-Bus nach Süden aus der Stadt lenkte. Als sie sich wieder nach vorn drehte, hielt sie einen von Bens Stiefeldolchen in der Hand. »Das muss genügen.«

Eine dreiviertel Stunde, zahllose Schmerzensschreie Bens und einen Beinahenervenzusammenbruch Eves später hatten sie dreiundzwanzig Kugeln aus Ben herausgeholt. Selbst Margaret war erstaunt, wie schnell seine Schussverletzungen währenddessen heilten. Das war alles andere als gut, denn sie mussten deswegen die sich schließenden Schusskanäle immer wieder weiten oder gar aufschneiden, um an die Kugeln in seinem Körper zu gelangen.

Eve hatte den VW-Bus in einem Waldstück südlich vom Lothianburn-Golfclub kurz hinter dem Edinburgh Bypass abgestellt. Es war bereits nach Mitternacht, weit und breit keine Menschenseele zu sehen.

»Wie haben sie uns so schnell finden können?«, fragte Eve. Sie war völlig ausgebrannt.

»Das ist … teilweise meine … Schuld«, sagte Ben matt und richtete sich auf.

Die beiden Frauen sahen ihn fragend an. Und vorwurfsvoll.

»Das Ganze war … völlig anders geplant«, wehrte er mit erhobenen Händen ab. »Und wäre auch überhaupt nicht nötig gewesen, wärt ihr nicht einfach mitten in der Nacht verschwunden.«

»Was hast du getan?«, fragte Eve in wütendem Tonfall.

»Da mir die Mittel fehlten, euch in der erforderlichen Eile aufzufinden, habe ich Bischof Wall auf euch angesetzt«, sagte er.

Eve stieß einen empörten Laut aus, doch Margaret bat sie mit einer Geste, zunächst die Ruhe zu bewahren. Sie wollte die ganze Geschichte hören.

Ben fuhr fort. »Ich wusste, dass der Orden über den Mietwagen herausfinden würde, wo ihr von Rom aus hin seid. Ich brauchte ihnen also nur zu folgen.«

»Wie?«

»Im Gepäckraum ihres eigenen Jets.«

Eve wollte es nicht glauben. »Du hast sie auf unsere Spur gehetzt und uns damit der Gefahr ausgeliefert, dass sie uns umbringen?«

Er schüttelte den Kopf. »Ich hätte sie aufgehalten, ehe sie euch überhaupt erst in die Höhle gefolgt wären …«

»Aber die Aesirianer sind ihnen ebenfalls gefolgt und kamen dir in die Quere«, mutmaßte Margaret den weiteren Verlauf des Geschehens. Sie klang ein wenig erleichtert.

»Nein«, sagte er. »Zu meiner großen Überraschung waren die schon vor euch im Edinburgh Castle.«

Margarets Miene verfinsterte sich wieder. »Rinaldo.« Eve sah, wie sie den Griff ihres Schwertes so fest packte, dass ihre Knöchel weiß hervortraten.

Sie legte die Hand beruhigend auf die von Margaret. »Zieh keine voreiligen Schlüsse, Maggie«, sagte sie. »Hätte Rinaldo uns ausliefern wollen, hätte er das schon in Siena getan. Dafür hätte er zweihundertfünfzig Millionen Gründe gehabt.«

»Was meinst du damit?«, fragte Ben.

Eve erzählte ihm davon, dass Margaret ihr Vermögen mit ihr geteilt hatte.

»Also hat Rinaldo Konten für dich angelegt?«, fragte Ben.

»Ja«, sagte Eve. »Und wenn er vorgehabt hätte, uns zu verraten, hätte er das nicht getan. Über Maggies Konten hat er Vollmacht. Da man sie ja ohnehin für tot hält, hätte ihm das Geld weiterhin zur Verfügung gestanden. Aber über meine hatte er keine. Und obwohl ich nicht unsterblich bin, kann ich mir nicht vorstellen, dass jemand, auch wenn er so reich sein mag wie Rinaldo, mir so einfach zweihundertfünfzig Millionen überschreibt, kurz bevor er mich zum Abschuss freigibt.«

»Ja«, sagte Margaret, und sie schmunzelte schon wieder. »Das Geld zu verschenken hätte er nicht übers Herz gebracht. So gut kenne ich meinen Rinaldo.«

Ben wiederholte seine Frage an Eve. »Also hat Rinaldo Konten für dich angelegt? Konten in einem Gesamtwert von zweihundertfünfzig Millionen? Auf deinen Namen?«

Eve verstand, worauf er hinauswollte, und schloss die Augen. »Oh, Mist!«

»Was denn?«, fragte Margaret.

»Der Nachrichtendienst der Aesirianer«, sagte Eve. »Wenn sie vernetzt genug sind, in Echtzeit zu überwachen, wann und wo ich eine Kreditkarte benutze oder ein Scheck von mir eingelöst wird, sehen sie auch, wenn irgendwo auf der Welt ein Konto auf meinen Namen eröffnet wird – oder in dem Fall gleich mehrere und über einen Betrag, der so hoch ist, dass er überhaupt nicht übersehen werden kann.«

Ben nickte. »Und dann mussten sie nur noch herausfinden, wer die Transaktionen getätigt hat. Rinaldo ist einer von ihnen. Ihn zu überwachen, ist für sie ein Kinderspiel.«

»Also wussten sie von dem Jet, unserem Reiseziel, der Hotelbuchung …«, resümierte Eve. »Und der Spende an die Verwaltung von Edinburgh Castle.«

»Deshalb waren sie schon vor euch in der Burg«, erklärte Ben. »Und statt Wall und den Orden auszuschalten, ehe sie euch überhaupt erst in die Kapelle folgen konnten, musste ich mich verstecken und mich langsam anpirschen. Deshalb kam ich zu spät. Zumal Kabir drei Wachen oben in der Kapelle gelassen hatte.«

Eve hatte ihre enthaupteten Leichen gesehen, als sie Ben nach draußen geschleppt hatten.

»Aber das spielt jetzt alles keine Rolle mehr«, sagte er, und Eve hörte die Verzweiflung in seiner Stimme. »Soweit ich weiß, war das der letzte der Bäume. Seit Jahrhunderten habe ich nach ihm und nach jemandem wie dir gesucht. Und jetzt ist die Möglichkeit, sein Geheimnis zu lüften, vertan. Für immer.«

»Ist sie vielleicht nicht«, sagte sie – und Ben und Margaret sahen sie mit großen Augen an.

»Ist sie nicht?«, fragte Margaret.

Eve lächelte geheimnisvoll. »Nein, ist sie nicht«, wiederholte sie. »Wie gesagt, *vielleicht.*«

Mit dem Besuch in der Höhle und den Beobachtungen bei der uralten Eibe waren endlich alle Puzzleteile auf ihren Platz. Sie war sich sicher, endlich das Rätsel des Osiris gelöst zu haben. Vielmehr das Rätsel hinter dem Rätsel.

»Ich brauche ein Labor.«

85

Kabirs Geist tauchte wie durch zähe Gallertmasse aus der Bewusstlosigkeit. Der beißende Rauch in seinen Atemwegen und in seiner Lunge brachte ihn zum Husten. Inzwischen kühler gewordener Qualm stand noch immer dicht in der Höhle und wurde nur hier und dort von den am Boden liegenden Strahlern durchbohrt.

Kabir versuchte aufzustehen. Doch abgesehen von der Mattigkeit, die von ihm Besitz ergriffen hatte, waren seine Verletzungen einfach noch nicht ausreichend verheilt.

Er hörte Schritte.

Als er den Kopf mit großer Mühe wandte, sah er Schatten durch den Qualm schreiten.

Zuerst erschrak er und suchte mit den Augen nach einer MPi. Doch dann erkannte er die Silhouette eines der Schatten und beruhigte sich wieder.

»Gebieter!«, rief er. »Ich bin hier.«

Beim Klang seiner Stimme wechselte der Schatten die Richtung und näherte sich Kabir.

Das fein geschnittene Gesicht seines Herrn schälte sich über ihm aus dem rauchigen Nebel. Kabir erkannte, dass sein Gebieter einen Säbel in der Hand hielt.

»Wo ist er?«, fragte er.

»Ich weiß nicht«, gestand Kabir ein. »Wir wurden gemeinsam von dem Anführer der Kuttenmänner erschossen. Aber als ich wach wurde, war er nicht mehr da.«

Sein Gebieter drehte sich weg und rief den anderen Schatten im Befehlston zu: »Ich will, dass ihr jeden einzelnen Körper hier untersucht. Findet ihn.«

»Ich habe Euch ein weiteres Mal enttäuscht, Herr«, sagte Kabir noch immer stark geschwächt.

Doch sein Gebieter reagierte überhaupt nicht. Er verschwand wieder im Rauch, dabei selbst den Boden und die dort liegenden Leichen absuchend.

Noch einmal versuchte Kabir aufzustehen – aber noch immer war er zu schwach dazu.

Nach einer ihm endlos erscheinenden Minute meldete einer der Schatten: »Keine Spur von ihm, Herr. Er ist nicht hier in der Höhle. Das Blut, das wir auf der Treppe gesehen haben, stammt wahrscheinlich von ihm. Er muss sich hinausgeschleppt haben. Die Forscherin hat ihm vermutlich geholfen. Auch sie konnten wir hier nirgends finden.«

Kabirs Gebieter stieß einen Fluch in Altägyptisch aus. »Raus hier!«, sagte er dann. »Verschließt das Portal und zerstört den Mechanismus. Und beseitigt oben in der Burg alle Spuren. Die Menschen dürfen hiervon nichts erfahren.«

Kabir hörte, wie sich die Stimme und die Schritte zügig entfernten.

»Herr!« rief er. Doch niemand antwortete.

Ein drittes Mal versuchte er sich aufzurappeln. Vergebens.

Er warf sich herum und robbte in Richtung Ausgang.

Da – das Knirschen der steinernen Schiebetür.

»Herr! Lasst mich hier nicht zurück!«

»Ich bin gnädig, Kabir«, rief sein Herr von Weitem durch den Qualm. »Da du so große Angst hast vor dem Tod, lasse ich dich leben. Für immer!«

Die Schiebetür schloss sich mit einem lauten Krachen. Kurz darauf hörte Kabir durch die dicke Steinwand hindurch den dumpfen Schlag einer Explosion.

Sie hatten den einzigen Ausgang aus der Höhle versiegelt.

»Herr!« schrie Kabir noch einmal aus Leibeskräften.

Doch er wusste, dass er nicht zurückkommen würde.

Niemand würde jemals wieder hierher zurückkommen.

Er war allein mit der Dunkelheit, der Ewigkeit und der Angst vor dem Tod, die ihn daran hindern würde, sich selbst das Leben zu nehmen. Zumindest ein paar Jahre lang.

86

Firth of Forth.
Eine halbe Seemeile östlich von Y Mona (Inchcolm).

»Alle Maschinen stopp!«, kommandierte Kapitän Connor Lawrence, der hinter dem Steuerrad im Zentrum der mit Teakholz verkleideten Brücke stand, als Ben ihm das Zeichen dazu gab.

»Aye, Käpt'n!« Der erste Offizier, Hugh Blade, ein bulliger Glatzkopf mit rotem Kinnbart, beugte sich über die Computerkonsole und schaltete die Maschinen ab. Die *Caledonia*, eine fast achtzig Meter lange Hochseeyacht, verlor durch die Gegenströmung des Fjords schnell an Fahrt.

Lawrence wartete, bis sie beinahe völlig zum Stillstand gekommen war. Dann befahl er: »Anker werfen!«

Ben verließ die Brücke, um zu Eve zu gehen. Der über einhundert Quadratmeter große Salon der Yacht war nach Eves Wünschen zu einem Hightech-Labor umfunktioniert worden, und sie hatte schon den ganzen Tag darin verbracht, ohne auch nur fünf Minuten Pause einzulegen. Obwohl er sich nicht vorstellen konnte, dass Eve nach der Zerstörung des letzten Baums das Geheimnis des ewigen Lebens noch zu entschlüsseln in der Lage war, hatte Ben die *Caledonia* gechartert und auf den Firth hinausfahren lassen, um die Wahrscheinlichkeit weiterer überraschender Angriffe der Aesirianer zu verringern. Die Hüter hatten mit Gardens und Walls Tod zwei zu schwere Rückschläge erlitten, um momentan noch eine Bedrohung darzustellen.

Ben war ausgelaugt wie nie zuvor in seinem langen Leben. Er sah keine Hoffnung mehr. Aber er hatte auch nichts mehr zu verlieren. Wenn es überhaupt noch eine Chance für ihn und das, was er vorhatte, gab, dann lag sie nun einzig und allein bei Eve. Auch wenn er nicht die leiseste Ahnung hatte, warum sie glaubte, dass noch nicht alles verloren war.

Seit ihr dieser Geistesblitz gekommen war, hatte sie sich geweigert, irgendetwas darüber zu äußern. Sie hatte gesagt, sie müsse erst noch ein paar Tests machen, ehe sie erklären konnte, was sie glaubte, erkannt zu haben.

Als er den Salon erreichte, lehnte er sich draußen an die Reling und sah durch eines der Fenster hinein.

Zu einem Fünftel war der Raum zugestellt mit kleinen, in Töpfen stehenden Eiben. Eve hatte zwei Stunden am Telefon verbracht, um einen Pflanzengroßhändler ausfindig zu machen, der ihr so viele der Bäume auf einmal liefern konnte. Der Rest des Salons war angefüllt mit zahlreichen technischen Geräten, von denen sich Ben nicht einmal die Namen hatte merken können, geschweige denn ihre Funktionen. Hier drehte sich etwas, dort köchelte es, woanders wurden vier Dutzend Glasröhrchen in einer Palette gerüttelt, und mindestens ein Dutzend Computerbildschirme zeigten die seltsamsten Diagramme, Graphen und Abbildungen der Aufnahmen verschiedener Mikroskope. Und inmitten dieser modernen Hexenküche huschte Eve von einer Tafel zur nächsten und schrieb und malte Formeln und Molekülmodelle darauf.

Trotz seiner Niedergeschlagenheit musste Ben lächeln. Eve bewegte sich zwischen den Tafeln, den Bildschirmen und Instrumenten so zielsicher und effektiv, dass es für ihn von draußen so aussah, als würde sie tanzen. Sie war in ihrem Element.

Dabei war sie so konzentriert, dass sie nicht ansprechbar war, weshalb Margaret sich schon vor Stunden gelangweilt in ihre Kajüte zurückgezogen hatte, um ein wenig Schlaf nachzuholen.

Ben sah Eve dabei zu, wie sie auf einem der großen Touchscreen-Bildschirme drei halbtransparente Abbildungen übereinander schob.

Eine astronomische Karte des Orion / Osiris.

Eine Fotografie des Sephirot mit seinen zehn Löchern.

Und das Abbild eines Moleküls.

Die Sterne, die Löcher im Stein und die Atome des Moleküls waren nahezu deckungsgleich.

Dann holte Eve eine vierte Grafik hinzu. Das Sternbild Großer Hund/Isis mit Sirius im Zentrum. Sie fügte sie unten links an Orion – in der exakten Position des realen Sternenhimmels.

Dann schob sie Orion und den Sephirot wieder weg und malte mit einem Stift das Molekül direkt auf dem Monitor nach und erweiterte es zunächst um Sirius und, nachdem sie das neue Bild ein paar Sekunden lang betrachtet hatte, auch um die übrigen Sterne der Isis.

Schließlich schob sie die Bilder unter der Zeichnung weg und holte ein neues auf den Bildschirm. Es war ebenfalls ein Molekül. Und es ähnelte dem ersten, war nur verzweigter. Sie schob es hinter die Zeichnung, die sie gerade gemacht hatte.

Die beiden Bilder waren ebenfalls deckungsgleich.

Ben hatte keine Ahnung, was das bedeutete, aber Eve ballte in einer triumphierenden Geste beide Hände.

Dann stellte sie sich vor die Maschine, in der die kleine Batterie von Glasröhrchen mit Lösungen gerüttelt wurde. Die Maschine war über mehrere Kabel mit den Computern verbunden. Eve schaute auf die Uhr und stoppte das Rütteln. Gleich darauf flogen ihre Finger über die Tastatur, und wenige Sekunden später erschien ein neues Diagramm auf einem Bildschirm vor ihr.

Sie fuhr mit der Spitze ihres Zeigefingers über die Werte und Skalen, während sie las, wobei sie etwas vor sich hin zu murmeln schien.

Ihr Finger verharrte plötzlich unter einem der Werte.

Sie stutzte – und wieder bearbeitete sie flink die Tastatur.

Ein neues Diagramm erschien auf dem Bildschirm, und auch dieses überprüfte sie peinlich genau. Wieder verharrte ihr Finger an einer bestimmten Stelle.

Dann richtete sie sich auf, legte den Kopf weit in den Nacken und schloss die Augen.

Sie lächelte.

87

Als Eve die Augen wieder öffnete, sah sie nach draußen zum südlichen Sternenhimmel – und entdeckte Ben, wie er an der Reling lehnte und sie betrachtete. Ihr Siegerlächeln wurde augenblicklich noch breiter, und sie kam mit fast schon mädchenhaft springenden Schritten nach draußen gelaufen.

»Ich glaube, ich hab's!«, rief sie begeistert, warf ihre schlanken Arme um seinen Nacken und küsste ihn kurz, aber leidenschaftlich. »Ich glaube, ich kenne die Ursache.«

»Ist das dein Ernst?«, fragte er ungläubig.

Sie nickte voller Eifer. »Weißt du, ich bin inzwischen sicher, dass all die Mythologien, der Sephirot und die Rätsel von Anfang an mehr als nur Hinweise auf den Standort der Bäume oder des letzten Baums waren. Sie waren vielmehr die verschlüsselte genbiologische Botschaft einer wesentlich weiter entwickelten Intelligenz.«

Sie nahm ihn bei der Hand und zog ihn mit der Eile eines Kindes, das den Weihnachtsmann gesehen hat und ihn jemandem zeigen will, in den Salon hinein.

»Eine weiter entwickelte Intelligenz?«, fragte er.

»O ja. Wie ich schon sagte, *wesentlich* weiter.«

»Du meinst Aliens?«

»Aliens, Götter, eine frühere Zivilisation …«, zählte sie auf. »Was auch immer. Vielleicht ist das ja alles ein und dasselbe, wer weiß das schon? Und es spielt auch nicht wirklich eine Rolle. Auf jeden Fall steht jetzt fest, dass Osiris ganz genau wusste, wie die Zellen und Moleküle unseres Körpers aufgebaut sind, welche einzelnen Funktion sie haben und wie sie biophysikalisch zu manipulieren sind.«

»Osiris beherrschte Biophysik?«

»Sogar meisterhaft«, bestätigte Eve voller Bewunderung. »Und das, wenn man die ältesten der Mythologien über den Baum des Lebens zugrunde legt, schon vor über zehntausend Jahren.« Sein Gesichtsausdruck verriet ihr, dass sie gerade zu schnell war. »Gut, einen Schritt nach dem anderen«, sagte sie verständnisvoll. »Ich werde es dir erklären. Setz dich bitte.«

Ben nahm auf einem der Schreibtischstühle Platz. »Ich bin gespannt.«

»Eines vorweg«, sagte sie und zwang sich, trotz ihrer Aufregung langsamer zu sprechen. »Ich muss zugeben, das Rätsel des Osiris war wichtig, doch in der Hauptsache, um das eigentliche Rätsel, das des ewigen Lebens, zu lösen. Es hat mich allerdings auch im Strudel der Ereignisse zunächst erheblich abgelenkt von meiner eigentlich bevorzugten Herangehensweise – der wissenschaftlichen. Auf der anderen Seite jedoch hätte die mich vermutlich nicht weit genug gebracht, hätte ich nicht erlebt, was ich erlebt habe, und erfahren, was ich erfahren habe – und was mich letztendlich überhaupt erst dazu in die Lage versetzte, das Rätsel zu lösen, weil … Nun ja, weil ich erst dadurch darauf aufmerksam wurde, wonach ich eigentlich suchen muss.«

»Hätte es denn geholfen, wenn ich deine Fragen früher beantwortet hätte?«, fragte Ben.

Eve grinste ihn schief an, und ihre Augen funkelten. »Zu meiner Schande muss ich gestehen: nein.«

»Das beruhigt mich ein wenig.«

»Ich hätte ohne unsere Suche gar nicht gewusst, wonach genau ich hätte fragen sollen«, sagte sie. »Aber mit an Sicherheit grenzender Wahrscheinlichkeit hätte es geholfen, wenn du von dir aus, also auch ohne dass ich dich mit Fragen bombardiere, ein bisschen redseliger gewesen wärst. So wie Margaret.«

»Margaret?«

»Ja. Es wäre zum Beispiel außerordentlich hilfreich gewesen, hättest du mir gesagt, dass das Sternbild des Orion früher Osiris hieß und das des Hasen Anubis.«

»Woher sollte ich wissen, dass das relevant ist? Das Rätsel lieferte genügend Hinweise, wie es zu lösen wäre. Also sind wir diesen Hinweisen nachgegangen.«

»Weißt du, Ben, Rätsel sind eine zweischneidige Sache. Sie erwecken zwar den Eindruck, direkt zur Wahrheit zu führen, aber in Wirklichkeit tun sie genau das Gegenteil: Sie verbergen die Wahrheit, machen ein Geheimnis daraus.«

Ben nickte. »Damit, wie in unserem Fall, nicht die Falschen das Rätsel lösen und die Wahrheit dahinter zerstören.«

»Nur auf den ersten Blick betrachtet«, entgegnete Eve. »Wie ich eingangs schon sagte, ging es Osiris in der Hauptsache gar nicht um die Bäume. Ja, die konnten zerstört werden und mussten durch das Rätsel geschützt werden. Im Grunde sind sie aber selbst nur Teil des Rätsels.«

»Nur Teil des Rätsels?«, fragte Ben. »Sie waren doch die Lösung, die zu findende Wahrheit.«

»Nein. Das versuche ich ja gerade zu erklären«, widersprach Eve. »Die eigentliche Wahrheit ist das ewige Leben an sich. Die Tatsache, dass es möglich ist. Und diese Wahrheit kann nicht *zerstört* werden. Das Wissen darum kann nur verloren gehen oder verborgen werden. Um von jemandem entdeckt zu werden, der auch dazu in der Lage ist, diese Wahrheit zu verstehen. Mir scheint das Rätsel hinter dem Rätsel vielmehr eine Prüfung zu sein.«

»Eine Prüfung?«

»So eine Art Eignungstest. Selbst ein fachkundiger Wissenschaftler wie Feldmann ist daran gescheitert. Gut, er hat die Unsterblichkeit entdeckt, aber das war dann auch schon alles. Er ist, anders als ich, den Ursachen nicht nachgegangen. Der Mechanismus hinter seiner Entdeckung war ihm entweder völlig egal, oder er hat nicht daran geglaubt, dass es überhaupt einen gibt oder er dazu in der Lage wäre, ihn zu verstehen. Doch ich glaube fest daran, dass es Osiris in allererster Linie um diesen Mechanismus ging. Das Rätsel hinter dem Rätsel – das, das den Baum als Quelle des ewigen Lebens an sich völlig überflüssig macht – wurde von ihm so angelegt, dass es erst entschlüsselt werden kann, wenn die Menschheit intelligent genug dafür ist. Und er wollte, dass es dann auch entschlüsselt *wird.*«

»Bist du dir sicher?«

»Alle Zeichen sprechen dafür. Osiris hat sozusagen das Schicksal der Menschen in ihre eigenen Hände gelegt. Ihnen die Chance zurückgegeben, die die Götter ihnen genommen hatten. Nicht das unverdiente Geschenk, so viel hatte er durch sein Scheitern mit den Aesirianern gelernt. Nein, die Chance. Entweder sie zerstören in ihrer Furcht und Ignoranz alle Hinweise darauf, ehe sie von ihrer Intelligenz und dem Stand ihrer Forschung her dazu in der Lage sind, das Rätsel zu lösen – dann hätten sie seine Hilfe nicht verdient und weitere Jahrhunderte oder Jahrtausende darauf warten müssen, bis sie sich das dazu nötige Wissen selbst angeeignet hätten –, oder ihr Egoismus macht sie, sobald sie selbst unsterblich sind, blind für die eigentliche Wahrheit, so wie Feldmann, oder wie die Aesirianer so korrupt, dass sie ihre Macht nicht teilen wollen und dafür Leben eher vernichten als bewahren. Aber was er hoffte, war, dass die Menschheit irgendwann fähig dazu und auch reif dafür sein würde, seine wirklichen Hinweise zu verstehen und aus eigener Kraft die Unsterblichkeit zu erlangen, ohne dabei auf die Gnade oder Ungnade der Götter angewiesen zu sein.«

»Du klingst, als setzt du voraus, dass Osiris mehr war als nur irgendein Sterblicher, der das Geheimnis des ewigen Lebens zufällig entdeckt hat, so wie es bei Margaret war. Dass er also tatsächlich selbst ein Gott war.«

»Oder ein Beauftragter der Götter«, erwiderte Eve euphorisch. »Oder eben ein Außerirdischer.«

Sie nahm einen Stift und schrieb von oben nach unten auf eine der Tafeln:

OSIRIS, A-SER
SHAMASH
ASSUR
SHENNONG
QUETZALCOATL
PHOSPHORUS
ODIN
PROMETHEUS
AESKULAP
AZAZEL
LUZIFER

»Und das sind nur die Personifizierungen, die mir spontan einfallen«, sagte Eve. »Du hast in deinem Versteck unter Glastonbury Tor selbst gesagt, dass die Legenden alle den gleichen Ursprung haben. Egal, welche Namen man ihm im Laufe der Zeit gegeben hat, immer hat Osiris gegen die Bestrafung der Menschheit durch die anderen Götter aufbegehrt und ihnen das gebracht, was die Götter ihnen vorenthalten wollten: Feuer, ewiges Licht, Wissen, die Erkenntnis von Gut und Böse, Gesundheit, das ewige Leben. Aber es ist nicht so, dass es da irgendwann einmal eine Mythologie gab, die dann immer und immer wieder kopiert wurde. Dann wären sie im Laufe der Jahrtausende viel, viel weiter auseinandergedriftet und würden sich nicht mehr so ähneln. Nein, ihr Ursprung liegt eindeutig in der Realität. In der Wirklichkeit. Die an verschiedenen Orten immer wieder stattgefunden hat.«

»In der Wirklichkeit?«, fragte Ben. »Was macht dich da so sicher?«

»Ich kann es beweisen.«

»Wie das?«

»Wie ich schon sagte: Osiris verfügte über äußerst detailliertes Wissen hinsichtlich Molekularbiologie, Zellaufbau und Biophysik.«

Ben deutete auf den großen Touchscreen-Bildschirm, auf den Eve vorhin gezeichnet hatte. »Du meinst …?«

Eve hielt den Sephirot hoch. »Erinnerst du dich noch daran, wie ich mich in Köln darüber lustig gemacht habe, dass mich die Position der Löcher im Sephirot außer an das Sternbild des Orion auch an den Molekularaufbau von ATP erinnert? Genauer gesagt, an dessen Dreier-Phosphatgruppe?«

»Ja. Aber du hast die Idee selbst verlacht.«

»Da hielt ich sie auch noch gar nicht ernsthaft für eine Idee«, erklärte sie. »Es war nur ein Gedanke. Und noch dazu, nachvollziehbarerweise, ein komplett abwegiger. Doch da wusste ich ja auch noch nicht, dass das Sternbild Orion früher Osiris genannt wurde, Luzifer Phosphorus, eine Eibe Tausende von Jahren ohne Sonne existieren kann, der Hase früher mal Anubis war, der Gott des Todes, und, und, und. All das wusste ich nicht. Aber jetzt weiß ich es. Und jetzt sind mir auch die Zusammenhänge klar: Es ging die ganze Zeit um das ATP! Und Osiris wusste, wie es aufgebaut ist! Der Stein ist der Beweis dafür. Und auch das Rätsel, genauer gesagt, dessen Formulierung. Aber das wurde erst klar, als alle Teile des Puzzles auf ihrem Platz waren und es gar keine andere Deutungsmöglichkeit mehr gab, als dass Osiris nicht irgendein Sterblicher war, der mehr oder weniger zufällig über das Geheimnis des ewigen Lebens gestolpert ist, sondern das Mitglied einer um Jahrtausende weiterentwickelten Art oder Rasse oder Zivilisation.«

Ben verstand, dass für Eve die Bedeutung dessen, was sie referierte, und die Schlussfolgerungen daraus absolut klar waren. Was er nicht verstand, waren die Bedeutung und die Schlussfolgerungen selbst.

»Ein Schritt nach dem anderen«, bat er sie. Denn er wollte sie verstehen. Sie zu verstehen war alles, worum es ging, worum es von Anfang an gegangen war.

88

»Okay«, sagte Eve. »Schritt für Schritt.« Sie schrieb nebeneinander an eine zweite Tafel:

ATP *SEPHIROT* *RÄTSEL*

Unter *ATP* schrieb sie untereinander:

ATP = Adenosin-TRI-Phosphat
ADP = Adenosin-DI-Phosphat
AMP = Adenosin-MONO-Phosphat

Unter *SEPHIROT* schrieb sie:

Position der Löcher = Sterne
Position 10 = »Der Thron«

Unter *RÄTSEL* schrieb sie:

Primus Astrum Lux Aeterna besteigt den THRON
anstelle des HERRN DES TODES

»Zunächst zum ATP«, sagte sie und deutete auf die erste Spalte. »Der Lieferant der Energie für jede Zelle eines jeden Organismus auf diesem Planeten, ob nun Mensch, Tier oder Pflanze, ist das ATP, das Adenosin-Tri-Phosphat. Es ist der wichtigste Bestandteil der DNA und unter anderem verantwortlich für die Zellteilung. ATP liefert die Energie dazu über den enzymatischen Abbau des ATP zu Adenosin-Di-Phosphat, also ADP, und dann zu Adenosin-Mono-Phosphat, AMP. AMP und ADP wiederum werden in den Mitochondrien der Zelle zurückverwandelt in ATP, durch Phosphorylation, dem Hinzufügen neuer Phosphatgruppen, bis wieder TRI-Phosphat entstanden ist. Je weniger ATP aus ADP und AMP zurücksynthetisiert wird, desto schneller altert ein Organismus und stirbt schließlich. Soweit verständlich?«, fragte sie.

Ben nickte.

»Gut.« Sie ging zu einem zweiten Touchscreen-Bildschirm, wischte mit dem Finger darüber, und das Abbild eines Moleküls wurde sichtbar. »Das ist eine strukturierte Darstellung des ATP. Und wie du siehst«, fuhr sie fort, während sie wieder den Stein in die Höhe hielt, »ähnelt die Position der Tri-Phospat-Kette dem Sephirot mehr als auffällig.«

Sie zeigte wieder auf die Tafel – auf die zweite Spalte:

SEPHIROT

und auf die zweite Zeile darunter:

Position 10 = »Der Thron«

»Auf der Position zehn des Sephirot, dem ›Thron‹, sitzt beim ATP das Ribose-Zucker-Molekül.«

Dann zeigte sie auf die erste Zeile:

Position der Löcher = Sterne

Mit einer weiteren wischenden Bewegung über den Touchscreen holte sie das Sternbild des Orion herbei und legte es deckungsgleich über das ATP-Molekül. Das heißt, *beinahe* deckungsgleich. Das Molekül ragte nach unten um einiges über das Sternbild des Orion hinaus.

Eve deutete darauf. »Das Ribose-Zucker-Molekül sitzt hier genau auf dem Sternbild des Anubis, des Herrn des Todes. Das Rätsel aber sagt, dass der Primus Astrum Lux Aeterna, also der Sirius, den Thron besteigen muss.« Sie holte eine weitere Grafik auf den Monitor: Sirius im Sternbild der Isis.

»Moment, Moment, Moment«, unterbrach Ben sie.

»Ja?«

»Nehmen wir einmal an, Osiris war tatsächlich ein Gott«, brachte Ben zum Ausdruck, was ihm gerade durch den Kopf ging, »und auch der Teil der Legende stimmt, in dem er von den Aesirianern gefangen und besiegt wurde. Dann war er bei weitem nicht mächtig genug, um ganze Sternenbilder zu schaffen, nur um einen Hinweis auf das ewige Leben zu geben.«

Eve lachte auf. »Nein, das stimmt. Das war er mit ziemlicher Sicherheit nicht. Aber er war ganz bestimmt mächtig und langlebig genug, um eine Ansammlung von Sternen, die in etwa der Struktur des Moleküls entspricht, als zu einer Konstellation gehörend zu erklären und ihr seinen Namen zu geben.«

Ben verstand. »Osiris ist das erste Sternzeichen, das überhaupt mit einem Namen belegt wurdc. Und erst dadurch, dass es so genannt wurde, nahm der Mensch es als eine Einheit wahr.«

»Exakt«, bestätigte Eve. »Der Sephirot wurde dann entsprechend angefertigt.« Sie hielt den Stein noch mal nach oben. »Aber für seine Zwecke brauchte Osiris *drei* Sternzeichen: Osiris, Anubis und Isis. Und schon hatte er einen unzerstörbaren Hinweis auf das ewige Leben, der nicht nur für alle sichtbar am Himmel stand, sondern damit auch für alle Zeiten dort darauf wartete, bis die Menschheit so weit sein würde, ihn zu verstehen. Was uns wieder zu der Molekularstruktur des ATP zurückbringt. Erst wenn die Menschheit so weit war, die zu verstehen, konnte sie auch das Rätsel hinter dem Rätsel verstehen.«

Sie zeigte wieder auf den Bildschirm, auf die Stelle, wo das Ribose-Zucker-Molekül über dem Sternbild des Anubis lag.

»Der Primus Astrum Lux Aeternam, der hellste Stern, das Ewige Licht, das Ewige Feuer, muss den Thron besteigen anstelle des Herrn des Todes.«

Sie zeichnete, wie schon vorhin, als sie allein gewesen war, auf dem Bildschirm die Dreier-Phosphat-Gruppe über dem Orion/Osiris nach, aber statt auch das Ribose-Zucker-Molekül über Anubis nachzuzeichnen, ließ sie den Stift zu Sirius und die ihn umgebenden Sterne wandern und zeichnete das langkettige Molekül dort weiter. Dann trat sie einen Schritt zur Seite und zeigte mit dem Finger darauf.

»Das ist das Geheimnis des ewigen Lebens!«

Ben schaute sie fragend an, wollte sie aber nicht schon wieder unterbrechen.

Mit einem geheimnisvollen und zugleich ausgesprochen selbstzufriedenen Lächeln ging sie zu der Tafel zurück und ergänzte die erste Spalte

ATP = Adenosin-TRI-Phosphat
ADP = Adenosin-DI-Phosphat
AMP = Adenosin-MONO-Phosphat

um eine weitere Zeile:

ATTP = Adenosin-TETRA-Phosphat

»Adenosin-Tetra-Phosphat«, sprach sie es laut aus. »Vier Phosphatgruppen. Osiris und Isis miteinander verbunden. Yggdrasil mit der Wurzel des Baums im Maul der Midgardschlange. Die Quelle der Unsterblichkeit.« Sie grinste wie ein Honigkuchenpferd. »Komm, frag mich, wieso.«

Ben schmunzelte, obwohl ihre Ausführungen ihn immer nervöser machten. War er endlich am Ziel seiner Suche angelangt?

»Wieso?«, fragte er.

»Zum Ersten«, begann Eve, »liefert ATTP wesentlich mehr Energie für die Zellteilung und das Zellwachstum.«

Sie schrieb auf die Tafel:

ATTP > ATP > ADP > AMP

»Zum Zweiten bindet es erheblich mehr freien Phosphor, der in seiner reinen Form zellschädigend ist. Zum Dritten versorgt es während seines Abbaus die Mitochondrien mit der nötigen Zusatzenergie, um aus AMP und ADP wieder ATP zu synthetisieren.«

Sie ergänzte an der Tafel die Zeile

ATTP > ATP > ADP > AMP

zu

ATTP > ATP > ADP > AMP > ADP > ATP

»Und viertens«, sagte sie dann, »und hier schließt sich der Kreis zum Beginn meiner Forschung, sondert der Abbau von ATTP zu ATP das zellteilungsblockende Taxan Paclitaxel aus dem Organismus ab!« Sie deutete auf die Eiben. »Aber erst das Rätsel hat mir klargemacht, wonach ich suchen muss: nach ATTP. Und ich habe es gefunden. Jede dieser ganz normalen Eiben enthält ATTP. Das ist es, das sie nahezu unsterblich macht.«

»*Nahezu* unsterblich?«, fragte Ben.

Eve nickte. »Für ganz normale Lebewesen schon eine außergewöhnliche Leistung. Aber ich bin mir sicher, hätte ich Gelegenheit gehabt, die Eibe unter Edinburgh Castle zu untersuchen, hätte ich in ihr eine noch sehr, sehr viel höhere Konzentration an ATTP gefunden als in den herkömmlichen Bäumen. Denn anders als die brauchte sie weder Sonne noch

Nahrung. So banal das klingen mag: Die Yggdrasil lebte ewig, weil sie unsterblich war.«

Sie machte an der Tafel aus der Zeile

ATTP > ATP > ADP > AMP > ADP > ATP
ATTP > ATP > ADP > AMP > ADP > ATP > ATTP

»Das heißt, ihr ATTP-Pegel muss so hoch gewesen sein, dass das Tetra-Phosphat den Mitochondrien auch ohne Zufuhr von äußerer Nahrung oder Energie genügend Energie geliefert hat, um nicht nur aus AMP und ADP wieder ATP herzustellen, sondern ATTP.«

»Ein Perpetuum mobile?«, fragte Ben. »Das ist unmöglich.«

»Ganz im Gegenteil«, widersprach Eve. »Dem Menschen ist nur noch nie gelungen, eins zu bauen. Doch genau genommen und streng akademisch ist das Perpetuum mobile die logische Konsequenz des Energieerhaltungsgesetzes, demzufolge die Gesamtenergie in einem geschlossenen System konstant bleibt. Aber das erklärt nur, wie ewiges Leben *funktioniert*. Nicht, wie es *entsteht*. Denn wie setzt man den Primus Astrum Lux Aeternam statt Anubis auf den Thron? Wie hebt man das Energielevel des in jedem Organismus befindlichen ATP durch die Erweiterung einer vierten Phosphatgruppe auf ATTP?«

Ben zuckte mit den Schultern, und sie merkte, dass er tatsächlich geglaubt hatte, sie hätte ihm die Frage in Erwartung einer Antwort gestellt.

»Damit kommen wir zu dem anderen Teil des Rätsels. *Wenn die Schlange Feuer speit und mit der Götter Stimme schreit.*« Sie schob eine völlig neue Grafik auf einen dritten Touchscreen. »Darf ich vorstellen? Der *Drache*!«

89

Ben sah auf den Bildschirm. Der zeigte das Abbild einer ovalen Form, von deren äußerem Rand unregelmäßig viertel- und halblange dünne Trennwände nach innen ragten, ohne sich dort zu berühren. Der freie Raum zwischen dem äußeren Rand und den einzelnen Trennwänden war wie in einem Labyrinth ununterbrochen miteinander verbunden und sah tatsächlich aus wie ein sich hin und her schlängelnder Drache.

»Das ist ein Mitochondrium«, erklärte Eve. »Mitochondrien sind die Energiekraftwerke in den Zellen. Wie schon vorhin erwähnt, synthetisieren sie durch Phosphorylation, also die Anbindung von Phosphor und Sauerstoff zu einer Phosphatgruppe, AMP zu ADP und schließlich wieder zu ATP.

Die Energie daraus beziehen sie interessanterweise aus dem *Abbau* von ATP zu ADP und AMP. Im Grundkonzept sind sie also das Perpetuum mobile. Aber nicht in der Realität der Sterblichen. Zum einen synthetisieren sie immer marginal weniger ATP, als sie verbrauchen – das ist neben dem sich langsam einstellenden Teilen der Zellen der Prozess des Sterbens –, zum anderen wird ihnen von außen zusätzliche Energie zugeführt, Nahrung, Sonnenlicht et cetera.

Wenn man sie aber dazu bringt, *Feuer zu speien*, also über ATP hinaus auch ATTP zu synthetisieren, wird ihnen das ATTP immer genügend Energie liefern, so viel ATP herzustellen, wie sie abbauen.«

»Sie müssen mehr Energie produzieren, um mehr Energie produzieren zu können?«, fragte Ben. »Das klingt für mich wie ein Teufelskreis.«

Eve grinste. »Der Teufelskreis ist immer die Schattenseite

eines Perpetuum mobile: Ich muss den Kreis aufbrechen, um ihn zu schließen.«

»Wie?«

»Mit der Stimme der Götter.« Sie zeigte auf einen Glaszylinder voller Wasser. Der Tank war etwa zweieinhalb Meter hoch und hatte einen Durchmesser von anderthalb Metern und einen Gitterboden. Oben war er offen. Um ihn herum standen vier Stative. Zwei davon trugen große Lautsprecher, die anderen beiden zwei Geräte, die so aussahen wie Lampen oder Strahler.

»Der Öffnungsmechanismus des Yggdrasil-Reliefs hat mich darauf gebracht«, erklärte Eve. »Weißt du, was der Fels unter Edinburgh Castle, der Sanxingdui und der Iztaccihuatl gemeinsam haben?«

»Alle drei sind Berge?«, mutmaßte Ben.

»Alle drei sind Vulkane«, präzisierte Eve. »Schlafende Vulkane.«

Sie setzte gerade an weiterzuerklären …

… als eine Explosion das Schiff erschütterte.

»Murgu!«, fluchte Ben in einer Sprache, die Eve nicht verstand.

»Was war das?«, fragte Eve.

»Sie haben uns gefunden!«

Er riss seine Schwerter hervor und stürmte nach draußen. Eve eilte ihm hinterher.

90

Ben und Eve rannten an der Steuerbordreling entlang in Richtung Bug und eine Treppe nach oben. Dort stoppte Ben abrupt und bedeutete auch ihr, stehen zu bleiben. Eve blickte voller Entsetzen nach vorn. Die Brücke der *Caledonia* existierte nicht mehr. Dort, wo sie sich bis eben noch befunden hatte, stand ein Trümmerfeld in haushohen Flammen. Ein schwarzer Kampfhelikopter senkte sich gerade auf das Vorderdeck und setzte auf. Eve sah zunächst zwei Männer in Kampfanzügen herausspringen, dann einen dritten.

Der dritte war in etwa so groß wie Ben und nicht weniger athletisch gebaut. Seine Augen waren genauso schwarz wie sein dichtes, leicht gewelltes Haar. Statt eines Kampfanzugs wie die anderen beiden trug er einen knöchellangen Ledermantel, einen leichten metallenen Brustpanzer und kniehohe Stiefel. In der Rechten hielt er einen Säbel mit langer geschwungener Klinge.

Ben zog Eve geschwind mit sich in den Schatten der Bordwand, ehe man sie entdecken konnte. Er holte eine SIG Sauer aus dem Schulterholster und reichte sie ihr.

»Finde Margaret«, flüsterte er ihr zu.

Sie realisierte, dass er zum ersten Mal, seit sie ihn im Kloster von Shrawley Wood getroffen hatte, besorgt wirkte.

»Geht nach achtern, nehmt das Beiboot und fahrt nach Norden nach Kirkcaldy.«

»Aber …«, wollte Eve widersprechen.

Doch Ben schnitt ihr das Wort mit einer knappen Geste ab. »Bucht euch dort im Hotel *Strathearn* ein und wartet genau achtundvierzig Stunden auf mich. Keine Minute länger.

Falls ich bis dahin nicht auftauchen sollte, sag Margaret, sie soll über ein nicht zu verfolgendes Prepaid-Handy mit Rinaldo Kontakt aufnehmen, und der soll euch außer Landes bringen. Weist ihn aber darauf hin, dass er diesmal mehr Vorsicht walten lassen soll als bei der Eröffnung deiner Konten.«

»Ben …«

Aber auch diesmal ließ er sich nicht unterbrechen. »Hör mir gut zu, Eve. Es ist wichtig. Falls du mich nicht mehr sehen solltest, überleg dir bitte gut, ob du das Experiment wirklich zu Ende führen willst.«

»Warum?«

»Wenn du es tust und Erfolg damit haben solltest, wirst du dein ganzes sehr langes Leben auf der Flucht sein. Vor ihm.« Er deutete auf den Mann in dem langen Mantel, der sich gerade mit finster-forschendem Blick auf dem Deck umsah.

Eve spürte sofort, dass dieser Mann noch sehr viel gefährlicher war als Wall oder gar Kabir.

»Wer …?«

Ben sprach weiter. »Und so, wie gerade jetzt, wird er dich immer und immer wieder finden. Egal, wo du dich versteckst.«

»Wie hat er uns hier gefunden?«

»Kaum zu glauben, aber ich denke, über die Großbestellung von Eiben«, sagte Ben, und in seiner Stimme selbstvorwurfsvoll. »Ich hätte früher daran denken sollen. Sie haben dich schon bei deinem vorangegangenen Forschungsprojekt überwacht, weil es dabei um Eiben ging. Wir haben die Eiben dort drinnen zwar bar bezahlt, aber der Lieferant hat die Lieferung bestimmt in seine Dateien eingetragen. Und sie haben das entdeckt.«

»Wer ist er?«, beendete Eve ihre Frage von zuvor.

Ein noch dunklerer Schatten legte sich auf Bens Gesicht. »Du musst gehen, Eve. Jetzt!«

»Wer ist er, Ben?«, wiederholte sie. »Keine offenen Fragen mehr, Ben. Kein Ausweichen mehr. Ich bitte dich. Ich muss wissen, womit und mit wem ich es zu tun habe.«

Er sah sie an. »Das, Eve, ist Set.«

Eve fühlte, wie sich ihr Magen verkrampfte. »*Der* Set? Der aus der Osiris-Legende?«

»Der Älteste der Aesirianer.«

»Dann ist er stärker als du?«

»Das werde ich gleich herausfinden.«

»Das musst du nicht, Ben«, flehte Eve. »Lass ihn in Ruhe und komm einfach mit uns.«

»Nein«, widersprach Ben. »Das kann ich nicht. Wenn ich nicht bleibe, um ihn wenigstens aufzuhalten, verfolgt er uns mit dem Helikopter und schickt uns auf den Grund des Fjords.«

»Du …«

»Geh jetzt, Eve.«

Es gibt Momente, in denen die Welt stehen bleibt. Man kennt solche Momente nicht nur aus Büchern oder Filmen, und dies war ein solcher Moment. Einer der ganz wenigen in Eve Sinclairs bisherigem Leben. Der letzte lag schon einige Jahre zurück und hatte sich in London ereignet, als ihre Mutter eine halbe Stunde nach dem Abschalten der Geräte ihres Mannes, Eves Vater, beschlossen hatte, ihm zu folgen – wohin auch immer das sein mochte. Sie hatte sich den *Heathrow Express* dafür ausgesucht, den schnellsten Zug der Stadt. Gerade eben noch hatte sie Eve geküsst und ihr gesagt, wie sehr sie sie liebte, und im nächsten Moment war sie über das Geländer der Porchester Road Bridge gesprungen – direkt vor den herandonnernden Zug. In Eves schreckgeweiteten Augen hatte die Millisekunde, die ihre Mutter in der Luft hing, ehe der Frontwagen sie mit einer Geschwindigkeit von gut hundertvierzig Stundenkilometern traf und mit sich riss, ewig gedauert.

Genau so fühlte sie sich in diesem Moment – es geschah etwas, das sie ebenso wenig aufhalten konnte wie damals den Sprung ihrer Mutter und den *Heathrow Express*. Sie las in Bens Augen, dass sie ihn nicht umstimmen konnte, dass, was immer geschehen würde, bereits entschieden war, aber sie erkannte auch, dass Set von der Verfolgung abzuhalten nicht der einzige Grund war, warum er den Kampf mit ihm suchte.

»Da ist eine alte Rechnung offen, nicht wahr?«

Er legte ihr die Hand an die Wange. »Keine Fragen mehr, Eve. Geh.«

Eve fühlte, wie ihr die Tränen in die Augen stiegen. Sie kämpfte sie nieder und küsste ihn.

»Stirb nicht«, flüsterte sie gegen seine Lippen.

Er lächelte grimmig.

Dann drehte sie sich herum und rannte in Richtung Heck, wo Margaret ihre Kabine hatte.

91

Ben wartete im Schatten der Bordwand, bis Set und seine beiden Soldaten auf ihrer Suche in seine Richtung kamen, und schlüpfte dann lautlos durch eine Tür ins Innere der Yacht. Sein erstes Ziel war der Helikopter. Er musste ihn zerstören, um zu verhindern, dass sie damit Eve und Margaret verfolgten.

Eve wischte sich die Tränen fort. Sie hatte das Heck noch nicht ganz erreicht, als Margaret ihr bereits entgegenkam. Die kleine Königin trug nur ein dünnes Nachthemd und ihr Schwert.

»Was ist passiert?«, fragte sie, als sie sah, dass Eve eine Pistole in der Hand hielt.

»Sie haben uns gefunden«, erklärte Eve. »Sehr wahrscheinlich durch die Eibenlieferung.«

»Aesirianer?«

»Ja«, bestätigte Eve. »Ben will, dass wir das Beiboot nehmen und damit nach Kirkcaldy fliehen, um dort auf ihn zu warten.«

»Kommt gar nicht in Frage!«, sagte Margaret entschlossen und wollte weiter nach vorn laufen.

Eve hielt sie am Arm fest. »Warte.«

»Worauf?«

»Ben scheint nicht zu glauben, dass wir eine Chance haben.«

»Wieso?«

»Es ist Set.«

Margarets eben noch so grimmiges Gesicht entgleiste zu einer Maske des Entsetzens. »Set?«

»Ja.«

»Verdammt«, fluchte Margaret leise, so als wäre sie besorgt, dass man sie hören könnte. »Dann muss Ben mit uns kommen. Unbedingt. Er kann ihn unmöglich besiegen. Schon gar nicht ohne Hilfe.«

Eve schüttelte den Kopf. »Ich habe versucht, ihn zu überreden, aber er lässt sich nicht von seinem Vorhaben abbringen.«

»Verdammt«, sagte Margaret noch einmal, wandte sich dann aber doch zum Heck und zog Eve hinter sich her, während sie vor sich hin schimpfte. »Dieser Sturkopf. Dieser dreimal verfluchte Sturkopf.«

Ben hatte im Innern der Yacht zur Backbordseite gewechselt und schlich an der Reling entlang und dann die Außentreppe nach oben zum Vorderdeck. In gebückter Haltung sah er nach rechts zum Helikopter hinüber.

Der Pilot der Aesirianer saß wartend hinter dem Steuerknüppel, mit Blick auf die brennende Brücke. Ben atmete ein paar Mal tief ein und aus und rannte dann in gebeugter Haltung los. Wenn er schnell genug war, würde er das hintere Ende des Kampfhubschraubers erreichen, ehe ihn der Pilot bemerkte und reagieren konnte.

Sein Ziel war der Heckrotor.

Er beschleunigte seinen Lauf, richtete sich dabei auf, und als er schließlich nahe genug war, sprang er mit aller Kraft in die Höhe. Seine beiden Klingen krachten hart und laut auf zwei der fünf Rotorblätter und verbogen sie massiv.

Ben landete sicher auf beiden Füßen und setzte zu einem zweiten Sprung aus dem Stand an. Doch noch ehe er sich vom Boden abstoßen konnte, sah er in den Augenwinkeln eine Bewegung und hörte das vertraute, schicksalsschwangere Ratschen, mit dem eine Maschinenpistole durchgeladen wurde.

Reaktionsschnell wirbelte er herum, wobei er leicht in die Hocke ging, um ein schlechteres Ziel abzugeben, und schleuderte eines seiner Schwerter in Richtung der Bewegung.

Vier Meter weiter traf es den Piloten mitten in die Brust, und er wurde nach hinten gerissen. Dabei drückte er ab, und Ben warf sich zur Seite, um dem Kugelhagel zu entgehen.

Er rollte ab, sprang wieder auf und lief im Bogen auf den

Piloten zu, der einhändig feuerte und mit der anderen Hand versuchte, sich die Klinge aus dem Leib zu ziehen.

Ben schlug einen schnellen Haken, tauchte dann unter dem nächsten Feuerstoß hinweg, hieb die MPi mit dem Schwert beiseite und trennte dem Piloten mit einer kraftvoll ausgeführten Rückhand den Kopf von den Schultern.

Er zog das Schwert aus dem am Boden liegenden Körper, wischte es am Kampfanzug des Piloten ab und steckte es zurück in die Scheide, ehe er die MPi an sich nahm. Für einen Moment überlegte er, den Rest des Magazins in den Tank des Helikopters zu jagen und den auslaufenden Treibstoff anzuzünden. Doch dann entschied er sich dagegen.

Solange er nicht sah, wie sich das Beiboot von der Yacht entfernte, wollte er nicht riskieren, dass das ganze Schiff in Brand geriet und Eve und Margaret womöglich noch Opfer der Flammen wurden.

Er rannte zum Cockpit und zerschoss die Armaturen.

Eve und Margaret hatten das Beiboot am Heck der *Caledonia* erreicht und ließen es gerade über die elektronisch gesteuerten Seilwinden des Doppelkranes zu Wasser, als vom Bug her MPi-Feuer erklang. Eve nahm den Finger vom Knopf, und mit einem Ruck blieb das Beiboot auf halber Höhe hängen.

»Was ist?«, fragte Margaret.

»Ich kann ihn nicht allein lassen«, sagte Eve. »Er hat es verlangt, aber ich kann es nicht.«

»Doch, das kannst du«, widersprach Margaret energisch. »Das musst du sogar.«

»Ich muss?«

»Eve!«

»Was?«, schnauzte sie ihre Freundin an.

»Wenn du jetzt stirbst, war sein Opfer vergeblich.«

Eve begriff, was Margaret sagte, und wusste, dass sie damit recht hatte, aber sie fragte sich mit nicht wenig Vorwurf, wieso sie sich überhaupt von Ben dazu hatte überreden lassen, ohne ihn die Flucht zu ergreifen. Es war nobel, dass er sich für sie opfern wollte, aber er hatte nicht das Recht dazu. Sie hatte ihn nicht darum gebeten. Und sie konnte unmöglich mit dem Bewusstsein weiterleben, dass er für sie gestorben war.

»Ich lasse ihn hier nicht zurück, jedenfalls nicht allein«, sagte sie entschlossen und deutete auf das Beiboot. »Schaffst du es auch ohne mich, es zu Wasser zu lassen?«

Margaret schüttelte den Kopf. »Wenn du bleibst, bleibe ich auch.«

Ben wunderte und ärgerte sich darüber, dass das Beiboot immer noch nicht zu sehen oder zu hören war. Hastig durchsuchte er die Ausrüstung des enthaupteten Piloten, fand ein Ersatzmagazin und tauschte es gegen das leere in der MPi um. Er hatte gerade durchgeladen und wollte zum Heck laufen, um nachzusehen, ob Eve und Margaret vielleicht von den Aesirianern aufgehalten worden waren, als er neben der brennenden Brücke Set und seine beiden Soldaten stehen sah. Letztere hatten ihre MPis auf ihn gerichtet.

»Du bist es also wirklich«, sagte Set ungläubig. Er stand vor dem Feuer wie ein dunkler Gott aus uralter Zeit.

Ben antwortete nicht. Er betrachtete grimmig die Kreatur, die an allem schuld war.

»Tja«, sagte Set mit einem zynischen Lächeln auf den vollen Lippen. »Da kann man so alt werden, wie man will – das Leben überrascht einen immer wieder. Wo hast du dich all die Jahrtausende nur versteckt?«

»Die Welt ist groß, Set«, sagte Ben.

»Nicht groß genug für uns beide.«

»So alt, und noch immer geht es dir nur um Macht?«

Set zuckte mit den Schultern. »Du sagst das, als wäre es etwas Verwerfliches. Dabei ist es das Einzige, das wirklich zählt. Ohne diese Macht wäre ich schon lange nicht mehr am Leben. Oder wie du ewig auf der Flucht.«

»Du hättest Großes leisten können, Set.«

»Ich *habe* Großes geleistet«, entgegnete Set. »Könige und Präsidenten fressen mir aus der Hand. Ganze Nationen entstehen und vergehen, nur weil ich es so will.«

»Um deinen persönlichen Reichtum zu mehren«, entgegnete Ben verächtlich. »Und was hast du davon? Sklaven und Huren. Eine Herrschaft des Schreckens ohne Sinn und Ziel.«

»Was wäre denn die Alternative?«, fragte Set, und seine Stimme troff vor Ironie. »Den Menschen die Unsterblichkeit zu geben? Sie ins Paradies zurückzuführen?« Er lachte. »Sie haben es einmal vermasselt, sie würden es wieder vermasseln. Nein, diese Würmer sind glücklicher, wenn sie unglücklich sind. Sie können gar nicht anders.«

»Sie *kennen* es nicht anders«, widersprach Ben zornig. »Weil du und die deinen immer und immer wieder alles zerstören, was sie sich mit viel Mühe aufbauen. Und ihr tut das alles nur, um die Hebel der Macht in den Händen zu behalten. Deshalb habt ihr die Systeme entwickelt, die sie fesseln und unter eurer Kontrolle halten. Geld, Leistung, Zeit und Arbeit, Besitz und Grenzen. Nur um sie abhängig zu machen, damit sie sich ständig ungenügend fühlend und neidisch aufeinander sind. Ohne all das gäbe es keinen Hunger, keinen Hass und keine Kriege.«

»Oh, noch immer der alte Feingeist.« Er sprach das letzte

Wort aus, als wäre es eine Beleidigung, und Ben wusste, dass es auch als solche gemeint war. »Ohne all diese Systeme und unsere Kontrolle wären sie wie Hefe in einem Fass voll nassem Mehl«, ereiferte sich Set. »Sie würden fressen und scheißen und sich vermehren und weiterfressen und weiterscheißen und sich weiter vermehren, bis sie so viele wären, dass sie an ihrer eigenen Scheiße verrecken und den ganzen Planeten gleich mit sich ins Verderben reißen!«

»Unsinn«, sagte Ben. »Wären sie alle unsterblich, hätten sie eine Chance, klüger zu werden, und würden mit den Ressourcen dieses Planeten sehr viel vernünftiger haushalten. Sie könnten sich vor allem endlich den Luxus erlauben, friedlich miteinander und auch füreinander zu existieren.«

»Ja, wirklich. Immer noch ganz der Alte«, sagte Set herablassend. »Derselbe gefährliche Optimismus, für den ich dich schon einmal getötet habe. Was mich direkt zum eigentlichen Grund unseres heutigen Treffens bringt.«

»Wenn ich mich recht erinnere, hattest du damals aber wesentlich mehr Verstärkung dabei«, sagte Ben.

Set grinste. »Damals war ich noch schwach. Inzwischen hatte ich ein paar Jahrtausende Zeit zu trainieren.«

»Offenbar aber noch lange nicht genug, um es allein mit mir aufzunehmen.« Ben deutete mit seiner MPi auf die beiden Soldaten neben Set. »Sag, wie fühlt es sich eigentlich an, da ganz tief in dir drin, die ganze Welt glauben zu machen, man wäre der mächtigste Mann der Welt, ja, sogar ein *Gott*, und doch insgeheim zu wissen, dass es doch nie zu mehr gereicht hat als zur Nummer zwei?«

Ben sah, wie sich Sets Augen vor Hass zu Schlitzen zusammenzogen.

»Und wie fühlt es sich an, ein Gott zu sein wie du und dann von einem Menschen wie mir besiegt zu werden?«, presste Set zwischen den Zähnen hervor. »Wirf die MPi weg, und ich zeige dir, wer hier die Nummer zwei ist.«

»Aber natürlich.« Ben lachte. »Und sobald ich das tue, schießen mich deine Männer nieder.«

Set schüttelte den Kopf. »Nein, darauf gebe ich dir mein Wort. Nur du und ich. Mann gegen Mann.« Er wandte sich an seine Leute. »Legt die Waffen weg.«

Sie gehorchten.

»Jetzt du«, forderte Set.

Ben ließ die MPi fallen und zog sein zweites Schwert.

Set flankte über die Brüstung der Brücke und landete leichtfüßig auf dem Deck. Die Klinge seines Säbels leuchtete im Schein des Feuers, als er ihn langsam nach oben in Angriffsposition brachte, die Spitze auf Ben zeigend.

»Dieses Mal jedoch wird niemand da sein, der deinen göttlichen Leib wieder zusammensetzt«, sagte er leise und drohend. »Mein Fehler, dass ich die Stücke nicht schon gleich beim ersten Mal auf dem Grund des Meeres versenkt habe.«

»Ja, das war ein Fehler«, knurrte Ben und brachte seine Schwerter ebenfalls in Position.

Wie zwei Titanen aus den Epen Homers standen sich die beiden zum Duell gegenüber. Die sonst fast immer raue See um sie herum lag still, ganz so, als würde sie voller Ehrfurcht vor diesem Kampf der Unsterblichen schweigen.

Für eine Zeit, die wie eine kleine Ewigkeit erschien, bewegte sich keiner der beiden. Sie blickten sich nur an. Ein Zweikampf funkelnder Augen. Sie wogen einander ab, prüften ihre Positionen und gingen im Kopf mögliche Attacken und Verteidigungen durch. Warteten. Darauf, dass der jeweils andere angriff.

In einem Treffen zweier Ebenbürtiger ist der, der zuerst angreift, meist der Verlierer.

»Worauf wartest du?«, fragte Set lauernd.

»Auf das Ende der Zeit«, erwiderte Ben seelenruhig. Je länger er Set hinhalten konnte, umso größer würde Eves Vorsprung sein, ihre Chance zu entkommen.

»Das ist für dich heute gekommen.«

»Wir werden sehen.«

»Ich habe dich einmal getötet, ich werde es wieder tun.«

»Du irrst dich, Set. Ich bin nicht der, für den du mich hältst.«

Set lachte. »So? Wer bist du dann? Unsinn! Wenn dich irgendjemand kennt, dann bin ich das. Ich habe über tausend Jahre in deinem Schatten verbracht. Seit du mich in Naqada gefunden und zu dem gemacht hast, was ich heute bin. Ich bin dir gefolgt wie ein Hündchen, habe gelernt, was immer ich konnte, und musste tatenlos dabei zusehen, wie du mehr und mehr von uns geschaffen hast. Mehr und mehr unserer Macht abgegeben und Wissen verschenkt hast, als wäre es keinen Pfifferling wert. Wie du die Unsterblichkeit verschenkt hast, als wäre sie das Geburtsrecht dieser Maden.«

»Sie ist ihr Geburtsrecht, Set.«

»Unsinn, Osiris«, brüllte Set. »Wir wären heute noch Götter, wenn du sie nicht so vieles gelehrt hättest.«

»Du warst nie ein Gott, Set«, rief Ben. »Du warst selbst eine dieser Maden, wie du sie nennst. Und du bist es noch immer. Du wirst nie etwas anderes sein.«

Das hatte die gewünschte Wirkung.

Mit einem weit durch die Nacht gellenden Wutschrei und der Schnelligkeit eines geschleuderten Speers stürzte Set auf Ben zu. Er legte alle Kraft in seinen ersten, blitzschnell ausgeführten Schlag, der von schräg oben auf Ben herabsauste.

Ben konnte gerade noch zur Seite springen und die linke seiner beiden Klingen zwischen sich und Sets Säbel bringen. Bens Schwert zersplitterte unter der Wucht, und sein Handgelenk schmerzte durch den Aufprall, als wäre es angebrochen. Doch der Schlag war abgewehrt, und Ben drehte sich mit der zweiten Klinge in Sets Attacke hinein. Er wollte ihm in die Seite stechen, doch die Schwertspitze rutschte auf dem Ledermantel und dem metallenen Brustpanzer des Ägypters ab.

Set nutzte die Nähe und versetzte Ben mit dem Ellbogen einen harten Stoß gegen Nase und Jochbein. Ben hechtete zur Seite. Er schmeckte sein eigenes Blut.

Set lachte triumphierend auf und sprang wie von der Sehne geschnellt hinter ihm her, den Säbel wieder in einem schnellen Bogen nach unten hackend.

Ben wusste, dass er nicht riskieren durfte, auch das zweite Schwert zu verlieren. Der Säbel war sehr viel schwerer als seine Waffe. Deshalb entschied er sich gegen einen Block des weit ausgeführten Bogenschlags, drehte sich zur Seite weg aus der Schlaglinie des Säbels und vollendete die Drehung, um sein Schwert herumzuschwingen und gegen Sets Nacken. Doch der erkannte die Finte und duckte sich in der Vorwärtsbewegung gerade so viel, dass Bens Klinge über seinen Kopf hinwegsauste.

Dann machte er eine schnelle Wende auf dem vorderen Fußballen und stach von unten nach Bens Bauch. Ben brachte gerade noch sein Schwert dazwischen und lenkte den Säbel zur Seite.

Es folgte ein Ballett, nein, ein Tornado aus blitzendem Stahl. Set war schneller als jeder andere Gegner, gegen den Ben jemals gekämpft hatte. Unglaublich viel schneller.

Sperrstoß. Umgehung. Parade. Gegenparade. Doppelter Streich. Blitzstoß. Block.

Zwei Sprünge nach hinten, und die beiden standen einander erneut gegenüber, jeder von ihnen jeweils die beste Balance für die nächste sich bietende Möglichkeit zum Angriff oder Gegenangriff suchend.

Ben wusste, dass er Set nicht mehr so weit ausholen lassen durfte, sonst würden seine schweren Schläge auch seine zweite Klinge zerbrechen.

Zu großer Abstand war gefährlich. Daher machte er einen flinken Satz nach vorn und stach mit dem Schwert nach Sets Gesicht. Wie erwartet, lenkte Set den Stich mit einem Säbel nach oben ab und ließ seine linke Faust gegen Bens Kinn krachen.

Gleichzeitig aber schrie er auf vor Schmerz und stolperte gleich darauf hastig, aber unbeholfen zurück.

Ben hatte die für ihn selbst gefährliche Finte dazu genutzt, Set den Rest der abgebrochenen Klinge seines linken Schwerts tief in den Oberschenkel zu rammen und es herumzudrehen, um so viel Schaden wie möglich anzurichten.

Ben machte einen Schritt zurück, blinzelte die Tränen weg, die ihm der bereitwillig in Kauf genommene Kinntreffer in die Augen getrieben hatte.

Der Kampf war entschieden.

Das wusste auch Set, wie Ben in den Augen des Ägypters lesen konnte, der sein Gewicht so gut es ging auf das linke Bein verlagerte, um das verletzte zu entlasten. Sets Metabolismus würde die Wunde in weniger als einer Minute heilen lassen, aber Ben würde ihm diese Minute auf keinen Fall zugestehen.

Er warf das abgebrochene Schwert weg, um den Griff des anderen mit beiden Händen zu umfassen.

Set machte sich nicht einmal die Mühe, seinen Säbel zu heben. Er stand in gebeugter Haltung da – und schrie: »Erschießt ihn!«

Eve und Margaret erreichten das Vorderdeck gerade, als die beiden Soldaten neben der brennenden Brücke ihre MPis vom Boden aufhoben und auf Ben schießen wollten.

Noch im Laufen riss Eve die SIG, die Ben ihr gegeben hatte, hoch und feuerte einhändig. Die Waffe bockte unter dem Rückstoß wie ein angreifender Widder und zerrte ihren Unterarm mit einem Ruck nach oben. Der Schuss ging fehl.

Einer der Soldaten wirbelte zu Eve herum und eröffnete seinerseits das Feuer. Margaret warf sich in Deckung und zog Eve mit sich.

Doch zu spät.

Eve spürte einen heftigen Schlag gegen die Bauchdecke, bevor sie zu Boden ging. Der Schmerz ließ sie alles um sich herum vergessen. Als sie sich instinktiv auf den Bauch griff, fühlte sie eine warme Nässe.

Ben hatte die kurze Ablenkung genutzt, seine zweite SIG Sauer zu ziehen, und schoss den Soldaten, der das Feuer auf Eve und Margaret eröffnet hatte, von hinten nieder. Noch ehe der vornübergefallen war, ließ Ben die Mündung seiner Pistole zu dem anderen hinzucken. Aber der hatte bereits abgedrückt.

Ben wurde in die rechte Schulter und in den Bauch getroffen. Die Wucht der Treffer riss ihn nach hinten und schleuderte die SIG aus seiner für den Moment kraftlosen Hand. Er rollte sich ab, und der Schmerz in der Schulter ließ ihn Sterne sehen, die in grellem Gelb und leuchtendem Rot explodierten. Er musste sich auf sein Raumgefühl verlassen, um nicht die Orientierung zu verlieren und wieder kauernd auf den Füßen zu landen, damit er den nächsten Schüssen ausweichen konnte.

Doch die blieben aus.

Stattdessen sah er durch die farbigen Sterne und Blitze vor seinen Augen einen großen Schatten auf sich zuhumpeln.

Set.

Trotz der Schmerzen in seiner Schulter und seinem Bauch sprang Ben nach hinten und sah den Säbel des Ägypters dort in die Deckplanken hacken, wo er gerade eben noch gekauert hatte.

Er machte zwei weitere schnelle Schritte zurück, um dem Vorwärtsstich auszuweichen, den Set stolpernd gegen seinen Bauch ausführte. So gut er konnte, brachte Ben mit der Linken sein Schwert in die Stichbahn, aber die Spitze des Säbels kratzte über die Schusswunde am Bauch, und Ben musste die Zähne zusammenbeißen, um nicht laut aufzuschreien.

Zwar fühlte er, wie die Wunden in Schulter und Bauch bereits zu heilen begannen, aber seine Verletzungen waren schwerer als die von Set, und die Kugeln steckten ihm noch im Leib. Die einzige Chance bestand darin, den Attacken seines Feindes aus dem Weg zu gehen.

Er lenkte einen weiteren Stich ab und torkelte ein weiteres Stück zurück.

Allmählich wurde seine Sicht klarer, und er sah Sets siegesgewisses Grinsen.

Wo war Eve? War sie in Sicherheit? Er hatte sie von seiner Position aus nicht sehen können und nur den Schuss gehört, den sie abgegeben hatte, und den Soldaten ausgeschaltet, der auf sie gefeuert hatte.

Wieso tut dieses verdammte Weib nie, was man ihm sagt?

Er machte sich Sorgen um sie. Doch wenn er ihr helfen wollte, musste er zunächst Set ausschalten.

Der griff mit einer wilden Hackattacke an mit dem Ziel, Bens verbliebenes Schwert zu zerschmettern.

Ben wich zur Seite aus, und die momentane Schwäche seiner Beine ließ ihn straucheln. Sets Schritte dagegen wurden immer sicherer. Das Loch in seinem Schenkel war bereits wieder fast geschlossen. Ben hinkte so schnell es ging zu dem Helikopter, um hinter dessen Rumpf Deckung zu finden.

Set lachte und folgte ihm mit der Selbstsicherheit eines Raubtieres.

Eve weinte vor Schmerzen, die sich nach den ersten Momenten des Schocks umso heftiger einstellten, und hielt sich den blutklebrigen Bauch. Margaret war über sie gebeugt und strich ihr das schweißnasse Haar aus der Stirn. Die fürsorgliche Berührung ihrer Finger fühlte sich heiß an auf Eves plötzlich kalter Haut.

»Alles wird gut«, sagte die kleine Königin, doch Eve las in ihren Augen, dass sie log. Auch ohne die hilflose Traurigkeit im Blick ihrer unsterblichen Freundin wusste Eve, dass der Bauchschuss sie töten würde. Eigentlich schon getötet hatte. Es ging nur noch ums Sterben. Langsam und qualvoll.

Sicher, es gab vielleicht noch eine Möglichkeit … Das Experiment … Aber … ob es überhaupt funktionieren würde … und … was wenn nicht … wertvolle Zeit … verloren … darf nicht sein … Nein … sie durfte nicht an sich denken.

»Geh … und hilf … Ben«, sagte sie mit stockender Stimme.

»Ich kann dich nicht …«

»Set muss gestoppt werden«, unterbrach sie Margaret.

»Aber …«

»Geh!«

Margaret seufzte. Und nickte.

Sie wollte gerade aufstehen – und verharrte mitten in der Bewegung.

Eve sah auf. Über ihr stand einer der Soldaten. Die Mündung seiner MPi war auf Margarets Kopf gerichtet, der Finger lag am Abzug.

Set hetzte Ben um den Kampfhubschrauber herum. Ben musste all seine Kraft und Konzentration aufbringen, den schweren Säbelschlägen und Stichen auszuweichen, ohne sich dabei in eine Ecke treiben zu lassen, sodass er seinem Feind ausgeliefert wäre. Anders als sonst atmete er schwer und tief.

Noch nie in seinem langen Leben war er so sehr in die Defensive geraten. Er wich aus, duckte sich unter dem blitzenden Stahl hinweg, nutzte jede Deckung, die sich ihm bot, ließ sich fallen und rollte über die Kufen unter dem Helikopter hindurch.

Herzschlag um Herzschlag spürte er, wie seine alte Stärke allmählich wieder zurückkehrte. Doch viel zu langsam.

Set war inzwischen vollständig wiederhergestellt. Nie hatte Ben einen besseren Kämpfer zum Gegner gehabt.

Es war, als wäre der Ägypter mit seinem Säbel verschmolzen. Stählern und getrieben von Hass und dem Willen, niederzuschmettern und zu unterwerfen.

Als Set um den Hubschrauber herumgelaufen kam, kletterte Ben schnell ins Cockpit und auf der anderen Seite wieder hinaus. Er fühlte sich wie ein vom Wolf gehetzter Frischling, und die Hilflosigkeit machte ihn wütend. Er fluchte in sich hinein, um diese Wut zu unterdrücken, wusste er doch, dass sie ihn noch hilfloser machen würde, noch schwächer.

Er riss sich zusammen und wartete auf der anderen Seite mit erhobenem Schwert darauf, dass auch Set durch das Cockpit klettern würde.

Doch der durchschaute die Falle und kam mit schnellen Schritten um den Bug herum.

Ben eilte nach hinten weg.

»Bleib stehen, du *Gott*!« Set spuckte das letzte Wort voller Verachtung aus. »Du hast deinen Meister gefunden, nun stell dich ihm. Lass es mich zu Ende bringen. Ein für alle Mal!«

»Steh auf!«, bellte der Soldat und presste die Mündung seiner MPi gegen Margarets Schläfe, um seinen Worten Nachdruck zu verleihen.

Entmutigt und kraftlos ließ Eve die Hände von ihrem blutenden Bauch rutschen. Es war vorbei. Alles war vorbei. Die Jagd nach dem ewigen Leben hatte sie in den Tod geführt.

Da berührten ihre feuchten Fingerspitzen Metall.

»Los!«, drängte der Aesirianer, und Margaret richtete sich langsam auf. »Du wirst eine willkommene Bereicherung sein für den Harem des Gebieters.«

Eve fingerte so unauffällig wie möglich nach dem Metall. Es war der Knauf von Margarets Wikingerschwert. Die kleine Königin hatte es dicht neben ihr abgelegt, als sie sich über sie gebeugt hatte. Eve umfasste den Griff.

Sie wusste, dass das, was sie nun tun würde, ihr mörderische Schmerzen bereiten und ihr Sterben beschleunigen würde, aber sie konnte und wollte nicht zulassen, dass Margaret erneut in Gefangenschaft geriet. So gut es ging, atmete sie tief ein und dann lang wieder aus.

Mit einem Schrei äußerster Pein spannte sie ihre Bauchmuskeln, um ihren Oberkörper mit einer schnellen Bewegung aufzurichten, und wuchtete dabei die zweischneidige Klinge im Bogen nach oben, rammte dem Soldaten die Spitze mit so viel Kraft, wie sie nur aufbringen konnte, zwischen die Beine.

Er jaulte auf vor Schmerz und zuckte zusammen. Dabei drückte er den Abzug.

Gerade noch rechtzeitig warf Margaret den Kopf nach vorn, umfasste Eves Finger und den Griff mit beiden Händen und wuchtete ihr Schwert noch weiter nach oben.

Nichts in der Natur klingt so schrill und voller Pein wie das Kreischen eines Mannes bei der Entmannung. Aber Margaret hatte kein Mitleid. Während Eve, ihrer letzten Kraft beraubt, zu Boden fiel, stieß die kleine Königin mit aller Kraft, die sie aufbringen konnte, das Schwert immer und immer höher.

Das hohe Kreischen wurde zu einem weinerlichen Wimmern. Dem Soldaten versagten die Beine, und er fiel auf die Knie. Margaret ließ das Schwert los, sprang hinter ihn, schwang ihren linken Arm um seine Kehle und riss, begleitet von einem wilden Fauchen, mit der anderen Hand seinen Schädel nach rechts.

Eve hörte das Knacken des Genicks und sah durch den immer dichter werdenden Schleier vor ihren Augen hindurch, wie Margaret ihr Schwert wieder an sich brachte und dem am Boden liegenden Soldaten den Kopf abschlug.

Die kleine Königin, die mehr denn je aussah wie eine Walküre auf dem Schlachtfeld der Asen, packte das abgetrennte Haupt beim Schopf und schleuderte es kurzerhand über die Reling hinweg in die nachtschwarze See.

Ben tauchte unter Sets Säbel hinweg. Funken stoben, als die Klinge auf den Schwanz des Helikopters traf. In Sets Augen lag kein Triumph mehr. Er konnte sehen, dass Ben inzwischen beinahe völlig geheilt war, dass er selbst dabei war, seine größte Chance zu vertun.

Ben zirkelte noch ein halbes Mal um den Kampfhubschrauber herum, bis er sich vollständig erholt hatte. Dann schritt er, weiterhin rückwärts gehend, aufs offene Deck.

Er brauchte Platz. Er hatte den gellenden Schrei des anderen Aesirianers gehört und nahm ihn als Hinweis darauf, dass Eve und Margaret noch am Leben waren. Auf keinen Fall wollte er zulassen, dass sie Set in die Hände fielen.

Er sammelte sich, suchte und fand seine Balance und konzentrierte sich wieder voll auf sein Gegenüber.

Set nahm Anlauf und rannte mit hoch erhobenem Säbel auf Ben zu. Er wollte seine allererste Attacke wiederholen und auch Bens zweites Schwert zertrümmern. Doch statt den Angriff abzuwarten, schnellte auch Ben vorwärts und ihm entgegen, das Schwert in Halshöhe weit nach vorn gestreckt wie eine Lanze.

Set blieb keine Wahl, als die Position seines Säbels zu verändern, um Bens überraschende Gegenattacke abzuwehren. Die Klingen kratzten kreischend aneinander entlang, und die beiden Männer prallten zusammen. Ben stieß die Stirn hart nach vorn, und der Rammstoß brach Set das Nasenbein.

Set sprang zurück und hackte nach Ben, allerdings ohne große Wucht.

Ben arretierte den Hieb und konterte mit einem doppelten. Set ging in die Defensive und schnaubte das Blut aus der Nase. Ben nutzte den Moment, tauchte unter Sets Waffe hinweg und landete einen Stich gegen Sets Brust. Der Panzer fing den Treffer ab, und Set führte mit dem Knauf seines Säbels einen Befreiungsschlag gegen Bens gerade eben verheilte Schulter, um Gelegenheit zu finden, nach hinten zu springen, und damit zu verhindern, dass Ben sein Schwert an dem Brustpanzer entlang nach oben in seinen Hals treiben konnte.

Er wirbelte im Halbkreis und ließ seinen Säbel sensen. Ben setzte zurück und dann gleich wieder vor. Sein Gegner wich nach hinten aus und erreichte die Treppe zur brennenden

Brücke. Mit schnellen Schritten hatte er vier der Stufen erklommen und war durch die höhere Position wieder im Vorteil und seitlich durch das Geländer der Treppe geschützt.

Ben blieb unten stehen und wartete.

Manchmal ist es das Klügste in einem Kampf, einfach abzuwarten. Doch da sah Ben, wie sich auf der Galerie vor der Brücke jener Soldat, den er vorhin von hinten niedergeschossen hatte, unbeholfen aufrappelte. Er durfte nicht erlauben, dass das Kräftegleichgewicht wieder ins Wanken geriet, und sprintete zur anderen Treppe.

Als Set merkte, was geschah, hechtete er die Stufen empor und über die Galerie, um Ben abzufangen. Doch Ben war schneller. Mit panthergleichen Sätzen sprang er die Stufen der zweiten Treppe hinauf und gelangte auf der Galerie an, ehe Set ihn erreichte. Allerdings stand Set nun schräg neben dem sich allmählich erholenden Soldaten und deckte ihn. Er musste nur warten, bis sein Mann wieder sicher genug auf den Beinen war, um mit ihm zusammen Ben in die Zange zu nehmen.

Ben durfte nicht zögern. Er machte einen dreifachen Ausfallschritt und attackierte Set mit einer Serie von Abwärtshieben, die er so schnell ausführte, dass sein Gegner sie nur blocken, aber nicht kontern konnte. Doch gelang es Ben nicht, die Deckung des Ägypters zu durchbrechen oder zu umgehen. Stattdessen bewegte er sich durch das schrittweise Zurückweichen Sets so weit nach vorn, dass der sich aufrappelnde Soldat immer mehr in seinen Rücken geriet.

Ben entschied sich.

Er täuschte eine weitere Attacke an, der Set ganz bereitwillig nach hinten auswich, kreiselte dann aber auf den Fußballen herum und war mit zwei schnellen Schritten bei dem Soldaten.

Noch ehe der überhaupt reagieren konnte, lag sein Körper bereits enthauptet am Boden, und Ben wirbelte bereits wieder herum.

Set hatte gedankenschnell reagiert und war schon bis auf drei Schritte heran. Damit hatte Ben gerechnet. Er hatte sich sogar darauf verlassen. Auch darauf, dass Set den schweren Säbel wieder von oben herab auf ihn niedersausen lassen wollte.

Mit dem Schwert seitlich ausholend, machte Ben einen schnellen Kniefall nach vorn und schlug mit aller Kraft zu.

Sets Hieb ging weit über ihm hinweg, und der Ägypter selbst fiel über den Rücken seines gebückten Widersachers. Ben hatte ihm das linke Bein abgeschlagen, in der Mitte des Oberschenkels.

Als Set am Boden liegend versuchte, mit dem Säbel nach ihm zu stechen, schlug Ben ihm auch die Hand ab.

Mit vor Schmerzen und Hass funkelnden Augen wollte sich Set nach hinten wegschleppen. Doch da war das Feuer der brennenden Brücke.

Ben stand über ihm.

»Ich verfluche dich, Osiris!«, zischte er zwischen zusammengebissenen Zähnen hervor.

Ben musterte ihn lange. Dann sagte er leise: »Ich bin nicht Osiris.«

Set runzelte die Stirn. »Du lügst!«

»Warum sollte ich einen Sterbenden belügen?«

»Aber … Wenn du nicht Osiris bist, wer bist du dann?«

»Dein Ende!«

Ben ließ das Schwert fallen, beugte sich zu Set herab, packte den Brustpanzer am oberen und unteren Rand, wuchtete den schweren Körper nach oben – und schleuderte ihn weit in die hoch lodernden Flammen.

92

Trotz der gellenden Todesschreie Sets und des lauten Fauchens der Flammen hörte Ben, wie jemand seinen Namen rief. Er drehte sich von der Brücke weg und sah Margaret. Das Schwert in ihrer Hand und die Ärmel ihres Nachthemdes waren blutgetränkt. In ihrem Blick las er hilflose Trauer.

»Eve?«, fragte er alarmiert.

Sie nickte und machte mit dem Kopf eine Geste, ihm schnell nach unten zu folgen. Er rannte ihr hinterher, die in Richtung Heck führende Treppe hinab.

Etwa fünfzehn Meter weiter hinten sah er Eve, ganz dicht bei der Bordwand liegend. Sie wimmerte und hielt sich den Bauch.

Als sie die rennenden Schritte hörte, reckte sie den Kopf weit in den Nacken, um sehen zu können, wer da kam. Trotz ihres verschwommenen Blicks erkannte sie Ben, und ein erleichtertes Lächeln glättete ihre vor Schmerz verzerrten Züge.

Er kniete sich neben sie, nahm sie in den Arm und bettete ihren Kopf auf seinem Schoß.

»Du lebst«, sagte sie stockend, und mit einem Blick zu Margaret: »Danke.«

Margaret schüttelte den Kopf. »Als ich kam, war schon alles vorbei.«

Die Zähne zusammenbeißend hob Eve den Arm und legte die Hand sanft an Bens Wange. »Mein Held.«

Es war so tief empfunden, wie es kitschig klang, sonst hätte sie über sich selbst gelacht. Stattdessen rollte ihr eine Träne über die Wange.

»Schhh«, machte Ben.

Eve schüttelte schwach den Kopf. »Nicht wieder den Mund verbieten … Bitte, nicht jetzt …«

»Das war nicht meine Absicht, Eve.« Ben lächelte traurig. »Ich wollte nur …«

Sie legte ihm einen Finger auf die Lippen. »Bring mich ins Labor … der Tank …«

Er blickte sie fragend an.

»Es gibt noch eine winzige Chance«, flüsterte sie schwach. »Das Experiment …«

Seine Brauen zogen sich zusammen. Dann senkte er den Blick.

»Du meinst, es könnte funktionieren?«, fragte er, ohne sie dabei anzusehen.

»Ich bin mir fast sicher.«

Er zögerte.

»Worauf wartest du?«, fragte Eve. »Bring mich zu dem Tank.«

»Nein.«

»Ben!«

»Eve, du kannst dir nicht vorstellen, wie das ist, unsterblich zu sein«, sagte er leise. »Es ist grausam. Es ist ein Fluch. Eine ewige Reise, von einem Verlust zum nächsten.«

»Was?« Eve verstand nicht, was er ihr sagen wollte. Aber sie fühlte, wie die Lebenskraft mehr und mehr aus ihr herausströmte. »Ben. Was redest du da? Du hast mich die ganze Zeit über beschützt … damit ich das Geheimnis der Unsterblichkeit entschlüssle … oder etwa nicht?«

»Ja«, antwortete er. »Aber nicht, um es anzuwenden.«

Sie verstand immer weniger.

»Du bedeutest mir inzwischen einfach zu viel, Eve, als dass ich zulassen kann, dass du dir das antust.«

»Wovon redest du?«

»Du hast keine Vorstellung davon, was es heißt, lange genug zu existieren, um herauszufinden, dass das Leben keinen Sinn macht. Wie es ist, wenn ganze Jahrhunderte, ja, jahrtausendelang ein Tag so leer ist wie der nächste. Wenn du alles erreicht hast und dich nichts mehr antreibt. Keine Neugier mehr, keine Träume, keine Sehnsüchte. Wenn du dabei zusehen musst, wie alles um dich herum zu Staub und Asche zerfällt.«

Eve wurde wütend. »Ich verstehe nicht, was hier geschieht, Ben. Aber im Moment will ich es auch nicht verstehen oder darüber nachgrübeln, welche Motive du hast oder auch nicht hast. Oder welche Rolle ich in deinem Spiel spiele und …«

»Ich spiele kein Spiel, Eve«, unterbrach er sie. »Ich habe auf dich gewartet. Auf jemanden wie dich. Ewigkeiten. Damit ich …«

»Ich, ich, ich!«, fuhr sie dazwischen. »Es geht jetzt aber nicht um dich, Ben. Es geht um mich. *Ich* sterbe gerade. Und ich will nicht sterben. Ich will leben. Keine Ahnung, ob für immer. Aber auf jeden Fall jetzt. Bring mich zu dem Tank. Bitte.«

Noch einen Lidschlag lang zögerte er. Dann schob er die Arme unter ihren Körper und richtete sich auf.

93

Margaret huschte geschwind an Ben vorbei, um ihm und Eve die Tür zum Labor zu öffnen. Ben achtete behutsam darauf, dass Eve nirgends anstieß, als er sie hindurchtrug. Ihr Körper hatte inzwischen immer weniger eigene Spannung. Die Arme und der Kopf hingen schlaff nach unten, und ihre Augen waren geschlossen.

»Was jetzt?«, fragte er sie.

»Der Tank«, sagte sie leise und unter großer Anstrengung. »Bring mich in den Tank.«

Ben ging mit ihr an den Maschinen und Bildschirmen vorbei zu dem etwa zweieinhalb Meter hohen Glaszylinder und betrat die daneben stehende Leiter.

»Du musst …«, brachte Eve hervor.

»Was?«

»Mich ausziehen … erst ausziehen.«

»Natürlich«, sagte Ben, ging zurück und legte sie auf einen freien Tisch. Margaret half ihm dabei, Eve schnell, aber vorsichtig von ihrer blutgetränkten Kleidung zu befreien. Dennoch stöhnte sie zweimal unter Schmerzen auf.

»Wenn … wenn ich im Tank bin«, sagte sie schwer, aber flach atmend, »stell die Leiter weg … und … und … dann … aktiviere die … automatische … die Steuersequenz … am Rechner … mit … ›Eins‹ … und … und mit ›Enter‹.«

»Mach ich«, sagte Ben und trug sie wieder hinüber zum Tank. Er stieg die Leiter nach oben und hob Eve über den Rand des mit Wasser gefüllten Zylinders hinweg.

»Die … die Sauerstoffmaske«, sagte Eve und deutete auf eine Atemmaske, die unten auf einem Tisch nahe der Leiter lag. Margaret schnappte sie sich und reichte sie Ben.

Die Maske hatte ein integriertes Mikrofon und war mit einem langen Kunststoffschlauch mit einer Sauerstoffflasche verbunden, von der außerdem ein weiterer Schlauch zum Boden des Tanks führte.

Ben setzte Eve die Maske auf Nase und Mund und zog ihr den Haltegummi über den Kopf. Sie selbst griff zu dem kleinen Ventil an der Maske und drehte es auf. Dann sah sie ihn an und nickte.

Vorsichtig ließ er sie in das Wasser gleiten. Sie sank hinein, bis ihre Füße den Gitterboden berührten, und schwebte scheinbar schwerelos. Die Wunde in ihrem Bauch blutete kaum noch; das wenige Rot waberte durch die sonst klare Flüssigkeit.

Sensoren an der Innenwand des Tanks übernahmen augenblicklich ihre Vitalzeichen und übertrugen sie auf ein Bildschirmdisplay. Ihr Puls piepte langsam und schwach.

»Jetzt die Startsequenz«, sagte Eve durch das Mikro in der Maske, und es klang trotz der elektrischen Verstärkung gespenstisch schwach.

Ben stieg die Leiter hinab, stellte sie weg und ging hinüber zu dem Terminal. Er drückte die »Eins«-Taste und dann »Enter«. Ein Generator sprang leise surrend an, und sofort blubberten Tausende kleiner Luftblasen aus den winzigen Löchern des Bodengitters und umtanzten Eves Körper.

Ben sah auf dem Bildschirm des Terminals einen Countdown.

8 – 7 – 6 – 5 – 4 – 3 – 2 – 1 …

Bei Null sprangen die Geräte auf den vier Stativen an, die um den Glastank herum platziert waren wie die vier Himmelsrichtungsangaben auf einer Kompassrose. Zwei Lautsprecher. Zwei Strahler. Die Strahler begannen rötlich aufzuleuchten und die Lautsprecher zu vibrieren. Der tiefe Ton, der von ihnen ausging, war eher spür- als hörbar.

Die Luftbläschen im Tank hörten auf, nach oben zu steigen. Sie schwebten stattdessen im Wasser, hefteten sich an Eves Körper und begannen zu zittern, so wie auch der ganze Tank gleich darauf kaum wahrnehmbar zu vibrieren begann.

Das Wasser nahm eine rötliche Färbung an, die nichts zu tun hatte mit dem Blut aus Eves Wunde.

Doch ihre Lider wurden immer schwerer, der Blick, mit dem sie Ben ansah, wurde immer verschwommener, unfokussierter. Die Pulsfrequenz auf dem Display wurde noch niedriger, die Ausschläge wurden flacher. Margaret stand etwas abseits und biss sich besorgt auf die Unterlippe, während die verschränkten Finger ihrer beiden Hände so fest miteinander rangen, dass die Knöchel weiß hervortraten.

»So nah«, flüsterte Eve kraftlos in das Maskenmikrofon. Das Pulspiepen wurde zu einem einzigen monotonen Heulgeräusch, die gezackte Linie auf dem Display zu einem geraden Strich.

Flatline.

»Zu spät«, brachte Eve noch leise hervor. Dann sackte ihr Kopf nach vorn.

94

»Sie ist tot.« Bens Stimme war mit einem Mal bar jeder Emotion. Er ließ sich kraftlos auf einen Stuhl fallen und vergrub das Gesicht in den Händen.

»Nicht jetzt«, flehte Margaret und begann zu weinen. Wie in Trance schlurfte sie zu dem Zylinder hinüber, presste die Stirn gegen das Glas, und ihre schmalen Schultern hoben und senkten sich im Takt ihres Schluchzens. »Bei Odin. Nicht jetzt.« Sie schlug mit der kleinen Faust schwach gegen den Zylinder. Einmal, zweimal, dreimal. »Nicht jetzt!«

Einen scheinbar ewigen Moment lang herrschte Stille, unterbrochen nur vom Permanentpiepen der Flatline. Dann drehte Margaret sich herum. Ihre blauen Augen waren feucht – und voller Wut.

»Deine Schuld«, sagte sie heiser zu Ben. »Das ist deine Schuld.«

Er schaute auf und blickte sie fragend an.

»Hättest du da draußen nicht gezögert, wäre sie noch am Leben.« Sie ging zu dem Tisch hinüber, auf dem sie beim Hereinkommen ihr Schwert abgelegt hatte.

»Vielleicht«, musste Ben eingestehen. »Wenn das Experiment funktioniert hätte.«

Sie legte die Finger um den Griff. »Du hattest nicht das Recht, ihr die Unsterblichkeit zu verweigern.«

»Nein, das hatte ich nicht«, räumte er ein. »Aber ich hatte die Pflicht, sie vor den Gefahren zu warnen.«

»Gefahren?«, fragte Margaret erbost. »Sind die denn schlimmer als der Tod?«

»Sehr viel schlimmer.«

»Unsinn!«, stieß sie hervor. »Die Unsterblichkeit ist etwas Wunderbares!«

»Was weißt du denn schon, mit deinen gerade mal tausend Lebensjahren?«

»Was soll das werden, Methusalem?«, fragte sie herausfordernd. »Eine *Ich-bin-ja-sooo-viel-älter-und-weiss-daher-ohnehin-alles-sehr-viel-besser*-Predigt? Ja, ich bin vielleicht erst tausend Jahre alt, Ben, aber ich weiß, dass es immer genug Träume gibt, Hoffnungen und Sehnsüchte, um sogar hundertsechzig Jahre in einem Kerker in den Katakomben der Hüter zu überleben.«

Ben lachte zynisch auf. »Es ist keine Kunst, in der Dunkelheit von der Sonne zu träumen und sich vorzumachen, es werde alles gut, wenn man erst einmal das Licht wiedersieht.

Was aber, wenn du erkennst, dass das Licht keinen Unterschied macht?«

»Du bist lebensmüde, Ben. Das ist es, was du bist. Und Eve musste dafür sterben. Sie ist zurückgekehrt, um dich zu retten. Und jetzt ist sie tot, weil sie wollte, dass du lebst!«

Ben antwortete nicht darauf. Er sah sie einfach nur an.

»Warum das alles, Ben? Warum nimmst du sie mit auf die Jagd nach der Unsterblichkeit, wenn du bereits unsterblich bist und nie im Sinn hattest, ihr zu helfen, es selbst zu werden?«

»Das ist nicht deine Sache«, herrschte er sie an. »Nichts hiervon ist deine Sache.«

»Und ob es meine Sache ist«, widersprach Margaret. »Beantworte meine Frage: Was wolltest du von ihr?«

Wieder antwortete Ben eine ganze Zeit lang nicht, bis er mit leiser Stimme schließlich sagte: »Sie sollte mir helfen, einen Weg zu finden, endlich zu sterben.«

Nun war es Margaret, die eine Weile lang schwieg, vor Verblüffung und weil ihr zunächst die Worte fehlten. Dann hakte sie nach: »Darum ging es dir die ganze Zeit? Du suchst einen Weg zu sterben?«

»Ja.«

»Den zeige ich dir!« Und sie stürmte mit dem Schwert in der Hand auf ihn los.

Doch Ben war so viel schneller als sie. Er sprang ihr aus dem Stuhl heraus entgegen und packte sie an Kehle und Handgelenk.

Margaret wollte ihm das Knie zwischen die Beine rammen, aber er wich aus, verdrehte ihr das Handgelenk, bis ihr das Schwert entfiel, und schleuderte sie mit einer einzigen kraftvollen Bewegung seines Armes weit nach hinten in den Raum. Sie krachte gegen einen der Tische, und ein Computerbildschirm und Geräte krachten mit ihr zusammen zu Boden.

Bens Gesicht, eben noch wild und fast schon barbarisch aggressiv, nahm auf einmal wieder einen sanften Ausdruck an. »Als ob es so einfach wäre, Margaret.«

»Es ist so einfach«, spuckte Margaret beinahe voller Verachtung hervor.

»Ist es nicht.«

»O doch, das ist es.« Sie deutete auf die Tür. »Dort draußen liegen oder brennen vier Leichen, die beweisen, wie einfach es ist. Warum also das ganze Theater, Ben? Warum das alles?«

»Ich …«

»Du hättest dich jederzeit selbst entleiben oder dich von den Aesirianern oder den Hütern umbringen lassen können, wenn du deines ewigen Lebens überdrüssig geworden bist.«

Er kam zu ihr, um ihr aufzuhelfen. Sie schlug seine ausgestreckte Hand weg und rappelte sich allein auf die Füße.

»Ich kann nicht sterben«, sagte er.

»Was meinst du mit ›Ich kann nicht sterben‹? Wir sind unsterblich, aber man kann uns töten.«

»Ich bin nicht wie du, Margaret.«

Margaret zog fragend eine Augenbraue nach oben und wartete auf eine Erklärung.

»Ich bin weder ein Aesirianer, noch habe ich je vom Baum des ewigen Lebens gegessen.«

»Wie …?« Da erhellte sich Margarets Miene auf einmal, denn sie glaubte endlich zu begreifen. »Dann bist du tatsächlich Osiris selbst?« Doch gleich darauf verfinsterte sich ihr Gesicht wieder. »Nein, das kann unmöglich sein. Das würde absolut keinen Sinn ergeben. Außer vielleicht, du hättest bei deiner Verstümmelung wirklich das Gedächtnis verloren. Aber …«

»Nein«, unterbrach Ben ihre laut gesprochenen Gedankengänge. »Ich bin nicht Osiris.«

»Wer, bei Hel, bist du dann?«

Ben wollte gerade damit beginnen, es ihr zu erklären, als ihn etwas aufhorchen ließ.

»Was ist?«, fragte Margaret.

95

Ben brauchte selbst einen Moment, um zu erkennen, was sein Unterbewusstsein derart irritierte. Doch dann erkannte er es.

Das Geräusch der Flatline.

Es war kein permanentes Piepen mehr. Es wurde immer wieder unterbrochen, erst unregelmäßig, wie stolpernd, dann aber entwickelte sich ein Takt daraus, allmählich schneller werdend und auch stärker.

Ben konnte es kaum fassen. Er drehte sich zu dem Glaszylinder um und sah voller Erstaunen, wie Eve Sinclair ganz langsam den Kopf hob und sich ihre Lider öffneten.

Verwundert schaute sie sich um. Ben sah, dass die Wunde in ihrem Bauch mittlerweile vollständig verheilt war.

»Sie … sie … sie lebt!«, rief Margaret, und ihre Stimme war ebenso fassungslos wie Bens Blick. »Sieh dir das an! Das verdammte Teufelsweib hat es tatsächlich geschafft! Sie lebt!« Die kleine Königin stieß ein freudig-hysterisches Lachen aus.

Auch Ben lächelte kurz. Dann eilte er hinüber zu der Leiter, stellte sie an den Glastank und stieg hinauf. Hastig beugte er sich weit über den Rand, packte Eve mit den Händen unter den Achseln und zog sie aus der Flüssigkeit, die dabei auf den Boden des Salons schwappte.

Margaret griff ein großes Badetuch von einem Stapel neben der Anlage, kam hinzu und nahm Eve in Empfang, als Ben sie behutsam zu ihr nach unten senkte.

Noch ehe Margaret das Handtuch um sie wickeln konnte, riss sich Eve ganz aus eigener Kraft die Atemmaske vom Kopf und betrachtete ihren geheilten Bauch. Dann begann sie ebenfalls zu lachen und schlang die Arme um Margaret. Doch schon wenige Augenblicke später wurde ihr Lachen zu einem Schluchzen, zu einem Weinen und dann gleich wieder zu einem Lachen.

Margaret ging es nicht anders. Die beiden Frauen küssten sich und herzten einander, lachten dann wieder, nur um gleich darauf erneut in Tränen auszubrechen. Tränen der Erleichterung. Tränen der Freude.

Ben stieg die Leiter nach unten. Eve löste sich von Margaret und umarmte ihn.

»Du warst tot«, sagte er, noch immer durcheinander, und sah sie rätselnd an.

»Ich bin mir nicht sicher«, erwiderte sie nachdenklich.

»Deine Vitalfunktionen waren auf Null.«

»Dann hat mein Herz offenbar aufgehört zu schlagen«, schloss sie daraus. »Und für einen kurzen Moment habe ich auch komplett das Bewusstsein verloren. Aber dann war ich plötzlich wieder klar. Ich konnte mich nur nicht mehr bewegen. Ich war wie gelähmt.«

»Dann warst du nur ganz kurz bewusstlos?«

»Das nehme ich an.« Sie legte den Kopf schief und sah ihn

eindringlich an. »Aber danach habe ich alles gehört, was ihr gesprochen habt.«

»Hast du?«, fragte er, Unsicherheit in der Stimme.

Sie nickte, während sie das Badetuch um ihren Körper wickelte. »Durch das Wasser gedämpft, aber deutlich genug. Ich verlange eine Erklärung. Wer und was bist du?«

Ben seufzte und schüttelte den Kopf. »Es hat sich nichts verändert. Du bist gerade dem Tod von der Schippe gesprungen – und das nicht durch Zufall, sondern weil du mit deinem brillanten Hirn ganz allein das Rätsel der Unsterblichkeit gelöst hast –, und statt das erst einmal gebührend zu feiern, stellst du bereits wieder Fragen.«

Unwirsch zog sie die Brauen zusammen und musterte ihn vorwurfsvoll. »Nach allem, was wir zusammen durchgemacht haben, glaubst du wirklich, ich könnte feiern, wenn ich erfahre, dass du das alles nur getan hast, weil du sterben willst?«

Er trat ein paar Schritte von ihr weg und wandte ihr den Rücken zu. »Das kannst du nicht verstehen, Eve.«

Sie trat auf ihn zu und stellte sich vor ihn. »Dann erkläre es mir … bitte.«

Er stöhnte wie gepeinigt auf. »Ich wüsste nicht einmal, wo ich anfangen sollte.«

Eve war schockiert, als sie sah, dass seine sonst so klar und fest blickenden Augen auf einmal feucht geworden waren. »Vielleicht solltest du damit beginnen, was und wer du bist, wenn nicht Osiris, und warum du nicht sterben kannst wie die Aesirianer.«

»Du machst es mir nur unnötig schwer.«

»Oh, vielleicht hast du es dir ja in den letzten Tagen auch selbst ein bisschen zu einfach gemacht, Ben – oder wie auch immer du in Wirklichkeit heißen magst.«

»Sag mir bloß, wie der Mechanismus funktioniert«, verlangte er und deutete auf den Glaszylinder. »Und vor allem, wie man ihn umkehren kann.«

»Das ist es, was du wirklich willst?«

Er senkte den Blick. »Bitte, Eve. So lautete unsere Abmachung: Ich beschütze dich und helfe dir, das Geheimnis des ewigen Lebens zu entschlüsseln, und dafür fordere ich meinen Preis, wenn die Zeit gekommen ist. Jetzt ist die Zeit gekommen.«

»Der Preis, den du für mein ewiges Leben forderst, ist dein eigener Tod?«

»Ja.«

Eve überlegte einen Augenblick, ehe sie sagte: »Gut, ich halte mich an die Abmachung. Aber nicht, ohne alle Antworten zu kennen.«

»Die kenne ich doch selbst nicht.«

»Was bist du?«, fragte sie zum wiederholten Mal.

»Wieso ist das wichtig?«

»Beantworte die Frage, Ben. Bitte.«

»Ich weiß es nicht. Zumindest nicht sicher.«

Weil sie spürte, dass er mittlerweile wenigstens dazu bereit war zu versuchen, es zu erklären, wartete Eve.

Er setzte sich, seufzte noch einmal und sagte dann: »Ich glaube, ich bin ein Gott. Oder wenigstens so eine Art Gott.«

Damit hatte Eve dann doch nicht gerechnet. Auch sie musste sich setzen und starrte ihn gespannt an.

Ben fuhr fort. »Oder ein Engel. Oder ein Alien. Oder so eine Art Abklatsch davon.« Er betonte das Wort »Abklatsch« mit einem nicht gerade geringen Maß an Selbstverachtung. »Die beste Bezeichnung heutzutage ist wohl wahrscheinlich *Klon*. Ich bin der Klon des Osiris.«

96

Für eine Weile war es still in dem zum Labor umgebauten Salon der *Caledonia*. Eve hatte mit allem gerechnet, nicht jedoch damit. Obwohl es, wie sie nun erkannte, von allen möglichen Antworten auf ihre Fragen die logischste war.

»Was ist ein Klon?«, fragte Margaret und setzte sich auf einen Stuhl.

»Ein Klon ist ein identischer Nachkomme eines Organismus, der nicht durch Fortpflanzung entsteht, sondern durch Wachstum aus Zellen oder Teilen des Ursprungsorganismus«, sagte Eve beinahe mechanisch wie aus dem Lehrbuch auf.

»Du meinst, aus dem Teil eines Körpers wächst ein völlig neuer ganzer Körper?«

Eve nickte. »Aus dem Teil des Körpers oder auch aus einer einzigen Zelle.«

Auf einmal stieß die kleine Königin einen Pfiff aus, so wie man es tut, wenn man einen erstaunlichen Zusammenhang begreift. Eve fragte sich verwundert, was ihr wohl gerade aufgegangen war.

»Die Legende des Osiris«, sagte Margaret, als wäre es ganz offensichtlich, was sie dachte. »Das fehlende Glied.«

Eve zuckte verständnislos mit den Schultern. Sie konnte Margaret nicht folgen. Aber Ben verzog gequält das Gesicht. Seine Niedergeschlagenheit tat ihr leid.

»Du erinnerst dich daran, worüber wir auf dem Flug von Siena nach Edinburgh gesprochen haben?«, fragte Margaret.

»Ja«, sagte Eve. »Osiris wurde von Set und den anderen Aesirianern über den ganzen Globus gejagt, schließlich gefangen und erschlagen. Sie haben ihn zerstückelt und die Teile seines Körpers in alle Himmelsrichtungen verteilt. Aber seine Gefährtin, Isis, hat sich auf die Suche danach gemacht, die Teile gefunden und wieder zusammengefügt. Sie hat Osiris wieder zum Leben erweckt.«

»Richtig«, sagte Margaret. »Aber der Legende zufolge hat sie nicht *alle* Teile gefunden. Der kleine Finger seiner linken Hand blieb für immer verschwunden.« Margaret deutete auf Ben, und Eve sah ihr an, dass sie ihre Gesichtszüge nur schwer kontrollieren konnte, weil diese sich nicht entscheiden wollten, ob sie tief empfundenes Mitleid oder spontane Belustigung zeigen sollten.

»Du bist …?«, begann Eve und wusste nicht, wie sie es am besten formulieren sollte.

»Der kleine Finger.« Ben nickte. »Oder vielmehr das, was daraus gewachsen ist.«

»Ein identischer Klon des Osiris.« In ihrer Stimme schwang der Respekt der Wissenschaftlerin.

»Geboren oder besser gesagt *zu Ende gewachsen* viele Jahrzehnte nach seiner Zerstückelung. Auf einer einsamen Insel mitten im Indischen Ozean.« Bens Stimme klang hohl, und er wirkte, als würde sein Geist gegen seinen Willen in diese Zeit zurückkehren. »Ich entstand dort ohne jedes intelligente Bewusstsein, getrieben nur von animalischen Instinkten. Wie ich später ausgerechnet habe, verbrachte ich über dreihundert Jahre im Dschungel dieser Insel, und zwar völlig allein.«

»O mein Gott …« Eve fühlte, wie ihr die Vorstellung die Kehle zuschnürte. »Dreihundert Jahre … Ganz allein.«

»Ganz allein«, bestätigte Ben, und sie merkte, wie schwer es ihm fiel, davon zu erzählen. »Das war das Erste, das ich damals mit dem Verstand begriffen habe: Alle Tiere um mich herum hatten Gefährten, Eltern, Nachkommen, Rudel. Nur ich nicht, mich gab es nur einmal. Doch ich sagte mir: Das ist unmöglich; wenn es von allen viele gibt, muss es auch von mir noch welche geben. Also machte ich mich auf die Suche nach meinesgleichen. Doch so oft ich die Insel auch absuchte, es gab dort niemanden wie mich.

Aber wenn alles um mich herum geboren wurde, so überlegte ich, musste doch auch ich irgendwann geboren worden sein. Lag mein Ursprung vielleicht nicht auf dieser Insel, sondern woanders, so wie bei den Zugvögeln, die alljährlich aus dem Norden über den Himmel kamen? Gab es dort vielleicht noch ein anderes Land? Ich musste nach Norden. Doch wie? Fliegen konnte ich nicht. Aber schwimmen, das hatte ich sehr früh gelernt. Also stieg ich ins Wasser und schwamm los.«

»Du bist einfach so losgeschwommen?«

»Ja, einfach so.« Ben zuckte mit den breiten Schultern. »Weißt du, wenn man nicht die Fantasie hat, sich mögliche Konsequenzen und Folgen des eigenen Handelns auszumalen, hat man auch keine Angst davor, und ich war damals mehr wie ein Tier.«

»Was ist dann passiert?«

»Nach drei Tagen und Nächten erreichte ich die nächste Insel. Doch auch auf ihr fand ich trotz monatelanger gründlicher Suche niemanden wie mich. Und so ging es weiter, Insel für Insel für Insel. Allerdings kam ich bald dahinter, dass es einfacher war, mir ein Floß zu bauen, statt die langen Strecken zu schwimmen. Und so stieß ich irgendwann tatsächlich auf Menschen. Es waren einfache Fischer, die mich freundlich aufnahmen und mich ihre Gepflogenheiten lehrten und ihre Sprache. Endlich hatte ich mein Zuhause gefunden.

Doch das Gefühl des Angekommenseins war nur von kurzer Dauer. Zumindest relativ betrachtet. Denn diese Menschen … Sie wurden mit der Zeit älter und starben, aber ich nicht. In ihren Augen machte mich das zu einem Monster, und sie begannen mich zu fürchten und versuchten schließlich sogar, mich zu töten. Als ihnen das nicht gelang, vertrieben sie mich.

Meine Suche begann also von Neuem. Aber egal, wie oft ich in der Folge auf Menschen stieß, sie waren nicht von meinesgleichen, und früher oder später begannen sie jedes Mal, mich zu hassen, und verjagten mich.

Dann aber traf ich schließlich auf Menschen, die mich nicht vertrieben, sondern mich im Gegenteil zu ihrem Anführer machten, die mich anbeteten und mir Geschenke darbrachten. Für eine Weile gab mir das eine Art von Zuhause. Und eine erfüllende Aufgabe: mein Volk zu beschützen für all das Gute, das es mir angedeihen ließ.

Doch mit der Zeit kam sie wieder durch, die Neugier. Wer war ich? Woher kam ich? Wo waren die, die waren wie ich? Also zog ich erneut los. Doch egal, wo und wie lange ich suchte, es gab niemanden wie mich.

Aber dafür entdeckte ich im Laufe der Jahrhunderte immer größere, immer kultiviertere Dörfer und Gemeinden und schließlich die Stadt, zu der sie gehörten: Eridu. So etwas Großes und Eindrucksvolles hatte ich noch nie zuvor gesehen. All die Häuser und Straßen, die vielen Menschen. Kanalisation und Wasserwirtschaft, Ackerbau mit bis zu drei Ernten im Jahr. Blühender Handel, organisierte Fischerei, aus allen Nähten platzende Vergnügungsviertel. Eridu war über tausend Jahre alt, älter noch als ich. Es war erbaut worden von einem gewissen EnKi, den die Menschen ihren *Gott* nannten – und der es, wie ich zu meiner großen Begeisterung erfuhr, noch immer regierte.

EnKi war wie ich – unsterblich. War ich also vielleicht auch ein Gott? Ich beschloss, das herauszufinden, und ging zu seinem Palast. Ihr könnt euch vorstellen, wie groß meine

Überraschung war, als er mich *wiedererkannte*. Aber auch er war sehr erstaunt, mich zu sehen. Er nannte mich *A-Ser* und begrüßte mich fast unterwürfig freundlich. Ich stellte ihm natürlich gleich all die Fragen, die sich in mir während all der Jahrhunderte angesammelt hatten. Doch er wich ihnen aus und meinte, ich sollte mich nach den Anstrengungen meiner weiten und langen Reise zunächst stärken und ausruhen. Für meine Fragen wäre auch morgen noch Zeit.

Er rief in der ganzen Stadt einen Feiertag aus und gab mir zu Ehren ein Festbankett in seinem Palast – und für einen Abend lang das Gefühl, am Ende meiner Irrfahrt angekommen zu sein. Er tischte die exotischsten Speisen auf, und das Bier floss in Strömen. Aber meines hatte er, wie ich bald feststellen musste, mit Opium vermischt.

Ich merkte, dass ich in eine Falle geraten war, und kämpfte so gut ich konnte gegen die Müdigkeit an, die sich auf meine Augen und meine Glieder senkte, doch vergebens. Als ich wieder zu Bewusstsein kam, lag ich gefesselt und geknebelt in seinem Kerker.

Statt meine Fragen zu beantworten, stellte EnKi jetzt mir welche: Wie ich überlebt haben konnte, wollte er wissen, wo er Set doch dabei geholfen hatte, mich zu jagen, zu töten und zu zerstückeln. Natürlich konnte ich seine Fragen nicht beantworten, doch er dachte, ich *wollte* sie nicht beantworten. Also begann er, mich zu foltern. Wochenlang.

Als ihm auch das keine Antworten brachte, entschied er, Set und seine anderen Brüder und Schwestern aus den umliegenden Ländern zusammenzurufen. Gemeinsam würden sie einen Weg finden, mich erneut zu vernichten, und diesmal für immer.

Mir war klar geworden, dass mich diese Götter, auch wenn sie so waren wie ich, nicht wie erhofft in ihrer Mitte dulden würden als einen der ihren, sondern meinen Tod wollten, auch wenn ich nicht wusste und mir auch nicht vorstellen konnte warum. Ich musste mit allen Mitteln verhindern, dass EnKi sie versammelte. Also nutzte ich die erstbeste Gelegenheit, die sich mir bot, zur Flucht aus dem Palastkerker, suchte EnKi in seinem Schlafgemach auf, überwältigte und fesselte ihn und floh mit ihm nach Nordosten in die Höhlen der Berge von Shanidar.

Nach einiger Überzeugungsarbeit, die er selbst mich in seinem Kerker gelehrt hatte, erzählte er mir schließlich die ganze Geschichte von A-Ser und Set und den anderen Aesirianern – und auch, dass die Aesirianer, offenbar anders als A-Ser, sterben, wenn man ihnen die Köpfe abschlägt oder sie verbrennt. Aber das erklärte immer noch nicht, wer *ich* war. Doch darauf wusste auch er keine Antwort.

Ich machte mich also wieder auf den Weg. Dieses Mal aber war ich sehr viel vorsichtiger. Ich verkleidete mich und blieb, wenn immer es ging, im Verborgenen, war mir doch klar, dass mich auch die anderen Aesirianer für A-Ser halten würden und meinen Tod wollten.«

»Was geschah mit EnKi?«, stellte Margaret eine Zwischenfrage.

»Niemand hat ihn meines Wissens nach je wiedergesehen«, sagte Ben finster, dann fuhr er mit seinem Bericht fort: »Im Laufe der Zeit erfuhr ich auf meinen Reisen durch Sumer, Akkad und Ägypten von der Osiris-Legende, und ich kam zu dem Schluss, dass ich das fehlende Glied sein musste, der kleine Finger, den Isis nicht mehr hatte finden können.«

»Du bist also sein Klon«, sagte Eve, »verfügst aber nicht über sein Wissen.«

Ben nickte. »Dafür jedoch über seine Fähigkeit, nicht wirklich sterben zu können. Hack mich klein, und aus jedem der Stücke wird ein weiterer Klon, jedoch ohne Kenntnis der Vergangenheit, ohne jedes Wissen über seine Wurzeln und seine Identität. Für immer ein Ausgestoßener. Ewig auf der ebenso verzweifelten wie vergeblichen Suche nach seinesgleichen. Ewig im wahrsten Sinne des Wortes, Eve. Ich habe genug darunter gelitten, um das irgendwem antun zu wollen.«

Eve verstand. »Selbst bei einer Verbrennung in einem Hochofen könnten einzelne Zellen überleben …«

»Ja«, bestätigte Ben. »Es würde zwar Jahrzehnte oder vielleicht sogar Jahrhunderte dauern, bis sie ausgewachsen wären, aber wachsen würden sie. Und dann wären sie so verloren wie ich damals auf der Insel im Indischen Ozean, und wenn dann die Neugier und die Sehnsucht sie treiben, werden auch sie sich auf die Suche machen nach ihrer Identität und dabei auf nichts stoßen als auf nur weitere offene Fragen, und auch sie würde man den Rest ihres ewigen Lebens lang jagen.«

»Hast du denn nie versucht, Isis und Osiris zu finden?«, fragte Margaret voller Mitgefühl.

»Natürlich habe ich das«, antwortete er. »Aber ohne jeden Erfolg. Woher immer die beiden kamen, sie sind offenbar schon vor sehr langer Zeit dorthin zurückgekehrt. Und ich habe mich damit abgefunden, einzigartig zu sein. Oder eher: zur Einzigartigkeit verflucht zu sein.«

»Nein, du hast dich nicht damit abgefunden«, widersprach Eve. »Du bist daran zerbrochen.«

Er sackte noch ein Stückchen weiter in sich zusammen »Ich habe dir jetzt alles erzählt, was ich weiß, Eve. Nun bist du an der Reihe. Wie kehrt man den Prozess um? Wie kann ich endlich sterblich werden?«

»Komm mit nach draußen«, sagte sie.

97

Nur in das Badetuch gewickelt, trat Eve an die Backbordreling und sah nach Süden, wo die Sterne des Orion/Osiris am wolkenlosen Himmel leuchteten. Sie hatte die jahrtausendealten Zeichen verstanden, das Rätsel des Osiris gelöst, die Bedrohungen durch die Aesirianer und die Hüter überwunden. Sie war dem Tod entronnen und unsterblich geworden.

Sie konnte die zusätzliche Energie in ihren Zellen regelrecht spüren. Sie fühlte sich stärker und lebendiger als je zuvor. Sie *war* stärker und lebendiger als je zuvor. Eigentlich hätte sie glücklich sein müssen. Aber Bens Todessehnsucht trübte dieses Glück.

Er trat an ihre Seite und folgte ihrem Blick hinauf zu der uralten Konstellation.

Er seufzte.

Eve konnte sich nur zu gut vorstellen, was er gerade dachte. »Es tut weh, nicht wahr?«

»Jedes Mal, wenn ich ihn sehe«, gab er leise zu. »Nacht für Nacht für Nacht. Seit Tausenden von Jahren. Ich will das nicht mehr, Eve. Ich kann das nicht mehr.«

»Dann sieh die Sterne nicht an«, sagte sie noch leiser als er und fühlte, wie ihre Stimme zitterte. »Sieh mich an.«

Er drehte sich zu ihr um. Die Härte und der Schmerz in seinem Gesicht verschwanden.

»Ich kann dir sagen, Ben, wie der Mechanismus funktioniert«, begann sie und bemühte sich, ihrer Stimme wieder mehr Kraft zu verleihen.

Er wartete.

»Ich habe das Wasser in dem Glastank mit reinem Sauerstoff angereichert und auch reinen Sauerstoff geatmet, um dessen Level in meinem Blutkreislauf und meinen Zellen zu erhöhen. Mit den Strahlern und den Lautsprechern habe ich die Infrarot-Wärme-Strahlung und die Infraschallwellen im Innern eines Vulkans simuliert. Das war die weitere Bedeutung des Rätsels: die Stimme der Götter und die Schlange, die Feuer speit. Die dadurch angeregte Ionisation hat den zusätzlichen Sauerstoff in den Zellen mit dem freien und eigentlich schädlichen Phosphor zu der benötigten vierten Phosphatgruppe gebunden und damit aus dem ATP das hochwertigere ATTP gemacht.«

Er nickte.

»Bei Normal-Unsterblichen«, sagte sie und musste bei diesem Ausdruck selbst die Augen verdrehen, »könnte man den Prozess vermutlich rückgängig machen, indem man das Taxan Paclitaxel, das der Körper nun in einer Art Nebenprozess ausscheidet, wieder zuführt, um damit die Zellteilung zu blockieren. Also, man könnte die Unsterblichkeit *behandeln*, wie man Krebs behandelt.«

Ben schüttelte den Kopf. »Das habe ich mehrfach versucht. Ich kann so viele normale Eibennadeln und -samen essen, wie ich will, es ändert bei mir nichts.«

»Das habe ich mir gedacht, nachdem du eben deine Geschichte erzählt hast«, sagte Eve. »Du bist tatsächlich völlig anders als die Aesirianer. Der Mechanismus, den ich entdeckt habe, und auch dessen vielleicht mögliche Umkehrung, haben für dich keinerlei Bedeutung.«

»Dann war alles umsonst«, murmelte er resigniert.

Eve rang sich ein Lächeln ab, um nicht zu zeigen, wie sehr seine Worte sie schmerzten.

»So habe ich das nicht gemeint«, fügte er hastig hinzu, als

er es dennoch in ihren feucht gewordenen Augen las. »Es ist nur … Das war meine letzte Hoffnung.«

Sie nahm sein wunderschönes Gesicht in ihre schlanken Hände. »Nein, Ben, das war sie nicht.«

Er war irritiert. »Was?«

»Das war nicht deine letzte Hoffnung.«

»Nein?«

Als sie merkte, dass er ihr zuhörte, fasste sie neuen Mut, und diesmal gelang ihr das Lächeln, ohne dass sie es erzwingen musste. »Nein. Wir treffen eine neue Vereinbarung.«

Er sah sie fragend an.

»Wir begeben uns erneut auf die Suche …«

»Du würdest mir tatsächlich helfen, doch noch einen Weg zu finden, sterblich zu werden?«, unterbrach er sie ungläubig.

Sie schluckte trocken. Er hatte sie missverstanden. Deshalb sagte sie schnell: »Wenn sich alles andere als vergeblich herausstellt, ja. Dann helfe ich dir, einen Weg zu finden, sterblich zu werden.«

»Alles andere?«

»Ja. Wir werden Osiris suchen, Ben«, erklärte sie. »Oder zumindest werden wir herausfinden, wer er war oder hoffentlich noch ist und woher er kam.«

Seine breiten Schultern senkten sich. »Glaub mir, Eve, ich habe schon überall nach ihm gesucht.«

»Da hattest du mich noch nicht«, sagte sie und grinste selbstbewusst. »Immerhin habe ich ja auch sein Rätsel des ewigen Lebens durchschaut und entschlüsselt. Als Erste nach so vielen tausend Jahren – wenn ich das, ohne mich selbst loben zu wollen, hinzufügen darf.«

Ihr Grinsen steckte ihn an. »Ja, das hast du.«

»Und jetzt bin ich obendrein auch noch unsterblich«, sagte

sie mit einem Zwinkern. »Wir haben Zeit, wir haben Ressourcen, und wir sind ein verdammt gutes Team. Gemeinsam schaffen wir das.«

Er überlegte einen Moment. »Du meinst, wir könnten uns zusammen noch einmal auf den Weg machen und wirklich herausfinden, wohin ich gehöre?«

»Oh, wohin du gehörst, weiß ich jetzt schon«, erwiderte sie. Ihr Blick wurde auf einmal ein wenig schüchtern. »Du gehörst zu mir, Ben. So wie ich von jetzt an zu dir gehöre. Du hast mich die ganze Zeit über beschützt, und jetzt werde ich dich beschützen.«

»Du mich?«

Sie berührte zärtlich seine Wange. »Vor deinem Schmerz und vor allem vor deinem Lebensüberdruss.«

Seine Augen glänzten auf einmal feucht, und für einen Moment befürchtete Eve, er würde sie zurückweisen. Dann aber nickte er. »Das tust du bereits, Eve.«

»Ja?«

»Schon seit unserer ersten Begegnung.« Er nahm sie in die Arme. »Ich war nur zu sehr mit mir und meinen Zielen beschäftigt, um das zu merken.«

Dann endlich küsste er sie. Lange und innig.

»Ich liebe dich«, flüsterte sie, als ihre Lippen sich voneinander lösten.

»Und ich liebe dich, Eve.«

Sie küssten sich noch einmal. Und in diesem zweiten Kuss fühlte Eve die Sehnsucht von Jahrtausenden. Sie spürte die Wildheit dieser Sehnsucht und ihre Macht. Sie war so groß, dass es ihr fast das Herz sprengte, denn sie erkannte, dass es ihr gegeben war, diese übergroße Sehnsucht zu stillen.

Nach einer kleinen Ewigkeit jedoch drückte sie Ben auf einmal von sich, ein lachendes Funkeln in ihren Augen, und sie stieß ihm den Zeigefinger gegen die breite Brust. »Aber du musst dir abgewöhnen, mich gegen meinen Willen schlafen zu schicken.«

Er schmunzelte. »Wirst du dir dafür abgewöhnen, so viele Fragen zu stellen?«

Sie sah ihn an, und ihre Mundwinkel begannen zu zucken. »Nicht mehr in diesem Leben, mein Lieber.« Sie lachte auf. »Und im nächsten nicht sofort.«

Danksagung

Dieses Buch widme ich voller Stolz und mit unermesslich großer Dankbarkeit meinem Bruder Remo Pala. Remo, das hier ist für dich – für all deine Hilfe und Unterstützung; vor allem aber für deine warmherzige Liebe, deine nie wankende Treue und Loyalität, deine unerschöpfliche Geduld und deinen nicht zu erschütternden Glauben an mich, meine Träume und Ideen.

Weiterer, tief empfundener Dank gebührt meinem besten Freund Thomas Träuptmann. Tommi, dein Beistand und deine Freundschaft waren und sind mir ein steter Quell an Kraft, aber mehr noch sind sie mir eine außerordentliche Ehre! Und auch dir, Sany, seiner Frau, danke ich – für deine Zuneigung, deine Hilfsbereitschaft und deine einzigartige Herzlichkeit.

Ganz besonderen Dank auch an Dr. Imre Kerner und seine Frau Dagny, Stefan Krayer, Robert Binder, Uwe Lawitzke, Bianca Thienes, Mike und Maya Horsinka, Arno Hinterwälder und Monika Vollrath, Roland Jahn und Ferdinand Maschita, Julia Löwe, Carmen Franke, Andreas »Lembes« Lamm, Joachim »Schmalz« Spreitzer, Thomas und Sonja Freimuth, Bernd »Berndie« Peveling, Nadja Fröhlich, Bernd Löw, Anne Sawitzky, Dr. Silvio Busch, Dr. Georg Baschnagel, Bernd

Frommholz, Alexandra Möller, Carola Reese, Inga Ewert, Diana Schmidt, Peter Michelson, Franzi Moser, Lilo Ellendt und Katharina Schneeweiß für Freundschaft, Rückenstärkung, Beratung, Verständnis, Großzügigkeit und Inspiration.

Nicht minder herzlichen Dank schulde ich Ihnen, Holger Kappel, meinem fantastischen Lektor bei Random House, für Ihr Vertrauen in mich und die sagenhafte Gelegenheit, meine Arbeit ans Licht der Welt zu bringen, und Ihnen, Peter Thannisch, meinem Redakteur, für Ihren scharfen Blick und Ihren umfangreichen Kunst- und Sachverstand, die diesem Buch erst den letzten Feinschliff gegeben haben.

Ein dickes Extra-Dankeschön auch an Sie, liebe Andrea Wildgruber, meine wunderbare Agentin, für Ihre Kompetenz, Ihre Weitsicht, Ihren Einsatz und Ihre Geduld mit mir und meinen vielen Fragen; vor allem aber für Ihr Vertrauen und Ihre nie verebbende Freundlichkeit.

Und mehr Dank als ich jemals in Worte zu fassen in der Lage sein werde, gilt dir, meiner zauberhaften und einzigartigen Kirschblüte … für alles!

Ivo Pala, Berlin 2011